인디아나 텔러

2

서머문

INDIANA TELLER, Lune d'été
by SOPHIE AUDOUIN-MAMIKONIAN

인디아나 텔러
2 서머 문

펴 낸 날 | 2015년 7월 30일 초판 1쇄

지 은 이 | 소피 오두인 마미코니안
옮 긴 이 | 이원희
펴 낸 이 | 이태권
책임편집 | 송수남
책임미술 | 양보은
펴 낸 곳 | (주)태일소담
　　　　　서울특별시 성북구 성북로8길 29 (우)136-825
　　　　　전화 | 745-8566~7　팩스 | 747-3238
　　　　　e-mail | sodam@dreamsodam.co.kr
　　　　　등록번호 | 제2-42호(1979년 11월 14일)
　　　　　홈페이지 | www.dreamsodam.co.kr

ISBN　978-89-7381-058-1　04860
　　　　978-89-7381-418-3　(세트)

이 도서의 국립중앙도서관 출판시도서목록(CIP)은 서지정보유통지원시스템 홈페이지
(http://seoji.nl.go.kr)와 국가자료공동목록시스템(http://www.nl.go.kr/kolisnet)에서
이용하실 수 있습니다.(CIP제어번호: CIP2015019327)

• 책값은 뒤표지에 있습니다.
• 잘못된 책은 구입하신 곳에서 교환해드립니다.

소피 오두인 마미코니안
Sophie Audouin-Mamikonian
이원희 옮김

인디아나 텔러

Indiana Teller

2

서머 문
Summer Moon

소담출판사

차례

지금까지의 이야기

내 이름은 인디아나. 나도 안다, 개 이름이라는 걸.

나는 아주 평범한 인간이다. 여자들은 내가 귀엽다는데 아마 예의상 듣기 좋으라고 하는 말일 것이다. 그녀들이 정말 그렇게 생각하는지는 알 길이 없다. 내 머리는 금발이지만 이상하게 머리끝 부분만 까매서 늑대의 털과 약간 비슷하고, 파랗고 큰 눈은 허스키와 비슷하다. 그리고 강도 높은 트레이닝 덕분에 건장한 체격이다.

나는 루가루 벤자민 텔러와 인간 제시카 텔러의 아들이다. 그래서 친가 쪽 조상들은 털이 훨씬 길다. 아, 치아도 훨씬 길다. 70억의 '정상적인' 인간에 비해 루가루는 전 세계 5만 명에 불과하다. 그중 미국에 있는, 마음대로 늑대로 변신 가능한 루가루 수는 1만 명에 이른다. 마음대로 변신한다는 것은 놀라운 일이다. 본래 인간의 덩치 그대로 늑대로 변하기 때문에 아주아주 큰 늑대로 변한다. 가령 자연계에는 60킬로그램 이상 나가는 늑대가 드물지만 내 할아버지의 체중은 250킬로그램이 넘는다. 부피나 질량이 아니라 밀도가 더 큰 것이다.

실제로 숲에서 할아버지와 마주친 인간들은 할아버지에게 물려서 죽는 것이 아니다. 쇼크로 죽는다. "으악, 괴물이다!" 꽥!

아니, 농담이다. 할아버지는 아무도 물어 죽이지 않는다. 할아버지가 목장을 경영하는 것을 보면 알 수 있다. 우리 집안은 소를 키운다. 루가루는 기름기가 없고 질긴 인간의 살보다 소의 살을 훨씬 좋아한다. 그럼 인간의 살이 기름기가 없고 질기다는 사실은 어떻게 아느냐고? 윽, 나라면 이런 질문은 하지 않을 텐데…….

늑대 모습의 할아버지가 무시무시한 건 사실이다. 새로운 버전의 엄청나게 사나운 늑대라고 할까.

내가 알기로 우리 옆 동네 애덤스 일가의 루가루는 체중이 표준에 가깝다.

내 할아버지와 할머니는 세력이 가장 큰 루가루 무리의 알파이다. 알파 늑대란 무리를 지배하는 수장을 의미한다. 늑대는 가장 영리하고 힘이 센 알파와 복종하는 베타, 놀림감이 되어 학대받는 오메가로 분류된다. 루가루 전체 무리는 다시 작은 무리로 나뉘고, 수장인 알파들이 각각의 무리를 이끌고 있다. 이 작은 무리의 알파들은 민주적으로 선출한 내 할아버지에게 충성한다. 최고 수장의 임기가 20년인 것은 인간과 달리 루가루는 수명이 매우 길기 때문이다.

내 이야기는 18년 전 내가 세상에 나온 날부터 시작된다. 아버지 벤자민은 겉으로 보기에 매우 평범한…… 인간과 사랑에 빠졌다. 정말 이례적인 일이었다. 루가루는 수가 그리 많지 않아서 무리가 아닌 종족과의 결혼을 피한다. 물론 이전에도 인간과 결합하는 경우는 더러 있었지만 루가루 유전자가 열성이기 때문에 자식들은 순수 혈통의 루가루로 태어났다.

아주 드물게 루가루로 태어나지 않은 아이는 가차 없이 제거되었다. 비정하지만 그랬다.

아무튼 내가 태어나기 전까지는 그랬다. 나에게 늑대의 징후라고는 전혀 없었다. 나는 루가루가 아니었고, 어린 시절 내내 루가루가 아닌 것이 불만이었다.

인간으로 태어난 나를 죽이지 않은 이유는 내가 우리 무리의 유일한 후계자였기 때문이다. 물론 할아버지, 할머니가 나를 사랑하기 때문이기도 했다. 뭐, 나는 그렇다고 믿고 싶다.

나를 키워준 여성 늑대 내니는 내 부모님의 로맨틱한 만남을 얘기해주면서 엄마를 처음 보는 순간 아버지가 벼락 맞은 얼굴이 되었다고 말했다. 나는 어렸기 때문에 만화영화에서처럼 번개를 맞아 쭈뼛쭈뼛 일어선 머리털, 핑글핑글 도는 눈, 시커멓게 탄 아빠의 모습을 상상했다.

아버지는 무도회에서 첫눈에 반한 인간과 우여곡절 끝에 결혼했다. 엄마는 임신을 했고, 출산한 다음 펑! 사라졌다. 식구들이 다 보는 앞에서. 루가루들은, 아버지가 사랑하는 여자인데도 인간이라는 이유로 경멸하던 존재가 시간을 거슬러 가는, 가장 희귀한 아크로노트라는 사실에 경악했다. '특급 스파이'라 할 수 있는 아크로노트는 보이지도 않고, 냄새가 나지도 않고, 어떻게도 감지할 수 없는 상태로 무형화되어 자신이 태어난 날까지의 과거로 시간 여행을 할 수 있다. 아크로노트에게는 어떤 비밀도 숨길 수 없다. 그 어떤 발명품도, 심지어 은행 계좌 비밀번호까지, 과거의 시공간으로 이동하여 보고자 하는 것을 어깨 너머로 살피기만 하면 뭐든 알아낼 수 있다. 따라서 아크로노트를 소유한다는 건 어마어마한 힘을 갖는 것이었다.

전혀 몰랐던 놀라운 능력이 자신에게 있음을 알았을 때 어떤 기분일지 상상해보라. 어떻겠는가? 엄마는 자신의 능력에 홀렸고, 몇 달이 흐르자 그 능력에 완전히 중독되었다. 엄마가 중요한 정보를 가져다주면서 우리 집안은 엄청난 부자가 되었다. 엄마는 매우 중요한 인적 자산이었다. 부유해질수록 우리는 인간들 눈에 띄지 않을 수 있었다. 돈이 많으면 많을수록 우리 루가루 무리를 지킬 수 있고, 루가루의 존재를 비밀에 부치는 데 필요한 것들을 살 수 있었다. 할아버지는 이미 미국에 있는 모든 루가루 무리의 최고 수장이었지만, 엄마 덕분에 우리 무리는 더 강력해졌다.

하지만 이런 일에는 대가가 따랐다. 엄마는 그 능력에 취해 아버지와 나를 돌보지 않았다. 그리고 아버지는 그걸 참지 못했다. 아버지는 엄마가 나를 가졌을 때 시간을 거슬러 가는 능력이 나타났다는 이유로 나를 원망했다.

아버지는 나를 죽이려고 했다. 엄마는 나를 지켜야겠다는 생각에 아버지의 가슴에 은 단검을 꽂았다. 은은 루가루를 독살할 수 있는 유일한 금속이기 때문에 아버지는 소생하지 못했다.

그렇게 해서 나는 겨우 두 살이란 나이에 아버지를 잃었다.

그리고 그 비극적인 사건이 일어난 뒤 엄마는 정신이 이상해졌다. 할아버지 칼과 할머니 앰버는 사랑하는 아들을 죽게 한 엄마를 죽이고 싶었지만 그렇다고 귀한 아크로노트를 제거할 수는 없었다. 그래서 엄마를 가둬놓았다. '달의 가루'라는 환각제에 중독된 요정, 사냥할 수 없게 되었거나 이유 없이 인간에게 달려드는 루가루, 피를 빨아 먹는 뱀파이어, 미친 마법사 같은 초자연적 존재들을 감금해놓는 특별 정신병원에 엄마를 감금했다.

아크로노트를 가두는 일은 그리 어렵지 않다. 몸이 견디지 못하기 때문에 시간 여행을 떠나도 그렇게 오랜 시간 머물 수는 없고, 사라졌던 바로 그 자리에서 다시 유형화되기 때문이다. 시간 여행을 하고 돌아올 때마다 엄마가 하는 말은 빠짐없이 기록되었다. 엄마는 계속 그렇게 우리 집안과 우리 루가루 무리, 더 나아가 모든 루가루에게 많은 정보를 가져다주고 힘을 키울 수 있게 했다.

나는 이런 사실들을 나중에야 알았다. 할아버지와 할머니는 내 부모 중 누구의 능력도 물려받지 않은 나에게 고통을 주고 싶어 하지 않았다. 나는 내심 몸속에 흐르는 루가루의 유전자가 열성이라 아크로노트 능력이 나타나지 않는 데 안도했다. 그 능력 때문에 엄마의 정신이 이상해지지 않았는가.

30톤에 이르는 철근 더미가 내 위로 무너져 내리는 사고가 있기 전까지, 나는 그렇게 생각했다.

그런데 그건 사고가 아니었다.

살인미수였다.

루가루가 아니라는 사실에 낙심한 나는 가족을 설득하여 우리 리코스 목장에서 700킬로미터 떨어진 미줄라 대학으로 떠나는 데 성공했다. 나는 인간과 사랑에 빠지지 말 것(내가 태어남과 동시에 금지되었다), 인간과 가까이 지내지 말 것 등 여러 가지 명령을 받았다.

나는 청춘이었다. 집에서 벗어난 내가 대학에 가서 처음으로 한 일이 무엇이었을까?

사랑에 빠지는 일이었다. 카테리나 오하라라는 이름의 여학생. 나는 청록빛 눈에 눈부시게 아름다운 검은색 머리를 가진 카테리나에게 홀딱 반했다.

사랑에 빠진 청춘 남녀. 물론 쉽게 이루어질 수 없는 사랑이었다. 세상에는 내놓고 자랑할 수 없는 스캔들이 얼마나 많은가. 나는 카테리나의 증조부가 나의 증조부를 죽였다는 사실을 알았다. 오하라 집안은 우리가 자신들의 양을 독살시켰다고 오해했고, 나의 증조부는 진범을 잡기 위해 정찰하던 중 살해되었다. 그러자 복수를 위해 우리 늑대 무리가 오하라를 죽이면서 두 집안은 원수지간이 되었다. 마치 몬터규가와 캐폴렛가의 로미오와 줄리엣처럼.

눈에는 눈, 이에는 이.

그렇지 않아도 평범한 인생이 아닌데 하필이면 집안까지 서로 얽혀 있다니.

유감스럽게도 나만 금지법을 어긴 것이 아니었다. 라이벌이자 친구인 루가루, 타일러 브랜드켈이 카테리나에게 매료되었다. 그래서 우리는 카테리나를 두고 대립했다. 이제는 〈로미오와 줄리엣〉이 아니라 같은 인간 소녀를 사랑하면서 앙숙이 된 형제 이야기를 그린 드라마 〈뱀파이어 다이어리〉에 더 가까웠다. 그런데 그 타일러가 비계가 무너져 내리는 순간 나를 떠밀어 내 목숨을 구해주었다.

하지만 내가 무사했던 것은 무엇보다 엄마의 능력을 물려받은 덕분이었다. 내가 처음으로 엄마처럼 무형화되었기 때문이다. 나에게 시간을 거슬러 가는 능력이 있었던 것이다. 나는 진심으로 루가루이고 싶었다. 힘세고 민첩하고 멋진 루가루. 아크로노트 능력은 내게 정신 이상과 감금을 의미했다.

그래서 나는 그 능력을 모두에게 숨겼다. 우리 루가루 집안, 내 친구들, 카테리나에게도 숨겼다. 나만의 비밀로 간직했다.

그래서 상황이 복잡해졌다.

오케이, 내 인생이 훨씬 복잡해졌다.

시간을 거슬러 가는 능력 덕분에 나는 카테리나의 알코올중독 아버지 셰이머스가 한 세미와 접촉했고 비계에 함정을 놓으라는 지시를 받았다는 사실을 알았다. 그 세미는 셰이머스에게 우리 루가루 무리가 그의 할아버지뿐만 아니라 부모도 죽였다고 말했다(그 말은 거짓이었다. 우리는 그 익사 사고와는 아무 상관이 없었다. 내 할아버지의 말에 따르면 그렇다. 준엄한 할아버지에게 내가 계속 뒤통수를 맞아온 걸 생각하면 그랬을 가능성도 배제할 수는 없지만…… 그래도 나는 그 익사 사고와 우리 집안이 아무 관련 없기를 진심으로 바란다). 게다가 문제의 세미는 카테리나의 아버지에게 내가 루가루라서 비계를 무너뜨려도 죽지 않고 부상을 당하는 정도에 그칠 거라는 거짓말까지 했다. 격분한 셰이머스는 돈을 받았고(그래도 50만 달러라는 액수를 생각하면 정말 나를 죽이려는 행위였다), 술까지 끊으면서 은 총알을 장전한 총으로 무장하고 세미의 지시에 복종했다.

하지만 나는 비계 사고로 죽지 않았고, 도리어 나를 구하려던 타일러가 중상을 입었다. 친구이자 나의 루가루 보디가드인 처키와 함께 사건을 조사하면서 우리는 나를 죽이려는 음모를 꾸민 배후 인물이 루이스 브랜드켈이라는 사실을 알아냈다. 많은 루가루 무리 중 할아버지 다음으로 강한 무리의 수장인 루이스는 권력에 눈이 먼 야심가였다.

따라서 루이스 브랜드켈은 살인미수죄와 인간을 세미로 형질전환시킨 죄로 피소되었다. 루이스의 사주를 받고 셰이머스를 찾아와 지시를 내린 세미는 최근에 루가루에게 물린 인간이었기 때문이다.

아, 세미에 대해 말하는 걸 잊었다. 특히 인간을 사냥하는 식신, 긴 이빨의 두 발 짐승인 반늑대 반인간의 전설을 아는가? 밤에 자려고 누웠을 때 얼핏 떠올리기만 해도 오싹해지는 괴물, 그런 괴물이 실제로 존재한다.

그리고 그런 괴물을 만든 것이 루가루이다.

순수 혈통의 루가루는 마음대로 인간에서 늑대로, 늑대에서 인간으로 변신할 수 있다. 루가루는 죽을 때 늑대 모습이었든 인간 모습이었든 다시 변신하지 못하고 죽는 순간의 모습을 유지한다. 하지만 순수 혈통의 루가루에게 물린 인간은 살아남는다 해도 늑대 침에 든 독 때문에 형질전환이 일어나 세미로 변한다. 인간의 살을 아귀아귀 먹고 감정을 통제할 수 없는 괴물 세미는 매달 보름달이 뜨는 사흘 밤에만 변신할 수 있다.

나보다 힘이 세고 민첩한 루가루로부터 나 자신을 보호할 기술을 가르쳐준 악셀, 내 절친 중 하나인 악셀이 바로 세미이다. 악셀은 사랑 때문에 그를 형질전환시킨 순수 혈통의 루가루 젬마 덕분에 피에 대한 욕망을 극복할 수 있었다. 하지만 젬마는 루이스 브랜드켈에게 살해되었다. 악셀은 루이스를 증오했고, 복수심 때문에 우리 루가루 무리를 구해주었다.

루이스의 음모는 치밀하게 계획되었다. 루이스는 재판을 위한 루가루의 평의회를 열기 위해 일부러 이런 일을 벌였다. 그렇게 모든 루가루가 참석한 평의회에서 내 할아버지를 죽이고 전체 루가루 무리의 최고 수장 자리를 빼앗기 위해서 말이다. 그의 최종 목적은 마약을 밀매하는 루가루 팀을 만들어 인간을 노예로 굴복시키는 것이었다. 그런 미친 짓은 불가능하다고 무시해버릴 수 있을까? 그럴 수 없었다. 루가루는 신체적으로 인간보다 훨씬 힘이 세서 죽이기 힘든 데다 수명이 너무 길다는 것도 문제였다. 따라서 장기적으로 술책을 꾸민다면 사태는 자칫 파국으로 치달을 수 있었다.

루이스 브랜드켈은 우리 쪽 여성 루가루인 세라피나를 매수해 자기 수하인 루가루를 우리 땅에 잠입시키는 데 성공했다. 그건 우리 루가루 무리가 수백 년 동안 겪은 것 중 가장 최악의 배신이었다. 세라피나는 네드를 그 음모에 끌어들였다. 내가 한때 좋아했던 세라피나는 몸은 톱모델감인데 내면은 독사처럼 악독했다. 세라피나는 직접 나를 죽이려고까지 했다.

만약 악셀과 그의 세미들이 구해주지 않았다면 우리 가족을 비롯한 루가루들이 몰살당했을 것이다. 솔직히 말해 나는 우리를 구해준 세미들이 그렇게 끔찍한 모습의 괴물일 줄은 상상도 못했다. 하지만 세미들이 들이닥쳤을 때 얼마나 고마웠던지! 그사이 카테리나에게 미친 타일러가 기껏 생각해낸 것은 결투 중 내 다리를 부러뜨리는 일이었다. 그렇다고 나를 비웃지는 마시라. 분명히 말하는데 루가루와 맞서 싸우려면 바주카 정도의 무기는 있어야 물리칠 수 있다.

불행히도 루이스 브랜드켈과 그의 아들 타일러, 세라피나는 루가루의 엄호를 받으며 도주했다.

그로써 루이스가 꾸민 일의 진짜 목적이 드러났다. 세라피나는 네드를 꼬드겨 우리 루가루 무리의 비밀을 알아냈다. 우리 집안에 시간을 거슬러 가는 존재가 있다는 비밀. 루이스는 우리와 전투를 벌이는 사이 아크로노트 능력이 있는 엄마를 납치했다.

타협을 위한 우리의 모든 노력에도 불구하고 루이스 브랜드켈의 루가루 무리와 내 할아버지의 루가루 무리 간에 전쟁이 선포되었다.

나는 엄마를 찾아야 했다. 내가 원하는 것은 단 두 가지였다.

엄마를 찾고, 엄마를 납치한 자의 털가죽을 벗기는 것.

그런데 또다시 상황이 엉망이 되었다. 뱀파이어들 때문에……

뱀파이어

전혀 예상하지 못한 일이 일어났다.

나는 방에 들어가는 순간 엄청난 실수를 저질렀음을 알았다. 피투성이가 되어 쓰러진 사람에게 몸을 숙이고 있는 자가 있었다.

내가 들어오는 소리를 들었는지 그자가 고개를 쳐들고 희열에 찬 눈으로 나를 응시한다. 피 묻은 입으로 미소를 흘린다. 이빨이 너무 길고 빨갛다. 그 자가 일어나는 순간 나는 심장이 멎을 뻔했다.

그자의 미소가 커진다. 내 공포를 느꼈다는 듯이. 마침내 다음 식사에 눈 길을 주고 있는 것이다.

그자가 나에게 달려든다.

1
살해

나는 마치 그 자리에 있는 것처럼 현장을 보고 있다. 한 사람이 쓰러져 있다. 살이 갈가리 찢기고 근육이 잘려 피를 흘리는 몸. 다리 하나는 반쯤 뜯겨 뼈가 드러나 보인다. 이동하다가 그 사람의 얼굴을 본 나는 경악한다. 숨이 멎는다. 아는 남자다.

내 여친의 아버지, 셰이머스.

그를 도와주려고 다가간다. 하지만 손이 그의 몸을 그냥 통과해버린다. 나는 몸을 만질 수 없다. 그를 구해줄 수 없다.

비명을 지른다.

그러다 잠에서 깬다.

하지만 나는 잠을 잔 것이 아니라 700킬로미터 떨어진 미줄라까지 눈 깜짝할 사이에 시간 여행을 하고 돌아온 것이다. 어떻게 아느냐고? 시간 속으로 사라질 때는 몸이 무형화되면서 알몸이 되기 때문이다.

빌어먹을, 빌어먹을, 빌어먹을. 따라서 이건 그냥 악몽이 아니다. 누군가 카테리나의 아버지 셰이머스를 공격한 것이다. 나는 핸드폰을 집어 들었다. 새벽 4시였다. 911에 전화를 걸어 구급대원에게 주소를 불러준 다음 카테리나의 아버지가 나한테 전화했다고 거짓말을 했다. 구급대원은 앰뷸런스가 즉시 출발할 것이라고 답했다. 곧이어 나는 방을 뛰어나갔다.

아직 힘이 없는 다리(혈투를 벌일 때 타일러가 내 다리를 부러뜨렸는데 완전히 낫지 않았다)를 질질 끌면서 나는 카테리나의 방으로 향했다. 카테리나는 저택 좌측에 있는 게스트 룸에 묵고 있었다. 내 방에서 가장 멀리 떨어진 방이었다. 이럴 때는 내 가족이 정말 짜증스럽다.

나는 문을 두드려 카테리나를 깨우고 불을 켰다. 놀란 카테리나는 눈이 부신지 인상을 쓰며 침대에서 일어나 앉았다. 아름다운 검은색 머리가 헝클어져 있고, 청록빛 눈이 파르르 떨렸다. 갑자기 그녀의 눈이 휘둥그레지더니 얼굴이 빨개지며 내 얼굴을 빤히 쳐다봤다.

"인디아나?"

"카테리나, 미안한데……."

카테리나가 내 말을 끊었다.

"그렇게 홀딱 벗고 있는 건 무슨 특별한 이유가 있어서겠지?"

"응?"

시선을 내리던 나는 기겁했다. 이런! 깜빡 잊고 있었다. 나는 재빨리 방바닥에 있는 아무 옷이나 집어 대충 가리고는 말했다.

"미안해. 너무 급해서. 카테리나, 네 아버지가 공격을 받으셨어."

카테리나가 벌떡 일어났다. 그녀는 허벅지만 겨우 가릴 정도로 아주 짧은 잠옷 차림이었다. 상황이 이런데도 나는 흔들렸다. 그녀의 아름다운 모습에 홀릴 때면 늘 그렇듯 숨이 멎는 것 같았다.

"뭐, 뭐라고? 인디아나…… 네가 그걸 어떻게 알아?"

나는 카테리나에게 거짓말을 해야 했다. 시간을 거슬러 가는 내 능력은 아무도 몰랐고, 또 아무도 몰라야 하는 나만의 비밀이었다.

"네 아버지가 방금 나한테 살려달라고 전화하셨어. 911에 앰뷸런스를 요청하긴 했지만 우리도 빨리 미줄라로 가야 해. 지금 당장. 할아버지에게 부탁할게."

카테리나는 고개를 끄덕이고는 짐을 싸러 옷장 앞으로 뛰어갔다. 내가 돌아서서 나가는 순간 그녀가 잠옷을 벗었다.

결정적인 순간, 방문이 닫혔다.

나는 한숨을 내쉬면서 뛰었다. 할아버지는 아직 서재에 있었다. 루가루는 대체로 밤에 사냥을 나가기 때문에 막 돌아온 듯했다. 할아버지는 우리 루가루 무리 아니, 나는 루가루가 아니니까 몬태나에 있는 루가루 무리의 최고 수장이다. 그러므로 나 인디아나 텔러가 루가루 무리 전체를 엄청난 곤경에 빠뜨린 셈이었다.

태어날 때 그랬던 것처럼.

2

충격

카테리나로서는 생각지도 못한 엄청난 충격이었다. 그리고 아버지가 왜 딸인 자신이 아니라 나에게 전화했는지 이해하지 못했다. 하지만 더 자세히는 말해줄 수 없었다. 거짓말은 짧을수록 좋다는 것을 오래전에 터득했다. 특히 우리 집안 식구들에게는 거짓말을 최대한 짧게 하는 것이 현명했다.

피노키오가 이런 식으로 거짓말을 계속했다면 진작 땔감으로 생을 마감했겠지.

나는 할아버지에게 셰이머스가 공격을 받았다고 말했다(몸이 '갈가리 찢긴' 셰이머스가 신음하고 있었다면서 루가루의 공격을 암시했더니, 할아버지는 즉각 반응했다). 할아버지는 바로 목장의 헬리콥터를 대기시켰다. 물론 우리 집안이 부유한 건 맞지만, 헬리콥터는 졸부 행세를 하기 위해서가 아니라 외진 곳에 살 때는 원하는 장소로 빨리 이동할 수 있는 생존 수단이 필요하기 때문에 마련한 것이다.

가방을 챙긴 카테리나가 허겁지겁 층계를 뛰어 내려왔다. 나는 이미 준비가 되어 있었다. 그녀의 눈빛에 불안이 가득했다. 할머니는 마치 할아버지와 결합되어 있는 것처럼(무리를 이끄는 부부 알파 사이는 그렇다고 알고 있다) 남편의 부산한 움직임에 잠에서 깼고, 곧바로 처키에게 위급 상황을 알렸다.

어릴 적에는 나를 괴롭혔지만 지금은 성가신 보디가드가 된 뚱보 처키는 코에 털이 들러붙어 있어서 그런지 이상한 얼굴로 툴툴거렸다.

"제기랄! 인디아나, 사슴 사냥을 하고 막 돌아오는 길인데 또 무슨 일이야?"

아, 그래서 코에 털이 붙어 있었군.

"셰이머스 씨가 공격받았어. 내 전화번호를 간신히 누르고는 몇 마디 말하다…… 의식을 잃은 것 같아. 내가 911에 연락해서 구조대를 요청했어."

빌어먹을 루가루는 거짓말을 간파하는 능력이 있다. 루가루들이 부족의 일원인 나에게는 위협을 느끼지 않아서 그들의 코와 귀를 작동할 생각을 하지 않는 것이 그나마 다행이었다. 하지만 거짓말을 할 때마다 언젠가는 내가 위태로워지리라는 사실은 잊지 않고 있었다.

처키는 사태의 심각성을 대번에 알아차렸다. 그리고 고맙게도 거짓말 때문에 내 심장이 빠르게 뛰는 것을 공격받은 셰이머스에 대한 걱정으로 받아들였다. 짐을 챙기러 달려가기 전에 처키가 어깨 너머로 물었다.

"셰이머스 씨랑 내니가 같이 있지 않았어?"

나는 입속으로 욕설을 내뱉었다. 이럴 때 보면 분명 처키가 나보다 똑똑했다. 나는 왜 한순간도 내니 생각을 하지 않았을까? 엄마를 대신해 나를 키워준 내니(내 엄마는 미쳐서 특별 요양원, 즉 정신병원에 감금되어 있기 때문에)는 강한 루가루였다. 더군다나 내니는 셰이머스와 사랑에 빠져 있는데.

물론 카테리나에 대한 내 사랑은 금지된 것이었다. 하지만 나와 마찬가지로 내니 역시 무조건 복종하는 순응주의자가 아니었다. 내니와 나는 생각보다 훨씬 닮은 점이 많았다. 나는 내니를 깊이 사랑했다. 문득 심장이 오그라들었다. 무형화되었을 때 셰이머스 말고는 아무도 보지 못했는데. 하지만 그건 아무 의미가 없었다.

나는 핸드폰을 들고 내니의 번호를 눌렀다.

신호는 가는데 전화를 받지 않았다. 음성 사서함에 메시지를 남겼다. "유모, 전화해줘, 빨리!"

처키가 체크무늬 셔츠의 팔이 삐죽 나온 가방을 들고 뛰어왔다. 처키의 눈에 걱정이 가득했다.

"자동차가 대기 중이다!" 할머니의 외침이 들렸다. "얘들아, 어서 출발해. 도착하는 대로 연락하고!"

캐시미어 실내복 차림의 할머니가 불쑥 나타났다.

"그리고…… 인디아나?"

"네, 할머니?"

"루이스 브랜드켈이 선전포고했다는 사실, 잊지 마라. 수장의 손자를 죽이는 것으로 만족할 작자가 아니야. 그러니 신중하게 처신해야 해, 알았지? 처키와 데이브, 루가루 다섯이 함께 갈 거다. 너를 유인하기 위한 함정일 수도 있으니까."

나도 그 생각을 하고 있었다. 편집증? 이게 우리 집안의 내력인가? 여기저기에 음모가 도사리고 있었다. 최근의 사건들을 보면 냉정하고 이성적으로 생각해야 했다.

엄마가 아프다는 이유로 엄마를 만난 날이 손으로 꼽을 정도였지만, 최근에 대화를 나눈 뒤로는 엄마가 많이 보고 싶었다.

가상의 체스에서 화이트 퀸을 납치한 블랙 킹이 새로운 졸 셰이머스를 공격했다.

기습 공격에 나는 혼란스러웠다.

이 체스 게임의 난점은 상대가 나보다 백 살이나 더 먹은 사악한 늙은이라는 것이었다. 나는 한 손에는 『초보자를 위한 체스』 교본을 들고, 다른 손에는 체스판을 든 풋내기에 불과한데…….

"약속할게요, 할머니. 도착하는 대로 전화할게요."

할머니를 포옹하기 위해 몸을 숙일 필요는 없었다. 루가루는 대체로 키가 크고 체격이 좋았고, 할머니도 예외는 아니었다. 내 옆에서 초조해하는 카테리나를 생각해 작별 인사는 짧게 끝냈다. 차 안에서 카테리나는 처키의 눈길에도 아랑곳 않고 내 손을 잡고 놓아주지 않았다. 그녀가 내 손을 으스러뜨릴 지경이라는 말은 할 수 없었다. 이렇게라도 그녀가 안정을 찾는다면 이 정도 아픔쯤은 참을 수 있었다.

못 견디게 아픈 것도 아닌데.

카테리나는 호흡이 빠르고 불안한 눈빛이었다. 무슨 일이 벌어지고 있는지 모른다는 사실이 가장 절망적이었다. 그녀가 집에 열 번이나 전화를 걸었지만 아무도 받지 않았다. 병원에도 전화했지만 간호사가 셰이머스 오하라라는 이름으로 기록된 환자는 없다고 한 것으로 보아 앰뷸런스가 도착하지 않은 모양이었다. 어쨌든 아직은.

나도 좌불안석이었다. 내니가 핸드폰도 집 전화도 받지 않았기 때문에 점점 불안해졌다.

제기랄.

데이브와 루가루들이 우리가 탄 리무진을 뒤따랐다. 우리 루가루 무리의 경호원들과 병사들이었다. 훈련이 잘된 정예 늑대. 그들이 가진 무기는 작은 지방 하나를 전복할 수 있는 수준이었다. 솔직히 그들이 우리 옆에 있다는 사실만으로도 안심이 되었다. 나는 핸드폰을 다시 꺼내 들었다. 다행히 내가 찾는 전화번호는 '긴급' 목록에 있어서 버튼을 한 개만 누르면 되었다.

카테리나는 궁금하다는 눈빛이었다.

"악셀에게 전화하려고. 루이스 일당이 엄마를 납치할 때 정신병원에서 도주한 환자들을 추적 중이니까 그리 멀리 있지 않을 거야."

악셀은 세미였다. 괴물. 보통 세미라면 기가 죽었을 텐데 악셀은 피에 대한 욕망을 억제하는 데 성공해 인간을 보고도 죽이려고 달려들지 않았다. 그래서 악셀은 나의 훌륭한 친구가 되었고, 지금까지는 그에게서 위험을 느끼지 못했다.

어쩌면 내가 잘못 생각했을지도 모른다. 악셀은 세미의 수장이 된 뒤로(순수 혈통의 루가루 젬마를 살해한 루이스 브랜드켈에게 복수하려는 그를 방해하는 세미를 제거하고 수장이 되었다) 많이 달라졌다. 악셀은 어색한 미소를 지으며 막중한 책임을 느낀다고 말했었다. 그 책임감이 악셀을 더 강하게 만들었다는 것이 그가 어떤 일을 계획하는 방식에서도 느껴졌다. 이전보다 훨씬 신중해지고 주도면밀해졌다.

당시 상황을 생각만 해도 나는 아찔해졌다.

그런 신중함이 없었다면 우리는 모두 죽었을 것이다. 악셀은 할아버지의 은혜에 보답하기 위해 나와 내 가족의 목숨을 구해주었다.

따라서 나는 악셀이 전화를 받자마자 던진 말에 놀라지 않았다.

"누가 또 너를 죽이려고 해서 도움이 필요한 거야?" 악셀은 입 안에 뭔가가 가득한 듯 우물우물 말했다.

보름달이 뜬 첫날 밤이라 변신한 상태인 듯했다. 보름달이든 아니든, 밤이든 낮이든 마음대로 변신할 수 있는 순수 혈통의 루가루와 달리 세미는 천체의 영향을 받았다. 이 점에 있어서는 전설 속 늑대인간의 특성 그대로였다.

"내가 아니라 셰이머스 씨가 공격을 받았어. 중상이야."

말을 마침과 동시에 내가 혼자가 아니었다는 사실이 떠올랐다. 바보! 질겁한 카테리나가 딸꾹질을 했고, 처키는 비난조로 금빛 머리를 흔들었다. 나는 재빨리 말을 바꿨다.

"구조대를 요청했으니까 분명 필요한 조치를 취했을 거야. 우리는 지금 미줄라로 가고 있어. 근데 내니까지 전화를 받지 않아서 불안해."

내니처럼 강한 루가루를 죽이기란 그리 쉽지 않다. 전화선 너머에서 전해지는 침묵이 무거웠다. 갑자기 악셀 뒤쪽에서 돼지 멱따는 것 같은 소리가 들렸다. 나는 질문하지 않았다. 대답해주지 않을 게 뻔했다. 이윽고 악셀은 짧게 대답했다.

"금방 갈게. 헬리콥터 타고 갈 거지?"

"응."

"10분 후에 봐."

그리고 악셀은 전화를 끊었다.

아, 멀리 있지 않다는 뜻의 말에 나는 안도했다. 처키가 황갈색 시선을 보냈다. 여성 늑대들은 처키의 덩치를 좋아하지만 내가 보기에 가장 아름다운 것은 처키의 눈빛이었다. 루가루는 인간 모습이 위압적이면 변신했을 때의 늑대 모습도 위압적이다. 처키의 체구는 훗날 알파가 되기에 손색이 없었다. 처키는 이따금 어수룩할 때도 있었지만 덩치라면 누구한테도 밀리지 않기 때문에 아무나 함부로 덤빌 수 없었다.

나는 카테리나의 손을 다시 잡고—흥분한 그녀가 내 손을 놓았었다—그녀의 눈을 응시했다. 그러고는 마음을 단단히 먹고 거짓말을 이어갔다.

"나한테 전화할 힘은 있으셨잖아, 카테리나. 무슨 일이 일어났는지도 말씀하셨고. 부상당한 상태에서 구조대가 빨리 와야 한다고까지 하신 걸 보면 분명 괜찮으실 거야. 이라크 전쟁에서도, 루가루 무리의 싸움에서도 살아남으신 분이잖아. 투지가 있는 분이니까 이번에도 이겨내실 거야."

카테리나가 불안에 떨면서 나를 쳐다봤다.

"무서워죽겠어. 대체 누가 아빠를 해치려는 거지? 누군가 아빠에게 총을 쏜 거야? 아까는 제대로 물어보지도 못했어."

이런. 가장 대답하기 곤란한 질문이었다.

나는 헛기침을 했다. 내가 본 바에 따르면 셰이머스는 씹어 먹히고 갈가리 찢긴 채 내뱉어진 상태였다. 그런 짓을 할 수 있는 것은 동물밖에 없었다.

"카테리나, 미안해. 루가루 전체 무리 중 누군가에게 공격을 받은 것 같아."

카테리나는 숨이 멎을 듯 놀랐다. 루가루 전체 무리. 세상의 모든 루가루는 많은 분파로 나뉘어 있었다. 하지만 카테리나에게는 다 똑같은 루가루일 뿐이었다.

"루가루에게……?" 카테리나가 질겁했다.

"그래서 나도 두려워."

"하지만……."

"감염되었을 수도 있어. 너무 미안해서 할 말이 없지만…… 카테리나, 네 아버지는 세미가 될지도 몰라."

괴물. 인간의 살을 먹는 괴물. 세미가 되더라도 악셀처럼 피에 대한 욕망을 자제할 수 있다면 모르지만…….

세미의 관심사는 오로지 인간이었다. 특히 이제 막 세미가 된 괴물은 달리는 속도가 느린 인간을 가장 맛있는 간식거리로 생각한다는 것이 문제였다.

이 말에 카테리나는 엄청난 충격을 받았다. 그녀로서는 이해할 수도, 받아들일 수도 없는 일이었다.

"아빠는 내게 남은 유일한 가족이야, 인디아나. 나는 아빠밖에 없는데…… 아빠가 잘못되면……."

카테리나는 말을 잇지 못하다 가까스로 말했다.

"아빠가 돌아가시면…… 이 세상에 나 혼자야!"

"아니, 그렇지 않아."

나는 몸을 부들부들 떠는 카테리나를 보며 상처를 받았다.

"내가 있잖아. 그리고 우리 루가루 무리도 있어. 너와 아버지 덕분에 우리는 루이스를 물리칠 수 있었어. 너한테 가족이 없다는 말은 하지 마, 카테리나. 200명에 이르는 루가루가 너를 지켜줄 거야. 나를 믿어. 너를 위해서라면 목숨도 내어줄 거야. 설사 너와 내가 함께하지 못한다고 해도 그들은 다 네 가족이야."

처키가 긍정의 뜻으로 고개를 끄덕였다. 인간들은 루가루 무리의 충성심에 대해 전혀 모른다. 루가루 무리는 믿기지 않을 정도로 서로에게 충성한다. 그것이 루가루의 본성일 뿐만 아니라 루가루의 존재를 알면 멸종시키려고 달려들 게 뻔한 70억 인간 속에서 생존할 수 있는 유일한 길이기 때문이다.

때문에 세라피나에 이은 네드의 배신은 크나큰 충격이었다. 눈부시게 아름답지만 변덕스럽고 매우 영악한 세라피나를 한때나마 좋아했던 나는 그 배신감을 말로 표현할 수 없었다. 권력욕 때문에, 지배욕 때문에 세라피나는 우리에게 등을 돌리고 루이스와 손을 잡았을 뿐만 아니라 자기를 사랑하는 네드까지 끌어들였다.

그로 인해 한 루가루 무리가 동족인 다른 무리를 공격하는 사태가 벌어졌다. 권력욕 때문이든, 무력함 때문이든 우리 루가루 무리에서 두 명이나 배신을 하고 떠났다는 사실에 모두 깊은 상처를 받았다. 매일같이 그 상처가 눈에 보였다. 게다가 '다음은 또 누굴까?' 하며 경계하는 의심의 시선이 나는 너무나도 싫었다.

카테리나는 내 말뜻을 잘 이해했다. 우리 루가루 무리는 몇 달 동안 함께 지내면서 우리를 결속시키는 사랑을 카테리나에게 보여주었다. 그녀는 조금 긴장을 풀었다.

이후로는 가는 내내 침묵이 흘렀다. 우리가 도착하자 루가루 전용 사설 비행장이 부산해졌다. 악셀은 오토바이를 타고 있었는지 벌써 비행장에 와 있었다.

카테리나는 몇 걸음 물러섰다. 내가 악셀을 반기는 동안 그녀가 내 뒤에서 숨죽이고 있는 것이 느껴졌다. 카테리나는 루가루를 멋지다고 생각했지만 아직 세미의 모습에는 적응하지 못했다. 짐승과 인간이 섞인 모습. 긴 갈퀴 발톱과 이빨, 식신 괴물. 셰이머스의 미래인 세미의 모델이었다. 그가 만약 목숨을 건진다면.

인간일 때의 피부 못지않게 털이 검은 세미가 나를 포옹했다. 내 친구, 나의 멘토, 나를 훈련시키고 많은 걸 가르쳐준 악셀, 내 목숨을 구해준 악셀.

나는 몸이 으스러질 것 같은 포옹을 견디려고 이를 악물었다.

악셀은 다른 모든 루가루와 세미처럼 나는 인간이라 뼈가 부러질 수도 있다는 사실을 자주 잊었다.

다행히 카테리나를 발견한 악셀이 갈비뼈가 부러지기 전에 나를 놓아주고 그녀에게 인사했다. 악셀은 그녀에게 어떤 격려의 말도 하지 않았다. 악셀의 입에서 그런 말이 나오게 하려면 치과의사의 예리한 핀셋이 필요할 거다. 대신 어깨를 툭 쳐주는 것으로 많은 말을 대신했다. 악셀은 반루가루의 모습일 때 말하기를 무척 싫어했다. 동물의 아가리로 말하면 음절의 절반을 삼켜버리는 데다 침이 나오기 때문이다.

데이브가 경계하는 눈빛으로 악셀을 흘겨봤다. 루가루 중에서는 악셀을 가장 좋게 생각하는 처키의 시선도 곱지만은 않았다. 세미와 루가루 간의 오랜 적대감은 그가 용기 있게 우리 모두를 구해준 일만으로는 완전히 사라지지 않았다. 그래도 보기만 하면 달려들던 예전과는 달랐다.

"갑시다. 이렇게 낭비할 시간이 없어요!"

나의 퉁명스러운 어조에 모두 소스라쳤다.

데이브와 악셀이 신경전을 멈추고 헬리콥터를 향해 뛰었다. 한 대로는 부족해 두 대의 헬리콥터가 대기하고 있었다.

"기름값이 많이 들 텐데……." 자기 때문에 돈을 쓸 때마다 늘 미안해하는 카테리나가 속삭였다.

나는 그녀의 지적에 놀랐다. 가능한 한 빨리 돌아가야 하는 상황에 이런 말을 하다니, 이상했다. 카테리나가 돈에 관해서는 지나칠 정도로 예민한 탓일까. 가끔 신경질적인 반응을 보일 때도 있었다. 심지어 선물을 받는 것조차 몹시 불편해하는 그녀였다.

하지만 지금은 경우가 달랐다. 카테리나는 눈앞이 캄캄하다고 할 만큼 암담한 상황이었다. 그러다 나는 카테리나가 아버지에게 일어난 일을 미리 생각하지 않기 위해 사소한 데 신경 쓰고 있음을 알아차렸다. 아버지의 죽음 또는 세미로의 전환. 카테리나는 희망과 공포 사이에서 불안해하고 있었다.

"어차피 조만간 미줄라로 돌아갈 생각이었어." 나는 가벼운 어조로 대꾸했다. "루이스의 위협 때문에 목장에 갇혀 있다니 말도 안 되잖아. 공부를 계속해서 반드시 졸업해야 해. 내가 재계의 거물이 되면 루이스를 가만 안 둘 거야. 반드시 파산시키고 말겠어. 나를 믿어."

나는 엄마를 납치한 자에 대한 증오심을 너무 드러내지 않기 위해 노력했지만 카테리나는 속지 않았다. 그녀는 내가 원하는 것은 단 한 가지라는 사실을 잘 알고 있었다. 루이스 브랜드켈의 죽음.

가능하면 끔찍한 고통 속에서 죽기를.

나도 안다. 나약한 인간이던 내가 루가루의 영향을 받아 잔혹해지고 있었다.

헬리콥터는 몇 시간 후면 미줄라에 도착할 것이다. 헬리콥터 안에서 악셀은 도주한 환자들을 추적한 일에 대해 설명했다. 그는 루이스 브랜드켈이 엄마를 납치할 때의 정신병원과 그 주변의 영상, 지도를 아이패드에 입력해놓았다. 정신병원을 공격하기 이전과 이후의 영상이 담겨 있었다. 순간적으로 지나가는 장면 중 하나가 내 시선을 끌었다. 루이스의 늑대들에게 납치당하는 축 늘어진 엄마의 모습이었다. 나는 주먹을 불끈 쥐었다. 악셀은 납치 영상에 이어 길을 잃고 헤매는 환자들을 찾았을 때의 영상을 보여주었다. 악셀을 공격하는 환자들이 있는가 하면 정신병원으로 데려다줄 사람이 나타나 기뻐하는 환자도 있었다. 이제 찾아야 할 환자들은 요정과 뱀파이어 들이었다. 이들은 날아다닐 수 있어서 추적이 훨씬 힘들었다.

마침내 헬리콥터가 미줄라에 도착했다.

카테리나의 집은 비행장에서 그리 멀지 않았다. 일 처리 능력이 뛰어난 데이브가 그 지역의 우리 쪽 루가루들에게 미리 알려놓았기 때문에 여러 대의 차가 대기하고 있었다. 우리는 두 그룹으로 나뉘었다. 데이브는 나를 지켜야 하므로 데이브의 부하들이 악셀의 지휘를 받아 사건의 내막을 조사하기로 했다. 악셀 그룹은 카테리나에게 열쇠를 받은 다음 그녀의 집으로 질주했다. 내가 시간 속으로 들어가서 봤던 셰이머스의 상태로 짐작하건대 아마도 이들은 보통 사람들은 탐지하지 못할 냄새와 단서를 찾아낼 것이다. 경찰 수사팀에 루가루가 있다면 미해결 사건이 상당히 줄어들 텐데.

우리 그룹은 데이브와 병사 둘의 경호를 받으며 병원으로 향했다. 카테리나의 창백한 얼굴, 불안이 가득한 청록색 눈은 보기 딱할 정도였다. 우리는 병원에 도착해서야 한숨을 돌릴 수 있었다.

셰이머스는 중상을 입었지만 죽지 않았다.

내니도 병원에 있었다.

내니를 안는데 어찌나 다리가 후들거리는지 그제야 내가 내심 유모를 얼마나 걱정했는지 깨달았다. 검은색 모직 원피스 차림의 내니는 나보다 키가 작고 통통했다. 황갈색 눈에 슬픔이 가득했다. 내니는 셰이머스를 진심으로 사랑했다. 유모의 동요에 마치 내 몸이 분쇄기에 돌려지는 기분이었다.

"인디아나." 내니가 속삭였다. "끔찍했어. 의사들이 셰이머스가 밤을 넘기지 못할 거라고 했어."

이미 새벽이 되었으니 의사들의 판단은 틀렸지만, 내니의 말이 무슨 뜻인지 이해했다. 셰이머스의 목숨이 풍전등화와 같다는 의미였다. 나는 내니를 꼭 끌어안았다. 알코올중독으로 딸을 고생시킨 셰이머스를 그다지 좋아하지는 않았지만 카테리나와 내니를 깊이 사랑하기 때문에 둘에게 상처가 되는 일은 내게도 가슴 아픈 일이었다.

"유모, 대비는 해놨지?"

내 예상대로 셰이머스는 루이스 브랜드켈 무리의 루가루에게 당한 것이었고, 몇 분 후에는 세미로 변해 인간들을 잡아먹으려고 할 터였다. 움직이지 못하는 환자들이 많으므로 병원은 곧 굶주린 세미를 위한 초대형 맥도날드가 될 수도 있었다. 솔직히 나는 내니가 셰이머스를 몰래 빼돌려 철창 안에 가두지 않았다는 데에 놀랐다.

은과 철이 섞인 삼중 철창이 필요한데. 세미는 힘이 굉장히 세니까.

"아니, 지금 당장은 아냐. 담당 의사가 단테 부트라는 마법사야. 네가 대학에 입학했을 때 만일을 대비해 이 병원에 단테 부트와 간호사 둘을 심어놓았거든."

아, 마법사. 세크메트의 후손. 고양이 종족. 마법사는 루가루와 마찬가지로 마법으로 변신할 수 있고, 특히 인간을 이용하는 게으르고 위험한 존재였다. 하지만 그중에는 의학과 마법을 결합하여 전대미문의 성과를 내는 뛰어난 의사도 더러 있었다.

나는 신경질적인 한숨을 꾹 참았다. 이따금 내 가족의 과잉보호가 피곤했지만 이번만은 환영이었다. 데이브와 부하들이 우리를 호위하고 있었다. 그런데 내니가 우리 모두를 깜짝 놀라게 했다.

"단테의 말로는 셰이머스가 너무 허약하대." 내니의 금빛에 가까운 황갈색 눈이 불안으로 흔들렸다.

뭐라고? 세미는 주먹 한 방으로 방탄 장치를 한 문짝도 박살 낼 수 있는데, 대체 무슨 말을 하는 거지? 내가 믿기지 않는다는 얼굴로 한마디 하려는 순간, 다가오는 의사를 보고 카테리나가 입을 열었다. 나는 그녀가 하는 말을 듣기로 했다.

"아빠를 볼 수는 있죠?" 카테리나가 의사에게 물었다.

내니는 침묵했고 우리는 가슴을 졸이며 의사의 대답을 들었다.

"딸인가?" 피곤한 기색이 역력한 마법사 의사가 말했다.

의사 옆에서 정복 차림의 형사가 수첩을 꺼내 들었다. 우리 병사들의 딱딱한 얼굴과 태도를 살피던 형사의 표정이 굳어졌다. 나는 카테리나가 목멘 소리로 말하는 동안 형사를 경계하며 지켜보았다.

마법사 의사는 셰이머스를 직접 응급처치하면서 상태를 면밀히 살폈기 때문에 내니에게 소견을 말했던 다른 의사들보다는 다행히 긍정적인 진단을 내렸다. 하지만 형사가 옆에 있어 자세한 이야기는 할 수 없었다. 아버지가 루가루에게 물렸고 형질전환이 되리라는 사실을 아는 카테리나는 그의 말에 숨은 뜻을 알아내야 했다.

"일단 응급처치는 끝냈는데 중상이라……. 다리 하나가 거의 떨어져 나갔지만 절단 수술을 하지 않고 봉합하는 데 성공했어. 그나마 빨리 연락을 받아서 천만다행이었지. 30분만 늦었어도 가망이 없었을 텐데. 집중치료 중이라 지금은 의식이 없지만 가서 볼 수는 있어."

카테리나와 눈이 마주쳤다. 그녀가 진심으로 고마워하는 것이 느껴졌다. 내가 신속하게 앰뷸런스를 부른 덕분에 셰이머스가 목숨을 구한 것이다. 하지만 그것도 잠시, 수첩에서 눈을 뗀 형사가 말을 한 순간 고마워하는 마음은 물에 젖은 불처럼 피식 꺼져버렸다.

"그런데 개는 살려둘 수 없을 것 같습니다."

카테리나가 숨을 죽이고 형사를 빤히 쳐다봤다.

"네?"

카테리나가 놀란 표정을 짓자 형사는 의아해했다.

"아버님이 개의 공격을 받고 중상을 입으셨거든요. 아주 큰 개에게 물렸는데……. 왜요? 집에 개가 없습니까?"

3
공격

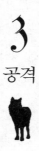

카테리나의 얼굴에 당황하는 빛이 스쳤다. 그녀는 거짓말을 해야 할지 말아야 할지 어찌할 바를 몰랐다.

웰컴 투 마이 월드.

선택의 기로에 섰을 때는 사실을 말하는 것이 가장 낫다고 판단한 카테리나가 대답했다. "그게…… 네, 우리 집에는 개가 없어요. 그러니까 내 말은 개를 키우지 않는다고요."

"그렇다면 이 지역에 위험한 개 한 마리가 돌아다닌다고 보안관에게 알려야겠군요. 이미 사람을 공격했고 또 그럴 수도 있으니까요."

예방 원칙. 형사 말이 맞지만 그렇게 되면 악셀과 데이브의 부하들이 사방을 돌아다니며 냄새를 맡는 데 문제가 생길 것이다. 어쨌든 이미 때는 늦었고 상황은 나빠졌다.

형사가 상관에게 보고하기 위해 자리를 뜬 사이 내니와 시선을 교환했다. 마법사 의사가 카테리나를 데리고 집중치료실로 향했고, 우리도 그 뒤를 따라갔다.

신중한 데이브가 악셀 그룹에 전화를 걸어 경찰이 그 일대를 수색할 위험이 있으니 절대 늑대 모습으로 다니지 말라고 알렸다. 루가루는 은 총알 두세 발을 머리에 맞아야 죽지만 납 총알도 타격을 줄 수는 있었다.

특히 악셀은 어떤 이유로든 눈에 띄어서는 안 되는 존재였다. 늑대 모습의 루가루는 몸집 큰 개로 여길 수 있어도 짐승 모습의 세미는 긴 송곳니를 가진 두 발 괴물로 보일 뿐이니까.

데이브가 통화하는 동안 부하들은 우리를 경호하면서 마주치는 모든 이들을 경계했다. 그 틈에 내니가 나에게 그간의 일을 나직한 소리로 말했다. 루가루는 인간 모습일 때도 청각이 뛰어나므로 병사들은 내니가 작게 말해도 실마리를 찾을 수 있었다.

"인디아나, 나는 사냥하러 나가 있었어." 내니가 집을 지키지 못한 걸 자책하면서 말했다. "셰이머스는 내가 사랑하는 멋진 남자지만 나도 긴장을 풀 필요가 있었거든. 사슴 한 마리를 뒤쫓고 있을 때 뭔가 심상치 않은 느낌이 드는 거야. 전속력으로 돌아왔지만 너무 늦었어. 이미 앰뷸런스가 와 있더라고. 아무것도 할 수 없다는 걸 알고 늑대 모습으로 숨어 있다가 차와 옷이 있는 곳으로 달렸지. 어찌나 정신이 없었는지 핸드폰 챙기는 것도 잊었어."

내니가 왜 전화를 받지 않았는지 이제 이해가 되었다. 내가 얼마나 불안에 떨었는지 모른다는 말은 하지 않았다. 안 그래도 괴로워하는데 더 자책하게 할 필요는 없지 않은가. 데이브와 병사들은 황당하다는 표정이었다. 루가루가 인간과 함께 사는 것은 금지된 일이었다. 이 사실은 몇 시간 후면 할아버지에게 낱낱이 보고될 터였다.

"어둠 속에서 불쑥 나타난 나를 보고 구급대원들은 깜짝 놀랐지만 셰이머스와 함께 사는 사람이라고 말했어. 그게 거짓말은 아니니까……. 그들에게 내 옷가지를 보여줬지. 우리는 두 집을 오가며 지냈기 때문에 셰이머스 집에도 내 옷이 있었거든. 구급대원들은 더 이상 캐묻지 않았고, 나는 내 차로 앰뷸런스를 따라왔어. 셰이머스는 곧장 수술실로 들어갔고 그사이 내가 마법사 의사에게 루가루의 공격을 받았다고 알렸지."

"확실해, 유모? 나한테 전화했을 때 그런 말은 하지 않았는데."

내가 아크로노트라는 사실을 말하지 않는 것이 내니를 도와주는 일이었다. 내니가 루가루 무리에 대한 충성심과 아들처럼 생각하는 나에 대한 사랑 사이에서 괴로워하게 할 필요는 없었다.

"냄새는 분명하지 않지만 이빨 자국을 보면 확실해. 세라피나가 너를 죽이려고 했을 때 비계에 후춧가루와 고춧가루를 뿌려서 흔적을 지웠잖아. 이번에도 똑같이 후춧가루와 고춧가루를 뿌려놓아서 냄새를 맡을 수가 없었어."

이상한 일이었다. 루이스 브랜드켈은 왜 수하의 루가루가 셰이머스를 공격했다는 사실을 숨기려고 했을까? 우리는 전쟁 중이고 가장 유력한 범인으로 그가 지목될 게 뻔한데. 차라리 아직 식지 않은 시신 옆에 명함을 남기고 가는 것이 훨씬 루이스다운 행동이었다.

"그랬더니 마법사가 뭐래?"

"상처가 아물지 않는 것이 아주 이상하다고 했어. 수술을 마치고 나서는 셰이머스가 세미로 변하지 않을 것 같다는 말도 했어. 그를 회복시키는 일이 더 큰 문제이지 독은 둘째 문제라는 거야. 그리고 두 간호사에게 셰이머스를 지키게 했어. 간호사들도 여성 마법사들이라 혹시라도 셰이머스에게 형질전환이 일어나기 시작하면 제압할 수 있으니까."

마법사들은 철두철미했다. 나는 속으로 할아버지에게 고마워했다. 할아버지는 항상 모든 걸 예상하고 조직을 동원했다.

"그래서 나는 셰이머스를 후송할 준비를 하지 않았어." 내니가 내 무언의 질문을 눈치채고 말했다. "중상이라 잘못 움직였다가는 죽을 수도 있어서. 뭔가 이상해, 인디애나. 셰이머스에게 형질전환이 일어나지 않는 데다 회복도 되지 않아!"

불안에 사로잡힌 목소리였다. 내니는 수백 년을 살 수 있는 여성 루가루치고는 그리 나이가 많지 않았지만, 불임 선고를 받은 뒤로는 여자로서 사랑을 기대도 하지 않았다. 그러다 마침내 그 사랑을 찾았는데, 그 남자가 불가항력의 갈등에 휘말려 사경을 헤매는 모습을 보기란 아주 고통스러운 일이었다. 그런데 나는 믿기지 않는 다른 사실에 정신이 팔렸다.

"독이 전혀 문제가 되지 않는다는 뜻이야?"

"응."

"말도 안 돼!"

"알아."

마법사 의사가 한 병실 앞에 멈춰 섰다. 창유리를 낸 문이라서 들어가지 않아도 안을 들여다볼 수 있었다. 의사는 우리를 소독시키고 덧신과 장갑, 가운과 모자를 쓰게 했다. 환자들의 감염을 우려한 조치였다.

카테리나는 집중치료실에서 10분 이상 머물 수 없었다. 이날 저녁에는 환자가 두 명 있었고, 한 명은 교통사고 환자였다. 셰이머스는 의료 기기에 둘러싸여 있었고 호스로 연결된 심장 모니터에서는 삐, 삐 소리가 났다.

나는 병원을 싫어한다.

아버지의 상태를 본 카테리나의 얼굴이 창백해졌다. 나는 카테리나가 쓰러질까 봐 얼른 다가갔다. 하지만 정신력이 강하고 용감한 카테리나는 침착했다.

카테리나가 라텍스 장갑을 낀 손으로 땀에 젖은 아버지의 이마를 만졌다. 나는 루이스의 의도가 이해되지 않았다. 그 빌어먹을 알파가 대체 무슨 짓을 꾸미는 걸까? 루이스가 셰이머스를 세미로 만들려고 했다면 뭔가 구체적인 목적이 있음이 분명했다. 하지만 루가루의 독은 즉시 작용해야 정상이었다. 형질전환이 일어나면 더 튼튼해지고 강해졌다. 물론 세미로 형질전환이 되기까지는 몇 분에서 몇 주일까지도 걸릴 수 있었다.

무엇보다 루가루의 공격에서 살아남는 세미가 극소수이긴 하지만 일반적으로 상처는 빨리 나았다. 그런데 셰이머스는 공격을 받은 지 몇 시간이 지났는데도 상처가 아물지 않았다.

내니의 말이 맞았다. 뭔가 이상한 일이 일어나고 있었다. 나는 입속으로 욕설을 내뱉었다. 카테리나가 눈물에 젖은 얼굴을 들었다.

"인디아나, 이제 어떡하지? 아빠를 구하기 위해 우리가 뭘 할 수 있지? 이러다 아빠가 돌아가시면 어떡해?"

"아버지는 돌아가시지 않을 거야, 카테리나. 순수 혈통의 루가루에게 물렸다면 돌아가시지 않아."

믿기지 않는다는 얼굴로 나를 쳐다보던 카테리나는 이내 무슨 말인지 알아차렸다.

"영화에서처럼 상처가 사라질까?"

"응, 하지만 오래전에 그랬어야 해."

"뭐라고?"

"보름달이 떠 있잖아. 아버지는 상처가 아물고 형질전환이 되어 이미 세미로 변해 있어야 해. 우리가 도착했을 때는 내니가 아버지를 다른 데로 옮겨놓았을 거라고 생각했는데 병원에 있는 상황이 도무지 이해가 안 돼."

카테리나는 문제가 생겼음을 직감했다.

"그러니까 아빠가 감염되지 않았을 수도 있다는 말이야? 저절로 회복되어 세미로 변하지 않을 수도 있어?"

카테리나의 목소리에 담긴 희망에 가슴이 미어졌지만 나는 고개를 설레설레 저었다. 우리 루가루 종족과 특성에 관한 책을 수백 권쯤 읽었다. 늑대 모습의 루가루에게 물린 인간이 감염되는 것은 기정사실이었다. 어떤 인간도 절대 견디지 못했다. 어쨌든 우리가 아는 한에서는…….

"아니. 루가루에게 물렸다면 감염은 불가피해. 하지만 현재는 그렇지 않은 것 같아."

갑자기 셰이머스의 몸과 연결된 심장 모니터가 미친 듯이 삐삐거리기 시작했다. 간호사 두 명과 의사가 달려왔다. 그들이 카테리나의 아버지 주위에서 분주히 움직이는 사이 또 다른 인간 간호사가 우리를 집중치료실에서 내보냈다.

간호사의 얼굴이 낯익었다. 몇 달 전 나를 치료해주면서 '미스터 근육질'이라고 불렀던 간호사였다. 그녀는 갈색 눈빛으로 나를 알은체했지만 이번에는 아무 농담도 하지 않았다.

우리는 한 시간 동안 기다렸다. 뭔가 급박하게 돌아가는 것 같은데 아무도 어떤 상황인지 설명해주지 않았다. 하지만 창유리를 통해 의료진이 셰이머스를 살리기 위해 분투하는 모습을 볼 수 있었다.

의료진이 심근 수축기를 사용했다. 두 번.

"난…… 못 보겠어." 카테리나가 정신이 나간 눈빛으로 중얼거렸다.

나는 목이 메어 카테리나를 꼭 안아주었다. 그녀의 눈물에 내 회색 스웨터가 젖어들었다.

"미안해, 카테리나. 나 때문에 목숨이 위태로워질 줄 알았다면 너를 가까이하지 않았을 텐데."

카테리나가 뻣뻣하게 굳어지더니 내 시선을 피하며 몸을 뺐다.

그때 마침 마법사 의사가 나오자 카테리나가 뛰어갔다.

"일단 안정시키는 데는 성공했어요." 의사가 지친 목소리로 말했다. "하지만 심장이 멎었어요. 두 번이나."

카테리나가 비틀거려서 나는 얼른 붙잡아주었다.

"지금으로서는 기다리는 수밖에 없구나. 상태가 너무 안 좋아. 세미로 형질전환이 되는 경우를 여섯 번이나 봤지만 이렇게 시간이 많이 걸린 적은 한 번도 없었어. 대단히 희귀한 케이스라고 해야겠지. 루가루 독에 대한 면역은 들어본 적이 없는데……."

의사는 전대미문의 상황을 분석해 이유를 알고 싶다는 눈빛이었다. 의사의 모습에 내 몸이 떨렸다.

"셰이머스 씨는 중요한 증인입니다." 나는 냉정하면서 차분한 목소리로 말했다. "우리 무리를 구해주셨는데 돌아가시게 할 수는 없습니다. 할아버지가 용납하지 않으실 겁니다, 절대로."

이름을 날릴 절호의 기회를 잡았던 마법사 의사의 꿈이 깨졌다. 그는 불현듯 루가루는 인내심도 동정심도 없다는 사실을 상기했다. 그리고 쉽게 용서하지 않으리라는 것도.

"물론 알지. 의학으로나 마법으로나 내가 아는 모든 수단을 동원해 도울 거다. 그래도 루가루 무리의 수장에게 이 환자는 아주 어려운 케이스라는 말씀을 드리고 싶구나."

마법사 의사는 카테리나의 절망적인 눈과 마주치자 덧붙였다.

"그렇지만 최선을 다할 거야."

"이제 어떻게 할 건데요?"

카테리나의 목소리는 차갑고 단조로웠다. 나는 등줄기가 오싹해졌다.

마치 누군가가 내 무덤 위를 걷는 것 같았다.

"스물네 시간 동안 경과를 지켜볼 거야. 만약 형질전환의 조짐이 보이면 안전한 장소로 데려가서 그 과정을 견딜 수 있게 도와야지."

의사는 약한 인간들을 보호하기 위해 셰이머스를 가둬놓을 거란 말은 하지 않았다.

나는 카테리나의 긴장을 풀어주기 위해 한심한 시도를 했다.

"일단 피에 대한 욕망을 억제하면 아버지는 악셀처럼 될 거야. 한 달에 사흘 밤만 털이 좀 많은 상태로 지내면 돼."

농담조의 말에도 카테리나는 웃지 않았다. 미소조차도. 나는 몹시 후회했다.

병원 내에서 지위가 높은 의사를 알고 있는 덕분에 우리는 카테리나가 아버지에게서 멀리 떨어져 있지 않으면서 휴식을 취할 수 있는 병실 하나를 얻을 수 있었다. 내니가 카테리나와 함께 지냈다. 카테리나는 병원으로 달려오기 전에 두 시간밖에 자지 못했다. 교통사고 환자 둘은 상태가 호전되어 일반 병실로 옮겨졌지만, 집중치료실 안의 회복실에는 또 다른 환자가 있었다.

불안과 피곤에 지쳐 커피를 마시고 있을 때—긴장을 늦추지 않기 위해서는 자극적인 것이 필요했기 때문에 차가운 소다수든 뜨거운 커피든 아무거나 상관없었다—내니가 나를 찾아왔다.

셰이머스는 차도가 없었다. 온몸에 튜브를 부착한 셰이머스는 놀랍게도 여전히 인간으로 남아 있었고 피를 많이 흘린 탓에 수혈을 했는데도 얼굴은 창백하고 의식도 돌아오지 않았다.

마법사 의사는 주문으로 치료를 강화했다. 하지만 셰이머스의 상태가 워낙 위중해 마법 주문도 역부족이었다. 그저 죽음을 막는 정도였다.

내니는 카테리나 못지않게 괴로워했고, 나는 알파의 예민한 감각(나는 루가 루가 아니지만 얼마 전부터 청각과 후각이 발달해 피 냄새와 죽음, 소독 냄새가 진동하는 병원에 있기가 정말 힘들었다) 때문에 두 여자의 고뇌를 고스란히 느끼고 있었다. 두 여자의 불안이 내 의지와 상관없이 아크로노트 능력을 사용하게 만들까 겁이 나서 한 번씩 밖으로 나가야 할 정도였다. 시간을 거슬러 가는 능력은 내가 두렵거나 위험에 처했을 때 느닷없이 나타나기 때문에 통제가 불가능했다. 그리고 나는 루가루가 아닌데도 알파의 힘(무리와 감정을 공유할 수 있는 힘)이 있어 극도로 긴장할 경우 무리를 강제로 변신시킬 수 있다는 사실도 잊으면 안 되었다. 내가 조심하지 않으면 병원에 있는 루가루 여섯의 변신으로 많은 사람이 심장마비를 일으킬지도 모르니까.

달이 기울 무렵, 인간 모습의 악셀이 이맛살을 찌푸리며 병원 로비에 나타났다. 좀 전에 병원을 나와 악셀에게 전화를 걸어 상황을 얘기했더니 악셀이 곧 도착할 거라고 말했고 그래서 로비에서 그를 기다리는 중이었다. 늘 그렇듯 징 박힌 검정 가죽옷 차림의 건장한 흑인 악셀은 '내 발을 밟았다가는 후회할 거야'라고 말하는 듯한 위압적인 모습이었다. 나는 악셀과 포옹하다 내어깨가 악셀과 거의 맞먹을 정도로 떡 벌어진 걸 깨닫고 깜짝 놀랐다. 비행장에서 만났을 때는 악셀이 털북숭이 늑대인간의 모습인 데다 정신이 없어 알아채지 못했었다.

"이상한 일이 일어나고 있어." 악셀이 나를 놓아주며 말했다. "누군가 흔적을 지우고 있어. 나가서 얘기하자."

내니가 카테리나에게 가 있겠다는 손짓을 했고, 나는 악셀을 따라 나갔다.

데이브와 루가루 하나가 멀찍이 떨어져서 나를 따라오고 있었다. 악셀과 내가 단둘이 얘기를 나누기에 적당하면서 내가 공격받을 경우 재빨리 개입할 수 있는 거리였다. 나는 악셀과 은제 칼이 있으니 누구도 나를 함부로 해치지 못한다고 말하고 싶었지만 참았다. 데이브와 부하들은 할아버지의 명을 받았으므로 내가 정색을 하고 쫓지 않는 한 그 명에 복종할 것이었다. 그리고 지금은 꼭 그들을 따돌릴 필요도 없었다.

바깥은 날씨가 추웠고, 살을 에는 차가운 공기 때문에 내가 들고 있던 뜨거운 커피에서 김이 피어올랐다. 나는 커피를 단숨에 다 마시고 플라스틱 컵을 버렸다. 악셀은 단검이나 표창을 잡을 수 있게 한 손은 자유로워야 한다고 가르쳤다. 플라스틱 컵으로는 아무도 공격할 수 없었다.

우리는 숲 쪽으로 나 있는 벤치까지 걸어갔다. 추운 날이라 우리 둘 말고는 아무도 없었다. 하지만 신중한 악셀은 주변을 둘러보며 수상한 냄새가 있는지 확인했다. 이윽고 악셀이 돌아왔다. 내가 신경질적으로 물었다.

"뭔가 찾아냈어?"

악셀은 인상을 썼다. 화가 난 것 같았다. 왜?

"단서가 거의 없어. 킬러가 자기 냄새를 은폐하려고 오드콜로뉴를 사방에 뿌려놨어. 거기에 후춧가루와 고춧가루까지. 냄새를 맡을 수가 없어."

"알아. 내니도 그렇게 말했어. 집에 들어갔을 때 늑대 모습이 아니었는데도 그걸 느꼈대."

악셀이 묘한 시선으로 나를 쳐다봤다.

"그게 다가 아냐. 놈은 바꽃가루도 사용했어, 아주 적은 양이지만. 아무튼 데이브의 부하 둘이 코를 들이댔다가 탈이 나는 바람에 목장으로 보내기로 했어. 그래서 너와 카테리나를 보호하는 병사 둘을 줄여야 했고."

나는 입술을 깨물었다. 바꽃은 심장에 박힌 은 총알 못지않게 루가루를 확실히 죽일 수 있다고 알려진 유일한 식물이었다. 킬러는 발각되길 원치 않았다. 나는 악셀의 분노가 이해되었다. 셰이머스를 공격한 자는 데이브의 부하 둘을 보내버리는 데 성공했다. 루가루를 좋아하진 않지만 무리에 대한 본능이 더 강하게 작용한 것이다. 악셀은 이제 루가루를 자기편으로 받아들이고 있었다. 단순히 범인을 찾는 것이 아닌 악셀 자신의 일이 되어 있었다.

악셀이 할아버지 못지않게(루이스라는 이름이 들리면 곧바로 얼굴이 뻘게지는 할머니에 대해서는 굳이 말하지 않겠다) 루이스의 목숨과 털가죽을 원하는 것은 그것이 자신의 일이기 때문이었다. 나는 내니가 바꽃가루에 주둥이를 대지 않은 데 대해 하늘에 감사했다. 내니가 쓰러졌다면 아마 훨씬 괴로웠을 테니까.

"집 안팎을 다 뒤지고 살펴봤어." 악셀이 말을 이었다. "그런데 강제로 문을 따고 들어간 건 분명히 아냐. 셰이머스가 직접 문을 열어준 게 틀림없어."

충격이었다. 나는 누군가 문을 부수고 들어갔다고 생각하고 있었는데.

"그렇다면 범인은 셰이머스 씨가 아는 사람이었다는 건데⋯⋯. 모르는 사람에게 문을 열어줬을 리 없어. 다 떠나서, 두 무리 간에 전쟁이 선포되었다는 걸 아는데."

악셀이 고개를 끄덕였다. 그도 같은 결론을 내린 후였다.

"루이스에게는 문을 열어주지 않았을 거야."

"그랬겠지."

"그의 하수인에게도."

악셀이 한숨을 내쉬면서 검푸른 머리를 문질렀다.

"그리고 셰이머스 씨는 총이 있잖아. 은 총알이 장전되어 있는데도 사용하지 않았어. 단검도."

"그렇다면 셰이머스 씨가 아는 사람이었고 경계할 필요도 없었다는 건데⋯⋯. 그리고 공격받으리라고는 예상도 하지 못했고."

"정말 이상해."

"응."

악셀이 작은 봉지를 흔들었다.

"이걸 바깥에서 발견했어."

나는 봉지를 살펴봤다. 금빛과 캐러멜빛의 늑대 털이었다.

"내니의 털이 무슨 색깔이지?" 악셀이 물었다.

"끝이 까만 금빛. 내 머리털처럼."

나의 이상한 머리털과 함께 파란 눈, 큰 키는 유감스럽게도 아주 자연스럽게 나를 메트로섹슈얼◆로 만들었다. 악셀이 흡족한 표정을 지었다.

"비열한 놈이 모든 흔적을 지우는 데는 실패했군. 이제 금빛과 캐러멜색 털의 루가루를 찾으면 돼. 머리털도 같은 색일 거야."

좋았어! 털 색깔은 대체로 머리색과 같기 때문에 용의자를 천 명 정도로 압축할 수 있었다. 내니가 예쁘다고 말하는 나의 '함수호빛 파란 눈'과 달리 루가루들의 눈이 금빛에 가까운 황갈색인 것처럼 머리색은 조금씩 달랐다.

"하지만 이 털만으로는 용의자를 찾기가 쉽지 않아."

"물론 그렇지. 하지만 일단 루이스는 제외돼. 그의 털은 더 짙은 색이니까."

"그 털의 냄새는 맡아봤어?"

"아니. 후춧가루와 고춧가루, 향수, 바꽃 냄새만 진동했어. 영악한 놈이야. 인간 모습이었든 늑대 모습이었든 놈은 자기 냄새를 남기지 않으려고 그것들을 몸에 발랐을 거야. 중독되지 않기 위해 숨을 쉬지 않았겠지."

"잠깐 기다려."

나는 작은 봉지를 쥐고 멀찍이 떨어져 있는 데이브를 향해 걸어갔다.

"이걸 즉시 목장으로 보내줘요. 아주 중요한 단서니까 누구의 털인지 빨리 찾아달라고 전하세요."

리코스 목장에는 연구실이 있다. 공식적으로는 전 세계로 소의 배아를 수출하기 위해 소를 연구하는 곳이지만, 형질전환 과정에서 미쳐버린 인간 킬러 세미를 추적하는 데 도움을 주는 곳이기도 했다. 말하자면 우리는 증거 분석 시스템을 갖추고 있는 셈이었다. 〈NCIS〉◆◆의 그 유명한 4차원 법의학

◆ 패션이나 헤어스타일에 관심을 가지며 내면의 여성성을 긍정적으로 즐기는 남성을 일컫는 용어.
◆◆ 미국 해군 범죄 수사국 특수 요원들의 사건 해결을 그린 드라마.

자 애비게일 슈토가 보면 흡족해할 텐데.

데이브가 난감한 얼굴로 말했다.

"이걸 들려 보낼 병사가 없어. 그러면 경호 인력이 너무 부족해져."

"바꽃에 중독된 루가루들은 이미 떠났나요?"

"아니. 15분 후 목장으로 출발할 거야. 거기서 치료받을 거니까."

"그럼 그들 편에 보내요. 잭(나는 금빛 눈을 반짝이며 우리를 쳐다보는 병사를 가리켰다)이 비행장을 왕복하면서 전해주고 돌아오면 되겠네요. 그동안의 경호는 악셀과 대위님으로 충분해요."

데이브는 마지못해 고개를 끄덕였다. 나는 악셀에게 돌아갔다. 뭔가 해야 할 일을 시작한 기분이었다. 많은 루가루는 선조에서 후손에 이르기까지 DNA가 기록되어 있었다. 전체 루가루 수는 5만 명 미만이라서 누구와 결혼했는지까지 기록이 낱낱이 남아 있었다. 용의자의 신상이 데이터베이스에 있다면 범인 찾기는 시간문제였다.

악셀은 차분하게 기다리고 있었지만 나는 그가 예민해졌음을 느꼈다. 나를 훈련시켜 루가루와 대결할 수 있게 만들어주고, 은제 단검만으로 이길 수 있게 해준 그인데. 악셀을 알게 된 후 처음으로 나는 이상한 냄새를 느꼈다.

악셀은 불안해하고 있었다. 이제 그는 무리의 수장이라 불안은 세미들과 공유되었다. 나처럼.

"셰이머스가 변형되지 않는 것은 늑대의 공격을 받은 게 아니기 때문일 수도 있어."

그럴 가능성이 커 보였다.

"그럼 루가루 말고 누가 그랬다는 거야? 너 상처 못 봤어? 송곳니에 당한 거야."

"늑대만 송곳니가 있는 게 아냐. 송곳니는 세미도 있어!"

나는 아연실색해서 악셀을 쳐다봤다.

"제기랄, 그 생각을 못했어."

그럴 수밖에 없었다. 세미였다면 인간을 거의 흔적도 없이 잡아먹었지 갈가리 찢어놓기만 했을 리 없을 테니까. 악셀 같은 알파를 제외하고는 일단 물었다 하면 놓지 않는 것이 세미였다. 그래서 괴물이라고 하지 않는가. 인간의 피는 세미에게 마약이나 다름없어 그들을 광적으로 만들었다. 악셀의 추측이 맞는다면 모든 것이 설명이 되었다.

"세미가 셰이머스 씨를 물었다면……."

악셀이 말을 받았다.

"셰이머스는 변형되지 않을 거야. 루가루가 분비하는 독만 형질전환을 일으키지 세미는 감염시키지 않으니까."

나는 홱 돌아서서 병원을 향해 미친 듯이 달렸다. 악셀은 포식 동물 특유의 날쌘 걸음으로 나를 따라왔다. 데이브와 루가루 병사는 불안한 얼굴로 나를 쳐다보면서 경계 태세를 취했다.

나는 우리가 방금 지나왔던 주차장을 향해 뛰면서 외쳤다.

"네 수하의 세미는 전부 다 통제하고 있어?"

악셀은 할아버지의 허락으로 우리 이웃에서 평온하게 사는 세미를 장악했다. 우리 루가루 무리를 구하기 위해 세미 무리의 수장을 죽이면서까지. 세미는 루가루와 마찬가지로 과격한 방식으로 문제를 해결했다.

"전부 다는 아니지." 악셀이 대답했다. "루이스가 인간을 물면 세미가 되는데. 세미를 복종하게 만드는 게 힘들긴 하지만 불가능하지도 않아. 은으로 된 목줄에 묶어서 여러 번 길들이면 인간을 뜯어먹기 전에 떼어놓을 수 있어."

그 모습을 상상하자 몸이 부르르 떨렸다.

"그런데 왜 살려뒀을까?"

"모르겠어. 미친 루이스의 머릿속에 들어가 보지 않아서."

"제기랄, 도무지 종잡을 수가 없어. 셰이머스 씨가 방어를 위해 싸운 흔적이 없었다고 했지? 그런데 보름달이 떠 있었으니 세미는 짐승 모습이었을 거라고. 셰이머스 씨는 절대 문을 열어주지 않았을 거야. 두 발은 심장에, 한 발은 머리통에 쏴서 죽였어야 정상인데……."

"그래, 알아. 하지만 명탐정 셜록 홈스도 말했잖아. '불가능한 것을 제외하고 남는 것, 아무리 있을 법하지 않아 보여도 그것이 진실이다'라고."

나는 악셀이 아서 코난 도일의 글을 인용한 데에 놀라서 하마터면 뚱뚱한 부인을 들이받을 뻔했다. 다행히 가까스로 피한 뒤, 몇 시간 휴식을 취하고 병원으로 돌아오던 의사를 발견하고 뛰었다.

나는 우리 말을 듣는 사람이 아무도 없는지 확인한 다음 말했다.

"셰이머스 오하라 씨는 루가루가 아니라 세미에게 물린 거예요."

의사는 눈이 동그래지더니 자신의 이마를 탁 때렸다.

"이렇게 멍청할 수가! 그래, 그거였어! 그는 면역이 된 것도, 특이 케이스도 아니었는데……. 그렇게 뻔한 가정조차 하지 않았다니!"

"그럼 이제 어떡하죠?"

의사가 연민이 가득한 눈길을 던졌다.

"할 일은 아무것도 없다. 독을 견딜 수만 있다면 루가루에게 그를 깨물어 달라고 부탁하고 싶은 심정이야."

나는 말문이 막혔다.

"그 정도입니까?" 악셀이 부드럽게 물었다.

"그래. 그가 이렇게 오래 버티다니 놀라워. 내 생각에 형질전환만 일어나지 않는다면 독이 그에게 힘을 줄 거 같은데. 하지만 독이 없으면……."

나는 다음 말이 무서웠다. 내 예상이 맞았다.

"그러면 가망이 없어." 의사가 말을 맺었다.

잠시 멍하니 있던 나는 문득 카테리나가 어떻게 나올지 떠올라 심장이 오그라드는 것 같았다. 모든 게 순전히 내 탓이었다.

"내니에게는 이 사실을 알리겠지만 일단 카테리나에게는 말씀하지 마세요. 내가 직접 말하는 게 좋겠어요. 그녀에게는 아버지가 감염되지 않았다고만 말할게요. 희망이 있어야지, 그렇지 않으면 카테리나는 무너져버릴 거예요. 세이머스 씨가 잘 이겨낼지도 모르고……."

마법사 의사가 회의적인 얼굴로 고개를 끄덕였다. 어쨌든 내 말에 반대하지는 않았다. 나는 몬태나에서 가장 강력한 루가루 무리를 이끄는 최고 수장의 손자였다. 이런 식으로 특권을 이용하는 내가 한심했지만 어쩔 수 없었다. 나에게는 카테리나가 우선이었다.

"악셀, 너는 그 세미를 찾아야 해. 그 세미는 보름달의 영향으로 오늘 밤에도 변신할 거야. 계속 추적해. 너는 최고 전문가잖아. 그리고 데이브와 함께 집으로 가서 휴식을 좀 취해둬. 최상의 컨디션이어야 하니까. 데이브에게 부하 두 명만 경호원으로 나한테 남겨두라고 전해줘. 어두워지는 대로 추적을 시작해."

나는 악셀의 까만 눈을 응시하다 새삼 놀랐다. 루가루의 금빛 눈에 익숙했기 때문이다.

"악셀, 난 너를 믿어. 그 세미는 우리의 유일한 단서야. 꼭 찾아야 해. 아무래도 함정인 것 같은데……. 너무 얽히고설켰어. 이유도 방법도 이해가 안 되고."

하지만 나는 무슨 일이 일어나고 있는지 반드시 밝혀내기로 굳게 마음먹었다.

가능한 한 빨리.

우선 나는 카테리나를 만나서 악셀이 알아낸 정보를 설명했다. 아버지가 괴물이 되지 않을 거란 말을 듣자 카테리나의 뺨을 타고 두 줄기 눈물이 흘러내렸다.

"오, 하느님, 고맙습니다." 카테리나가 중얼거렸다.

그녀는 잘못 생각하고 있다는 걸 몰랐다. 나는 차라리 셰이머스가 진짜 루가루에게 물렸기를 바랐다. 병원 침대에서 죽어가고 있는 것보다는 건강한 상태로 철창 안에 갇혀 우리를 잡아먹으려고 으르렁거리는 편이 훨씬 낫지 않은가.

"악셀과 데이브가 범인을 찾아낼 거야. 왜 네 아버지를 공격했는지 이유를 알아야 해. 도무지 이해가 안 돼."

카테리나가 조심스러운 표정으로 눈을 떴다.

"너를 이쪽으로 오게 하려는 거였어. 여기 미줄라에. 목장에서 나오게 하려고."

"어차피 우리는 돌아올 거였잖아. 너와 나는 공부를 해야 하는데."

"하지만 너의 적들, 너희 무리의 적들도 그건 알고 있지. 우리가 목장에서 3주를 보내는 사이 네 다리가 나았어. 적들은 네가 숨어 있을 거라고 생각했을 수도 있어."

카테리나는 '우리'라고 하지 않고 '너희'라고 말했다. 나는 상처받았지만 내색하지 않았다.

"하지만 왜 나야? 쓰러뜨릴 사람은 내 할아버지인데. 나는 지금 죽는다고 해도 달라질 게 아무것도 없어. 어쨌거나 할아버지는 도전을 받았기 때문에 끝까지 루이스를 추적할 테고 털가죽을 벗기고 말 거야. 아니, 내가 목적이 아냐. 그런데……."

나는 반박했지만 사실 그 문제를 이미 깊이 생각하고 있었다.

"그런데 뭐?" 카테리나가 의아하다는 얼굴로 물었다.

"그런데 네 아버지를 공격한 건 루이스가 아냐."

4
뱀파이어

카테리나는 깜짝 놀랐다.

"뭐? 너에게 원한을 품은 사람이 또 있다는 뜻이야? 그런데 왜 우리 아빠한테 앙갚음을 해? 말이 안 되잖아."

카테리나의 말에도 일리가 있었다. 하지만 왜 내니가 아니라 셰이머스였을까? 내니를 공격했다면 내가 더 빨리 움직였을 텐데. 나는 카테리나를 바라보다가 문득 어떤 생각이 떠올랐다.

"내가 아니라면?"

"뭐?"

"조종하려는 대상이 내가 아니라 카테리나, 너라면?"

카테리나는 내 말을 전혀 이해하지 못했다. 카테리나는 자신이 얼마나 아름다운지, 남자들의 마음을 얼마나 사로잡는지 알지 못했다. 나는 라이벌의 이름을 중얼거렸다.

"타일러……."

카테리나는 당황해서 입을 멍하니 벌렸다.

"너는 타일러가……."

"타일러가 너에 대한 집착 때문에 그랬다고 생각하느냐고? 너를 돌아오게 하기 위해 네 아버지를 공격했다고 생각하느냐고? 응, 그럴 수 있다고 생각해. 그리고 네 아버지는 타일러를 너에게 푹 빠져 정신 못 차리는 소년이라고 생각한 게 틀림없어. 그래서 문을 열어줬을 테고. 아마 타일러는 화해하려고 왔다면서 너와 얘기를 하고 싶다고 말했겠지. 두 무리 간의 사태를 가라앉힐 필요가 있다면서. 네 아버지는 경계하다가 너와 얘기만 하겠다는 타일러의 말에 총을 내려놓고 타일러를 설득하려고 했어. 하지만 타일러는 기회를 엿보다 네 아버지를 때려눕히고 세미를 들어오게 했지. 이게 내 추측이야."

"하지만 타일러가 아빠를 죽이려고 했다면 내가 걔를 증오할 게 뻔한데?"

나는 고개를 저으면서 퍼즐 조각을 맞추기 시작했다.

"그 정도로 다치게 할 생각은 아니었을 거야. 순간적으로 자제력을 잃었겠지."

카테리나의 눈에서 한순간 분노의 빛이 번득였다. 나는 카테리나가 타일러를 많이 좋아했다는 사실을 알고 있었다. 내가 질투심에 미쳐버릴 만큼. 나는 카테리나가 믿기지 않는다는 얼굴로 고개를 흔드는 것은 그 때문이라고 생각했다.

"아니." 카테리나가 단칼에 잘랐다. "그건 말이 안 돼. 타일러는 내가 아빠를 사랑하는 걸 알아. 나를 돌아오게 하겠다고 그런 무모한 짓을 했을 리, 절대 없어. 다른 이유가 있을 거야, 인디애나. 루가루에 대해 다는 알지 못해도 나는 우리가 함정에 빠졌다는 느낌이 들어."

카테리나가 아름다운 눈으로 나를 쳐다보았다. 그 눈빛 속에 감춰진 괴로움이 내 심장을 오그라뜨렸다. 바로 그 순간 카테리나가 어떤 결정, 내가 짐작할 수 있는 결정을 내렸음을 알았다. 나는 그녀를 끌어안고 뜨겁고 황홀한 향기를 맡았다. 이렇게 안고 있으면서도 키스할 수 없다니 너무 힘들었다.

이기적인가? 맞다. 카테리나를 향한 내 사랑은 맹목적이었다. 그리고 카테리나가 내 연인이라고 자신 있게 말할 자격이 없다는 사실이 고통스러웠다. 내가 미쳐가는 것 같았다. 너무 지나친 집착은 카테리나의 목숨을 위험하게 할 수 있었다. 매번 그랬듯이 이건 나 자신과의 싸움이었다. 내 이성이 감성을 이겼고 나는 마지못해 카테리나를 놓아주었다.

카테리나는 당장 집으로 돌아갈 수 없었다. 피습 사고가 일어난 뒤로 경찰이 집을 봉쇄했기 때문이다. 들개에 의한 사고로 추정하면서도 왜 그런 결정을 내렸는지 이유는 알 수 없었지만 뭔가를 의심하고 있는 것이 분명했다. 그래서 내가 대학을 다니는 동안 평범한 생활을 할 수 있도록 할아버지가 마지못해 마련해준 집으로 카테리나를 데려가 당분간 내니와 함께 지내게 하기로 했다. 사실 내 생활은 평범과는 거리가 멀었지만.

내니는 내 방과 연결되는 방을 카테리나에게 내주기를 몹시 꺼려했는데 충분히 그럴 만했다. 문 하나로 통하는 방이니까.

카테리나가 아버지 문제로 정신이 없는 탓에 이 위험천만한 유혹에는 신경 쓸 여유가 없어 다행이었다.

셰이머스는 무사히 밤을 넘겼다.

그리고 다음 날부터는 셰이머스가 숨을 쉬는 1분, 1분이 기적이었다. 마법사 의사는 셰이머스의 목숨을 살리기 위해 온 힘을 쏟고 있었다. 카테리나가 마법사 의사에게 보내는 다정한 시선에 질투가 날 정도였다. 이 마법사 의사가 왜 미국 메디컬 드라마 〈그레이 아나토미〉에 나오는 닥터를 연상시킬까? 닥터의 이름은 생각나지 않지만 아마도 유능하고 헌신적인 모습 때문일 것이다.

마법사 의사가 카테리나에게 보내는 시선은 그녀가 딱 자기 스타일의 여자라고 말하고 있었다. 내가 늑대였다면 아마 반나절은 이빨을 드러내고 있었겠지만 나는 늑대가 아니므로 따뜻하지도 차갑지도 않은 어두운 표정으로 마법사 의사를 응시하는 정도로 그쳤다.

카테리나의 나이 열여덟. 남자라면 누구나 침을 흘리고도 남았다. 으아악!

대학에서 수업 통지서가 날아왔다. 우리는 학교로 돌아가야 했지만 셰이머스가 사경을 헤매는 마당에 그럴 여유는 없었다. 공부는 좀 더 미뤄야 했다.

데이브 대위의 병사들이 스물네 시간 철통 경비 중이었다. 할아버지는 바꽃에 중독된 두 병사로 부족해진 인원을 충원하기 위해 루가루 넷을 지원병으로 보내주었다. 할아버지도 이 일이 리코스 목장 밖으로 나를 끌어내기 위한 함정이라고 생각했다. 할아버지는 내 문제 말고도 걱정이 많았다. 지금은 전시 상황이었다.

셰이머스의 상태에만 신경 쓰느라 잊고 있던 루이스 브랜드켈의 선전포고를 병원에 들이닥친 뱀파이어 다섯이 상기시켰다.

카테리나와 키스하지 않은 지 꽤 오래되었다. 그녀의 아버지가 공격을 받기 전에도 그럴 생각은 없었지만, 루가루들 역시 마치 우리가 더 가까워지지 않는 한 상관하지 않겠다는 듯 별로 신경 쓰지 않는 눈치였다.

어쨌든 지금까지는 그랬다. 더군다나 아버지에 대한 걱정 때문에 카테리나는 나를 친구 이상으로 보지 않았고, 한순간도 나와 키스할 생각을 하지 않았다. 나는 그걸 바라는 게 어리석은 일임을 알면서도 하고 싶었다. 몹시.

소독약 냄새에 질린 나는 카테리나를 데리고 찬바람을 쐬기 위해 병원 주차장으로 나갔고, 매우 진지하게 보디가드 역할을 하는 처키도 따라 나왔다. 나는 바보처럼 카테리나의 아름다운 입술을 응시하면서 이 모든 일이 그녀를 사랑하지 못하게 하기 위한 방해일 뿐이라는 이기적인 생각을 하고 있었다. 정말 말도 안 되는 착각이었다.

처키는 침울한 분위기를 깨려고 애를 썼다.

"인디아나, 롤리는 내가 뚱뚱해서 나를 좋아하는 것 같아."

처키가 바보처럼 낄낄거렸다.

나는 하늘을 올려다봤다. 처키가 신경세포들을 별로 사용하지 않았기에 망정이지 지금 내 심정을 알아챘다가는 아주 골치 아파질 수 있었다. 그런데도 나는 정신 못 차리고 카테리나의 입꼬리가 위로 향하면서 미소 짓는 것처럼 보이는 순간 입술을 들이밀 뻔했다. 그때였다. 갑자기 처키가 텅 빈 주차장 쪽으로 눈길을 보내면서 셔츠와 스웨터, 바지를 후닥닥 벗었다. 카테리나가 나직하게 물었다.

"인디아나, 처키 왜 저래?"

나도 깜짝 놀라서 대답했다.

"모르겠어. 자기가 얼마나 뚱뚱한지 보여주려는 건 아니었으면 좋겠는데……."

그때 처키가 내 말을 중단시키면서 금빛 털의 거대한 루가루로 변했다. 웃기는 팬티만 달랑 입은 처키는 우리 뒤쪽을 뚫어져라 쳐다보더니 으르렁거리기 시작했다.

그제야 변덕스러운 내 알파의 후각이 발동하며 뒤쪽에서 나는 냄새가 느껴졌다. 바짝 긴장한 카테리나가 질겁해 두 걸음 뒤로 물러섰다.

나는 돌아봤다.

뱀파이어 다섯이 우리 뒤에 착지하고 있었다.

뱀파이어라지만 평범한 인간으로 보일 뿐 특별히 이상한 점은 없었다.

나는 뱀파이어를 좋아하지 않았다. 일명 '지우개'라고 불리는 뱀파이어들은 기억을 지우는 능력으로 거의 2천 년 동안 인간의 뇌리에서 잊힐 수 있었던 두려운 존재였다. 사건은 날마다 일어났고, 현행범으로 체포되는 뱀파이어들이 있는가 하면 실수를 연발하다 정체가 발각되는 마법사들과 엘프들도 있었다. 그럴 때마다 뱀파이어들이 개입했고, 인간들은 모든 사건을 완전히 잊었다. 증거가 모조리 사라졌고 질서가 회복되었다. 모든 것을 과학으로 설명하려 하는 현시대에 기억을 지우는 뱀파이어의 능력은 어떻게 설명할 수 있을까? 완벽한 최면술? 뱀파이어는 멀리 떨어진 인간의 머릿속도 세탁할 수 있었다. 몸에서 분출되는 일종의 파장 덕분에 메모리 디스크를 지우듯 기억을 지웠다. 뿐만 아니라 뱀파이어에게는 선별 능력도 있었다. 기억을 토막토막 걷어낼 수 있어서 가짜 기억을 진짜처럼 심어놓을 수도 있었다.

하지만 동영상과 사진 촬영 기능이 있는 핸드폰과 인터넷이 등장하면서 뱀파이어의 활동이 힘들어졌다. 지금까지는 실수를 해도 뱀파이어 공동체에 알리면 오래 걸리지 않아 일이 마무리되었다. 하지만 과학 발전으로 인간이 더는 기억을 상실하지 않는 날이 올 것이었다.

그러면 전 세계가 뱀파이어의 존재를 알게 될 것이다.

뱀파이어들은 홍위대 제복을 입고 있었다. 가슴에 단 배지가 반짝였다. 몸에 딱 붙는 검은빛과 은빛의 가죽옷. 내가 파악한 바로는 여수사관 하나, 의사 하나, 헌터 셋으로 이루어진 뱀파이어 추격조였다. 나는 처키를 진정시켰다. 뱀파이어들은 우리가 아니라 루이스 브랜드켈이 저지른 짓 때문에 온 것이었다. 정신병원에서 엄마를 납치할 때 루이스의 멍청한 늑대들이 위험천만한 환자들을 풀어주었기 때문이다.

정신병원에 감금된 초자연적 존재들은 대체로 상태가 심각했다. 나는 정신병원에서 자신을 토끼라고 생각하는 루가루들, '달의 가루'라는 환각제에 중독된 요정들, 조울증에 걸린 엘프들을 봤다. 정신병원은 마지막 기회의 장소였다. 회복해서 퇴원하거나 죽어서 나가거나.

루가루 무리를 보호하기 위해 우리는 인간을 간식거리로 여기는 초자연적 존재에게 동정심을 갖지 않았다.

초자연적 존재에게 사냥꾼을 잡아먹을 능력이 있을 때는 특히 그랬다. 세상에 들통날 경우 우리는 수십 억 인간에게 대항할 힘이 없었다.

요정 둘과 뱀파이어 셋이 정신병원을 탈출하자마자 사고를 쳤다. 간식 파티를 연 것은 뱀파이어들이 아니라 요정이었고, 눈에 띄는 흔적을 남겼다.

요정은 덩치는 작아도 매우 위험한 존재였다. 울버린(허브 트림프와 렌 원이 마블 코믹스의 마블 유니버스에 사는 엘프의 영향을 받아 만든 슈퍼 히어로)처럼 요정들의 양손에 있는 가시는 단도처럼 금빛 피부에서 튀어나온다. 마법으로 독침을 쏠 수도 있는데, 그 독침을 맞으면 희열을 느끼거나 죽는다. 이 요정 둘이 미쳤다면 어떤 선택을 할지는 불 보듯 뻔했다.

인간 셋이 죽었다. 다행히(인간의 입장이 아니라 초자연적 존재의 입장에서) 요정의 독은 무늬말벌의 독과 비슷해서 인간의 과학으로는 구별되지 않았다. 그래서 희생자들은 알레르기를 일으켜 죽은 것처럼 보였다.

하지만 우리에게는 인간 세계에서 일어나는 모든 일을 감시하는 전문가가 있다. 우리의 정보기관이다. 며칠 간격으로 인간 세 명이 알레르기로 사망하자 모든 컴퓨터에서 경보가 울렸다.

무엇보다 한겨울에 말벌에 쏘여 죽다니, 전혀 신빙성이 없었다. 그들이 죽은 곳이 캘리포니아 주나 플로리다 주도 아닌데.

가급적 많은 마약을 인간에게 넘겨 떼돈을 벌 속셈으로 루가루를 밀매꾼으로 만들겠다던 자가 누구인가?

루이스 브랜드켈!

안다. 정상적이고 이성적인 사람이라면 그렇게 많은 이들이 마약을 복용하는 일은 절대 없을 텐데 그게 뭐 그리 대수냐고 생각하겠지.

술이나 담배의 경우만 봐도 그렇지 않다고.

그럼 이렇게 생각해보자. 만약 루이스 브랜드켈이 코카인이나 헤로인을 담배 한 갑이나 싸구려 위스키 한 잔 값으로 공급한다면? 아마 수많은 사람들이 마약에 빠져들어 병들 것이다.

영국이 인도를 점령할 수 있었던 것도 동인도회사의 인도인 차별 정책과 종교적 갈등으로 일어난 세포이 항쟁이 그 계기였다. 핵심은 병력이 아니라 막후공작인 것이다. 그리고 루이스는 막후공작에 있어서는 재능을 타고난 작자였다.

미쳐서 통제가 되지 않는 요정들을 끌어들이기 위해 루이스가 무슨 짓을 했는지는 전혀 모르지만 그런 일이 벌어지고 말았다. 따라서 할아버지의 루가루 일부가 조사를 위해 인간들이 죽은 도시, 뉴욕과 시카고로 출동했다.

탐탁지 않은 일이었다. 우리의 경호 인력과 조사 인력이 빠지면 목장의 방어력이 크게 약해지기 때문이다.

게다가 정신병원을 빠져나와 그 지역을 돌아다니는 뱀파이어 셋도 이미 사고를 쳤으니 더더욱 그랬다.

미국에서는 3억 이상의 주민 중 매년 4만 명이 사라졌다. 이 중 90퍼센트에 이르는 실종은 좋게 또는 나쁘게 끝이 났다.

5퍼센트는 성범죄나 살인 사건이었다.

나머지 5퍼센트는 좋지 않은 때에 좋지 않은 장소에 있다가 운 없이 목숨을 잃는 단순 사고사였다. 아니면 요정, 마법사, 늑대, 뱀파이어 같은 초자연적 존재에게 희생된 경우거나. 이런 사람들은 시신조차 발견되지 않는다. 그들은 조용히 죽거나, 비명을 질렀다 해도 아무도 듣지 못한다.

미줄라 지역에서만 열두 명이 행방불명되었다. 3주 동안 뱀파이어 셋에게 당한 인간이 열두 명이었다. 문제의 뱀파이어들이 인간들의 피만 빨아 먹든 아니든 그건 중요하지 않다.

『트와일라잇』? 햇빛을 받으면 반짝거리는 채식주의 뱀파이어들? 나는 이 판타지 소설을 무척 재미있게 읽었지만 현실과는 거리가 너무 멀었다. 뱀파이어를 제대로 이해하려면 그들의 식생활에 관해 몇 가지를 정확하게 알아야 할 필요가 있다.

보통 인간의 정맥에는 대략 5리터의 피가 들어 있다. 몇 분 만에 5리터의 수프를 먹어보았는가?

배를 채우는 데는 한 국자 정도, 즉 몇 십 센티리터로 충분하다. 따라서 인간이 황홀경에 빠진 2초 동안 피를 모조리 흡수해버린다는 뱀파이어의 전설은 크게 신경 쓸 필요 없다. 순결한 처녀를 선호한다는 것도 그저 전설에 지나지 않는다. 뱀파이어는 다이어트를 하느라 채소나 깨작거리는 젊은 여자보다 잘 먹어서 살이 피둥피둥 찐, 피가 많은 인간을 선호하기 때문이다.

뱀파이어는 인간 한 명의 피를 꽤 오랫동안 양식으로 삼을 수 있다. 그 피를 양분으로 삼고 수화시켜 생명을 유지할 수 있기 때문이다. 물론 인간을 두세 명 확보해두면 더 좋겠지만.

뱀파이어는 하루에 100밀리리터 이상의 피를 먹지 않는다. 꼭 먹어야 하는 경우라면 몰라도. 이유? 뱀파이어는 신진대사를 조절할 수 있다. 신진대사가 빨라질수록 더 많은 에너지가 소모되어 많은 피가 필요하다. 하지만 휴식기의 뱀파이어는 뱀과 거의 비슷하다. 가능한 한 움직이지 않고 아무것도 하지 않으려는 게으른 종족이다.

텔레비전의 출현은 뱀파이어들에게 뜻하지 않은 행운이었다. 리모컨으로 텔레비전 채널을 이리저리 돌리면서 지낼 수 있다니, 뱀파이어들에게는 거의 천국이나 마찬가지였다.

전설 속 뱀파이어보다 덜 매력적이겠지만 이것이 훨씬 현실에 가깝다.

물론 간혹 과하게 활동적인 뱀파이어도 있다. 인간 중에도 그런 이들이 있듯이 드라큘라 타입의 활동적인 뱀파이어들은 많은 사람들의 피를 빨아 먹는다. 우리가 알지 못하는 뭔가를 정복하기 위해 무수한 계획을 세우고 시종일관 바쁘게 뛰어다니기 때문이다.

뱀파이어의 기원은 아주 잘 알려져 있다. 아니, 백만 년 전으로 거슬러 가는, 호모사피엔스를 공격하기 전의 공룡들에게 송곳니를 박은 네안데르탈인 설을 말하는 것이 아니다. 초자연적 존재에 비해 뱀파이어의 역사는 상대적으로 짧다. 루가루, 엘프, 요정보다 역사가 길지 않지만 짧은 시간에 매우 강력한 종족이 되었다.

뱀파이어는 마법의 농간으로, 더 구체적으로 말하면 사생아로 태어났다.

영국 연대기는 약 2천 년 전 아서 펜드래곤 왕과 이복누이 모르건(또는 모르가즈) 사이에서 태어난 사생아를 뱀파이어의 기원으로 기록하고 있다. 아서는 모르건이 이복누이라는 사실을 몰랐지만, 품행이 난잡한 모르건이 아서와 단 하룻밤만으로 임신이 되는지 확인하기 위해 생식 주문을 걸었다. 모르건이 임신하자 아서는 아이가 기형으로 태어날까 노심초사했다(그래서 근친상간을 피해야 한다). 하지만 둘 사이의 아들 모드레드는 태어나기 전에 사산되었다. 그러자 모르건은 소생 주문을 걸었다. 앞서 걸었던 생식 주문에 이어 소생 주문을 건 것이 희한한 결과를 초래했다. 죽은 것도 산 것도 아닌 모드레드는 자손을 낳을 수 없고 피를 먹어야 살 수 있지만 죽이기는 힘든 강력한 뱀파이어가 된 것이다.

모드레드는 아버지의 옥좌를 찬탈하기로 결심한 완벽한 전사였다. 공격받은 아서는 선택의 여지가 없었다. 모드레드가 누구인지 알기에 몇 년 동안 이런 사태를 피해왔지만 이제는 아들을 죽일 수밖에 없었다.

아서와 모드레드는 카멜롯(아서 왕의 궁전이 있었다는 곳) 앞에서 결투를 벌였다.

아서는 무거운 마음으로 싸웠고 모드레드를 죽이기에 이르렀다. 마법의 검 엑스칼리버 덕분이었다. 루가루도 뱀파이어도 견디지 못하는 금속 은과, 엘프와 요정을 병들게 하는 차가운 철로 만든 엑스칼리버에 심장이 찔린 뱀파이어 모드레드는 마침내 죽었다.

하지만 모드레드는 죽기 전, 생식은 불가능해도 후손, 즉 새로운 뱀파이어를 창조할 수 있다는 사실을 알았다. 모드레드는 인간의 피를 거의 목숨이 끊어질 만큼 뽑아낸 뒤 자신의 부패한 피를 먹게 해 토하지 않고 삼키는 이들을 죽지 않는 존재로 만들었다.

수백 년 동안 썩은 피의 맛이 어땠을지, 상상도 하고 싶지 않다.

희생양이 창백해지도록 피를 흘리게 하거나 그 피를 마시도록 하는 일은 복잡했다. 그 많은 양의 액체를 삼키기가 쉽지 않을 뿐만 아니라 피를 흘리게 내버려두는 것도 효과적이지 않았다. 동맥에서 피를 빨 때 속도가 느려지는 것을 느낄 수 있는 까닭은 시체를 안고 있다가 발각되지 않기 위해서였다. 심장 모니터와 혈압계는 후손을 만들고 싶어 하는 뱀파이어의 일을 수월하게 해주었다. 이런 의미에서는 과학이 뱀파이어 종족에게도 도움이 되었다.

뱀파이어들은 모드레드보다 더 오래 살 수 있고, 햇빛에 노출되면 심각한 알레르기를 일으킨다. 그런데 이 부분도 세간에 알려진 전설 속 뱀파이어와는 다르다. 젊은 뱀파이어들은 수년 동안 햇빛을 받아도 끄떡없는 반면 늙은 뱀파이어는 햇빛에 노출되었을 때 순식간에 한 줌의 재로 변했다.

실제로 몇 년 전 드라큘라가 바로 그렇게 죽었다. 한 럭셔리 호텔에서 잠든 드라큘라를 보지 못한 룸메이드가 거침없이 커튼을 젖혔다.

정말 어이없는 사고였다.

하지만 그런 일이 늘 일어나지는 않는다. 그 드라큘라가 운이 없었던 것이다. 이따금 어마어마하게 늙은 뱀파이어 중에도 햇빛에 면역력을 얻은 이들이 있는데 그들이 바로 모드레드가 창조한 뱀파이어였다. 연기로 사라질 위험을 감수하면서 햇빛에 대한 내구력을 시험할 수도 있지만 그런 위험을 무릅쓰려는 뱀파이어가 별로 없다는 사실은 굳이 말할 필요가 없을 것이다.

아무튼 재로 변하는 손님을 보고 충격받은 룸메이드의 기억을 지울 필요가 있었다. 뱀파이어에게는 특별한 능력이 있으니까. 뱀파이어를 누구도 건드릴 수 없게 가장 강력한 초자연적 존재로 만드는 초능력, 이 능력을 카리스마라고 한다.

브램 스토커 이후 여러 작가들이 이 신비한 능력에 수많은 이름을 붙였다. 최면술, 염력, 강박증을 심어주는 마력, 유혹술, 기타 등등.

나는 '카리스마'가 아주 적합한 표현이라고 생각한다. 맹수가 긴 송곳니를 드러내고 목을 노리고 있다고 생각해보자. 그런데 카리스마 덕분에 그것이 눈부시게 아름다운 여성이나 남성이 미소 짓는 모습으로 보인다면 한순간에 매혹되지 않을 수 없지 않겠는가.

내가 이런 생각을 하는 사이 홍위대 뱀파이어 중 헌터 배지를 단 여성 뱀파이어가 다가왔다.

젊은 여자. 겉으로 보기에는 카테리나보다 나이가 많아 보이지 않지만 아마 천 살은 되었을 것이다. 하지만 무척 어려 보이고 고혹적이었다. 카테리나처럼 검고 긴 머리였지만 덜 구불거렸고, 창백한 얼굴에 유난히 돋보이는 눈빛은 보랏빛에 가까운 파란색으로 빠져들고 싶은 충동이 일었다.

이 여성 뱀파이어는 뜨거웠다(그렇고 그런 의미의 표현은 아니다). 일반적으로 뱀파이어들은 냉기가 돌 정도로 차갑다. 뱀파이어가 흡수한 피는 인간의 피와 같은 온도를 유지할 수 없기 때문이다. 하지만 이 여성 뱀파이어는 다른 뱀파이어에 비해 광채가 나고, 날이 추운데도 피부에서 약간 김이 났다. 아주 이상했다. 매혹하는 힘이 다른 뱀파이어들보다 훨씬 강력한 것 같았다.

나는 눈을 깜박였다. 루가루는 대체로 뱀파이어의 카리스마에 흔들리지 않는다. 비록 내 후각이나 청각, 시각이 아주 뛰어나긴 하지만 나는 루가루가 아니었다.

뱀파이어가 미소를 지어주었을 뿐인데 무릎에서 힘이 빠졌다. 긴 송곳니를 드러내는데도 달아오른 몸이 식지 않았다. 처키가 더 크게 으르렁거리자 뱀파이어의 미소가 조금 사라졌다.

"그 개 좀 붙잡고 있지." 뱀파이어가 달콤한 목소리로 말했다. "우리는 너를 해치러 온 게 아냐."

뱀파이어가 나를 뚫어져라 쳐다보면서 덧붙였다.

"적어도 아직은."

나는 침을 삼켰다. 목소리가 따뜻하고 맛있는 시럽 같아서 그 속에 빠져들고 싶은 충동이 일었다.

"음……."

나는 목소리가 갈라져 감정을 억누르려고 노력했다.

"그냥 개가 아니라 나를 지켜주는 보디가드예요. 붙잡고 있을 이유가 없죠. 한 발자국만 더 가까이 오면 내 보디가드가 당신 목을 물어뜯을 거예요."

뱀파이어가 놀라는 표정을 지었다. 아마도 복종에 익숙한 모양이었다. 뱀파이어는 발을 떼지 않고 머리를 살짝 젖혔다.

"개새끼의 내장을 들어내고 눈 깜빡할 사이에 너를 공격할 수도 있어."

뱀파이어가 동그래진 내 눈을 보고 웃음을 터뜨렸다.

"내가 여기 온 건 너 때문이 아니야. 정신병원에서 도망친 뱀파이어들 때문이지. 인간 열두 명을 납치했거든. 엄청나게 이목을 끄는 그야말로 미친 짓이지. 열두 구나 되는 시체를 숨기기란 정말 힘들어. 시체를 다 찾아서 모아놓고 화재나 가스 누출 사고로 위장한 다음 사람들을 현혹해 어떻게 사망했는지 잊게 해야겠지. 열 명이 넘는다고 들은 순간부터 머리가 지끈거려. 정말 짜증 나!"

나는 긴장이 조금 풀렸다. 내 예상이 적중했다. 그들은 정신병원에서 탈출한 도망자들을 추적 중이었다. 휴, 아니, 휴, 하고 안도할 일이 아니었다. 뱀파이어 헌터는 인간들이 죽어야 움직이기 때문이다.

"그야 물론 그렇지요. 그런데 우리가 뭘 어떻게 도와줄 수 있는데요?"

이게 바로 나였다. 친절하면서 아주아주 신중한 태도.

"음, 나도 몰라." 뱀파이어가 마치 우리 무리의 역량을 의심하는 투로 말했다. "무슨 단서라도 찾았어?"

"세미 무리의 대장 악셀과 루가루들이 흔적을 쫓고 있어요. 하지만 지금까지는 아무것도 찾지 못했어요. 매번 그 지역에서 사람들이 납치되었는데 워낙 용의주도해서 냄새만으로 쫓기는 사실상 불가능하니까요."

"우리가 추적해야지." 뱀파이어가 벌써 지친다는 듯 한숨을 쉬었다. "근데 여의치가 않아. 그 뱀파이어들뿐만 아니라 공동체에서 사라진 뱀파이어 몇 명도 추적 중이거든."

이건 또 무슨 말이지? 누가 사라졌다고? 대개 우리 루가루가 사람들을 사라지게 했다. 사람들이 우리를 사라지게 하는 것이 아니라.

인간에게 발각되었다는 오랜 두려움이 다시 고개를 드는 건가? 우리가 사냥꾼들의 표적에 들어와 있는 건가?

"그래서 경찰서장을 만나서 아는 사실을 불게 할 거야." 마침내 뱀파이어가 매듭지었다. 뱀파이어는 갑자기 불안해진 내 눈빛을 보고 웃음을 터뜨렸다. 등골이 오싹했다.

"FBI 요원이라고 하면서 카리스마로 경찰서장을 홀려보려고. 대답하지 않고는 못 배길 정도의 고위직 요원으로 행세할 생각이거든."

뱀파이어가 다가왔는데 라벤더와 피가 섞인 이상한 냄새가 났다.

"경찰서장은 깨물 생각 없는데, 너는 정말 깨물고 싶다. 몸도 잘 빠졌고, 참 귀엽단 말이야. 보아하니 너 운동 좀 했구나, 냠냠. 좀 더 보게 점퍼 좀 벗어볼래?"

뱀파이어가 깨물면 최음제를 복용한 것처럼 성욕이 촉진된다고 알려져 있었다. 이 뱀파이어는 믿기지 않는 쾌락을 줄 것 같았다. 뱀파이어의 침이 든 유리병이 비밀리에 유통된다는 소문이 있을 정도였다. 허락 없이 뱀파이어의 침을 채취하는 것은 수명을 단축하는 일이었다. 걸리면 죽을 각오를 해야 했다.

뱀파이어의 침은 삼키는 것보다 주사기로 투입하는 것이 훨씬 효과적이었다. 들은 바로는 그랬다.

"아니, 됐어요." 나는 등 뒤에서 카테리나의 존재를 느끼고 자신 없는 목소리로 어물어물 말했다. "내가 왜 옷을 벗어요? 그리고 내 피를 맛보게 해줄 생각도 없고요."

뱀파이어가 얘, 미친 거 아냐? 하는 눈으로 나를 쳐다봤다.

"내 제안을 거절한다고?" 뱀파이어가 미심쩍다는 목소리로 물었다. "내가 베푸는 영광을 거절해? 근데 말이야, 우리는 부탁 같은 건 하지 않아. 그냥 밀어붙이면 붙였지."

어찌나 오만한지 당장이라도 따귀를 날리고 싶었다. 하지만 두 가지 이유로 위험을 무릅쓰지 않았다. 첫째는 여자를 때리지 않기 때문이고, 둘째는 나보다 열 배는 힘이 셀 것이기 때문이다. 뱀파이어는 나를 위험하다고 판단한 듯 내 반응에 한 걸음 뒤로 물러섰다. 이윽고 뱀파이어가 침착한 얼굴로 하얀 종이 한 장을 내밀었다. 이름과 전화번호, 계급이 적혀 있었다. '애너벨, 헌터 5.' 맙소사! 5라니! 강력한 뱀파이어였다.

"좋아." 뱀파이어가 퉁명스럽게 말했다. "이게 내 핸드폰 번호야. 새로운 단서나 정보를 얻으면 연락해줘. 인디아나 텔러, 오케이?"

나는 뱀파이어의 목소리에서 웃음기를 느꼈다. 뱀파이어가 나를 비웃고 있었다. 아주 웃기는 개 이름이니까.

"알았어요." 나도 퉁명스럽게 대답했다.

"인디아나, 너도 그렇고 너희 늑대들도 쓸데없이 영웅놀이 하려고 애쓰지 마. 과거에 그 뱀파이어 셋이 여러 도시의 인간을 모조리 죽인 적이 있었어. 계급이 아주 높은 원로 뱀파이어들만 진정한 죽음을 면했을 정도로 강력한 존재라고. 더군다나 뱀파이어가 미치면 얼마나 강해지는지 너도 알 거야. 위험하지, 무지. 루가루 열 명이 달려들어도 해치우지 못해."

나는 고개를 끄덕였다. 내가 루가루였더라도 감히 뱀파이어와 맞서려고 하지 않았을 것이다. 하물며 미친 뱀파이어 아닌가.

하지만 뱀파이어는 방금 뭔가 중요한 정보를 알려주었다. 덕분에 전혀 좋아하지 않는 도표가 그려지기 시작했다.

카테리나는 내 뒤에서 이상하리만큼 조용히 있었다. 뱀파이어가 카테리나를 뚫어져라 쳐다봤다. 마치 막 꿈에서 깨어난 것처럼 카테리나가 몸을 움찔했다. 뱀파이어들이 더는 우리에게 관심을 보이지 않고 휙 날아가자 처키가 재빨리 인간 모습으로 변신했다. 짧은 시간 동안 몇 번을 변신하느라 피곤하기도 하고 늑대 모습으로는 말을 할 수 없어서이기도 했다.

"와우, 슈퍼섹시, 완전 섹시한 헌터야."

처키가 덧붙였다.

"휴, 롤리 생각만 나서 천만다행이었어!"

나는 어이없는 얼굴로 하늘을 쳐다보고 나서 카테리나를 돌아봤다.

"누가 슈퍼섹시야? 무슨…… 일 있었어?" 카테리나가 눈을 깜박깜박하면서 말했다. "내가…… 졸았나?"

이상한 질문이었다. 카테리나는 내 옆에 계속 있었는데. 내가 건드리자 카테리나가 소스라쳤다.

"카테리나, 괜찮아? 알아, 뱀파이어는 무섭지……."

"뱀파이어?" 카테리나가 말을 끊으면서 이건 또 무슨 헛소리야? 하는 얼굴로 나를 쳐다봤다.

"응, 뱀파이어들이 막 떠났어." 내가 명함을 보여주면서 대꾸했다. "인간들을 납치한 자들을 추적하는 헌터들. 그중 애너벨과 방금 대화를 나눴어."

카테리나의 얼굴이 창백해졌다.

"인디아나? 근데 나는 왜 아무것도 기억이 안 나지? 내가 밖에 있다는 사실도 지금 알았어."

오케이. 뱀파이어들이 강한 건 알았지만 이 정도일 줄은 몰랐다. 카테리나에게 가까이 가지도 않고 카리스마를 발휘한 것이다. 정말 대단한 능력이었다. 아, 당하는 입장에서는 끔찍한 일이지만. 나는 조금 전의 일을 얘기했다. 애너벨의 환상적인 아름다움만 빼고. 나는 친절하지 멍청하지는 않았다.

정신이 번쩍 났는지 카테리나의 눈에서 분노의 빛이 이글거렸다.

"지긋지긋해!" 카테리나가 소리쳤다.

내가 안으려고 했지만 카테리나는 뿌리쳤다.

"내 몸에 손대지 마!"

이런! 진짜 싫어하는 말인데! 나는 가슴이 오그라들었다.

"카테리나? 미안해, 나는…….

"인디아나. 너는 항상 미안하다는 말을 달고 살아! 친절하고 사랑스럽고 무지 잘생긴 인디아나, 마치 너한테는 아무런 책임도 없다는 듯 그저 입으로만 미안하다고 하지. 근데 실제로는 너한테 책임이 있어. 전부 다 네 탓이야! 네가 나한테 다가오지 않았다면, 타일러와 네가 사랑이니 관심이니 티격태격 싸우면서 내 인생에 끼어들지만 않았다면 아빠가 이 지경까지 오진 않았을 거야. 거의 죽어가는…….

마지막 말을 하는 카테리나의 목소리가 갈라졌다.

나는 상처를 받았다. 그녀의 말이 부분적으로는 사실이라 예리한 칼날처럼 폐부를 찔렀다. 하지만 카테리나가 심리적으로 많이 흔들리는 건 충분히 이해했다. 카테리나는 지난 몇 주 동안 엄청난 일들을 경험했다. 두 무리 간의 혈전을 목격했고, 열 번이나 죽을 뻔했고, 지금은 아버지가 사경을 헤매고 있었다.

"꼭 그렇지는 않아, 카테리나."

내가 대답하는 동안 분노와 슬픔의 눈물이 카테리나의 창백한 볼을 타고 흘러내렸다.

나에게 화를 낼 때도 카테리나는 아름다웠다. 나는 이토록 그녀를 사랑하는 것이 가슴 아팠다. 그녀가 내뱉는 한마디 한마디가 나를 무너뜨리고 있었다.

"끝났어, 인디아나. 다 끝이야. 나는 더 이상 너나 뱀파이어, 루가루와 엮이고 싶지 않아. 너희들의 어처구니없는 싸움 덕분에 아빠는 내가 편안하게 공부를 마칠 수 있을 정도의 돈을 얻었어. 하지만 아빠가…….

카테리나가 심호흡을 했다.

"아빠가 죽으면 나는 보호를 받겠지. 하지만 그게 다 무슨 소용이야."

내가 호흡을 가다듬는 사이 카테리나는 청록빛 눈으로 나를 응시하다가 내뱉었다.

"다시는 너를 보고 싶지 않아."

5
거부

처키가 얼어붙었다. 세상이 얼어붙었다. 이 순간은 내 인생에서 가장 고통스러운 시련 중 하나로 기억에 새겨졌다. 어릴 적 결코 아름답고 강한 루가루의 일원이 되지 못한다는 사실을 깨달았을 때보다도, 타일러가 내 다리를 부러뜨렸을 때보다도, 내가 루이스 브랜드켈의 경호원을 죽였을 때보다도 더 고통스러웠다. 연약한 엄마가 난폭한 루이스에게 납치된 사실을 알았을 때 느꼈던 것과 거의 같은 고통이었다.

마치 카테리나가 내 배에 비수를 꽂고 천천히 비트는 것 같았다. 화가 나면서 우울해졌다.

하지만 전혀 내색하지 않았다. 나는 인간이 루가루 못지않게 용감하다고 배웠다. 그리고 지금은 카테리나가 슬픔에 빠져 제정신이 아님을 누구보다 잘 알고 있었다. 화가 날 정도로 기분이 나빠도 일단은 접어두는 것이 좋은 해결책일 때가 있다. 카테리나는 잘못 생각하고 있다. 내가 입을 열기 전에 처키가 선수 쳤다.

"너무 늦었어."

카테리나가 홱 돌아봤다. 처키는 때마침 바지 단추를 채우면서 그녀의 성난 눈길을 교묘하게 피했다.

"너 방금 뭐라고 했어?" 카테리나가 격분해서 쏘아붙였다.

처키는 한숨을 쉬면서 고개를 들고 금빛 눈으로 카테리나의 눈을 빤히 쳐다봤다.

"너무 늦었다고. 네 아버지와 너는 이 사건에 너무 깊이 연루되어 있어. 네가 태어나기도 전 네 증조할아버지가 인디아나의 증조할아버지를 죽였으니……. 악연이든 인연이든 둘 다 인디아나 집안과 관계가 깊어. 그리고 네아버지를 공격한 킬러가 언제 다시 나타날지 모르는데 아버지를 보호하기위해서라도 우리 도움이 필요해. 네 목숨을 위해서도 그렇고. 이미 엎질러진물인데 우리를 거부해봐야 아무 소용 없다는 말이야."

나는 아직 정신이 멍한 상태였다. 방금 처키가 뱉어낸 말, 그 말을 내가 했다면 카테리나는 내 눈을 뽑아버렸을 텐데. 카테리나는 처키를 한참 노려보다 병원 쪽으로 발길을 돌렸다. 나는 숨이 막힐 것 같아서 공기를 들이마셨다.

"고마워, 처키." 아직 정신이 없는 내가 속삭였다.

처키가 어깨를 으쓱했다.

"너희 둘을 떼어놓으려고 내가 한 짓이 있는데 이럴 때 만회해야지. 그리고 그게 사실이고. 아버지가 죽으면 카테리나는 완전히 혼자 남는데 어차피선택해야 할 거 아냐. 너를 정말 사랑한다면 너와 계속 가든가, 평범한 인간의 삶을 살고 싶다면 너와 헤어지든가 어떤 결정을 내려야 하잖아. 인디아나, 난 말이야, 카테리나가 너를 선택하길 바라, 진심으로."

"나도 그래주면 좋겠다."

한 시간이나 추위 속에 있었는데 처키의 말 한마디로 위로가 되고 가슴이훈훈해졌다. 물론 나는 처키의 속뜻을 모르지 않았다. 처키는 카테리나에게 시간을 주려는 것이었다. 그리고 나에게도. 이따금 엉뚱한 짓으로 기함하게 만들지만 속이 깊은 처키! 나는 처키가 하는 대로 내버려두었다. 내가 카테리나를 얼마나 사랑하는지 말하고 있을 때였다. 갑자기 등 뒤에서 부드러운 목소리가 들렸다.

"그래도 어린 여자 인간이 너를 떠나는 편이 더 간단할 것 같은데."

악셀이 뱀파이어처럼 불쑥 나타났다. 세미에게는 뱀파이어의 능력이 없지만 검은 피부와 검은색 옷 때문에 어둠 속에서 구분이 되지 않았다. 게다가 바람의 방향 탓에 냄새도 맡지 못했다.

"알아." 내가 마지못해 대답했다. "다들 그렇게 말해서 귀에 못이 박일 정도니까. 하지만 악셀, 네가 젬마를 포기하지 못했던 것처럼 나도 카테리나를 포기할 수 없어."

악셀이 부르르 떨었다. 루이스에게 살해된 애인을 상기시키는 것은 페어플레이가 아니었다. 하지만 악셀은 응수하지 않고 화제를 바꿨다.

"실종된 인간 열두 명 중 일곱 명을 발견했어. 그걸 알려주려고 왔어."

나는 얼어붙었다. 가장 불길한 시나리오가 현실화되고 있었다. 불행히도 그런 확신이 들었다.

내 대답을 기다리다 악셀이 말을 이었다.

"아, 그리고 한 뱀파이어와 마주쳤는데……."

악셀이 호주머니에서 명함을 꺼냈다.

"……애너벨 5. 이빨 자국이 많이 난 창백한 시체들을 보고 화가 나는지 표정이 일그러지더라고."

'그래서 인간들이 살았어, 죽었어?' 하고 물어보려 했는데, 악셀의 말에 답이 있었다. 인간의 목숨을 대수롭지 않게 여기는 루가루와 세미 들의 냉담함에 충격을 받아온 나였다. 다행히 악셀은 내 슬픔을 존중해주었다. 나는 카테리나에 대한 생각을 떨쳐내기 위해 심각한 사태에 집중하면서 심호흡을 하고 나서 물었다.

"어디서 발견했는데?"

"네가 다니는 대학 부근. 경사진 언덕 표지판 바로 밑에서."

그러니까 뱀파이어들이 인간 밀집 지역까지 접근한 것이다. 포식 동물이 먹이가 많은 곳에 모이는 것이야 당연한 일 아닌가.

"그래서 뱀파이어 킬러들이 시신을 어떻게 해놨는데?"

"한곳에 몰아놨더라고. 시체들이 발견돼도 끔찍한 사고를 당해 죽은 것처럼 위장한 거겠지."

"인간 법의학자들이 시신을 부검할 수도 있는데 그대로 두고 왔단 말이야? 수거했어야 하는 거 아냐?"

"꼭 그렇지는 않아. 사진을 찍고, 샘플을 많이 채취했어. 우리 쪽 연구소는 시신이 없어도 될 만큼 인간의 연구소 못지않게 수준급이거든. 더군다나 우리는 뭘 분석해야 하는지 아는 반면에 인간들은 전혀 모르니까."

악셀의 말도 일리는 있지만 그래도 나는 연구소가 한두 개 있는 쪽보다 연구소가 많은 쪽의 분석 정확도가 훨씬 나을 거라고 생각했다. 카테리나의 독한 말에 받은 상처가 가라앉지는 않았지만 나는 비굴하게 그녀의 발밑에 엎드리느니 차라리 영문도 모른 채 피를 빼앗기고 죽어갈 인간들의 목숨을 구하는 일에 정신을 집중하기로 했다.

"뱀파이어 헌터, 애너벨 5가 요정을 추격하기 위해 범행이 일어난 곳으로 세 팀을 급파했다는 말도 했어."

우리 루가루 무리의 수장 할아버지에게 훈련을 받은 덕분에 나는 곧 반박했다.

"멍청한 생각이야."

악셀이 동의한다는 듯 미소 지었다.

"맞아, 나도 그렇게 말했어. 세 뱀파이어는 다음 희생자들을 물색 중일 게 분명한데. 뭐, 물론 부근에서 요정들을 체포할 수도 있겠지. 그리고 애너벨은 마약계의 거물들을 감시할 계획이라고 했어."

엎친 데 덮친다더니! 뱀파이어 호위대가 죽음을 파는 비열한 장사꾼들을 감시하겠다니 예상보다 상황이 심각하게 돌아가고 있었다. 나는 분노가 치밀었다.

"그럼 아무도 루이스 브랜드켈을 추적하지 않는 거야? 루이스는 내 어머니를 납치했고, 위험한 킬러들을 풀어주었고, 인간들을 죽인 작자야! 뱀파이어 청소부들은 뭐 하는 거지? 문제를 해결하러 다니는 줄 알았는데 아닌가? 정작 없애야 하는 루이스를 내버려두고?"

악셀의 미소가 사라졌다.

"루이스 브랜드켈은 세력이 막강해서 비호를 받고 있어. 뱀파이어들은 아마 루이스가 이 엄청난 살육에 직접적인 책임이 있다는 혐의가 드러나야 개입할 거야. 그런데 지금 루이스는 아주 신중하게 행동하고 있어. 요정들과 뱀파이어들이 루이스와 연관되었다는 정황이 전혀 없다고. 네 어머니를 납치하면서 미친 존재들을 풀어줬다는 점만 빼면. 영악한 작자야. 루이스라면 마약 중개인들이 요정들의 마음에 들지 않아서 저지른 짓이라고 발뺌할 수도 있어. 루이스는 혐의를 부인하고 얼마든지 빠져나갈 수 있다고."

나는 소리를 지르고 싶었다. 카테리나와 루이스, 둘 중 누가 더 기대에 어긋나는지 알 수가 없었다.

"할아버지한테 알렸어?"

"시체를 발견하자마자 알렸지. 채취한 샘플은 방금 헬리콥터로 목장으로 보냈고. 그런데 문제는 거기가 시체들을 모아놓은 곳이지 살해 장소는 아니라는 거야. 단서를 찾으려면 우선 범행 장소를 찾아야 해. 뱀파이어들이 날아다닐 수 있다고 해서 사건을 해결할 수 있는 건 아냐. 세미나 루가루의 감각을 이용하려고 해도 냄새가 거의 없어. 그래도 어떻게든 찾아야 하니까 이제 나는 돌아갈게. 너한테 알려주려고 잠깐 들른 거야."

할아버지는 내게 행간을 읽어야 한다고 가르쳤고, 악셀은 전투를 가르쳐 주었다. 근데 악셀은 전화로 말하면 되는 일을 가지고 왜 여기까지 달려왔을까? 단지 이걸 알려주려고 나를 만나러 올 필요는 없을 텐데. 악셀이 의아해하는 내 시선을 느꼈는지 나에게 따라오라고 손짓했다. 처키가 눈살을 치켜떴지만 내가 그냥 있으라고 하자 순순히 말을 들었다. 악셀은 루가루의 청각이 미치지 않을 정도로 멀리 걸어갔다.

나는 카테리나를 되찾아야 한다는 욕망뿐이라 악셀이 할 말을 빨리 끝내주길 바랐다.

악셀이 몸을 좌우로 흔들었다. 근육질의 건장한 악셀이 몸을 비비 꼬다니, 이런 모습을 또다시 볼 수 있을까? 카테리나 때문에 괴롭지만 않다면 놀려 먹기 딱 좋은 상황인데……. 나는 인내심이 바닥나려고 해 더 참지 못하고 다그쳤다.

"악셀? 무슨 일 있지? 뭔데 그래, 빨리 말해!"

악셀이 침을 삼켰다. 뭔지는 몰라도 꺼내기 힘든 말이 틀림없었다.

"그…… 그 여자 말이야." 악셀이 마침내 우물무물 말했다.

"여자? 누구?"

"그 여자, 애너벨."

"그 뱀파이어가 뭐?"

"그 여자가 오는 걸 전혀 알아채지 못했어. 시체 냄새를 맡고 있는데 갑자기 머리 위에서 떨어지는 것처럼 내 앞에 불쑥 나타난 거야. 세미 무리의 알파가 된 뒤로는 후각이 훨씬 예민해져서 내가 루가루들보다 먼저 시체를 발견하고 살피고 있었거든. 그 여자는 내가 세미라는 사실을 알고 있었어. 그리고 내가 증거를 찾기를 원치 않았지."

오케이. 하필 가슴이 무너져 내리는 것 같은 이 불행한 순간에, 더군다나 무고한 사람이 일곱 명이나 죽었다는 사실에 참담한 심정인 이때 왜 웃음이 나지. 그래도 나는 가슴에서부터 올라오는 웃음을 꾹 참았다.

"……그래서?"

"그래서 몸싸움을 했지."

나는 어이없다는 얼굴로 악셀을 쳐다봤다.

"농담이지? 악셀, 뱀파이어 헌터를 상대로 싸웠다고? 헌터 5인데?"

"응, 그 여자가 헌터 5인지 내가 어떻게 알겠어? 갑자기 내 앞에 나타났으니까 무작정 덤벼들었지. 하마터면 당할 뻔했는데 내 힘이 더 셌어."

빌어먹을! 악셀이 뱀파이어 대장을 죽였단 말인가? 그럼 진짜 상황이 꼬이는데. 나는 이제야 악셀의 모호한 표정이 이해되었다.

"그 여자를 때려눕혔지." 악셀이 상당히 만족스럽다는 듯 자랑했다.

"맙소사, 악셀! 미쳤어? 뱀파이어들이 애너벨에 대한 앙갚음으로 우리 내장을 뜯어내려고 생난리를 칠 텐데!"

악셀이 놀란 표정을 지었다.

"뱀파이어들이 왜 앙갚음을 해? 내가 그 여자보다 더 빨랐을 뿐인데. 자존심에 상처 조금 난 것 가지고 설마 나를 그 정도로 원망하겠어?"

나는 긴장이 약간 풀렸다.

"그러니까…… 죽인 게 아니야?"

악셀이 화가 난 얼굴로 말했다.

"당연히 안 죽였지!"

악셀의 입가에 미소가 감돌았다.

"그녀가 우세한 순간도 있긴 했어. 그 여자, 힘이 진짜 세더라고."

나는 안도했다. 뱀파이어와의 문제로 사태가 악화되었다면 할아버지가 나와 악셀을 살려두지 않았을 테니까.

"별일 없었으면 원망이야 하지 않겠지. 그럼 뭐가 문젠데?"

나는 악셀이 무슨 대답을 할지 두려웠다. 역시 예상은 빗나가지 않았다.

"으흐흠. 나하아아안테에에키이이스했어." 악셀이 헛기침을 했다.

"악셀, 지금은 세미도 아닌데 똑똑히 발음할 수 있잖아. 무슨 말인지 모르겠다고."

"흠흠. 그 여자가 나한테 키스했어."

나는 잠시 입을 멍하니 벌리고 있었다. 이게 무슨 말이지? 이제야 분명하게 정리가 되었다.

"오케이, 오케이. 그러니까 아름답고, 하마터면 네가 당할 뻔했을 만큼 힘이 센 여자와 맞닥뜨렸는데 그 여자가 너한테 키스를 했다 그 말이야? 그래서 느낌이 어땠는데?"

"키스의 느낌? 아주…… 좋았어. 인디아나, 그녀의 키스는 차가운 불처럼 나를 타오르게 했어! 머리가 터질 것 같았고, 때마침 내 부하들이 오지 않았다면 뭘 하러 왔는지조차 잊었을 거야. 시체들이 널브러져 있었는데! 무슨 말인지 알겠지?"

나는 그 광경이 얼마나 끔찍했을지 떠올리면서 악셀이 하고 싶어 하는 말을 이해했다. 상황을 까맣게 잊을 정도로 격정에 사로잡혔다는 뜻이다.

문득 뭔가 떠올랐다. 나는 아연실색했다.

"맙소사, 악셀. 설마 둘이서 〈언더월드〉를 리메이크하는 건 아니겠지?"

악셀이 무슨 뚱딴지같은 소리야? 하는 얼굴로 나를 쳐다봤다.

"그게 뭔데?"

"〈언더월드〉라고 뱀파이어들의 노예인 라이칸과 사랑에 빠지는 여성 뱀파이어를 그린 영화가 있거든."

"몰라. 뱀파이어 영화를 좋아하지 않으니까."

"해피엔딩이 아니라서 넌 아마 안 좋아했을 거야. 뱀파이어는 햇빛에 노출되어 죽었고, 라이칸은 갇혀 있다 도망쳤지만 수백 년 후에 살해됐어."

악셀이 신경질적으로 입을 실룩거렸다.

"그건 영화잖아. 내가 이해되지 않는 건 그 여자가 왜 키스를 했느냐는 거야."

남자에게 관심이 없어서 잘은 모르지만 내 눈에 악셀은 미남이었다. 악셀은 모르지만 남성미가 물씬 풍겼다.

"네가 '핫'하니까." 내가 말했다.

악셀이 어리둥절한 얼굴로 물었다.

"뭐라고?"

오케이, 악셀의 뇌가 아직 회복되지 않은 모양이었다.

"잘생긴 너에게 뱀파이어가 반한 거라고. 아무래도 뱀파이어와 세미 커플이 탄생할 모양인데……."

내 말이 무슨 뜻인지 알아차린 악셀의 얼굴이 창백하게, 아니 잿빛으로 변해 나는 말을 중단했다.

"빌어먹을! 내가 뱀파이어를 홀리다니! 최악이 뭔지 알아?"

"몰라, 뭔데?"

"아무래도 내가 첫눈에 반한 것 같아!"

우리는 둘 다 혼란에 빠져 있었다. 인간을 사랑하는 나, 방금 뱀파이어와 사랑에 빠진 악셀, 우리가 골치 아픈 문제에 부딪칠 것 같은 불길한 예감이 들었다.

예상하고 있었는데도 나는 악셀의 마지막 질문에 깜짝 놀랐다.

"너는 어떤 느낌이었는데?"

"뭐가?"

"카테리나를 처음 만났을 때 느낌이 어땠냐고."

이런, 어려운 질문이었다. 나는 그날의 일에 집중했다. 추억이 또다시 내 폐부를 찔렀다. 나는 한숨을 쉬었다.

"카테리나가 내 앞에 나타났을 때 가장 먼저 그녀의 눈을 봤어. 그 눈빛, 얼마나 아름다웠는지 몰라. 비웃는 것처럼 눈을 약간 찡긋하면서 나를 쳐다 보는데 가슴을 찌르는 것 같았어. 그다음 내가 냄새를 맡았을 때……."

악셀이 믿기지 않는다는 얼굴로 내 말을 잘랐다.

"뭘 했다고?"

"루가루의 세계에서는 늘 냄새를 맡잖아. 나도 모르게 그만."

악셀이 아직도 제정신이 아닌가? 악셀의 얼굴에 믿을 수 없어 하는 미소 가 세 번이나 번졌다.

"냄새를 맡았다고? 그런데도 카테리나가 도망치지 않았어? 와, 카테리나, 생각보다 용감하네."

"도망칠 수가 없었어. 내가 층계에 있다는 걸 깜빡하고 발을 내밀다가 그 녀를 깔고 넘어졌거든."

악셀은 결국 참지 못하고 웃음을 터뜨렸다.

"네가 미식축구 선수냐? 달아나지 못하게 바닥에다 깔아뭉개게. 근데 너 그 정도였어? 대단한데!"

나는 발끈했다.

"계속 비웃으면 더는 얘기 안 할래."

악셀은 가까스로 웃음을 참다가 딸꾹질까지 하면서 손을 흔들었다.

"아, 미안. 이제 안 웃을게. 계속해."

말은 그렇게 하면서도 악셀은 아직 진정이 안 됐는지 킥킥거렸지만 나는 넘어가 주었다.

"그 순간 그녀의 냄새가 나를 사로잡았어. 향기가 얼마나 좋던지! 향기와 그녀가 신비한 연금술을 발휘하는 듯했어. 등을 돌리고 있어서 보이지 않을 때도 그녀가 가까이 있단 걸 알 수 있었지. 더 결정적인 건 피부 감촉이야. 가령 그녀의 손을 잡으면 그 감촉이 내 손, 팔, 목을 따라 올라오는데 마치 나를 움켜잡고 영원히 놓아주지 않을 것 같았지. 나는 온종일 그녀와 보냈고, 시간이 갈수록 그녀의 영향력은 점점 커졌어. 그녀를 웃게 해주고 싶다는 생각밖에 없었어. 웃을 때는 또 얼마나 눈이 부신지! 떠올리기만 해도 가슴이 두근거려."

내 얘기에 푹 빠진 악셀의 고개가 기울어졌다.

"그건 됐고, 네가 깔아뭉갰을 때 그녀의 반응은 어땠는데?"

"내가 완전히 홀렸다는 걸 눈치채지 못한 것 같았어. 그냥 어리둥절해 있었거든. 그녀는 일단 예의를 지키면서 난감한 상황을 빠져나간 다음 모여든 신입생들에게 시선을 돌렸지. 카테리나는 내가 자기한테 홀딱 반했다는 사실을 알아차리는 데 시간이 많이 걸렸어. 그렇지만 그날 저녁부터 나는 한가지 욕망밖에 없었어. 나를 만나줄 건지 문자메시지를 보내고 싶은 마음뿐이었지."

"그렇게 빨리?"

"응. 나는 첫눈에 반한다는 말을 믿지 않았어. 여자들이 읽는 감상적인 소설에나 나오는 얘기라고 생각했으니까. 하지만 그런 일이 실제로 나한테 일어났고, 그녀의 포로가 된 기분이었지. 악셀, 너는 이제 깊이 생각하지도, 일을 하지도, 잘 먹지도 못할 거야. 황홀하지만 동시에 괴로울 테니까. 해야 할 일을 생각해야 하는데 계속 그 여자 생각이 머릿속을 떠나지 않아서 미쳐버릴 것 같은 시간을 보내게 될 거야."

"젬마와는 그렇지 않았어." 악셀이 생각에 잠긴 얼굴로 느릿느릿 말했다. "그녀와 사랑에 빠졌지만 조심스럽고 조용한 열정이었거든. 젬마를 만나기 전 눈에 띈 여자들을 모조리 낚으려 했던 나보다 젬마가 훨씬 더 나를 사랑했다고 생각해."

나는 입을 멍하니 벌렸다.

"그래?"

"응." 악셀이 차분하게 대답했다. "가수들이 어떤지 알잖아."

하지만 나는 가수를 만나본 적이 없었고, 악셀이 가수였다는 사실도 지금 알았다.

"대단한 인기 스타는 아니었지만 나름 성공한 가수였어. 많은 이들이 나에게 관심을 보이기 시작했을 때 젬마를 만났지. 처음 젬마를 본 것은 콘서트에서였어. 그녀의 금발과 금빛 눈이 유난히 눈에 띄었지. 믿기지 않을 만큼 아름다웠어."

아, 이제야 훨씬 이해가 되었다. 인간이 루가루에게 끌리는 것은 드문 일이었다. 하지만 잘생긴 바람둥이가 젬마의 눈길을 사로잡았다. 어떤 의미에서 루가루는 사냥보다 음악을 더 좋아했다. 그리고 늑대 모습으로든, 인간 모습으로든 함께 노래 부르는 것은 무리의 결속을 강화하는 방법 중 하나였다.

"젬마를 만나기 전까지 나는 바람둥이였어." 악셀이 생각에 잠긴 채 말을 이었다. "예쁜 여자를 유혹할 때는 망설임이라는 게 없었거든. 아마 수백 명은 정복했을걸. 흥분이 되고 쉬워졌지. 사랑하는 데 에너지를 쏟을 때면 200퍼센트로 사는 느낌이었어."

이번에는 내가 호기심이 동했다.

"수백 명? 어떻게 그럴 수 있어?"

"유혹하는 거지. 도저히 믿을 수 없다는 얼굴로 여자를 뚫어져라 쳐다봐. 여자가 내 시선에 반응을 보인다 싶으면 그때 비밀 무기를 꺼내."

"비밀 무기? 악셀, 내가 생각하는 그거라면 굳이 나한테는 안 보여줘도 돼."

악셀이 늑대의 미소를 지었다.

"넘겨짚지 마, 그건 아니니까. 여자를 향해 몸을 숙이고 이렇게 말해. '이렇게 아름다울 수가!' 그러고는 여자가 내 말을 믿을 때까지 아름답다고 반복하는 거야. 여자는 그런 말에 약해서 경계를 풀거든. 백이면 백, 내 매력에 빠져들고 함께 시간을 보내. 그러다 이제 끝낼 때가 됐다 싶으면 내가 너무 바빠서 시간이 없다는 걸 이해시키면서 슬슬 벗어나기 시작해. 이 두 번째 단계에는 문자메시지를 보내거나 전화 통화만 하면 돼. 그렇게 계속 만나주지 않으면 여자는 차츰 포기하게 돼. 내가 버림받았다고 믿게 하거든. 그러면 괴로움 같은 건 없어. 우리의 사랑이 끝난 것은 내 뜻이 아니라 시간이 없어서라고 믿게 하니까. 젬마를 만날 때까지는 그랬어. 그녀가 루가루라는 걸, 그녀의 기묘함에 끌린다는 걸 몰랐으니까. 그런데 젬마가 나를 잃지 않으려고 깨물어서 세미로 형질전환을 시켜버렸어. 세미가 된 뒤로는 여자를 보면 어떤 맛인지 궁금해서……." 악셀이 씁쓸하게 말했다.

나는 악셀이 젬마에 대한 상처에서 아직 벗어나지 못하고 있음을 잘 알고 있었다. 내가 얼른 말했다.

"하지만 애너벨은 아니었지?"

악셀의 얼굴에 다시 미소가 번졌다. 이윽고 생각에 잠겨 주저하듯 말했다.

"응, 애너벨은 먹이로 본 것이 아니라 무조건 달려들고 싶었어. 다시는 느끼지 못할 줄 알았는데 그 감정이 되살아나다니……. 정말 오랜만에 심장이

다시 뛰는 기분이었어. 마치 인생에 목덜미가 잡혀 호흡이 정지되었다가 갑자기 숨이 쉬어지는 느낌이라고 할까.”

내가 질문을 던졌다.

“그래서 어떡하려고?”

“다시 만나려고. 뱀파이어가 왜 그렇게 내 마음을 사로잡았는지 이유를 알아야겠어. 그 여자가 나로 하여금 잠시나마 복수심을 잊게 했단 말이야. 인디아나, 내 말 무슨 뜻인지 알겠어?”

알아들었다. 나는 악셀이 얼마나 충격을 받았을지 짐작이 갔다. 젬마가 악셀을 더 많이 사랑했다는 사실은 방금 알았지만 루이스 브랜드켈에게 젬마가 살해될 때까지 악셀은 젬마와 함께 살았다. 그리고 몇 년 동안 젬마의 죽음을 슬퍼해온 악셀이었다. 그런데 갑자기 완전히 다른 종족에게 마음이 끌리다니. 루이스를 죽여 젬마의 원수를 갚겠다는 목표를 아직 이루지도 못했는데……. 그리고 이 뜻밖의 만남에 루이스가 얼마나 개입했는지도 아직 정확히 밝혀내지 못했는데.

“애너벨이 뭐라고 했는데?”

악셀은 또다시 당황하는 얼굴로 몸을 비틀었다. 정말 우스꽝스러우니까 누구 앞에서든 절대 몸을 비틀지 말아야 할 텐데.

“내 입술이 비단결처럼 부드럽고 내 포옹이 아주 끝내준다고 했어.”

악셀은 더 기억해내려고 눈을 감았다.

“아, 또 이렇게 덧붙였어. ‘송곳니를 네 목에 박고 너의 체온을 모든 세포로 느끼고 싶어.’”

직설적인 표현이었다. 날씨가 갑자기 더워졌나? 아니면 내가 더운 건가?

“와, 그래서 뭐라고 대답했는데?”

악셀이 난처해했다.

"그게······ 사실 나는 '힐!' 하고 내뱉었던 것 같아. 그때 애너벨이 명함을 내밀었어."

나는 웃음이 터지려고 해서 얼른 말했다.

"오케이, 그건 됐어. 자세히 알고 싶진 않으니까. 자, 본론으로 들어가자. 세미의 세계에도 뱀파이어와의 결합을 금하는 법이 있어?"

악셀이 눈살을 찌푸리면서 기억을 더듬다가 말했다.

"내가 아는 바로는 없어. 너도 알다시피 세미 무리는 루가루보다 체계적이지 않아. 루가루는 많은 법을 만들어 규제하면서 살지만, 우리 세미는 가급적 말썽을 일으키지 않고 살아남는 데 만족하지."

세미는 살아남기 위해 최선을 다하고 있었다. 많은 세미들이 보디가드로 일하는 이유는 다른 일에 비해 보수가 많고, 시간제로 근무하면 여유가 있기 때문이었다.

"그럼 애너벨과의 뜨거운 사랑에 장애물은 없잖아?"

"내 쪽은 그렇지. 하지만 뱀파이어 쪽은 다를 거야. 뱀파이어가 얼마나 거만한지 너도 알잖아. 뱀파이어들이 루가루를 얼마나 싫어하는데 하물며 세미를 어떻게 생각할지는 안 봐도 뻔해!"

"그건 모르겠어. 하지만 애너벨이 너에게 키스했다면 너를 받아들일 수 있다고 생각한 거 아닐까? 그러니 나라면 미리 포기하지 않고 그녀와 사귀면서 어떻게 되는지 두고 보겠어. 일어나지도 않은 일을 미리 걱정할 필요는 없어, 악셀. 그냥 현재를 즐겨!"

카테리나와 내가 바로 그런 처지라서 누구보다 잘 조언할 수 있었다. 악셀이 의아한 시선으로 나를 쳐다보다 활짝 웃었다.

"내가 왜 너를 좋아하는지 알아, 인디아나? 너는 복잡한 상황을 아주 간단하게 정리해주는 능력이 탁월해. 고마워."

악셀은 나를 와락 끌어안았다가 어깨를 툭 쳐주고는 어둠 속으로 달려갔다.

나는 우리에게서 시선을 떼지 않고 있는 처키에게 돌아갔다. 악셀 덕분에 잠시 즐거웠던 기분이 사라지자 카테리나가 한 말이 부메랑으로 돌아왔다.

"세미가 뭐래?" 따돌림을 당해 화가 난 처키가 볼멘소리로 물었다.

"별거 아냐. 뱀파이어 헌터들 얘기였어. 헌터들이 탈출한 뱀파이어들에게 희생된 시신 일곱 구를 발견했대."

"미친 뱀파이어 셋이 그랬단 말이야?"

"응, 일곱 명이면 너무 많아. 그래서 이상하다는 거야. 악셀이 홍위대 뱀파이어들과 함께 추적할 건가 봐."

나는 다시 내 문제로 돌아갔다.

"카테리나는 다시 오지 않았지?"

"응, 이쪽으로 와보지도 않고 가버렸어. 내니와 함께 집으로. 셰이머스 씨의 상태가 안정적이라고 내니가 전화로 알려줬거든. 큰일은 반드시 사소한 데서 터진다더니, 카테리나가 뱀파이어들이 나타나는 바람에 너무 놀라서 그런 거니까 이성적으로 판단하도록 설득해보겠다고 했어."

"큰일은 반드시 사소한 데서 터진다……." 나는 기계적으로 반복했다.

왜 자꾸 이렇게 상황이 악화될까. 카테리나가 어떻게 나오든 이해해줄 사람은 나밖에 없었다. 사실 나는 카테리나의 반응에 놀라지 않았다. 카테리나는 알코올중독에다 반쯤 미친 아버지와 살면서 온갖 고생을 한 터라 비극적 사건이라면 아주 질색하는 평범한 학생이었다. 그런데 나와 타일러 때문에 갑자기 겪게 된 모든 일들을 더는 참을 수 없어진 것이다. 루가루 집안의 나와 사랑에 빠졌지만 정상적인 삶이 가능할지도 모른다는 희망으로 불안을 숨기고 있었는데, 아버지가 중상을 입고 쓰러지자 현실에 눈을 뜬 것이다. 나를 사랑한 죄로 고통만 떠안아야 했으니. 나는 불행한 일보다 행복한 일이 더 많다는 식으로 위로하면서 사랑으로 그녀를 감싸주려고 노력했지만 그것만으로는 충분하지 않았다.

이제 내게는 선택의 여지가 없었다. 그녀의 아버지를 회복시킬 수도, 목숨을 구해줄 수도 없었다.

나는 무력했다. 카테리나를 잃게 될 것이다.

그래도 이대로 주저앉을 수는 없었다.

처키와 데이브의 부하 둘과 함께 나는 병원을 떠났다. 다른 루가루 둘은 내니와 카테리나를 호위하고 있었다. 얼마 후 우리는 몬태나의 차가운 어둠 속에서 불빛으로 훤한 집 앞에 도착했다.

나는 가슴이 두근거렸다. 하지만 커다란 가방을 들고 내려오는 카테리나를 보는 순간 심장이 멎을 뻔했다. 가방이 묵직한 것으로 보아 자기 물건을 전부 다 챙긴 듯했다. 아까 처키의 주장은 설득력이 없었던 모양이다. 나는 뛰어갔다.

"카테리나, 뭐 하는 거야?"

카테리나는 지친 기색이 역력했지만 유머 감각은 살아 있었다.

"설마 내가 팬케이크를 만들어줄 거라고 생각한 건 아니겠지? 인디아나, 내가 뭐 하는 것 같니?"

"도망치는 거잖아!" 내가 질겁한 얼굴로 대답했다.

"도망? 너와 나, 타일러 사이에 이상한 일들이 얽히고설켰다는 걸 알았을 때 바로 했어야 할 일을 지금 하는 거야. 〈뱀파이어 다이어리〉는 드라마니까 재미있게 볼 수 있지만 많은 사람이 죽어나가는 너희들 일에 더는 연루되고 싶지도, 일원으로 있고 싶지도 않아. 그래서 집으로 돌아가려고. 경찰이 오늘 오후에 폴리스라인을 제거했어. 청소도 깨끗이 되었고."

이럴 때는 엄청 빠르네, 멍청한 경찰들!

나는 반박하려고 했지만 카테리나가 막았다.

"아니, 인디아나. 넌 내 생각을 존중한다고 늘 말했어. 그 말이 진심이라면 내 선택을 존중해줘야 해. 그리고 내 선택은 이 피비린내 나는 곳, 이 고통, 이 위험에서 벗어나는 거야. 비겁하다고 비난해도 좋고, 뭐라고 욕해도 좋아. 이게 내가 원하는 일이니까. 아니, 나한테 필요한 건 평온함이야. 이 미치광이 소굴을 벗어나서 조용히 살고 싶다고."

"너를 사랑해. 미치도록 사랑해, 카테리나. 너의 모든 걸 사랑해. 너의 지성, 너의 아름다운 몸, 다정한 눈, 내 손을 간질이는 머리카락…… 전부 다. 너에게 키스하고 싶고, 너를 안고 싶고, 숨결을 마시고 싶고, 따뜻하고 부드러운 살을 만지고 싶어. 네 향기가 좋아. 너의 분노도 좋아. 나를 쳐다봐주기만 해도 행복해. 네가 멀리 있으면 나는 숨을 쉴 수 없어. 너는 내 안에 있어. 나를 떠나지 마, 카테리나, 제발."

나는 애원했다. 이러는 내가 싫지만 사랑을 잃게 생겼는데 뭔들 못할까? 등줄기를 따라 진땀이 흐르고 6톤쯤 되는 코끼리가 가슴을 타고 앉은 느낌이 들었다.

카테리나는 시선을 피했다. 내 눈을 보면 더 힘들어진다는 걸 그녀도 알고 나도 알았다. 망설이게 된다는 걸. 그래서 카테리나는 고개를 숙이고 돌아섰다. 겁에 질린 나는 그녀의 팔을 잡고 돌려세웠다.

"이거 놔!" 카테리나가 차갑게 내뱉었다. 카테리나의 목소리에서 분노가 느껴졌다.

"안 돼. 나를 똑바로 쳐다보고 이제 사랑하지 않는다고 말하기 전에는 못 보내."

카테리나는 팔을 비틀면서 내 손을 뿌리치더니 나를 빤히 쳐다봤다. 그러고는 날쌘 몸짓에 놀라는 나를 보면서 쓸쓸한 미소를 지었다.

"데이브가 몇 가지 호신술을 가르쳐줬어. 누군가 공격할 경우 대처할 수 있어야 한다면서. 근데 사고방식이 아주 흥미롭더라. 그는 사람들을 사냥감 아니면 포식 동물, 둘 중 하나로 봤지. 이제는 확실히 알겠어. 그가 나를 아주 맛있는 사냥감으로 본다는 것을."

나는 말문이 막혔다. 데이브? 그 냉정한 데이브? 데이브가 나의 카테리나에게 침을 흘렸단 말인가? 죽여버리겠어.

카테리나가 나를 떼어내려고 결정적인 말을 하려는 순간 전화벨이 울렸다. 그녀의 눈빛이 갑자기 어두워졌다.

카테리나의 얼굴에 알 수 없는 빛이 스쳤다. 하지만 병원은 아니었다. 그보다 더 나빴다.

타일러 브랜드켈에게서 걸려 온 전화였다.

미치광이

비뚤어진 방식이지만 나만큼 카테리나를 사랑하는 순종 루가루 타일러. 나를 죽이려고 했던 타일러. 그러면서 아이러니하게도 내 목숨을 구해주었던 타일러. 내 엄마를 납치한 비열한 작자의 아들 타일러. 아버지를 향한 충성과 나에 대한 우정 사이에서 번민하는 철천지원수 아니면 잠재적 친구…….
아직은 확신할 수 없었다.

카테리나가 나를 향해 입 다물라는 손짓을 하고 스피커 버튼을 눌렀다.

"타일러, 안녕?" 카테리나가 차분하게 말했다.

"방금 네 아버지 소식을 들었어. 아직…… 살아계시지? 중상을 입으셨다던데."

카테리나가 숨을 들이쉬었다.

"응, 우리 걱정과는 달리 루가루에게 감염된 건 아니었어. 아빠는 형질전환이 되지도 않았고 회복되지도 않았어. 현재 인위적 코마 상태야. 우리는 세미에게 공격을 받았다고 생각해."

타일러가 발끈했다.

"우리? 인디아나 말이야?"

"인디아나뿐만 아니라 내니도 포함돼. 너는? 잘 지내?"

침묵이 흘렀다. 나는 타일러가 전화를 끊었다고 생각했다. 하지만 내가 말하려는 순간 타일러가 대답했다.

"괜찮아. 요즘 아버지가 집에 안 계셔서 그렇게 힘들지는 않아."

카테리나와 나는 난감한 눈짓을 주고받았다. 아들을 단련시키기 위함이라는 이유를 내세우는 아버지로부터 정신적, 육체적으로 고통을 받지 않았다면 타일러는 진정한 친구가 될 수도 있었을 텐데.

"인디아나의 어머니는? 괜찮으셔? 어머니 소식을 몰라서 인디아나가 몹시 힘들어해."

카테리나는 배려심이 있었다. 이것도 내가 그녀를 사랑하는 이유 중 하나였다.

"나는 몰라." 타일러가 대답했다. "그 자식이 힘들어하거나 말거나 내가 상관할 바도 아니고. 나한테서 너를 빼앗아갔으니 어머니를 잃었지. 그게 응분의 대가가 아니고 뭐겠어."

"타일러." 내가 조심스럽게 끼어들었다.

"인디아나, 다른 데로 가서 전화 받아."

"뭐라고?"

"내가 하는 말을 카테리나가 듣지 않았으면 좋겠어. 그녀에게서 멀리 떨어지라고."

나는 몇 걸음 걸었다.

"더 멀리 가."

나는 고개를 쳐들고 주위를 둘러봤다. 아무리 청각이 예민해도 내가 몇 발짝을 떼었는지까지는 알 수 없는데 이상했다. 타일러가 우리를 주시하고 있다는 건 알지만 지금도 가까운 데 있다는 건가? 하지만 아무것도 보이지 않았다. 냄새도 나지 않았다. 나는 늑대의 특성을 지니고 있어서 인간보다 후각과 청각이 훨씬 발달되어 있었다. 물론 진짜 루가루만큼 뛰어나지는 않겠지만. 아무튼 타일러는 분명 숲 속에 숨어서 집을 엿보고 있었다.

우리 루가루가 주변에서 정찰을 돌고 있으니 타일러는 쌍안경을 사용하는 듯했다. 아무튼 더 가까이 접근할 수는 없었다.

나는 문득 떠오른 생각에 혹시나 하는 일말의 희망을 가졌다. 어쩌면 나를 도와주려고 온 걸까? 그리고 또 한 가지 생각이 더해졌다. 엄마에게 무슨 문제가 생겼다고 알려주려는 걸까? 엄마가 많이 다쳤나? 불안 때문에 속이 뒤틀렸다. 불안과 희망이 동시에 교차했다.

나는 걱정하는 얼굴로 뚫어져라 쳐다보는 카테리나에게 따라오지 말라는 손짓을 하면서 걸어갔다. 설레던 마음도 잠시 타일러와 나의 헛된 우정은 산산이 깨졌다.

"네게서 카테리나를 빼앗을 거야." 타일러가 침착하게 말했다. "대신 네 엄마를 돌려보내 줄게." 나는 타일러의 제안에 너무 놀라 말문이 막혔다.

"그러니까 너희 둘은 이제 끝났다고 카테리나에게 말해. 카테리나는 아마 실의에 빠지겠지만 내가 보살펴줄 테니까 쓸데없는 걱정은 집어치우고. 단 너를 못 믿겠으니 카테리나가 나한테 돌아온 뒤에 네 엄마가 어디 있는지 말해주지."

말도 안 되는 제안을 흘려 넘기려는데 마지막 말이 귀에 꽂혔다.

"네가 알아?"

타일러가 잔인한 웃음을 흘렸다.

"몰라, 아직은. 하지만 알아낼 거야. 아버지는 나한테 숨기는 게 많지만 알아낼 방법이 있어. 이미 아버지의 야비한 비밀을 꽤 많이 알아냈지. 네 엄마가 있는 곳은 며칠이면 찾아낼 수 있어. 인디아나, 어떡할래?"

"그게 제안이야? 간단하게 대답할 문제가 아냐."

"사랑도 전쟁과 같아. 둘 다 이겨야 가능하니까. 나는 카테리나를 원하고, 너는 엄마를 원해. 따라서 우리 둘이 각자 원하는 걸 갖자는 거야. 나는 적당한 교환이라고 생각하는데 아닌가?"

하지만 엄마를 납치한 건 타일러가 아니니 자기 마음대로 보내주고 말고 할 수 없는 문제였다. 카테리나 역시 의자나 책상처럼 간단히 교환할 수 있는 물건이 아니었다.

나는 그 점을 지적했다.

"셰이머스 씨가 다친 건 내 잘못이야."

타일러가 갑자기 화제를 바꿔 나는 어리둥절해졌다.

"뭐?"

"내가 말을 더듬기라도 했냐? 말끝마다 '뭐'냐고 묻게? 난 네 전부를 빼앗을 거야. 카테리나의 아버지가 다친 건 내 잘못이라고…… 그게 예기치 않은 상황이 발생하는 바람에 그렇게 됐어."

책이나 영화, 드라마에서는 사건이 이런 식으로 일어나지 않는다. 수사관들은 차츰 수사 범위를 좁혀가면서 범인의 정체가 드러날 때까지 단서들을 분석한다. 우리도 그렇게 누구의 털인지, 남성 또는 여성의 털인지 분석해서 범인을 색출하려 했다. 그런데 범인이 곧바로 자백하면 긴장감이 고조되기는커녕 완전히 반감된다. 하지만 타일러는 처음부터 내가 의심하던 사실을 확인해주었다. 그러니까 셰이머스에게 일어난 사고는 내 할아버지와 그의 아버지가 벌이는 전쟁과 연관된 것이 아니라 전적으로 가장 위험한 내 라이벌의 비뚤어진 사랑 때문에 벌어졌다.

"타일러, 너 대체 무슨 짓을 한 거야?"

"카테리나가 목장에 너와 함께 있다는 사실이 나를 미치게 했어. 그래서 어떻게 해서든 카테리나를 돌아오게 만들어야 했지. 네가 그녀를 만지는 상상, 그녀가 밤에 너와 함께 있는 상상을 하면 돌아버릴 것 같았어. 도저히 견딜 수가 있어야지. 그녀와 얘기를 나눌 수도, 냄새를 맡을 수도 없고……. 오죽하면 카테리나가 쓰는 향수를 사서 내 침대에 뿌려야 겨우 잠이 들었을까. 카테리나를 보지 않고서는 살 수가 없어서…… 그래서 그 방법을 생각했지."

타일러가 조소를 흘렸다.

"솔직히 러버도즈 향수를 좋아하지도 않는데……."

카테리나는 밤에 나와 같이 지내지 않았지만 나는 굳이 말해줄 필요를 느끼지 못했다. 그리고 조금 전 타일러의 고백이 마음에 걸렸다. 그녀가 쓰는 향수를 사서 뿌려야 잠을 잘 수 있다고? 이건 집착을 넘어서는 일이었다. 나는 가장 중요한 문제로 대화를 끌고 갔다.

"세미가 셰이머스 씨를 거의 죽여놨단 말이야." 내가 분통을 터뜨렸다.

타일러가 발끈했다.

"내가 말했잖아. 예기치 않은 상황이 발생했다고. 정말 예상 못한 일이었다니까. 나는 그냥 셰이머스 씨에게 사고가 일어나면 카테리나가 돌아올 거라고 생각했어. 세미가 그를 죽이지 못하게 내가 막았다는 건 셰이머스 씨도 알아. 깨어나면 분명히 카테리나에게 그렇게 말할 거야. 셰이머스 씨는 비극적이고 불행한 사고라고 생각했으니까."

이번에는 내가 냉정하게 말했다.

"셰이머스 씨는 깨어나지 못할 거야. 아직 살아 있는 게 기적이니까."

또다시 침묵. 침묵이 어찌나 긴지 나는 타일러가 전화를 끊었다고 생각했다.

"그렇다고 달라지는 건 없어." 타일러가 마침내 말했다. "카테리나와 네 엄마 중 한 사람을 선택해."

미친 자식. 이제는 확실해졌다. 나와 카테리나가 같이 있다는 이유로 타일러는 돌아버렸다. 어이없는 광기에 희롱당하는 게 아니라면 타일러를 불쌍하게 여길 수도 있겠지만 솔직히 이 자식의 목을 졸라버리고 싶었다.

"연락은 어떻게 해?" 내가 차갑게 물었다.

"내 핸드폰으로. 아, 그리고 나의 카테리나에게 진실을 설명할 필요는 없어. 카테리나의 심 카드를 복제해놓아서 너와 카테리나가 주고받는 문자메시지를 모두 볼 수 있으니까."

미쳤든 아니든 타일러는 영악했다. 빌어먹을!

"그러니까 인디아나, 그녀를 포기하고 헤어지겠다고 대답해. 아니면 너의 안전도, 네 엄마의 안전도 보장할 수 없어."

나는 몸이 뻣뻣해졌다.

"나를 협박할 생각은 안 하는 게 좋아." 내가 진짜 늑대처럼 이를 드러내면서 으르렁거렸다.

전화상으로 하는 협박이라 그렇게 실감이 나지는 않았다.

"근데 어쩌나, 나 지금 너 협박하는 건데." 타일러가 즐기는 것처럼 받아쳤다. "내가 원하는 대로 하지 않으면 너는 아주 비싼 대가를 치를 거야. 네 엄마도. 나는 아버지와 달라서 우리 쪽에 아크로노트가 있거나 말거나 관심 없거든. 그러니까 내 피리 소리에 맞춰서 인형처럼 춤을 추란 말이야."

타일러가 어디서 주워들은 시시껄렁한 은유를 내뱉고 전화를 끊었다. 카테리나가 불안한 눈빛으로 나를 쳐다봤다.

"타일러가 뭐래?"

카테리나가 반응할 겨를도 없이 나는 그녀를 끌어안았다. 마지막 포옹. 타일러가 우리를 지켜보고 있다는 걸 알기에 더더욱 그랬다. 카테리나의 따뜻한 몸이 내 몸에 닿았고, 그녀의 입술에서 눈물이 느껴졌다. 카테리나는 나를 물리칠 힘이 없지만 나에게서 멀어져야 이 모든 광기로부터 벗어날 수 있음을 알기에 눈물을 흘리고 있었다.

우리의 마지막 키스는 격렬하고 황홀하면서 슬펐다.

그리고 몹시 가슴 아팠지만 카테리나보다 내가 먼저 몸을 뗐다. 그녀를 위해, 그녀를 보호하기 위해, 우리를 위해, 우리의 목숨을 구하기 위해.

"우리 사이는 끝났어, 카테리나." 내가 단호하게 말했다.

카테리나의 눈에 눈물이 글썽했다.

"뭐……? 무슨 일 생긴 거지?" 카테리나가 어물어물 물었다.

나는 타일러가 좀 전에 도착했고, 카테리나가 아까 한 말을 듣기에는 너무 멀리 떨어져 있다는 전제하에 말했다. 그렇지 않다면 타일러가 이런 협상을 제안했을 리 없었다.

"우리 루가루들이 네 집을 계속 지켜주지는 못해." 나는 카테리나가 거짓말이라는 걸 알아차리도록 손깍지를 끼면서 말을 이었다. "너와 아버지의 목숨을 보호하기 위해서는 우리가 헤어지는 편이 나아. 전쟁이 터지면 난 너를 지켜줄 수 없어. 네 아버지가 이미 희생되었잖아. 그래서 네가 집으로 돌아가게 내버려두려고. 우리 종족이 원하는 대로 여성 루가루와 사귀어볼 거야. 모두를 위해 이게 최선인 것 같아. 너에게 문자메시지도 보내지 않을 거야. 이제는 너에 대한 관심을 접을게. 넌 너무 연약하고 너무 인간적이야."

카테리나는 어찌나 놀랐는지 무슨 일인지 전혀 이해하지 못했다. 나는 아까 병원 앞에서 카테리나가 일격을 가했을 때처럼 똑같이 모질게 말했다.

갑자기 카테리나가 눈살을 찌푸렸다.

"이제 나를 원하지 않아?"

"응."

"너무 위험해서?"

"응."

"나를 위해서."

"응."

"하지만 정확히 말하면……."

나는 재빨리 말을 끊었다.

"그래, 알아. 끝내는 게 좋겠어."

카테리나가 다가왔다. 그러고는 아무런 예고도 없이 내가 휘청거릴 정도로 세게 내 얼굴에 따귀를 날렸다. 와우, 연약하고 가냘파 보이는데 손힘은 장난이 아니었다.

처키와 루가루 둘이 소스라치게 놀랐다. 오케이, 이들이 믿었다면 타일러도 믿을 것이다. 나는 두 손으로 얼굴에 번지는 미소를 감추었다. 카테리나는 내 의도를 분명히 알아차렸다. 똑똑하고 아름다운 나의 카테리나!

카테리나의 얼굴에 분노와 슬픔이 나타났다. 내 얼굴에서 읽히는 불안에 대한 대답이었다. 카테리나는 가방을 들고 나에게 눈길도 주지 않은 채 차가 있는 데까지 비틀비틀 걸어갔다. 내니가 카테리나에게 우리의 차 중 한 대를 빌려주었다(집에 내가 산 차를 비롯해 할아버지가 제공한 튼튼한 사륜구동차 여러 대가 있었다).

"차는 아무나 와서 찾아가." 카테리나가 나를 쳐다보지도 않고 야무지게 말했다. "안녕, 인디아나."

나는 목멘 소리로 대답했다.

"안녕, 카테리나."

엔진 소리가 나자 어둠 속에서 데이브의 부하 둘이 나타나 따라갈 준비를 했다. 하지만 내가 가만히 있으라고 손짓하자 깜짝 놀랐다. 나는 그들에게 집 주위에서 내니를 보호하라고 지시했다. 그리고 나를 따라오는 것도 금지했다. 루가루들은 내가 순간적으로 사용한 알파의 에너지 때문에 끽소리 없이 복종했다. 신체적으로는 늑대 모습이 없지만 정신적으로는 늑대의 특성을 지닌 나였다.

그렇지 않다면 내가 혼자 가도록 루가루들이 가만히 두고 봤을 리 없었다.

하지만 처키는 기대를 저버리지 않고 단호하게 거부했다.

방금 일어난 일에 대해 혼자 생각할 필요가 있다고 설명했지만 처키는 퉁명스럽게 응수했다.

"말도 안 돼. 나를 복종시키기 위해 알파의 힘을 사용하든 말든 그건 네 마음이야. 근데 미안하지만 나는 너보다 네 할아버지가 더 무서워. 너에게 무슨 일이 일어나면 내 털이 다 뽑힌단 말이야."

처키를 설득하는 방법은 한 가지밖에 없었다. 나는 애써 흐르는 눈물을 억누르는 모습을 보이면서 감정에 호소했다.

"남자가 시시하게 우는 모습을 저들에게 보이고 싶지 않아서 그래. 처키, 부탁이야. 정말 혼자 있고 싶어. 멀리 가지 않을게."

처키는 나를 응시하다 내 눈에 고인 눈물을 보면서 한숨을 쉬었다.

"인디아나, 너는 따귀를 날리는 여자보다는 아양을 떨면서 상냥하게 구는 예쁜 여성 루가루를 만나야 해. 하지만 네 마음을 충분히 이해하니까 이번 한 번만 봐줄게. 그렇다고 너무 멀리 가지는 마, 알았지?"

나는 거짓말 때문에 손이 떨릴까 봐 뒷짐을 지고 약속했다.

그러고는 돌아서서 숲으로 들어갔다. 우선 처키의 시야에서 벗어난 뒤 호주머니를 뒤져 도구들이 있는지 확인했다. 별 모양 표창, 은제 단검, 바꽃가루, 말뚝, 나보다 세고 민첩한 존재들과 맞설 때 내 목숨을 구해줄 수 있는 것들이었다.

아니, 나는 타일러를 찾아보지 않았다. 악셀이 소리 내지 않고 이동하는 방법을 가르쳐주었지만 바람을 이용해 상대가 냄새를 맡지 못하게 하면서 루가루를 기습하기란 정말 어려운 일이었다. 타일러는 카테리나를 뒤따라갈 게 분명했다. 그러고는 그녀의 집을 지키는 루가루가 없는지 살피고, 일단 그녀가 집에 들어가는 걸 확인한 뒤에 만나러 가겠지.

나는 이 틈을 타 한 달 전부터 계획한 일을 할 것이다.

엄마를 찾는 것.

내가 본의 아니게 물려받은 빌어먹을 능력을 언급했던가? 시간을 거슬러 가는 능력?

그 능력이 작동하지 않는다. 그러니까 내가 원하는 대로 작동하지는 않는다. 엄마는 마음대로 떠났다가 돌아오는 것 같은데 나는 루가루 유전자가 방해를 하는지 능력이 순순히 말을 듣지 않는다.

시간을 거슬러 가는 능력은 사람을 미치게 만든다는 사실 때문에 내가 사용하길 두려워하는 것이 원인일 수도 있다.

하지만 '무형화'가 극심한 스트레스나 엄청난 두려움 또는 아주 위험한 순간, 때로는 이 세 가지가 겹쳤을 때 발동하는 것은 분명했다. 지난번에는 루이스의 쌍둥이 경호원 중 하나가 칼로 내 어깨를 찔렀을 때 능력이 발동했다. 그리고 셰이머스가 위험에 처했음을 느꼈을 때 능력이 발동해 나도 모르게 그 집에 가 있었다.

한 달 전부터 나는 밤에 혼자 나가 능력을 강제로 발동하는 연습을 하고 있었다. 엄마를 찾기 위해서였다.

성과는 전혀 없었다. 나는 고집스럽고 위험한 능력을 지배하지 못했다. 지금까지는 루이스 브랜드켈이 엄마를 납치하기 위해 저지른 짓과 엄마가 루이스에게 얼마나 소중한지를 알기 때문에 크게 걱정하지 않았다. 하지만 이제는 무슨 일이 있어도 엄마를 찾아오기로 결심했다.

상황이 좀 달라졌기 때문이다. 루이스는 자기 아들이 카테리나에게 미쳐 있다는 걸 몰랐다. 아들이 카테리나를 위해서라면 불구가 될 각오, 아니 죽을 각오가 되어 있다는 걸 그 아버지는 몰랐다. 타일러가 카테리나를 갈망하지 않았다면 아마 복수를 위해 내 엄마를 해쳤을지 모른다. 두려움이 절정에 이르렀다. 엄마 걱정에 카테리나 걱정이 더해졌다. 이 스트레스가 아크로노트 능력에 영향을 주리라는 생각이 들었다. 그런데 시간을 거슬러 가는 능력은 목적지를 알아야 하는데 나는 루이스가 엄마를 가둬놓은 곳을 전혀 알지 못했다.

초자연적 존재의 공동체는 우리의 아크로노트가 행방불명되었다는 사실을 알고 있었다. 할아버지가 2천만 달러라는 거금을 현상금으로 내걸었다. 할아버지의 영리한 전략이 루이스의 삶을 아주 복잡하게 만들었다. 할아버지가 내놓은 현상금에 유혹된 요정, 뱀파이어, 덜 부유하거나 덜 강력한 루가루 무리, 마법사 등은 루이스의 소유지 곳곳에 스파이들을 심어두고 밤낮으로 감시했다. 하지만 루이스는 저택에 틀어박혀 움직이지 않았다. 뱀파이어들은 현상금이 아니라 아크로노트를 차지하려는 욕심 때문에 루이스의 집을 수색하라고 지시했다. 대낮에는 발각될 우려가 있어서 밤에 활동하는 뱀파이어들이 샅샅이 살폈지만 성과는 없었다. 엄마는 그 집에 없었다. 그런데 루이스는 엄마를 찾으러 나가지도 않았다. 너무 주도면밀했다. 강력한 마법사들과 정보 통신 엔지니어들까지 데리고 있어 도청 같은 것은 생각도 할 수 없었다.

나는 미칠 지경이었다.

이제 엄마가 납치된 정신병원까지 시간을 거슬러 가는 시도를 하는 길 외에는 다른 방법이 없었다. 납치범들의 차를 따라가면 루이스가 엄마를 가둬놓은 곳까지 갈 수 있을 것이다. 하지만 애석하게도 아크로노트는 무형화되었을 때 물리적 행동을 할 수 없다. 따라서 엄마는 갇혀 있는 곳을 알려주는 표시 같은 걸 남길 수 없었을 테고, 나는 시간의 흐름을 바꿔도 납치를 막을 수가 없다. 하지만 엄마가 있는 위치만이라도 알 수 있다면 그것으로 충분했다.

나는 숲 속으로 한참을 들어갔다. 후각이 주위에 아무도 없다고 알려주었다. '아무도' 없다는 데에 숲 속 동물들은 배제된다. 나는 옷을 그냥 입고 있기로 했다. 날씨가 정말 춥기도 하고, 어차피 무형화되는 순간 몸만 사라지고 옷은 돌아올 때까지 얌전히 남아 있기 때문이다.

눈을 감고 엄마와 카테리나에 대한 두려움에 정신을 집중했다. 공포가 밀려오는 순간 상상력을 자유롭게 놓아주었다.

여섯 가지 정도의 좋지 않은 상황이 선명하게 보였다.

하지만 아무 일도 일어나지 않았다. 나는 멍한 상태로 앉아 있고, 목과 머리에서 눈이 녹아내리고 있었다.

나는 루이스 브랜드켈을 저주하고, 내 가족을 저주하고, 전 세계를 저주했다. 분노가 끓어올랐다.

그 순간 찰칵, 소리가 났다.

그리고 나는 다른 곳에 와 있었다.

납치가 일어난 정신병원이 아니었다.

우리 리코스 목장도 아니었다.

한 여자가 보였다. 엄마 제시카 텔러를 나는 금방 알아봤다. 훨씬 젊은 모습의 엄마가 요람을 내려다보고 있었다. 그리고 엄마 맞은편에 있는 키가 큰 남자, 웃통을 벗은 순종 루가루는 금빛 눈에 금발이었다. 그를 알아보는 데는 시간이 좀 걸렸다.

내 아버지.

16년 전에 사망한 벤자민 텔러.

믿을 수 없을 만큼 장면이 선명했다. 아주 세세한 것까지 다 보였다. 고집스러운 능력이 이번에는 나를 16년 전으로 데려다 놓았다. 기억조차 없는 아버지를 한 번쯤 꼭 보고 싶다고 기도한 적은 있지만 아크로노트 능력이 예고도 없이 나를 멀고 먼 과거로 데려왔다.

술에 취한 아버지를 보면서 나는 속이 뒤틀렸다.

루가루가 취하려면 오래 술을 마셔야 한다. 인간과 달리 루가루는 빠른 신진대사로 알코올을 몇 분 만에 분해하기 때문이다. 술잔의 액체는 무색이었다. 보드카인 것 같았다. 술병에 알코올 도수가 70도라고 쓰여 있었다. 술의 효과를 유지하기 위해 연거푸 마셨을 터였다. 아버지는 단숨에 술잔을 비우고 다시 따랐다.

"지긋지긋해!" 아버지는 혀가 잘 돌아가지 않았지만 일리가 있는 불만을 쏟아냈다. "아이가 태어난 뒤로 당신은 애한테만 신경을 쓰고, 아니면 세계를 탐험하러 떠나버리잖아! 나는 아예 거들떠보지도 않고!"

아버지가 엄마를 향해 손가락을 흔들었다.

"당신은 나를 사랑하지 않아! 그저 애밖에 몰라!"

"벤자민, 술 그만 마시고 내 얘기 좀 들어봐요. 내가 사랑하는 사람은 당신밖에 없어요. 당신은 내 삶의 중심이에요. 하지만 당신도 우리 아들에게 자리를 좀 내줘야지요!"

아버지의 분노가 폭발했다. 아버지가 술잔을 벽에 던지자 엄마는 움찔했다. 요람 안의 아기, 즉 나는 자고 있다가 자지러지게 울었다. 겨우 두 살배기 아기였다.

"내 자식이 아냐!" 아버지가 고함을 질렀다. "늑대의 특성이라곤 전혀 없잖아! 이런 빌어먹을! 대체 누구 자식이야?"

엄마의 얼굴이 굳었다.

"벤자민! 당신이 어떻게 그런 말을 할 수 있어! 나한테 당신밖에 없다는 걸 누구보다 잘 알면서! 비난도 정도껏 해야지요! 인디아나가 루가루가 아닌 건 미안한데, 루가루로 태어나지 않아서 힘든 건 이 아이도 마찬가지라고요. 하지만 단순히 당신이 원하는 아이가 아니라는 이유로 이 어린아이에게 당연히 줘야 할 사랑마저 박탈하는 건 너무 부당하고 가혹해!"

아버지가 엄마를 노려봤다. 눈에 핏발이 서 있었다. 알파 늑대였기 때문에 그 힘의 뜨겁고 무거운 파동이 방을 가득 채웠다. 엄마는 숨 쉬기가 힘든데도 냉정을 유지하려고 애썼다.

마치 무슨 일이 일어날지 이미 알고 있는 듯 엄마의 얼굴이 일그러졌다.

아버지가 엄마에게 다가갔다.

"가혹해? 이게 가혹하다고? 내가 이 아이를 위해 얼마나 싸웠는데! 이…… 이 불량품을 죽이지 말아달라고 간청했던 나야! 이 아이는 절대 늑대가 될 수도, 알파가 될 수도 없어! 루가루들이 나를 어떻게 쳐다보는지 당신이 알기나 해? 후계자가 없다고 나를 비웃는단 말이야!"

엄마는 이성적으로 대하려고 노력했다.

"당신 아버지가 최고 수장이라고 해서 당신이 자동으로 수장 자리를 이어받는 건 아니잖아요. 다른 루가루가 선출될 수도 있으니까."

하지만 아버지는 이성적으로 대화할 생각이 없었다. 아버지는 싸움을 원했다.

술에 취한 아버지가 격분해서 엄마에게 손을 쳐들었다. 바로 그 순간 냉랭한 고함에 아버지가 멈칫했다.

"벤자민!"

내가 잘 아는 목소리였다.

할머니 앰버 텔러. 그 뒤로 내니가 따라 들어왔다. 하지만 내가 들은 이야기와는 전혀 다른 상황이 전개되고 있었다.

시끄러운 소리에 놀라 달려온 두 여자, 금빛에 가까운 황갈색 눈과 금발로 금방 알아볼 수 있는 키가 큰 할머니와 키가 작은 내니가 내 부모의 침실로 들이닥쳤다.

그 순간 모두 나한테 거짓말을 했음을 알았다. 아버지의 일마저 거짓말을 하다니, 빌어먹을 가족!

"웬 소란이냐?" 거만한 할머니가 소리쳤다. 아버지는 할머니를 꼭 닮은 얼굴이었다. "목장에 있는 루가루를 다 깨울 작정이야?"

할머니가 빈 술병들을 보고 냄새를 맡았다.

"네가 술에 취한다고 이 인간과 결혼하면서 저지른 잘못이 속죄되지는 않아." 할머니가 경멸조로 말했다.

아버지가 동요하면서 할머니를 향해 혼란스러운 시선을 던졌다. 순종 루가루의 금빛 눈, 나의 큰 키는 아버지에게서, 파란 눈은 엄마에게서 물려받은 것이었다. 흥분해서 날뛰며 얼마나 땀을 흘렸는지 아버지의 머리털은 젖어 있었다. 나는 아버지가 진짜 엄마를 때렸을 경우 일어날 수 있는 충격에 대해서는 상상도 하고 싶지 않았다. 아버지 앞에 선 엄마가 어찌나 작고 연약해 보이는지! 지독한 장면에 나는 가슴이 먹먹했다.

내가 무력한 목격자이기 때문에 더욱 그랬다.

하지만 할머니의 경멸이 의도와는 반대되는 결과를 낳았다.

"냉정하시고 자신만만하신 나의 친애하는 어머니. 처음부터 우리 결혼은 실패로 끝날 수밖에 없다고 하셨죠. 이 인간은 우리에게 전혀 도움이 되지 않을 거라면서! 네, 늘 그랬듯 어머니 말이 옳았습니다!"

아버지가 삿대질을 하듯 손가락을 흔들었다.

"하지만 어머니는 이 인간이 보물일 줄은 상상도 못했잖아요!"

아버지가 씹어뱉듯 말했다.

"어머니가 좋아하는 유명한 아크로노트 중 하나라고요! 이 인간이 2년 동안 돈을 얼마나 벌어들였죠? 3억, 4억 달러?"

"아들아, 금융 거래 명세서를 봤으니 너도 잘 알잖니." 할머니가 차분하게 응수했다.

"내가 거부하면요?" 엄마가 침착한 어조로 끼어들었다. "벤자민의 말이 맞아요. 내가 아크로노트임을 안 뒤로 난 우리 아들과 루가루 종족의 미래를 위해 최선을 다했어요. 그리고 루가루 160명이 먹고살기에 충분한 돈을 벌어들였어요. 그러니 이제는 내 가족에게 전념해도 되잖아요?"

할머니의 얼굴에 공포의 그림자가 드리웠다.

"그건 안 된다. 우리는 너의 정보가 필요해. 너는 우리의 적, 라이벌 종족, 뱀파이어들이나 마법사들의 상황을 볼 수 있어. 돈만이 아니라 안전의 문제이기도 해, 제시카!"

엄마의 얼굴에 할머니를 경멸하는 표정이 역력했다. 솔직히 나도 엄마와 생각이 같았다. 지금 내가 보는 것은 우리 집안의 추한 이면이었다. 그다음 상황은 더 최악이라는 걸 알았더라면 차라리 보지 않았을 텐데!

"어머님은 진정한 후계자를 낳아주지 않았다고 끊임없이 나를 비난하셨어요. 그러면서도 내 능력에 대한 욕심을 버리지 않으시니 결국 이렇게 벤자민이 폭발하고 만 겁니다."

아버지가 술병에 남은 마지막 한 방울까지 다 핥아 마시고는 손가락으로 요람을 가리키면서 으르렁거렸다.

"다 저놈 때문이야. 저놈만 태어나지 않았다면 당신한테 그 빌어먹을 능력이 있는지 몰랐을 텐데. 털 없는 인간 자식을 가질 바에야 아예 자식이 없는 게 나았어!"

아버지가 술병을 벽에 던졌다. 유리 파편이 사방으로 튀자 내니가 긴장했다. 다행히 아무도 다치지 않았다. 갑자기 알파의 힘이 커지면서 아버지가 부분적으로 변신했다. 루가루에게서 이런 모습을 보기는 처음이라 나는 아연실색했다. 세미처럼 늑대와 인간이 반반씩 섞인 모습이었다. 있을 수 없는 일인데!

당황한 내니와 할머니가 마치 괴물을 보듯 아버지를 쳐다보면서 망연자실했다. 방을 가득 채운 알파의 힘이 강렬해졌다.

아버지가 할머니와 내니를 상대로 알파의 힘을 사용한 것이다.

"꼼짝 마!" 아버지가 송곳니를 드러내고 명했다. 어찌나 위엄이 넘치는지 나까지 얼어붙었다.

저항할 수 없는 할머니와 내니가 복종했다. 여성 알파나 내니 같은 베타는 알파 루가루의 명에 복종해야 했다. 페미니스트들이 들으면 좋아하지 않겠지만 이런 힘은 인간의 능력에 속하는 것이 아니었다.

아버지는 잡종 괴물의 모습이었다. 마법인가? 정신적 영향? 최면? 뭔지는 모르겠지만 효력을 발휘하고 있었다.

아버지가 책상에 놓인 은제 단검을 움켜잡았다. 어떤 멍청한 작자가 은 제품을 내 가족에게 선물했는지 몰라도 은은 루가루에게 독과 같아서 스치기만 해도 살이 타기 때문에 그저 장식품으로 간직하고 있었을 것이다. 그런데 아버지는 은제 단검을 쥐고도 통증에 개의치 않는 것 같았다. 무성한 털이 손/발을 보호해주는 건지 어떤 건지 나는 알 수가 없었다. 아버지가 비틀거리면서 요람 안의 나를 향해 다가왔다.

"내가 문제를 해결할게, 제시카." 아버지가 알아듣지 못할 빠른 목소리로 말했다. 주둥이가 일그러져 있었다. "이 아이를 없애버리겠어. 그러면 우리는 다시 행복하게 살 수 있어. 당신은 또 낳으면 되니까 걱정하지 마. 다 잘 될 거야."

보드카에 뭔가가 들어 있지 않고서야 어떻게 이런 일이! 아버지는 분명히 정상이 아니었다. 순수하게 술만 마셨다면 절대 이 정도로 분별을 잃을 수 없었다. 뭔가 아주 이상한 일이 일어나고 있었다. 도저히 믿기지 않게 변한 아버지의 모습도 의문이었다.

그다음 일은 악몽을 꾸는 듯했다. 아버지가 요람에 다가서자 엄마가 가로막고 서서 애원하고 간청했다. 하지만 아버지는 엄마를 거칠게 후려쳤다. 머리를 맞은 엄마의 관자놀이를 타고 피가 흘러내렸다. 내가 태어날 때처럼 스트레스 때문인지 아크로노트 능력이 작동했고, 엄마가 갑자기 사라지면서 옷만 바닥에 내려앉았다. 그때였다. 아버지의 힘이 약해지길 기다리고 있었다는 듯 할머니가 나섰고, 비틀거리던 아버지는 요람 앞에서 꼼짝하지 못했다. 할머니가 늑대, 아니 사자처럼 날쌔게 달려들어 아들이 돌이킬 수 없는 짓을 저지르지 못하게 막았다.

할머니는 세미처럼 변해 훨씬 힘이 센 알파를 이길 확률이 거의 없는데도 아버지와 맞서 싸웠다. 하지만 아들을 쓰러뜨리면서 할머니도 함께 나동그라졌다. 아들의 머리가 나무 탁자와 정면충돌했다. 그 충격으로 아버지는 괴물에서 인간 모습을 되찾았다.

아들의 모습에 할머니도 큰 충격을 받은 게 틀림없었다. 화가 난 할머니는 아버지를 타고 앉아 심한 욕설을 내뱉었다. 그런데 바닥에 누운 아버지는 대꾸도 못한 채 옴짝달싹하지 않았다.

뭔가 이상하다고 느꼈는지 내니가 뛰어가서 아버지의 몸을 뒤집었다.

할머니는 아들이 넘어지면서 가슴에 꽂힌 칼이 몸무게에 눌려 심장을 관통하는 걸 보지 못했다. 조금만 더 일찍 알았더라면 타고 앉아 욕설을 내뱉는 대신 아들의 목숨을 구했을 테니까. 은의 독성이 아들의 몸속 장기들에 손상을 입힌 것이 분명했다. 내니가 칼을 뽑고 상처를 지혈했다.

하지만 너무 늦었다.

이때 엄마가 다시 나타났다. 바닥에 흐르는 피, 창백한 얼굴로 꼼짝 않는 남편을 보고 엄마는 울부짖기 시작했다. 엄마가 뛰어가서 남편을 품에 안았다. 두 손이 피로 얼룩졌다.

내 뺨을 타고 눈물이 흘러내렸다. 엄마가 울부짖는 소리가 너무나 끔찍해 나는 보이지 않는 몸으로는 소용없음을 알면서도 두 손으로 귀를 틀어막았다.

나는 참담한 심정으로 다음 장면을 목격했다. 망연자실한 엄마가 아버지의 몸을 흔들고 있었다. 너무 충격을 받은 할머니는 "안 돼, 안 돼."라는 말 말고는 아무것도 할 수 없었다.

내니는 아버지를 살리기 위해 최선을 다했지만 끝났다는 걸 알고 일어나 상황을 살피고 사태를 수습했다. 내니가 엄마 손에 칼을 쥐여주었다. 엄마는 바로 칼을 떨어뜨렸다. 하지만 너무 늦었다. 칼에 엄마의 지문이 묻었으니까. 충격에 빠진 할머니는 내니가 무슨 짓을 하는지 알지 못했다. 엄마의 울음소리에 요람 안의 아기도 자지러지게 울고 있었다.

얼이 빠진 할머니는 내니가 하는 말을 듣지 않았다. 내니는 강력한 방법을 사용해야 했다.

내니가 할머니의 얼굴에 따귀를 날렸다.

할머니가 무슨 일이 일어났는지 알아차리는 데는 시간이 좀 걸렸다. 할머니가 위협적으로 눈을 가늘게 뜨면서 내니를 노려봤다.

"무슨 짓이냐? 네 목을 따줄까? 베타, 네가 감히 나한테 손찌검을 하다니!"

"어린 털북숭이들의 목숨을 구해주는 늑대로서 말씀드립니다." 내니가 침착하게 대답했다. "밀레이디는 방금 아들을 죽였습니다. 고의는 아니었지만 모두 이 일을 어떻게 생각할지 아시겠지요. 칼 텔러 수장은 훌륭한 지도자이십니다. 우리에게 꼭 필요한 분이에요. 이 일이 알려지면 최고 수장도 함께 무너지게 됩니다. 나는 루이스 브랜드켈 같은 작자의 지배를 받고 싶지 않아요. 그렇지 않아도 루이스가 호시탐탐 최고 수장 자리를 노리고 있는데……."

나는 귀를 세웠다. 아버지가 사망하기 4년 전 선거에서 할아버지와 루이스 브랜드켈이 맞붙었고, 할아버지가 승리했다. 틀니를 끼지 않고 천 살까지 살 수 있는 루가루의 수명을 생각하면 루이스가 집권하기 전까지 할아버지는 앞으로도 최고 수장 자리를 더 오래 유지할 수 있었다. 권력욕 때문에 루이스는 불과 한 달 전에도 최고 수장 자리를 빼앗기 위해 할아버지를 죽이려 하지 않았던가.

그러니까 루이스 브랜드켈은 그때도 트러블메이커였다. 나는 이 정보를 머릿속에 새겼다.

"그러니 '저 여자' 탓으로 돌리자는 겁니다." 내니가 고갯짓으로 엄마를 가리키면서 말했다. "지금 쇼크 상태라 능력이 불안정하고, 방금 일어난 일로 정신이 온전하지 않을 거예요. 제시카가 정신을 차렸을 때 아들을 살리고 싶다면 우리가 시키는 대로 하는 것이 이롭다고 이해시키면 돼요."

내니의 계략이 없었다면 할머니는 그러지 못했을 것이다. 어쨌든 여성 알파들이 다 그렇듯 할머니는 명석하고 영리했다. 할머니가 고개를 끄덕였다.

모든 준비가 끝났을 때 자지러지는 아기 울음소리와 피 냄새를 맡은 루가루들이 침실로 들이닥쳤다. 내니와 할머니는 마치 자기들의 방에서 나온 것처럼 그들과 합류했다.

이렇게 시나리오가 완성되었다.

나는 이제 엄마가 정신적 충격에서 벗어나지 못한 이유가 이해되었다. 엄마는 진짜 미쳐버렸다. 그리고 정신병원에 갇혀 아크로노트로서 목숨을 부지하고 있었다.

하지만 이제 진실을 알았다.

엄마는 죄인이 아니었다. 엄마는 내 아버지를 죽이지 않았다.

나는 안도했다. 엄마가 그런 짓을 했다는 사실 때문에 내가 얼마나 상처를 받고 있었는지 깨닫지 못했었다. 내가 어렸을 때 타인에 대한 배려가 없는 어린 늑대들은 내 면전에서 서슴지 않고 야유를 보냈었다. 나는 살인자 인간의 아들로 낙인찍힐 털 없는 아이였다.

엄마가 납치된 곳으로 정신을 집중하려는 노력에도 불구하고 엄마가 무고하다는 사실을 알게 된 안도감 때문인지 나는 불안정한 상태가 되었다. 그 바람에 능력을 제어하지 못했고, 내 옷이 있는 숲 속에서 유형화되었다.

충격적인 진실과 추위로 덜덜 떨면서 나는 옷을 입었다.

내가 원했던 건 아니지만, 지극히 사소한 일이라도 상대방을 압박할 수 있다면 중요한 카드였다. 그런데 오늘 아주 유용한 비밀을 알았다.

내니, 할머니 그리고 나는 진지하게 대화할 필요가 있었다.

하지만 지금은 아니다.

지금은 빌어먹을 능력을 통제하는 방법을 찾아 엄마를 데려오고, 카테리나를 타일러에게서 구하는 것이 먼저였다. 내가 영웅이 되도록 결정되는 순간이 언제일까? 나는 누군가를 물어뜯고 싶었다. 되도록이면 그것이 루이스이길 바랐다.

나는 한 달 전의 정신병원으로 가려고 몇 번을 시도했다. 하지만 추위와 피곤이 몰려와 정신을 집중할 수 없었다. 머리에서 열이 나고 콧물이 줄줄 흘렀다. 결국 나는 포기하고 숲을 나가야 했다.

멍한 정신으로 발길을 돌렸을 때 갑자기 세미와 맞닥뜨렸다.

애석하게도 악셀이 아니었다.

7

함정의 기술

세미는 나를 기다리고 있었다.

내가 경솔했다. 할아버지가 조심해야 한다고 귀에 못이 박이도록 강조하고 당부했건만. 그런데도 기껏 한 생각이 모두로부터 멀리 떨어진 깊은 숲속으로 가는 것이었으니. 숲 속이야말로 작정하고 덤비면 나를 감쪽같이 해치울 수 있는 장소 아닌가.

세미가 나를 빤히 쳐다봤다. 150킬로그램의 근육질, 송곳니와 갈퀴 발톱, 꺼칠꺼칠한 회색 털북숭이. 보기 흉한 괴물이 멍청한 인간을 앞에 두고 침을 흘리고 있었다. 마치 식사 전에 군침을 흘리듯.

나는 재빨리 은과 강철로 만든 단검을 뽑았다. 단검에 바꽃가루를 묻혀놓아서 다행이었다. 바꽃은 은과 마찬가지로 세미와 루가루에게 치명적인 식물이다. 덩치에 따라 치사량의 차이는 있겠지만.

그런데 세미가 꿈쩍도 하지 않았다. 세미는 먹잇감을 발견하면 일단 물어뜯고 질문을 하는 것—아직 생명이 붙어 있을 경우—이 일반적이다. 그런데 이 세미는 침을 질질 흘리는 데 만족하고 있었다.

정말 이상한 일이었다. 호랑이와 맞닥뜨린 기분이었다. 이제 곧 긴 송곳니에 물려 잡아먹히리라는 걸 알면서도 아름다운 그 동물에게 홀려 있는 기분이라고 할까.

나는 자주 만나는 악셀과 셰이머스가 죽인 세미 이외의 다른 세미에 대한 경험이 없었다. 세미는 보통 루가루보다 힘이 더 세다는 걸 알지만 두려움을 억눌렀다. 세미나 루가루는 상대의 두려움을 대번에 느끼기 때문이다.

세미가 나보다 서너 배는 빠르니 침을 삼키지도 눈을 깜박거리지도 않겠다고 단단히 각오를 하고 단검을 꽉 쥘 때 세미가 뜻밖의 말을 했다.

"메지지를 갖고 왔다." 세미는 'ㅅ'을 'ㅈ'으로 발음했다. "네 어머니는 잘 있다."

나는 허리를 꼿꼿이 폈다. 오늘 밤은 놀라움의 연속이었다. 근데 이건 또 무슨 꿍꿍이지? 루이스가 언제부터 적의 자식에게 동정심을 갖고 대화를 시도했다고?

순간 깨달았다. 엄마. 메시지를 보낸 사람은 엄마였다. 엄마가 루이스로 하여금 나에게 세미를 보내도록 한 것이 틀림없었다. 아마 엄마가 무사하다고 나에게 알려주지 않으면 정보를 주지 않겠다고 버텼겠지.

루이스는 울며 겨자 먹기로 받아들였을 테고. 인간에게 우롱당하다니 알파의 자존심이 장난 아니게 상했겠군. 아무튼 강력한 루가루 무리의 수장을 상대로 당당하게 맞서는 연약한 엄마의 모습을 보지 못해 정말 유감이었다.

엄마가 루이스를 굴복시켰다. 엄마가 자랑스러웠다.

나는 미소 짓지 않을 수 없었다. 세미는 놀란 모양이었다. 살인 기계 같은 괴물 앞에서 보통 사람들이 보이는 반응과 달랐을 테니 당연한 일이었다.

나는 이 상황을 곰곰이 생각하면서 크게 걱정하지 않아도 된다는 결론을 내렸다. 루이스는 절대로 나를 죽이지 않을 것이다. 나를 죽이면 엄마는 주저 없이 시공간을 헤매고 다니다 몸이 분해될 때까지 돌아오지 않음으로써 죽음을 택할 테니까.

엄마는 여러 번 죽고 싶은 유혹과 싸웠다고 고백한 적이 있었다. 나는 루이스와 협상하는 엄마를 상상했다. 살아 있는 것이 고통이지만 나를 생각하며 버틴다던 엄마를 생각하면 루이스를 그리 힘들지 않게 설득할 수 있었으리라는 확신이 들었다.

엄마가 보이지는 않지만 분명 지금 가까운 데에 있었다. 나는 세미가 이상하게 생각하든 말든 개의치 않고 하늘을 응시했다. 아크로노트들은 대체로 현장 바로 위에 떠 있기 때문이다. 시간을 거슬러 가는 능력이 처음으로 나타났을 때 나도 하마터면 깔려 죽을 뻔했던 비계 바로 위에 떠 있었다.

"고마워요, 엄마." 나는 머리 위 허공에 대고 말했다. "엄마를 찾기 위해 내가 할 수 있는 모든 일을 할게요. 엄마 사랑해요. 그리고 보고 싶어요."

세미는 코를 찡그렸지만 그 이상은 움직이지 않았다. 뭔가를 기다리는 눈치였다.

"이제 뭘 하면 되지?" 내가 마침내 물었다. "악수하면서 다음에 또 만나요, 하고 인사하면 되나?"

그때 갑자기 전화벨이 울렸다. 나는 소스라치다 세미의 목에 걸린 목줄을 발견하고 의아해졌다. 전화기를 왜 목줄에 묶어놨지? 세미가 전화기를 움켜잡고 몇 마디 했다.

"됐죠니까? 오케이. 즉지 이행하겠죠니다."

괴물 세미가 전화기를 케이스에 도로 집어넣었다.

"이제 재미있게 되었다." 세미가 몸을 움츠리면서 말했다. "네 어머니가 방금 자육장에서 유형화되었다. 네 어머니는 지금 우리가 무슨 일을 하는지 몰라. 그리고 가즈 때문에 몇 지간 동안 꼼짝도 못 하지. 주인님은 네 어머니가 너한테 이 메지지를 보내는 걸 좋아하지 않았다. 그래저 압박할 방법을 찾아냈어."

괴물 세미가 나를 향해 갈퀴 발톱을 세웠다.

"그 방법이 바로 너야."

괴물 세미가 번개같이 달려들기 전 나는 깨달았다. 루이스는 엄마가 나의 안전을 확인한 다음 감옥에서 유형화되길 기다렸다가 가스로 중독시키고 그사이 나를 납치할 계획이었다. 그런데 나는 세미가 잡아먹지 않을 거라 생각해 방심하고 있었으니, 이렇게 멍청할 수가!

빈틈없는 술수. 늘 그렇듯 루이스는 몇 수 앞을 내다보았다.

하지만 루이스가 모르는 것이 있었다. 내가 지금 내 앞에 있는 세미보다 훨씬 막강한 세미에게 훈련받았다는 사실. 달려들던 괴물 세미는 허공을 갈랐다. 나는 잽싸게 피하면서 일격을 가했다.

괴물의 옆구리에 붉게 물든 칼자국이 났다.

괴물 세미가 으르렁거리는 사이 바꽃가루와 은의 독성이 몸속으로 퍼졌다.

"내 밥이 제법 빠르네." 괴물이 입맛을 다시면서 외쳤다. "하지만 넌 나에게서 벗어나지 못해."

이번에는 바꽃가루를 묻힌 별 모양 표창이 가슴에 꽂히자 괴물이 비명을 질렀다. 세미가 다시 달려들었고, 나는 피했다. 이번에는 내가 피를 흘렸다. 팔에 상처가 났다. 다행히 왼팔이었다. 나는 다시 표창을 던졌지만 괴물이 피했다.

나는 본능적으로 싸우고 있었다. 괴물이 움직이기도 전에 어떻게 나올지 알고 있었다. 몇 년 동안 악셀과 훈련한 덕분에 근육이나 털의 미세한 떨림만으로도 다음 동작을 예측할 수 있었다. 하지만 괴물이 워낙 빨라 일단 움직이면 피할 방법이 없었다. 선공 외에는 다른 방법이 없었다.

하지만 나는 곧 지칠 것이었다. 그래서 승부욕에 불타 끝장을 내겠다는 생각밖에 없는 괴물이 전혀 예상하지 못하는 일을 했다.

삼십육계 줄행랑.

나는 처키와 데이브의 부하들이 들을 수 있게 고함을 지르면서 쏜살같이 내달렸다.

세미는 잠시 어리둥절해하다가 숲이 울릴 만큼 분노의 괴성을 질렀다. 화가 난 세미가 경솔하게도 괴성으로 위치를 알려준 셈이었다. 내가 내지른 소리보다 훨씬 효과적이었다.

나는 금방 따라잡히리라는 걸 알고 있었다.

그 순간 다행히 세미의 위협에 화답하듯 그리 멀지 않은 데에서 늑대들의 울음소리가 들려왔다. 나는 등 뒤에서 기척을 느끼고 나무 뒤로 숨었다. 혈관을 따라 퍼지는 독 때문에 갈지자로 걷던 세미가 나무에 쾅 부딪혔다. 나무가 흔들렸다. 몸을 터는 세미의 이마에서 피가 흘렀다.

나에게 달려들려던 세미가 흠칫 놀랐다. 눈앞에 있는 것은 덩치 큰 늑대 두 마리에게 에워싸인 인간, 방금 도착한 우리 루가루들이었다. 또 다른 루가루 병사들의 울음소리가 울렸다. 세미는 기회를 놓쳤음을 깨달았다.

격분한 세미가 덤벼들듯 펄쩍 뛰었다. 하지만 내 예상과는 달리 늑대들에게 달려들지 않았다. 생포할 수 있는 절호의 기회였는데. 이번에는 세미가 줄행랑쳤다. 늑대들이 순식간에 질주하면서 추격했다. 바꽃가루 때문에 약해졌는데도 세미는 루가루들보다 훨씬 빠르고 강했다. 문득 아주 중요한 사항이 생각났다.

"세미를 물지 마!" 내가 외쳤다. "세미의 혈관에 바꽃의 독이 퍼져 있다!"

나는 이렇게 소리치고 나무 뒤에 털썩 주저앉았다. 완전히 기진맥진했다.

손을 보니 세미의 피가 묻은 단검을 쥐고 있었다. 나는 단검을 닦아서 칼집에 넣었다. 아니 칼집에 잘 넣으려고 노력했다. 소설이나 영화 속에서는 주인공이 태연하게 칼을 집어넣고 유유히 자리를 떠나던데. 나는 칼에 손가락을 베이지 않으려고 세 번이나 시도해야 했고, 다리가 어찌나 후들거리는지 한동안 나무에 기대고 있어야 했다. 나를 살려준 이 나무가 정말 고마웠다. 죽음과 맞닥뜨린 경험이 있는 사람이라면 이런 나에게 돌을 던지지 못할 것이다. 늑대를 상대할 때는 이 정도로 두렵지 않았는데 세미는 정말 두려웠다. 아무에게도 고백한 적 없지만.

축축한 코가 목덜미에 닿는 순간 나는 비명을 지를 뻔했다. 소리 없이 다가온 처키가 내가 괜찮은지 확인하고 있었다. 걱정이 가득한 처키의 눈빛에 나를 놀라게 한 데 대한 즐거움이 더해졌다. 피 냄새를 맡고 놀란 처키는 내가 다쳤다는 걸 알았다. 처키가 주둥이를 찡그리며 으르렁거렸다.

다른 루가루 병사들이 우리를 에워쌌다. 병사들은 세미의 울음소리를 듣고 즉시 늑대로 변신한 상태였다. 루가루들에게 세미는 목을 물어뜯어 죽여야 할 적이었다.

데이브가 검은색과 크림색 털의 우람한 늑대 모습으로 나타났다. 데이브는 병사들에게 세미를 추격하라고 명했고, 괴물 세미가 도주하는 사이 어쩌면 다른 세미나 적군 루가루들이 나를 납치하려는 계략일지 모른다는 생각에 나를 지키려고 돌아왔다.

데이브가 인간 모습으로 변신하면서 설명했다. 나도 같은 생각을 하고 있었다. 세미가 혼자가 아니라는 예상을 하지 못할 만큼 정신이 나가지는 않았다. 하지만 데이브가 나를 지키려고 돌아온 자신의 판단을 만족해하도록 내버려두었다. 데이브는 걸어가면서 옷을 입었다. 세미를 추격하며 서로에게 신호를 보내는 늑대 울음소리가 들렸다. 처키가 어찌나 내 옆에 바짝 붙어서 걷는지 나는 날카로운 갈퀴 발톱에 여러 번 장딴지를 찔릴 뻔했지만 아무 말도 하지 않았다. 지금은 처키가 옆에 있어 위안이 되었다.

그렇지만 나는 가는 내내 경계하는 시선으로 주위를 살폈고, 집으로 들어가서야 안심이 되었다.

따뜻한 열기가 닿자 몸이 덜덜 떨렸다.

나는 루이스 브랜드켈의 납치 계획을 무산시켰다. 하지만 루이스가 자신의 목적을 위해 나를 농락할 생각이었다는 것은 확실해졌다. 루이스는 절대 포기하지 않고 계속 나를 공격할 터였다. 그는 아들 타일러와 마찬가지로 편집증에 사로잡혀 있었다. 납치 시도를 저지하려면 루이스의 아킬레스건을 노리는 수밖에 없었다.

땅딸막한 내니가 뛰어 들어왔다. 늑대의 청각으로 세미의 울음소리를 듣고 허겁지겁 달려온 모양이었다. 내니는 피가 나는 내 팔을 보고는 얼른 의자에 앉히고 상처를 살폈다.

할머니를 구하기 위해 엄마에게 죄를 뒤집어씌우는 장면을 목격한 나는 솔직히 내니에게 화가 났다. 그래도 그동안 나를 친자식처럼 키워준 내니에 대한 사랑이 있었기에 그나마 감정을 누그러뜨릴 수 있었다. 나를 사랑해준 것이 정말 나를 위해서인지, 아니면 엄마에게서 나를 떼어놓은 데 대한 죄책감 때문인지는 냉정하게 짚어봐야겠지만.

내니와 나는 언젠가 대화를 나눠야 한다. 내 능력을 밝히지 않고 내니가 고백하게 만들 방법을 찾는 대로.

내니가 상처를 소독할 때 나는 비명을 질렀다.

"아야! 뭐가 이렇게 따가워!"

"무수알코올◆로 닦아서 그래." 내니가 눈썹 하나 까딱 않고 대꾸했다. "세미 발톱에 있는 바이러스는 생명력이 강해서 웬만해서는 제거되지 않아. 네가 우리까지 감염시키는 건 원치 않는다, 인디아나."

내니가 능숙하게 내 팔에 붕대를 감았다. 그리고 금빛에 가까운 황갈색 눈으로 나를 쳐다보면서 금빛 눈썹을 찡그렸다.

"하필 보름달이 뜬 밤에 숲 속에는 뭐하러 갔는데? 설마 루이스한테 죽고 싶어서 간 건 아니지?"

나는 교란할 필요가 있었다. 지금으로서는 내가 왜 숲 속에 숨어 있었는지 설명할 길이 없었다.

"루이스는 나를 죽이려는 게 아니라 납치하려던 거였어." 내가 대꾸했다.

내니가 몸을 떨면서 거만하게 킁킁거렸다.

"네 어머니를 압박할 속셈으로?"

"응, 그런 것 같아."

"그 정도로 치밀한 작자는 아니야."

"치밀해서가 아니라 엄마가 미쳐 있기 때문에 의사소통이 쉽지 않다는 걸 알았다고 봐야지. 엄마가 나라는 존재를 아는지 나도 확신이 없는데……. 루이스가 아직 엄마를 움직일 수 있는 방법을 알아내지 못했다는 뜻이기도 해."

내니가 나를 물끄러미 쳐다봤다.

"글쎄, 그건 모르겠다, 인디아나. 어쨌든 네 엄마는 우리에게 방탄조끼를 위한 최첨단 소재를 개발하는 부익스 회사의 주식을 사게 했어. 내 생각에는 네 엄마가 드러나지 않게 너를 지키는 것 같아."

나는 어깨를 으쓱했다. 물론 맞는 말이지만 내가 확인해줄 필요는 없었다.

"어쨌든 루이스는 실패했어. 나를 납치하지 못했으니까."

◆ 물을 함유하지 않은 에탄올.

나는 심호흡을 하고 나서 말했다.

"카테리나가 떠났어."

이번에는 내니가 눈살을 치켜떴다.

"그래? 너의 치명적인 매력으로 카테리나를 설득할 줄 알았는데."

내니는 나보다 더 나를 믿는 것 같았다. 하지만 내니는 카테리나의 고집을 과소평가했다. 카테리나는 내 매력 따위에 연연하지 않을 정도로 자존심 강한 고집쟁이였다.

"하지만 내 결정이 아냐. 타일러한테서 전화가 왔었어."

나는 무슨 일이 있었는지 얘기했다. 내니는 타일러가 괴물 세미를 시켜서 셰이머스를 공격할 만큼 비뚤어진 녀석이라고는 상상도 하지 못했다. 게다가 내 엄마와 카테리나를 교환하자고 제안했다는 것도 믿을 수 없어 했다. 그리고 내가 향수 얘기를 꺼냈을 때는 경악했다.

"진짜 미쳤구나!" 내니가 어이없다는 듯 말했다.

"사랑에 미쳤지. '나의' 카테리나를 정복하기 위해서라면 뭐든 할 정도로. 따라서 우리는 두 가지를 해야 해. 루이스 브랜드켈에게 맞서면서 타일러의 폭탄 뇌관을 제거하는 것."

"하지만 타일러가 카테리나의 전화를 도청하고 있다며. 어떻게 연락하려고? 완전히 미친놈 같은데." 내니가 한숨을 내쉬면서 결론지었다.

"그래서 하는 말이야. 카테리나 집에 유선전화가 있잖아. 그러니까 유모가 우리 집 전화로 걸어서 카테리나가 괜찮은지 확인해달라고."

내니가 입을 실룩거렸다.

"타일러가 카테리나의 심 카드를 복제해놨다면 그 아이 집 곳곳에 도청기를 설치해놨을 텐데?"

"그래서 유모더러 전화를 걸라는 거야. 그리고 함정을 놓는 거지, 카테리나의 도움을 받아서. 물론 카테리나는 전혀 몰라야 하고."

나는 이맛살을 찌푸렸다. 내가 또 카테리나를 우리 일에 끌어들이려 하고 있었다. 그녀가 벗어나고 싶어 하는 순간에도 또.

내니가 놀란 얼굴로 나를 쳐다봤다.

"함정?"

나는 미소를 짓지 않을 수 없었다. 문득 내니의 눈빛이 불안해졌다. 내니는 이것이 늑대의 미소임을 알고 있었다.

"루이스가 엄마를 협박하기 위해 교환 조건을 내걸었어. 두고 봐, 내 작전으로 루이스를 협박할 수 있는지 없는지!"

매번 루이스가 판을 벌이고 우리는 함정을 피해 따라가기 바빴다.

이번에는 우리가 판을 벌일 차례였다.

나는 타일러가 카테리나를 만나리라는 걸 알고 있었다. 그리고 안전하게 만날 수 있는 장소가 별로 없다는 것도. 따라서 카테리나를 감시하는 데는 매우 신중을 기해야 했다. 어둠 속에서 움직이는 일에 대해서는 무조건 물어뜯기부터 하고 실수했을 경우 나중에 사과하는 경향이 있는 우리 루가루보다는 악셀이 훨씬 믿음직했다.

나는 악셀에게 전화를 걸었다. 악셀은 뱀파이어 킬러를 추적 중이었다. 그 사이 그들을 까맣게 잊고 있었다. 일곱 명이나 되는 인간이 살해된 사건을 잊을 만큼 루이스가 나를 혼란스럽게 만들었다.

악셀의 말을 들으면서 나는 눈살을 찌푸렸다. 악셀은 수사에 진전이 없어 낙심하고 있었다. 내 생각에는 뱀파이어 헌터 애너벨의 그림자도 보지 못한 게 더 큰 이유 같지만.

"애너벨이 어디 있는지도 몰라." 전화선 너머에서 악셀이 툴툴거렸다. "그렇다고 전화하고 싶지는 않아. 명분도 없고!"

신이시여, 사랑에 빠진 세미를 지켜주소서! 내가 지금 누굴 걱정하는 거야? 나는 이를 악물었다.

"악셀, 더 급한 문제에 집중해, 제발. 보고 싶으면 애너벨이 분명 너를 다시 찾아올 거야. 그사이 네가 카테리나를 감시해주면 좋겠어. 타일러가 곧 카테리나를 만나러 갈 텐데 그때 타일러를 납치할 생각이야."

"뭐라고?"

오케이! 드디어 악셀의 관심을 끄는 데 성공했다. 악셀이 애너벨에 대해 헛소리를 늘어놓는 15분 동안 한마디도 않고 있던 나는 계획을 설명했다. 타일러가 우리를 지켜보고 있다는 걸 알았을 때 떠오른 생각이었다. 타일러가 교환을 원해? 그런데 내가 엄마와 교환할 사람은 카테리나가 아니라 타일러였다.

악셀이 내 말을 이해하는 동안 전화선 너머로 침묵이 흘렀다.

"인디아나, 그게 통할지 모르겠다. 루이스 브랜드켈은 괴물이야. 이기적이고 거만하고 자기중심적이지. 과연 타일러의 제안을 받아들일지는 미지수야. 너와 카테리나가 헤어지는 조건으로 그렇게 쉽게 네 어머니를 돌려주겠어? 그냥 카테리나에게 맡기는 게 어때? 카테리나는 영리해. 그래서 지금까지 온갖 일을 당하고도 살아남을 수 있었다고. 왜 카테리나를 못 믿어? 타일러가 무슨 협박을 해도 카테리나는 녀석을 받아들이지 않을걸. 따귀를 갈겨서 내쫓을 여자라고!"

그 모습을 상상하면서 나는 미소를 지었다. 그래, 내 사랑은 그런 기질이 다분하지.

"카테리나는 당연히 믿지." 나는 어이없는 질투심에 사로잡힌 채 중얼거렸다. "타일러를 믿지 못해서 그래."

악셀이 한숨을 내쉬었다. 나를 설득할 수 없다는 걸 잘 아는 것이다. 나는 속으로 말했다. '포기는 빠르면 빠를수록 좋지. 잘 생각해.' 타일러가 카테리나에게 접근하게 내버려뒀다가는 나한테 꽤나 시달릴 텐데.

"그러니까 루이스의 아들을 납치하겠다고? 우리끼리니까 하는 말인데 루이스에게는 통하지 않을걸. 거부할 수도 있어. 네가 타일러를 고문하지 않으리라는 걸 잘 아니까."

"물론 나는 고문 같은 건 안 하지. 하지만 할아버지는 가차 없을걸. 그리고 다른 수장들도 가만있지 않을 테고. 루이스는 그걸 잘 알아. 악셀, 내 작전이 최선이야. 우리 다 해봤잖아. 마법사들이나 우리 정보원들도 알아내지 못하는 일을 엄마는 할 수 있어. 엄마는 어디든 갈 수 있으니까. 마법사들은 엄마가 위치 추적이 불가능한 주문에 걸려 있다고 했어. 그리고 타일러가 비계에 깔려 부상당했을 때 루이스는 굉장히 충격을 받았단 말이야. 반쯤 미쳐서 아들을 구할 수만 있다면 인간에게 루가루의 존재를 폭로할 기세였지. 악셀, 나를 믿어. 우리가 타일러를 납치하면 루이스는 처음에는 버티겠지만 결국 굴복하고 엄마를 놔줄 거야."

"그러길 바란다." 악셀이 확신 없는 목소리로 말했다. "하지만 나 혼자 카테리나를 감시할 수는 없어. 나는 뱀파이어 킬러들을 찾아야 해. 물론 타일러 브랜드켈쯤이야 나 혼자서도 생포할 수 있겠지. 그래도 예기치 않은 상황을 대비해 별도로 지원병이 있어야 해."

악셀의 말이 맞았다. 그때 문득 묘안이 떠올랐다.

"악셀." 내가 부드러운 목소리로 말했다. "너와 내 문제를 동시에 해결할 수 있는 방법이 있어. 네 미래의 뱀파이어 여친 전화번호가 나한테 있거든. 명함을 받아놨지."

나는 미줄라의 우리 집 정원에서 흥위대 뱀파이어들과 만나기로 약속했다. 하지만 뱀파이어를 무지 싫어하는 루가루 정찰병들이 만약의 사태에 대비해 집 주위를 에워싸고 있기로 했다. 나는 대신 뱀파이어들의 눈에 위협적으로 보이지 않게 충분한 거리를 두라고 요구했다. 처키가 불만을 쏟아냈지만 내 계획을 들은 뒤에는 그대로 따랐다. 물론 미친 짓이라고 생각한다고 거침없이 말했다.

뱀파이어들은 참석 여부를 알리지 않다가 어디선가 불쑥 나타나 깃털처럼 사뿐히 착지했다. 내 옆에 있던 악셀은 뱀파이어들의 아름다움에 홀린 듯 나무토막처럼 뻣뻣해진 채 침을 삼켰다. 태어날 때부터 아름다운 이들 속에서 살아서 아름다움에 익숙한 내 눈에도 이 뱀파이어들은 급이 달랐다. 이들은 각자 나름대로 완벽했다. 높은 광대뼈, 도톰한 입술, 거만해 보이는 턱, 보조개, 넓은 이마, 여성들의 긴 목(그중 뱀파이어 수사관은 아시아계 혼혈인데 가냘파 보이지만 손톱을 다치지 않고도 자동차를 가뿐히 들어 올릴 것 같은 근력이 느껴졌다), 남성들의 떡 벌어진 어깨. 그리고 반들거리는 긴 머리는 샴푸 장사꾼들이 침을 흘릴 만했다. 카테리나를 미치도록 사랑하는데도 애너벨이 다가왔을 때는 솔직히 심장이 오그라드는 기분이었다. 근육이 팽팽해졌다 풀어지는 걸까. 넝쿨처럼, 뱀처럼 너울거리는 것이 애너벨은 보통 유연한 게 아니었다.

애너벨은 악셀에게 눈독을 들이고 있어서 뱀파이어 특유의 카리스마가 나한테 쏠리지 않았는데도 나는 침을 삼켜야 했다. 내 친구 악셀은 애너벨에게서 눈을 떼지 않고 있었다. 하긴 이렇게 아름다운 애너벨을 눈앞에 두고 다른 걸 쳐다보기도 힘들겠지만.

아름다운 각선미를 강조하는 가죽바지에 받쳐 입은 검정 가죽조끼는 가슴선이 넓게 드러나 있고 검은빛과 은빛의 드래곤이 수 놓여 있었다.

애너벨은 바지와 조끼 안에 아무것도 입지 않은 상태였다. 물론 뱀파이어는 감기에 걸릴 걱정이 없었다. 나는 문득 얼음물로 샤워하고 싶어졌다.

애너벨이 마침내 말문을 열었다. 뱀파이어의 목소리가 내 가슴속으로 꿀처럼 미끄러져 들어왔다. 내 친구에게 하는 말인데도.

"음, 내 귀여운 강아지, 악셀이라고 했지? 우리의 도움이 필요하다는 걸 네가 깨달을 줄 알았어." 애너벨은 마지막 말을 느릿느릿하면서 세미가 헛된 기대를 갖지 못하게 했다.

나는 악셀이 대답하길 바라면서도 변성기에 들어간 사춘기 소년처럼 떨리는 목소리가 나올까 걱정되었다.

악셀은 목소리를 가다듬으려고 마른기침을 했다. 친구도 나와 같은 상태였다. 나만 이렇게 떨리는 게 아니었다.

"흠흠, 내가 아니라 인디아나 생각이야."

와, 진짜 도와주질 않네. 나는 악셀을 째려봤다. 악셀은 어쩔 줄 몰라 하며 시선을 피했다.

그 순간 애너벨의 보랏빛 눈이 나를 응시했다. 그녀는 빨간 입술 사이로 혀를 내밀었다.

"이미 말했지만 너도 정말 귀여워. 원하는 게 뭐니?"

아름다움으로 우리를 홀리는 애너벨의 카리스마를 멈출 필요가 있었다. 나는 심호흡을 하고 퉁명스럽게 내뱉었다.

"카리스마부터 좀 거두죠. 당신의 아름다움은 모두 알고 있으니까 우리 정신을 빼놓을 필요 없어요. 아직은 생각을 좀 해야 해요."

애너벨이 눈을 깜박였다. 내가 그녀를 조금 놀라게 한 모양이었다. 뱀파이어의 유혹에서 벗어나기 위해서는 육체적 고통이 따랐다. 하지만 나는 구해야 할 이들이 많았고, 뱀파이어의 강력한 유혹에 걸려들지 않아서 천만다행이었다. 사실 간신히 벗어났지만.

빌어먹을, 뱀파이어들은 정말 강했다.

애너벨이 한숨을 쉬었다.

"루가루 무리의 후계자, 넌 이제껏 내가 만난 인간 중에 가장 기대에 어긋나는구나. 루가루도 아닌데 우리 뱀파이어의 카리스마를 어떻게 물리쳤지?"

아, 내가 물리쳤나? 그런 것 같지는 않은데……. 나는 별수 없이 솔직하게 말했다.

"이런 데 시간을 낭비하기에는 중요한 일들이 많아서요. 그리고 이빨 자국이 나는 걸 좋아하지도 않고요."

꼭 그런 건 아니었다. 뱀파이어는 마음만 먹으면 얼마든지 나를 깨물 수 있으니까. 이런 생각이 스치는 순간 애너벨이 나를 굴복시키기 위해 여전히 카리스마를 발동하고 있음을 깨달았다.

나는 화가 나서 팔짱을 끼고 도발했다. 애너벨은 눈독 들인 새가 먹을 수 있는 건지 몰라 망설이는 고양이처럼 머리를 숙이고 있다가 피식 웃었다. 마침내 카리스마가 물러가자 나는 정상적으로 호흡할 수 있었다. 그래도 뱀파이어는 여전히 아름다웠다. 하지만 더는 나에게 달려들 마음이 없었다. 내 옆의 악셀은 약간 어리둥절해했다. 인간이라서 쉽게 현혹되는 나와는 달리 세미는 뱀파이어의 카리스마로부터 자신을 보호할 수 있는데도 악셀은 애너벨에게 완전히 홀려 있었다. 오, 사랑이 뭔지!

"어서 말해, 늑대가 아닌 귀염둥이. 무슨 말인지 들어나 보게." 애너벨이 미소를 지으면서 말했다.

나는 고갯짓으로 세미를 가리키며 말했다.

"이틀 전 악셀이 내 어머니가 갇혀 있던 정신병원 지도와 CCTV에 잡힌 영상 자료를 보여줬어요. 루이스 측의 공격이 있기 전후 영상과 여러 출입구를 살펴봤죠. 어머니가 있던 곳의 건너편 병동에서 탈출한 자들 중 다섯—요

정 둘과 뱀파이어 셋─은 루이스 브랜드켈의 늑대들이 벽을 폭파했을 때 탄
착점에서 멀리 떨어져 있었어요. 그걸 보고도 그때는 무심코 넘어갔어요. 도
망자들을 추적하는 데만 정신이 팔려 있었으니까요. 그런데 지금 생각해보니
루이스가 마약 밀매꾼들을 제거하기 위해 요정들을 이용하는 거 같아요. 우
리 지역에 뱀파이어 킬러들을 풀어놓은 배후도 루이스이고요. 나는 루이스가
일부러 뱀파이어 킬러들을 도망치게 했다고 생각해요. 루이스의 루가루들은
뱀파이어 킬러들을 풀어주는 대가로 모종의 협상을 체결하라는 지시를 받은
게 틀림없어요. 뱀파이어 중 미치긴 했지만 광기를 제어할 수 있어서 발각되
지 않을 만한 킬러들을 골랐다는 것이 그 사실을 방증하죠."

홍위대 중 가슴에 단 배지로 보아 외과의사인 뱀파이어가 나섰다. 30대에
밤색 머리, 수사관의 머리만큼 까만 눈의 뱀파이어는 약간 거만한 어조로 말
했다.

"잔혹한 킬러들을 의도적으로 풀어줬다고? 그러면 인간에게 우리 존재를
폭로하게 되는데 그렇게 야심에 찬 루가루가 무엇 때문에 그런 위험을 무릅
쓰지? 믿기지 않아."

애너벨이 고개를 끄덕이면서 하얀 이를 드러냈다.

"에릭의 말이 맞아. 목적이 뭔데?"

나는 정직하게 말했다.

"정황상 그런 추정이 가능하다는 거지 무슨 증거가 있지는 않아요."

애너벨은 비웃음을 흘렸다. 나는 이 상황이 얼마나 심각한지 애너벨이 깨
닫기를 바라면서 내뱉었다.

"그래서 추정해보는 거예요. 두 루가루 집단의 알력이 환자들을 풀어주는
결과를 초래했어요. 루이스는 정신병자들을 우리 땅에 풀어놓으면 할아버지
가 그 일에 매달리리라고 계산한 거죠. 할아버지는 당연히 정신병자들을 찾

기 위해 정예군을 투입할 테니까. 여러분이 알려주기 전까지 우리는 정신병원에서 도망친 뱀파이어들이 그렇게 위험한지 몰랐어요. 병원 서류에 그런 기록은 없었으니까요."

"정신병원 원장조차 그들의 신상을 자세히 몰랐으니까." 애너벨이 웃음기가 싹 사라진 얼굴로 말했다. "사고를 낸 뱀파이어 킬러 셋은 비밀리에 관리하던 거물이었어. 그들이 살아 있다는 사실조차 비밀에 부쳐져 있었지. 뱀파이어 공동체 모두가 죽이라고 했지만 우리가 아무도 모르게 살려두었거든."

나는 애너벨이 문제의 뱀파이어들을 처형하지 않은 이유를 설명해주길 바라면서 잠시 기다렸지만 괜한 기대였다. 애너벨은 잠자코 있었다. 호기심이 동했지만 더는 캐묻지 않고 말했다.

"하지만 루이스는 오래전에 잊힌 사실을 포함해 귀한 정보를 얻는 방법이 있어요. 그는 거물 뱀파이어에 대해 알고 있었어요. 확실해요. 그리고 루이스는 두 번째 작전으로 넘어갔죠. 뱀파이어에게 당한 시신들이 한 장소에서 발견된 이유가 뭔지 알아요?"

애너벨이 의아하다는 시선을 던졌다.

"뭔데?"

"우리를 뱀파이어 킬러들이 있는 곳까지 유인하는 거예요. 우리가 킬러들의 위치를 파악할 수 있는 단서를 곧 찾으리란 계산까지 하고서. 우리의 의심을 사지 않게 너무 쉽지도 않고 너무 어렵지도 않는 곳에 있을 거예요. 내가 '우리'라고 할 때 우리는 물론 악셀이 이끄는 루가루 무리를 뜻합니다."

흥분해서 내가 말을 너무 빨리 했는지, 애너벨이 고개를 갸우뚱했다.

"하지만 그게 우리가 원하는 거잖아? 킬러들을 찾는 거?"

나는 애너벨이 내 말을 이해할 수 있도록 시간을 주었다. 그녀의 보랏빛 눈에서 알아차렸다는 빛이 번뜩이는 걸 보고 내가 말했다.

"당신은 나에게 킬러들에게 가까이 가지 말라고 주의를 줬어요. 몇몇 도시 전체를 휩쓸고 다닐 만큼 아주 강력한 뱀파이어들이라면서. 그 말은 평범한 뱀파이어들을 상대해본 우리 루가루들은 역부족이라는 뜻이죠. 악셀이 지금까지 생포해온 뱀파이어들과 비교해 힘이 얼마나 세지요?"

"10등급으로 나눌 때 너희가 생포한 뱀파이어는 병들고 나약한 1등급 정도로 보면 돼. 문제의 거물 뱀파이어들은 11등급에 가깝다고 할 수 있지."

"나도 그 정도는 될 거라고 짐작했어요."

"하지만 위험한 뱀파이어들이라 언젠가는 우리가 나섰을 거야. 정말 루이스 브랜드켈이 배후에 있다면 그도 언젠가는 우리가 나타나리란 걸 알고 있겠지."

"하지만 세상에는 해결해야 할 이상한 일들이 많이 일어나죠. 그 거물 뱀파이어들이 많은 인간을 납치하지 않았다면 당신들은 언제 나타났을 건데요? 1년 후? 2년 후?"

애너벨이 그 점은 인정한다는 듯 난처한 얼굴로 고개를 끄덕였다.

"당장 출동하지는 않았겠지. 도망친 킬러들이 인간을 죽이는 사고를 치지 않았다면. 그리고 요정들부터……."

애너벨이 더는 말을 잇지 못하고 입을 다물었다.

"바로 그거예요. 루이스는 늘 여러 단계의 작전을 세우죠. 첫 번째는 교란 작전, 두 번째는 표적의 관심을 다른 데로 돌린 다음 공격하기. 따라서 우리와 우리 루가루들의 목숨을 구해준 것은 루이스의 예상과 다르게 전개된 돌발 상황이에요. 뱀파이어든 아니든 미치광이들과 협력하는 데 뜻밖의 상황이 발생한 거죠. 가령 문제의 뱀파이어들이 지시를 따르지 않았다거나. 루이스는 아마 인간 한두 명을 납치하라고 했겠죠. 하지만 흥분한 킬러들이 닥치는 대로 인간을 잡아 피를 양껏 빨아 먹은 거예요. 결국 초자연적 존재 공동체 전체를 위험에 빠뜨리고 말았죠. 인간을 너무 많이 납치하다 보니 숨겨야 할 시체가 많아졌고, 그 바람에 당신들이 알게 되어 여기까지 달려왔잖아요. 결국 우리 루가루들과 당신들이 문제의 뱀파이어 킬러들을 찾아 나서기에 이르렀고요."

외과의사 에릭이 여전히 회의적인 투로 말했다.

"헌터 5, 라이벌 루가루 무리 간의 알력 다툼 때문에 일어난 일이야. 이 소년의 황당무계한 얘기를 듣는 데 시간을 낭비하느니 빨리 거물들을 수색하러 출발하지!"

"황당무계한 얘기가 아닙니다." 악셀이 퉁명스럽게 응수했다. "인디아나는 이미 여러 번 루이스의 작전을 좌절시켰고, 루가루 무리와 자기 가족의 목숨을 구했어요. 뱀파이어들의 '난 다 알아!' 하는 식의 어리석은 자존심을 내세우며 허투루 듣지 말고 귀담아듣는 편이 좋을걸요!"

에릭이 으르렁거리면서 송곳니를 드러냈다. 악셀도 뱀파이어가 덤벼들 경우 변신할 기세였다. 애너벨의 차가운 목소리가 울렸다.

"조용! 나는 인디아나의 얘기를 더 듣고 싶으니까. 굉장히 고심해서 내린 결론 같은데……."

"루이스 브랜드켈은 정신병원에 들여보내야 할 작자예요. 완전히 미쳤어요." 내가 말했다. "얼마 전 내 할아버지는 루이스와 정정당당한 혈전을 벌였고, 그 과정에서 세미들의 도움으로 루이스의 루가루가 많이 죽었어요. 따라서 내 어머니의 납치만으로는 자존심이 서지 않을 거예요. 이제 루이스 브랜드켈의 목적은 우리 무리를 물리치고 내 할아버지 대신 무리를 지배하는 것이 아니에요. 그가 원하는 것은 자신의 굴욕을 지켜본 이들을 모조리 없애버리고 우리를 파멸시키는 거죠. 특히 루이스는 악셀을 가장 싫어해요. 그런데 그가 지렁이보다도 우습게 여기는 세미와 내가 협상을 체결했다고는 상상도 못했으니 더 미쳐버렸죠. 게다가 세미에게 당해서 패했으니까. 이제는 루이스가 모든 걸 손에 넣었어요. 거물 뱀파이어들에, 아크로노트인 내 어머니까지. 하지만 그것으로 만족할 작자가 아니에요. 그가 원하는 건 권력이에요. 절대적인 힘."

애너벨은 거물 뱀파이어들의 카리스마를 생각하며 루이스가 이런 짓을 벌인 이유를 이해했다. 뱀파이어 대부분이 거물 뱀파이어들처럼 다소 미쳐 있음을 감안하면 광기라는 게 이상할 것도 없지만 애너벨은 알았다. 루이스가 권력에 미쳐 있다는 걸.

애너벨이 생각에 잠겨 고개를 끄덕이다가 말했다.

"거물 뱀파이어 셋 대 우리 다섯. 너희 루가루들과 잘생긴 세미의 지원을 받으면…… 좋아. 가능하겠다. 하지만 너희 중 몇몇은 목숨을 잃을 수도 있어. 그 반대의 경우는 한순간도 생각하지 마. 희생할 각오가 되어 있니?"

"아니요!" 내가 단호하게 응수했다.

당연히 예스라는 대답을 기다리던 애너벨은 깜짝 놀랐다.

"뭐?"

"우리 계획은 그게 아니에요."

애너벨은 성질이 난 표정으로 나를 쳐다봤다. 내 말을 이해 못 하고 몹시 흥분했다. 옆에서 악셀이 동요하고 있었다. 나는 말장난을 그만두고 내 작전을 밝혔다.

"우리 목숨을 잃지 않고도 루이스가 어쩔 수 없이 그 킬러들을 배신하게 할 방법이 있어요. 내 어머니도 돌려보낼 수밖에 없게 하고요."

애너벨은 호기심이 가득한 얼굴로 나를 빤히 쳐다봤다.

"그게 뭔데?"

"루이스의 아들을 납치하는 거예요."

8

어떻게 이런 일이……

애너벨의 입이 떡 벌어졌다. 나는 이유를 설명했다.

"우리가 타일러를 붙잡아두면 아버지 루이스는 킬러들이 나타날 장소와 시간을 구체적으로 말해줄 수밖에 없어요. 그럼 우리가 아니라 킬러들이 함정에 걸려들게 되죠."

뱀파이어는 기본 수명이 천 년쯤 된다는데 애너벨이 혹시 천 살쯤 된 건 아닐까? 헌터 5는 역시 노련했다.

"네가 타일러를 알아?"

뱀파이어는 정보를 근거로 움직인다는 사실을 아는 나는 꼼수를 쓰지 않았다. 애너벨은 초자연적 존재에 관한 신상 기록을 다 읽었고, 개개인에 관해 대충은 알고 있을 터였다.

"같은 대학을 다녔고, 같은 여자에게 사랑에 빠졌죠."

"우리가 처음 만났을 때 뚱보 늑대와 함께 있던 여자 말이니? 청록빛 눈의 여자, 그 아이 이름이 카테리나 맞지?"

"네."

"우리 보고서에 따르면 너희 루가루 무리가 인간 신분인 카테리나를 명예 친구로 인정했어. 그래서 그 아이는 우리와 다른 종족에 대해 다 알고 있고."

나는 침을 삼켰다. 애너벨이 카리스마로 카테리나의 머릿속에서 루가루 무리와 나에 대한 기억까지 모두 지워버리기를 원치 않는다면 나는 아주 신중해야 했다.

"네, 우린 그녀를 믿어요."

그 순간 문득 뱀파이어에 관해 읽었던 내용이 기억나 재빨리 덧붙였다.

"그녀는 우리를 위해 피를 흘렸어요."

애너벨이 실망한 듯 입술을 삐죽거렸다. 뱀파이어는 초자연적 존재의 공동체를 위해 피를 흘린 것을 매우 중요한 충성 행위로 여겼다. 이것으로 카테리나는 당분간 안전할 수 있었다.

"좋아." 애너벨이 말했다. "뱀파이어 킬러들을 의도적으로 풀어주었다는 전제하에 생각하면 네 작전과 '추정'은 꽤 그럴듯해. 적의 아들을 어떻게 잡을 생각이니? 타일러가 멍청하다면 모를까, '헤이, 나 여기 있으니까 잡을 테면 잡아봐' 이런 플래카드를 들고 으슥한 곳만 골라서 돌아다니진 않을 텐데?"

아, 거만한 줄만 알았더니 유머 감각도 있네.

"그거야 그렇죠. 내가 어제 타일러와 통화했거든요. 타일러는 카테리나를 미행 중이에요. 카테리나를 만나서 직접 대화하려고. 그때 붙잡을 수 있어요. 당신이 도와준다면. 악셀 혼자서 온종일 카테리나만 감시할 수는 없으니까요. 그리고 카테리나의 냄새는 루가루가 금방 맡을 수 있어요. 뱀파이어는 날아다니는 능력 덕분에 거의 발각되지 않잖아요. 악셀이 시신을 발견했을 때 당신이 갑자기 위에서 내려왔다고 말해서 떠오른 생각이에요. 악셀은 당신의 냄새를 맡지도, 소리를 듣지도 못했다고 했어요. 당신은 마음만 먹으면 상대가 누구한테 맞는지 알기도 전에 쓰러뜨릴 수 있잖아요."

애너벨이 입을 실룩거렸다.

"아니, 싸움은 뭐니 뭐니 해도 각개전투가 더 재미있어. 하지만 네 작전이 이해는 돼, 가능성도 있고. 우리 수사관 메이링과 나는 햇빛에 노출돼도 아무 상관 없지만 아르망과 샘, 에릭은 그럴 수 없어. 너무 늙어서."

아, 그럼 애너벨은 생각보다 나이가 많지 않다는 거네. 헌터 5가 500살도 안 되는 경우는 매우 드물어서 좀 의외였다.

"따라서 우리는 2개 조로 움직일 거야." 애너벨이 결정했다. "밤과 낮에 교대하지. 그리고 우리 목적은 타일러의 체포이지 감시나 하는 게 아니라는 걸 명심해. 알았지?"

"타일러가 나타나지 않으면?" 차가운 잿빛 눈에 금발인 또 다른 뱀파이어가 물었다. 방금 이름을 들은 아르망인 것 같았다. "킬러들을 찾는 데 집중해야 하는 때에 귀중한 시간만 낭비할 우려가 있어."

"타일러는 틀림없이 나타나요." 내가 말했다. "카테리나의 핸드폰을 도청하고 있고, 그녀가 쓰는 향수까지 사서 침대에 뿌리고 잠을 잘 정도니까요."

내 말에 모두 말문이 막혔다. 한동안 침묵이 흘렀다.

"그래? 진짜 사랑에 미친 녀석이구나." 회의적인 에릭이 말했다. "그렇다면 네 말에도 일리가 있다. 그 녀석이 나타나겠어. 타일러가 그 여자애를 만난 지 얼마나 됐지?"

"한 달이요."

"흠, 내 생각에는 이미 그 여자의 집으로 달려갔겠는데."

"아뇨, 타일러가 그녀를 만나러 곧장 달려가지는 않았을 거예요. 카테리나의 아버지가 지금 병원에 입원 중이니까 타일러는 아마 사람이 많은 공공장소를 택하겠죠. 군중 속에 있어야 안전하니까."

"그게 마지막 실수가 되겠군." 애너벨이 미소를 지었는데 주둥이를 핥는 고양이 같았다. "우리가 카리스마를 발동하면 인간들은 전혀 울타리가 되어 주지 못하지. 인간들의 눈에는 타일러가 보이지도 않을걸!"

그렇게 말하고 애너벨은 호주머니에서 하얀 밧줄을 꺼내 들고 악셀에게 다가갔다.

"나를 묶어." 애너벨이 밧줄을 내밀었다.

뱀파이어가 카리스마를 다시 발동하자 악셀이 부들부들 떨었다.

"뭐…… 뭐…….'"

악셀이 다시 말했다.

"뭐라고?"

애너벨이 잡아먹고 싶다는 듯 미소를 지으면서 말했다.

"'나를 묶어'라고 했다. 보여줄 게 있어서 그래."

카리스마를 쓰지 못하게 막아야 하는데. 나뿐만 아니라 악셀을 위해서도.

당황한 악셀은 밧줄을 두 번이나 놓칠 뻔하며 애너벨의 가냘픈 손목을 단단히 묶었다.

애너벨은 짓궂은 미소를 지으면서 밧줄을 순식간에 풀었다.

"이번에는 내가 너를 묶을게."

날씨가 추운데도 악셀은 땀을 흘리는 듯 보였다. 생각해보니 나도 땀이 나는 것 같았다.

악셀이 어깨를 으쓱하고는 손목을 내밀었다.

"풀어봐!" 애너벨이 꽉 묶고 나서 말했다.

악셀이 근육을 부풀렸을 뿐인데 밧줄이 끊어졌다.

"좋아." 애너벨이 고양이 소리를 내면서 말했다. "역시 만만치 않아. 그래도 내가 너를 노예로 만들기 위해 묶을 경우에는 쉽게 벗어나지 못하게 할 테니까 명심해."

애너벨이 이번에는 금빛 끈을 꺼내 보여주었다. 악셀은 영문을 모르겠다는 얼굴로 멍하니 쳐다봤다. 애너벨은 악셀이 반응하기 전에 양손을 묶었다.

"금방 한 것처럼 끈을 풀어봐."

악셀은 눈살을 찌푸리면서 단번에 두 손을 빼려고 했다.

하지만 손이 빠지지 않았다.

당황한 악셀이 다시 시도했다.

실패. 악셀이 세미의 힘으로 끊으려 했지만 줄은 끄떡도 하지 않았다. 재질이 뭔지 몰라도 금빛 끈은 굉장히 질겼다.

애너벨이 흡족한 미소를 지었다.

"너도 나 못지않게 세구나. 내가 전력을 다하면 어렵없겠지만. 사실 나도 이 끈을 끊지 못해. 우리는 이걸 사용해서 타일러를 꼼짝 못 하게 할 거야. 루이스와 같이 있든 없든 거물들도 이걸로 잡을 거고."

애너벨이 악셀을 풀어주면서 말했다.

"이제 이동해서 쥐덫에 치즈를 넣어두고 기다려보자고. 어떤 쥐새끼든 잡히겠지!"

첫 번째 조가 카테리나의 집 주위를 살폈지만 불행히도 내 예상이 맞았다. 타일러는 카테리나를 만나기 위해 집으로 찾아가지 않았다. 뭐가 숨어 있을지 모를 숲에 둘러싸인 집인데 바보가 아닌 다음에야 당연했다.

타일러는 카테리나를 학교에서 만났다. 강의가 모두 끝나고 어둠이 내릴 무렵이었다.

학교에서 만날 줄은 나도 생각하지 못했다. 뱀파이어들이나 악셀은 특출한 외모 때문에 이목을 끌기 십상인 데다 호기심 많고 예사롭지 않은 것에 민감한 학생들의 눈에 금방 띌 터였다. 그래서 그들은 캠퍼스 밖에서 기다리기로 했다.

타일러는 카테리나에게 가짜 편지를 보냈다. 학교에서 날아온 등록금 독촉장에 약속 날짜가 적혀 있어 카테리나는 학교에 가보지 않을 수 없었다. 카테리나가 우편물을 보여주자 재무과 직원은 깜짝 놀랐다. 하지만 서류에는 아무 문제가 없었다. 그리고 집안 문제로 한동안 결석한다고 미리 학교에 알렸기 때문에 직원은 오히려 잘 해결되어 빠른 시일 내에 수업을 받길 바란다고 말했다.

카테리나는 곧 뭔가 잘못됐음을 알아차리고 경계했다. 하지만 재무과를 나오는 순간 불쑥 나타난 타일러에게 잡혀서 빈 교실로 끌려가리라고는 어떻게 상상이나 했겠는가.

타일러가 교실 문을 걸어 잠갔다.

내가 그걸 어떻게 아느냐고?

그들과 같이 있었으니까. 투명 인간 상태로 나는 그들 머리 위에 둥둥 떠 있었다. 사실 나는 시간을 거슬러 가는 능력을 싫어한다. 하지만 악셀과 루가루, 뱀파이어들에게 타일러의 위치를 알리기 위한 어쩔 수 없는 선택이었다.

내가 욕실에 있을 때 능력이 작동해 천만다행이었다. 빌어먹을 능력이 나에게 소중한 누군가가 위험에 처해 있음을 느낀 것이 분명했다. 그래서 나는 집에서 예고도 없이 무형화되었고, 5킬로미터 떨어진 대학의 강의실에서 망연한 얼굴로 타일러와 마주하고 있는 카테리나 머리 위에 와 있었다.

너무 놀란 걸까, 카테리나는 팔을 빼지 않고 물었다.

"타일러? 네가 여긴 무슨 일이야?"

이렇게 말하고 싶지 않지만 나는 타일러가 정말 멋지다고 인정하지 않을 수 없었다. 늑대의 금빛 눈에 금발, 반듯한 용모, 건장한 체격. 나는 질투심에 사로잡혔다. 나도 반할 정도인데 카테리나가 흔들리면 어떡하지?

8 어떻게 이런 일이⋯⋯

137

"너를 기다리고 있었어." 타일러가 어찌나 사랑이 가득한 시선으로 카테리나를 쳐다보는지 나는 그를 죽여버리고 싶은 충동이 일었다. "그런 독촉장을 보내서 미안하지만 인디아나 모르게 너를 만나려면 달리 방법이 없었어."

카테리나는 뻣뻣하게 굳어져 자신의 팔을 움켜잡은 타일러의 손을 쳐다봤다. 그녀는 타일러가 팔을 놓을 때까지 시선을 떼지 않았다. 이러니 내가 카테리나를 사랑하지 않을 수 있나!

"인디아나와는 끝났어. 헤어지기로 합의했다고." 카테리나가 말했다.

"근데 그 자식이 전화를 안 하네." 타일러가 눈살을 찌푸렸다.

"인디아나가 왜 너한테 우리가 헤어졌다고 알려야 하는데?" 카테리나가 쏘아붙였다. "그게 너와 무슨 상관이라고?"

당황한 타일러의 얼굴이 빨개졌다.

"물론 상관없지. 하지만 네가 루가루 무리의 싸움에 휘말렸으니 누군가는 너를 보호해줘야 하잖아. 인디아나와 그쪽 무리가 너를 지켜주지 못하면 내가 해야지."

카테리나가 고개를 흔들었다.

"아니."

"뭐가 아냐?"

"아무도 다른 사람을 지켜줄 수 없어. 난 너희들 필요 없어. 내 아버지는 너희들 때문에 그렇게 됐어. 너희들을 알기 전의 삶이 즐거웠다고 말할 순 없겠지. 아버지가 알코올중독으로 간경화라도 일으키진 않을까 걱정하면서 살았으니까. 하지만 너희들을 만나지 않았다면 아버지가 온몸이 갈가리 찢긴 채 사경을 헤매는 일이 일어났을까? 아버지는 지금 의사들이 인위적으로 호흡하게 할 만큼 위중해. 아버지가 몇 년만 잘 견뎌주면 나는 학위를 따고 좋은 직장에 들어가 돈을 벌어 아버지를 보살피려고 했어. 그런데 너희들이

내 꿈을 깨뜨렸어! 너희들이 벌이는 비열한 음모! 그러니까 너와 인디아나,
너희 둘 다 나를 조용히 살게 내버려둬. 알았어?"

화가 나서 어쩔 줄 모르는 타일러가 뭐라고 말할 겨를도 주지 않고 카테리
나는 교실 문의 빗장을 뽑고 쏜살같이 뛰어나갔다.

이 순간 유형화될 수 있었다면 카테리나를 있는 힘껏 안아주었을 텐데. 벌
거벗은 몸으로 불쑥 나타난 나를 보고 심장마비라도 일으키면 인공호흡을
해줄 겸 키스할 수도 있었겠지.

멍청한 능력이 바로 나를 내팽개치는 바람에 나는 욕실로 돌아왔다. 나는
후닥닥 옷을 입고 핸드폰을 들어 악셀에게 전화를 걸었다. 악셀은 전화를 받
지 않았다. 빌어먹을, 악셀이 누구와 있는지 기억나지 않았다. 애너벨과 같
은 조에 있겠지? 나는 애너벨의 명함을 찾아 전화번호를 핸드폰에 입력해놓
고 밖으로 뛰쳐나가면서 루가루들에게 사륜구동차를 대기시키라고 외쳤다.
큼직한 샌드위치를 손에 들고 주방에서 나오던 처키가 고기와 샐러드, 토마
토를 줄줄 흘리면서 황급히 나를 쫓아왔다.

"헌터!" 나는 애너벨이 전화를 받자마자 소리쳤다. "카테리나가 학교에 있
어요! 타일러가 그녀와 같이 있다고요. 지금 당장 가요! 대체 뭣들 하는 거예
요? 빌어먹을!"

"우리도 알아. 그녀를 미행했거든." 애너벨이 차분하게 대답했다. "하지만
타일러가 안에 있는지는 몰랐어. 학교 안으로 들어가고 싶지 않아서. 아무튼
금방 우리에게 잡힐 거야. 타일러가 방금 엄청난 실수를 저질렀거든. 뒤쫓아
나왔지만 카테리나를 붙잡지 못했어. 카테리나에게 뭐라고 했는지 모르지만
뭐가 잘 안 된 모양이야. 다행히 해가 져서 내가 일행들을 불렀지."

애너벨의 목소리에서 아주 신중하게 행동하고 있음이 느껴졌다.

물론 나는 애너벨에게 자세히 말해줄 수 없었다. 타일러가 고집 센 카테리

나를 잘 이해하지 못했다고. 자기가 나타나서 책임지고 보호해주겠다고 말하면 카테리나가 품에 안기리라고 생각했다고. 타일러가 카테리나에게 차여 충격에 빠졌다고 어떻게 말해준단 말인가. 그걸 어떻게 아느냐고 물으면 대답할 수 없는데.

타일러에게는 그것이 조심해야 함을 잊을 만큼 큰 충격이었다. 나는 학교를 향해 미친 듯이 차를 몰았다. 다행히 교통경찰이 보이지 않아서 나, 아니 우리는 제지를 받지 않았다. 데이브의 병사들이 나를 따라 전속력으로 차를 몰았다. 이 와중에 나는 어이없게도 제임스 본드처럼 시커먼 세단을 이끌고 등장하는 반전 드라마를 상상했다.

하지만 학교에 도착하는 순간 내 예상은 완전히 빗나갔다.

공포 영화의 한 장면도 아니었다.

정신병자의 아들답게 타일러는 혼자 오지 않았다.

무시무시한 거물 뱀파이어 킬러 셋과 함께 있었다.

학생들도 이상한 일이 일어나고 있음을 알아챘다. 평소에는 왁자지껄한 캠퍼스에 묘한 정적이 감돌았기 때문이다. 해가 져서 교정은 이미 어둑어둑해지고 있었다. 학교에는 50명쯤 되는 학생들이 남아 있었다. 운동장에 있던 학생들은 불쑥 나타난 하얀 옷차림의 거인들을 질겁한 눈으로 쳐다보았다.

아니, 학생들은 질겁한 게 아니었다. 뱀파이어의 최면에 걸려 옴짝달싹 못하고 있었다. 뱀파이어의 정신적 밧줄에 포박된 상태였다.

나는 차에서 뛰어내렸다. 데이브의 병사들이 거물 뱀파이어 셋에게 총을 겨누었다. 하지만 거물 뱀파이어들은 다섯 뱀파이어들과 대치 상태라 포위된 사실도 몰랐다. 늑대로 변신한 처키도 나를 위협하는 이들을 갈기갈기 찢을 기세였다.

그런데 경멸적으로 쏘아보는 하얀 옷차림의 거인들(뱀파이어 하면 검은색인데 왜 이들은 흰색 옷을 입었을까?) 옆에 있으니 홍위대 뱀파이어들이 아주 왜소해 보였다. 거물 뱀파이어들이 이 정도로 클 줄이야. 혹시 살해한 인간과 무슨 연관이 있을까? 근육과 힘을 얻기 위해 인간을 잡아먹는 세미처럼 뱀파이어도 피를 실컷 먹으면 이렇게 무지막지하게 키가 커지나?

잘 모르겠지만 이 거물 뱀파이어들에게서 풍기는 위압감이 대단했다. 이들의 카리스마가 우리를 짓눌러 숨이 막힐 지경이었다. 숨을 쉬기도 생각을 하기도 힘들었다. 루가루들은 세미와 마찬가지로 영향을 받지 않는 듯했다. 애너벨 옆에 있는 악셀도 특별히 불편해 보이지는 않았다. 하지만 나는 속이 울렁거리면서 토할 것 같았다.

그때였다. 애너벨이 가장 가까운 데 있는 뱀파이어 킬러에게 다가갔다. 강렬한 인상을 주는 보랏빛 눈의 뱀파이어, 어딘가 낯익은 눈빛인데…….

"안녕, 아빠." 그 순간 애너벨이 뻔뻔한 목소리로 말했다. "별일 없죠?"

깊은 침묵. 나는 심장이 멎을 뻔했다.

우리가 배신을 당했다.

애너벨은 그들을 체포하려는 것이 아니라 아버지를 만나려는 것이었다.

뱀파이어 여덟 명 대 루가루 여덟 명, 세미 한 명과 인간 한 명. 우리 모두 이대로 죽는 건가?

하지만 애너벨 앞에 있는 키 큰 뱀파이어의 대답은 내 예상을 빗나갔다.

"누군데 감히 내 면전에게 주둥이를 함부로 놀리지?" 보랏빛 눈의 뱀파이어가 벌컥 화를 냈다.

애너벨이 허리에 양손을 올리고 대답했다.

"설마 100년 전, 정신병원에 감금되기 직전에 당신이 겁탈한 스무 살 여인을 모른다고 하진 않겠지요? 세월이 흐르면서 아주 기이한 일이 일어났죠. 50년 동안 그 여자의 배 속에서 태아가 자라고 있었거든요. 마침내 그 여인은 일흔 살이라는 늙은 나이에 출산했으나…… 유감스럽게도 아기를 낳은 다음 버티지 못하고 사망하고 말았지요."

애너벨의 얼굴에 슬픔의 빛이 스쳤다.

"나를 낳다가 돌아가셨어요."

애너벨이 냉정을 되찾았다.

"그리고 내가 이렇게 짜잔, 당신 앞에 나타난 거예요."

애너벨이 손을 입에 대고 이상한 목소리를 냈다.

"뭐라고 불러드려야 하나……. 아, 브랜던 경, 내가 바로 당신 딸입니다!"

그러고는 얼빠진 얼굴로 쳐다보는 거물 뱀파이어들 앞에서 웃음을 터뜨렸다.

그 순간 놀라운 일이 일어났다. 브랜던 경이 뒷걸음치면서 외쳤다.

"상놈. 상놈이구나!"

"그 웃기는 말이 당신의 엉덩이를 걷어찰 수 있는 잡종, 뱀파이어와 인간 사이의 잡종을 뜻한다면 네, 맞아요. 제대로 이해하셨네요!"

우리가 무슨 말인지 이해하기도 전에 애너벨이 하늘을 향해 총을 쐈다. 엄청난 폭발음이 났다. 반경 수 킬로미터까지 울려 퍼지는 듯했다.

잠시 후, 싸움이 시작되었다. 나는 이제야 애너벨이 거물들과 붙으면 우리가 죽을 거라고 말한 이유를 알았다. 브랜던 경은 애너벨을 후려치고 움직임이 흐릿하게 보일 정도로 빠르게 달아났다. 두 뱀파이어는 공중에서 빙그르르 돌다 학교 지붕 위를 뛰어다니면서 점점 더 격렬하게 싸우고 있었다. 둘의 발길질에 맞으면 매머드의 뼈도 으스러질 것 같았다. 그들의 빠른 움직임이 음속을 넘어서면서 교실의 많은 창문이 깨졌다. 초당 천 킬로미터 이상의 속도, 총알 같은 속도였다.

 뱀파이어들은 너무 빨랐다. 우리 루가루들보다 훨씬 센 악셀과 아르망만이 거물 뱀파이어 중 한 명과 대적할 수 있었다. 지원을 받지 않고 거물에게 혼자 맞설 수 있는 것은 애너벨뿐이었다. 애너벨은 빠르고 강력하고 날렵했다. 최신 무기가 아니라 갈퀴 발톱과 송곳니로 싸우는 포식 동물 간의 육탄전이었다.

 애너벨은 마치 〈스타워즈〉의 제다이 기사에게 사사받은 양 진정한 프로답게 싸우고 있었다. 애너벨의 공격에 브랜던 경은 휘청거릴 정도로 충격을 받았다. 사실 브랜던 경은 애너벨이 어디를 어떻게 공격했는지 알지도 못했다. 특히 애너벨이 발을 사용할 때는 공격을 피할 길이 없었다. 브랜던 경은 이소룡/장클로드 반담/스티븐 시걸/빈 디젤 같은 근육질 배우들이 나오는 영화를 본 적 없는 게 분명했다.

 상처 입고 피 흘리고 비명도 질렀지만 상황이 낙관적으로 보여, 나는 루가루들에게 필요할 경우 뱀파이어들과 악셀을 도와주라고 지시했다(루가루들은 말뚝만큼이나 효과적인 은제 총알이 장전된 총을 소지하고 있었다).

 잠시 후, 내가 분명히 '필요할 경우'라고 말했는데도 루가루들이 거물 뱀파이어들을 향해 사격을 개시했다.

 나는 한숨을 내쉬면서 카테리나를 찾으려고 주위를 둘러봤다.

 그런데 문제가 생겼다.

 카테리나가 사라지고 없었다.

 내 옆에 붙어 있는 처키도 불안한 표정이었다. 나는 가슴이 철렁 내려앉았다. 고함을 지르며 머리 위를 붕붕 날아다니는 뱀파이어—아르망으로 보이는—를 가까스로 피해 나는 일단 싸움터를 벗어난 뒤 후각—늑대는 아니지만 인간보다 훨씬 예민한—을 이용해 카테리나의 향수 냄새를 추적했다. 그렇게 냄새를 따라가다 보니 주차장 뒤쪽에 내가 잘 아는 고급 메르세데스가 보였다.

타일러의 차. 카테리나를 차에 태우려고 하는 타일러와 있는 힘을 다해 버티는 카테리나. 타일러가 어떻게 했기에 카테리나가 뱀파이어들의 카리스마에 홀리지 않고 멀쩡하지? 타일러가 카테리나만은 피해달라고 사전에 부탁이라도 했나? 카테리나가 전혀 협조적으로 나오지 않는 것으로 보아 타일러는 크게 실수하고 있었다. 늑대의 힘을 쓰고도 타일러는 카테리나를 차에 태우지 못했다. 역시 나의 훌륭한 여전사.

"타일러!" 내가 외쳤다. "그녀를 놔줘!"

타일러가 으르렁거리면서 돌아섰는데 늑대의 황갈색 눈이 이글거렸다. 자제력을 잃고 늑대로 변신할 기세였다.

"참견 마! 카테리나가 너를 포기했다고 나한테 말했어! 그러니까 너는 우리 인생에서 빠져, 빌어먹을 인간!"

카테리나가 버럭 소리를 질렀다.

"미친놈들! 또 시작이야? 분명히 경고하는데 한 번만 더 나를 두고 싸우면 둘 다 죽여버리겠어!"

아버지가 사경을 헤매게 되었다는 이유로 나와 타일러를 다시는 보고 싶지 않다면서 자기는 우리를 죽이겠다니, 저게 맞는 말인가? 그런데도 나는 뻣뻣하게 굳었다. 그동안 카테리나를 만나면서 파악한 성격을 생각하면 카테리나가 화가 나 있을 때는 가만히 듣고 있는 편이 이로웠다. 게다가 지금은 폭발하기 직전 아닌가.

타일러가 붙잡자 갑자기 카테리나는 정신 나간 짓을 했다.

타일러의 손을 깨문 것이다.

나는 어이가 없었다. 타일러가 비명을 지르면서 놓아주자 그녀는 재빨리 뒷걸음쳤다. 카테리나가 피가 날 정도로 깨물지 않아서 천만다행이었다. 감염되길 원치 않기에 타일러가 충분히 아픔을 느낄 만큼만 세게 깨문 것이다.

타일러와 카테리나가 서로를 노려봤다. 이윽고 타일러의 입가에 음흉한 미소가 흘렀다.

"이거 봐." 타일러가 손을 문지르면서 말했다. "루가루가 아닌데도 너는 완벽한 여성 알파가 될 기질이 다분하다니까!"

"너희 둘 다 머리가 잘못된 거 아냐?" 카테리나가 타일러의 손에 잡히지 않는 거리를 유지하면서 말했다. "인디아나에게도 나를 가만 내버려두고 너희들의 음모에 나를 끌어들이지 말라고 분명히 말했어. 너도 마찬가지야. 나는 너를 사랑하지 않아. 그리고 난 더 이상 미친 짓거리를 참을 수가 없어. 아버지는 죽을 지경이고……. 나는 진심으로 정상적인 삶을 되찾고 싶어. 나를 놔두고 다 꺼져버려!"

카테리나가 나한테는 사랑하지 않는다고 말하지 않았는데…….

타일러는 카테리나가 자신의 손을 깨문 것을 긍정적인 의미로 받아들이고 있었는지 얼굴빛이 어두워졌다.

"진심이야? 네가 원하는 게 그거야?" 타일러가 믿기지 않는다는 듯 외쳤다. "하지만 나는 너를 사랑해, 카테리나. 나는 돈이 많고……."

"또 그놈의 돈!" 카테리나가 경멸조로 내뱉었다. "타일러, 너한테는 돈이 제일 중요하구나. 넌 이미 나를 돈으로 사려고 했었어. 네 아버지는 인디아나를 죽이려고 내 아버지를 매수했고. 하지만 실패했어. 얼마나 썩었기에 아직도 돈이면 다 된다는 생각을 하지? 그렇게 사태 파악이 안 돼?"

카테리나가 우리 뒤쪽에서 벌어지는 싸움을 가리켰다.

"뱀파이어, 루가루, 정신병자, 권력, 난 그딴 거 싫어. 나는 정상적인 여자니까 정상적인 삶을 살 거야."

"안녕, 타일러." 카테리나가 단호하게 말했다. "다시는 내 인생에 끼어들지 마, 영원히!"

그리고 카테리나는 싸움터를 피해 뛰어갔다. 싸움은 우리 쪽에 유리해지고 있었다. 우리 루가루들이 쏜 은 총알을 맞고 거물 뱀파이어 둘이 땅바닥에 쓰러지자 홍위대 뱀파이어 넷과 악셀이 금빛 끈으로 그들을 꽁꽁 묶었다.

욕망하는 대상에게 실망한 이들이 대개 그렇듯 타일러는 나에게 분풀이를 했다.

카테리나가 뛰어갈 때 나도 빨리 사라졌어야 했는데 너무 늦었다.

"나한테 거짓말했지? 네가 카테리나를 버렸다고 했잖아. 사실은 카테리나가 너를 버렸는데!"

나는 공격할 생각이 없음을 보여주기 위해 호주머니에 두 손을 넣은 채 손이 닿을 정도로 가까이 다가갔다. 타일러가 눈살을 찌푸렸다. 늑대들은 유대 관계를 돈독히 하기 위해 서로 몸 비비기를 좋아한다. 하지만 타일러는 평소에도 외톨이 늑대처럼 행동하면서 좋아하지 않는 무리에게 무관심했었다. 내가 코앞으로 다가갔는데도 타일러는 물러서지 않았다.

그때였다. 갑자기 등 뒤에서 비명 소리가 났다. 공포에 질린 타일러의 눈이 동그래지면서 잠시 주의가 흐트러졌다.

사실 내가 호주머니에 두 손을 넣고 있는 데는 그럴 만한 이유가 있었다. 양쪽 호주머니 한쪽에는 바꽃가루 한 봉지, 또 한쪽에는 손가락에 끼는 무기인 너클이 들어 있었다.

타일러가 등 뒤에서 벌어지는 일에 끼어들려고 움직일 때 나는 그의 코앞에 바꽃가루를 뿌렸다. 타일러가 재채기하면서 눈을 감는 사이 나는 페어플레이가 아닌 짓을 했다.

무게가 2킬로그램쯤 되는 쇠붙이로 머리를 때려 타일러를 기절시켰다.

타일러는 나무토막처럼 쿵 고꾸라졌다.

늑대의 신진대사를 생각하면 타일러는 금방 깨어날 터였다. 바꽃의 영향으로 평소보다는 회복이 늦겠지만. 아무튼 10분쯤 숨을 돌릴 수 있었다. 나는 타일러가 도망치지 못하도록 재빨리 애너벨이 준 금빛 끈으로 그를 묶었다.

"처키, 잘 지키고 있어." 나는 바꽃가루가 묻은 타일러에게서 멀리 떨어지려고 조심하는 늑대에게 지시했다.

그렇게 말하고 나는 돌아섰다.

속이 울렁거렸다.

악셀이 피투성이가 된 애너벨을 품에 안고 있었다.

그리고 브랜던 경, 애너벨의 아버지는 사라지고 없었다.

악셀이 늑대 울음소리를 내면서 변신했다. 세미 무리의 수장이 된 뒤로 악셀은 보름달과 상관없이 변신할 수 있는 능력을 얻었다.

뱀파이어들은 학생들이 악셀이 괴물로 전환되는 과정과 축 늘어진 애너벨을 어깨에 올려놓는 광경을 인식하지 못하도록 카리스마를 강화해야 했다.

많이 다친 듯한 에릭이 절뚝거리면서 다가왔다.

"내려놔." 에릭이 지친 목소리로 말했다.

하지만 극도로 불안한 악셀은 꼼짝하지 않았다. 에릭이 목소리를 높였다.

"내려놔, 악셀! 얼마나 다쳤는지 봐야 하니까. 그리고 네 인간 친구도 이쪽으로 오라고 하는 게 좋겠다."

나? 내가 뭘 어쨌다고?

"타일러 브랜드켈을 잡아놨어요." 내가 그들 쪽으로 가면서 말했다.

나는 그사이 타일러가 도망칠 궁리를 하지 못하도록 병사들에게 데려오라는 신호를 보냈다.

"우리는 거물 뱀파이어 둘을 잡았어." 에릭이 대답했다. "하지만 나머지 한 명은 못 잡았어. 그리고 우리 헌터 5가 중상을 입었다."

좌우로 흔들리던 악셀의 몸이 멈추면서 눈물이 주르륵 흘러내렸다.

"그럼…… 죽은 게 아니에요?" 악셀이 떨리는 목소리로 물었다. "분명히 죽은 것 같은데……."

에릭이 차가운 눈길을 던졌다.

"물론 죽었지!"

악셀이 괴로워하는 신음 소리를 내자 에릭이 덧붙였다.

"얼마 동안은 죽어 있을 거야. 잡종이니까. 사산아였으나 소생한 모드레드처럼 애너벨은 아직 살아 있어. 바로 그래서 이 행성에서 가장 강력한 뱀파이어 인간 중 하나가 됐지. 애너벨은 진짜 죽은 게 아냐. 죽었다면 몸이 뻣뻣하게 굳을 테지. 너희들 뱀파이어 소설 『뱀파이어 연대기』 안 읽었어?"

아, 나는 그 전설이 사실인 줄은 몰랐다. 그러니까 앤 라이스◆가 진짜 뱀파이어들을 만났다는 말인가? 왜 뱀파이어들이 기억을 지우지 않았는지 궁금한데…….

아주 조심스럽게 애너벨을 내려놓는 악셀의 눈빛에는 간절한 희망이 담겨 있었다. 애너벨은 심각한 상태였다. 얼굴이 으스러지고 뼈가 뒤틀려 있었다.

◆ 앤 라이스(Howard Allen O'Brien, 1941. 10. 4~): 딸의 죽음을 다룬 자전적 소설 『뱀파이어와의 인터뷰』를 썼다. 원고가 완성된 후 출판사를 찾지 못하다 8년 만에야 빛을 보았다. 그 후 『뱀파이어 연대기』를 집필하였으며, 진지한 뱀파이어 문학을 다루는 작가로 손꼽힌다. 『트와일라잇』을 쓴 작가 스테파니 메이어에게 많은 영향을 주었다.

그 아름답던 애너벨의 모습은 참담했다. 특히 뼈와 치아가 드러나 보일 정도로 찢긴 뺨 위로 늘어진 시신경, 탈구된 팔 하나, 땅바닥에서 부스러지며 꺾인 다리.

차마 쳐다보고 있을 수가 없었다. 아직 살아 있는 사냥감을 잡아먹길 좋아하는 이들 속에서 별의별 끔찍한 장면을 보며 살아온 내가 보기에도 너무 참혹했다.

우두둑, 하는 소리에 고개를 들었더니 에릭이 애너벨의 다리와 팔을 다시 맞춰놓은 것이 보였다.

"빨리 수혈해줘야 해." 에릭이 말했다.

"그래서 내가 필요한 거예요?" 내가 불안해서 물었다.

"그래. 내 가방 좀 건네주겠니? 애너벨에게 필요한 걸 갖고 있어. 이런 부상을 위한 개량된 혈액이지. 카테터가 움직이지 않게 네가 혈액 주머니를 들고 있어야 해. 팔의 상처가 너무 심해서 대퇴부 동맥에 수혈할 거야."

카테터! 카테터가 움직이지 않게 혈액 주머니를 들고 있는 일은 얼마든지 할 수 있지. 내 몸에 튜브를 삽입하는 것도 아닌데. 내심 걱정하던 나는 피를 뽑아주지 않아도 된다는 말에 안심하면서 고분고분 말을 들었다. 에릭이 가방에서 큼직한 혈액 주머니 하나를 꺼내 나에게 내밀면서 높이 들고 있으라고 한 다음 애너벨의 허벅지에 바늘을 찔렀다.

처음에는 특별한 변화가 없었다. 악셀이 으르렁거렸다. 아니 으르렁거린다기보다 신음에 가까웠다. 이윽고 애너벨의 살에 혈색이 돌고 상처가 아물기 시작했다. 에릭은 안구에 눈알을 집어넣고 다른 부위들이 제자리에 있는지 확인했다. 비뚤어진 상태로 봉합하지 않기 위해서였다. 나는 애너벨을 만져보고 다른 뱀파이어에 비해 체온이 훨씬 높다는 사실을 알았다. 아마도 인간 혼혈이기 때문인 것 같았다.

갑자기 애너벨이 눈을 뜨고 소리를 질렀다.

나는 혈액 주머니를 떨어뜨릴 뻔했다. 육체적, 정신적 고통, 고뇌와 무한한 슬픔을 표현하는 소리, 혼자서 죽음을 이겨내려 사투를 벌이는 소리였다.

악셀이 달을 올려다보면서 화답했다. 세미의 울음소리는 동병상련과 무리의 결속을 표현하는 소리였다. 함께 죽음을 이겨내자고 말하고 있었다.

하지만 애너벨은 고통이 너무 심해 악셀이 손을 잡아주고 있는데도 이 말을 들을 수 없었다. 그녀는 바늘이 꽂혀 있기조차 힘들 만큼 경련을 일으켰다. 에릭과 악셀은 그녀가 움직이지 못하게 있는 힘을 다해 붙잡고 있었다.

마침내 위험한 고비를 넘겼다.

에릭이 뼈와 턱뼈, 함몰된 광대뼈를 맞출 때 삐걱 소리가 났다. 피부가 원상 복구되었고, 잠시 후 애너벨은 내 친구 악셀을 홀렸을 때의 눈부시게 아름다운 뱀파이어로 돌아왔다.

물론 나도 홀렸었던.

아주 오랜 시간이 흐른 것 같았는데 실은 찰나에 불과했다. 채 1분이나 됐을까. 찢어진 살이 아물 때의 끔찍한 고통을 이 짧은 순간에 느꼈으니…….나는 애너벨이 왜 그렇게 고통스러운 비명을 질렀는지 알 수 있었다.

애너벨이 옆으로 고개를 돌리고 분비물이 섞인 피를 토했다.

"이걸 손에 넣었어." 애너벨이 속삭였다. "브랜던이 나한테 던졌거든……이건 절대 뱀파이어 방식이 아냐. 마법사가 쓰는 거지. 멀리 떨어진 데서 날렸는데 번갯불 같은 것이 내 가슴을 절반쯤 뚫고 들어왔어. 하지만 번개처럼 태우는 것이 아니라 폭발시켰다고 하는 게 맞을 거야. 내가 한쪽 눈을 뜨는 사이 그는 사라지고 없었어! 비겁한 작자!"

"우리가 찾을게요." 내가 조심스레 혈액 주머니를 잡은 채 안심시켰다. "그리 멀리 가진 않을 거예요. 많은 인간을 납치해놓았으니 숨기기가 그리 쉽지 않잖아요. 당신은 이 피로 회복됐지만, 그가 회복하려면 그 인간들의 피가 필요할 테니까요."

에릭의 난처한 시선에서 나는 그가 무슨 말을 할지 깨닫고 불길해졌다.

"미안해." 에릭이 말했다. "우리 뱀파이어는 포식 동물이나 다름없어. 도망치던 브랜던이 네 친구 카테리나가 뛰어가는 걸 봤어. 그는 쥐를 발견한 고양이처럼 행동했을 거야. 최면에 걸린 인간 중 하나를 잡느니 카테리나를 붙잡았겠지. 헌터 5에게 당한 상태로 보아 회복되려면 그 아이의 피를 완전히 다 빨아 먹어야 할걸. 그럼 카테리나는 살아남지 못해."

9
연합작전

타일러가 거물 뱀파이어와 애너벨의 싸움에 아랑곳하지 않았던 이유가 바로 그것이었다. 타일러는 브랜던 경이 카테리나를 납치하는 모습을 본 것이다. 그런데 나는 멍청하게 타일러를 붙잡을 기회를 노리느라 등을 돌리고 있어서 전혀 몰랐으니!

게다가 나는 카테리나를 쫓아가려고 하는 타일러를 막았다. 그녀가 잘못되면 다 내 탓이었다.

내가 4분의 1쯤 남은 혈액 주머니를 던져주자 악셀이 재빨리 낚아챘다. 진작 말해주지 않은 에릭의 목을 조르고 싶지만 그럴 시간이 없었다.

나는 방금 병사들이 데려다 놓은 타일러에게 달려들었고, 아직 그로기 상태인 타일러를 마구 흔들었다. 눈이 뒤집히더니 타일러가 기절했다.

"에이! 그만 흔들어!" 에릭이 외쳤다. "뇌진탕인 것 같은데 그런다고 깨어나지 않아!"

"이 쓰레기 같은 자식이 킬러들을 데려왔으니 어디 숨어 있는지도 알잖아요. 카테리나가 납치된 것도 알고 있고요. 그걸 보고 있었으니까. 이 자식을 빨리 깨워야 한다고요!"

"그 자식한테 무즌 짓을 했는데?" 인간 모습으로 다시 변신하고 싶지 않은 악셀이 괴물의 송곳니 때문에 'ㅅ'을 'ㅈ'으로 발음하면서 물었다.

악셀은 못마땅한 듯 콧등을 찡그렸다.

"바꽃가루를 뿌린 다음 너클을 끼고 갈겨버렸어."

"솔직히 잘했어." 이번에는 악셀이 'ㅅ' 발음을 제대로 했다. "하지만 타일러를 깨어나게 하려면 몸에서 독을 제거해야 해."

그 순간이었다. 카테리나의 이름을 들었는지 타일러가 깨어났다. 충혈이 된 금빛 눈이 뜨였다. 많이 아플 텐데도 타일러는 일어나려고 했다. 턱에 생긴 파란색 커다란 멍이 사라지지 않는다는 건 바꽃가루가 회복을 막고 있다는 뜻이었다.

"인디아나, 그자가 카테리나를 납치했어." 타일러가 입 안이 말라 혀가 안 돌아가는 목소리로 말했다. "그자가 그녀를 죽일 거야!"

몸이 꽁꽁 묶여 있기 때문에 타일러는 나에게 몸을 반쯤 기댄 채 되뇌었다.

"그자가 그녀를 죽일 거야!"

"어디야? 은신처가 어디냐고? 타일러, 어디 숨어 있는지 우리에게 말해야 해!"

타일러는 단 1초의 망설임도 없이 말했다.

"미줄라 무기 공장에 있는 내 아버지의 창고 2호."

내가 아는 바에 따르면 미줄라에는 오랜 옛날부터 사냥용 무기 공장이 있었다. 하지만 대기업과의 경쟁에서 밀려나 공장을 폐쇄해야 했다. 무기 공장을 완전히 철거할 때까지 대형 빌딩들이 임시 창고로 사용하고 있었다.

"악셀, 타일러를 차에 태우고 치료해주자. 뱀파이어 여러분은 먼저 날아가세요. 우리보다 빠를 테니 뒤쫓아……. 으아아악!"

나는 말을 마치기도 전에 30미터 공중에 있었다. 꾸물거릴 시간이 없다고 판단한 애너벨과 뱀파이어들이 우리를 데리고 일제히 이륙한 것이다. 그들은 꽁꽁 묶인 거물 뱀파이어 둘을 루가루들에게 맡겨놓았다. 너무 순식간에 일어난 일에 루가루들은 어리둥절해했다. 처키는 하늘을 쳐다보며 분노의 울음소리를 냈다.

나는 심장이 벌렁벌렁해서 입을 꼭 다물었다. 현기증 때문이 아니라(물론 약간은 어지럽지만) 뱀파이어에게 납치되어 날아가는 데 너무 놀라서였다.

부상에도 불구하고 나를 안은 뱀파이어는 에릭이었다. 애너벨이 한 팔로 악셀의 허리를 감았고, 악셀은 타일러를 어깨에 둘러메고 있었다. 타일러는 나보다 더 참담한 얼굴이었다. 우리 둘 다 얼굴이 창백했다.

"길을 안내해!" 애너벨이 악셀에게 외쳤다. "우리는 이 도시를 잘 몰라!"

악셀이 놓아버리는 시늉을 하자 타일러가 필사적으로 어깨에 매달려 토하지 않으려고 애쓰면서 손가락으로 시커먼 덩어리를 가리켰다. 어둠 속이라 뭐가 뭔지 구분이 되지 않았다. 애너벨과 다른 뱀파이어들이 아무런 반응이 없자 타일러가 소리쳤다.

"서쪽으로 10킬로미터쯤 날아가야 해요."

무기 공장은 화약 폭발의 위험성 때문에 도시 외곽에 있었다.

애너벨을 선두로 V자 대형을 이룬 뱀파이어들이 목적지를 향해 날아갔다. 나는 카테리나에게 일어날 수 있는 일에 대한 공포와 어처구니없게도 오리처럼, 아니 거위처럼 날아가고 있다는 사실에 머릿속이 복잡했다.

나는 돌아버릴 지경이었다.

불과 몇 분이 걸렸을 뿐인데 나에게는 몇 시간처럼 느껴졌다. 브랜던 경에게 산 채로 뜯어 먹히는 카테리나의 모습이 계속 눈앞에서 어른거렸다.

브랜던 경은 그렇게 빨리 가지 못했다. 부상이 심해 카테리나의 피를 빨아

먹으면서 동시에 날아갈 수 없었던 것이다. 어둠 속에서 하얀 옷이 금방 눈에 띄어 다행이었다. 주로 밤에 활동하는 포식 동물치고는 위장이 너무 허술하지 않은가?

땅에 착지하는 브랜던 경을 보고 우리도 곧바로 착지했다.

얼마나 급했는지 브랜던 경이 카테리나를 마비시키지도 않고 목에 송곳니를 들이대려는 순간이었다.

나는 카테리나가 내지르는 공포와 고통의 비명 소리를 듣고 상황을 알아차렸다.

애너벨이 달려들어 브랜던 경을 후려쳤다. 엄청난 충격에 브랜던 경은 카테리나를 놔주어야 했고 이 과정에서 그녀의 목에 상처가 났다. 악셀은 내가 늑대가 아님을 잊었는지 내 품으로 타일러를 던지고 재빨리 달려가 카테리나의 목에서 흐르는 피를 멈추려고 상처를 압박했다. 나는 일어나려고 발버둥 치다(타일러가 어찌나 무거운지 나는 벌렁 나가동그라졌다) 타일러를 옆으로 굴려버리고 내 목숨과도 같은 카테리나를 향해 뛰어갔다.

카테리나는 공포와 두려움이 가득한 눈으로 나를 쳐다보고 있었다. 브랜던 경이 카테리나가 무슨 일이 일어났는지 잊을 만큼 최음제 성분이 든 침을 투입하지 않은 모양이었다. 카테리나는 죽어가면서도 상황을 잘 알고 있었다. 에릭이 왕진 가방을 들고 눈 깜짝할 사이에 다가왔다. 에릭이 상처를 누르고 있는 악셀의 손가락을 벌리고 흰 가루를 듬뿍 뿌렸다. 흰 가루가 이내 붉게 물들면서 거의 동시에 피가 멈췄다.

카테리나의 고개가 한쪽으로 기울어졌다. 나는 숨이 멎을 뻔했다.

"카테리나가…… 죽…….."

안 돼. 나는 한마디도 더 할 수 없었다.

"아냐." 에릭이 상처에 집중하면서 말했다. "피를 많이 흘려서 기절했을 뿐이니 걱정 마. 내가 낫게 할 테니까."

에릭이 카테리나의 팔에 관류액을 주입했다. 내 몸이 부르르 떨렸다.

"혈액을 응고시키는 이 가루는 멸균 성분이 있어서 감염을 막고 지혈을 하지만 그래도 혈관을 꿰매야 해."

에릭은 이미 살균 장갑을 끼고 봉합용 실을 바늘에 꿰고 있었다.

"혈액 주머니를 들고 있겠니? 피를 흘렸으니 그만큼 보충해야 해."

나는 두 번씩이나 혈액 주머니를 쳐들고 있으면서 경제학 대신 의학을 선택하지 않은 걸 후회했다.

작가들이라면 대부분 뱀파이어 중에서도 특히 아버지와 딸이 어떻게 치고받고 싸우는지 묘사하는 데 공을 들일 것이다. 하지만 에릭과 악셀, 나는 카테리나를 살리는 데 집중하느라 브랜던 경, 애너벨, 아르망, 메이링, 샘이 뭘 하는지 신경 쓸 겨를이 없었다. 다른 뱀파이어들이 서로 죽이거나 말거나 나와는 상관이 없었다.

에릭은 유능한 의사였다. 상처를 봉합한 다음 두 번째 생리식염수 주머니에 진통제를 주입했다. 카테리나가 깨어났을 때 아프지 않게 하기 위해서였다. 그리고 상처에 살균 붕대를 감았다. 마침내 에릭이 장갑을 벗고 손을 소독했다. 에릭은 정말 빈틈없는 뱀파이어 의사였다.

"이제 됐다." 에릭이 만족스러운 목소리로 말했다. "이 아이는 괜찮을 거야. 그래도 병원에 데려가서 몇 가지 검사를 받는 게 좋아. 힘 좋은 뱀파이어들이 이런 처치를 하다 갈비뼈나 팔을 부러뜨리는 경우가 종종 있거든. 그러니까 뼈에 이상이 없는지 확인해봐야 해."

나는 에릭을 유심히 살폈다. 에릭은 피가 눈앞에 있는데도 먹고 싶어 하기는커녕 관심조차 보이지 않았다. 내 호주머니에 물푸레나무 말뚝(떡갈나무도 효력이 있다)이 있는데 사용할 일이 없어서 천만다행이었다.

"고마워요, 에릭. 우리 역사에 이름을 남길 만한 큰일을 해주셨어요."

에릭이 인상을 썼다.

"그렇게 말해주니 고맙구나. 하지만 나는 우리 팀 의사로서 내 의무를 다하는 것이고, 아르망과 샘은 헌터로서 수사관 메이링의 지시에 따라 애너벨을 보조하는 거야. 나로서는 인간을 치료할 기회를 얻게 되어 내 의술을 발전시킬 수 있는 데다 다른 뱀파이어들을 도와주는 일이니 일석이조인 셈이지. 아무튼 형태학적으로 우리 뱀파이어가 인간과 완전히 동떨어진 존재도 아니고……."

나는 에릭이 겸손한 거라고 이해하고 고맙다는 표시로 그의 어깨에 팔을 둘렀다. 에릭이 고개를 끄덕였다. 감정 표현을 하지 않을 뿐이지 늙은 뱀파이어는 내심 좋아하는 눈치였다.

그때였다. 철판이 우그러지는 것 같은 요란한 소리에 우리는 소스라치게 놀랐다.

애너벨이 창고를 때려 부순 것이다.

납치된 인간들이 창고 안에 갇혀 있었다. 고통과 공포에 질린 비명 소리가 애너벨이 방금 작은 실수를 저질렀음을 알려주었다. 하지만 애너벨은 개의치 않고 브랜딘 경을 끝장낼 기세로 구름같이 일어난 먼지 속으로 뛰어들었다.

추악한 범죄를 저지르면 반드시 응분의 대가를 치르는 날이 오기 마련이다.

나는 카테리나 곁을 지켰다. 뱀파이어들과 함께 부서진 창고 잔해를 치우는 데는 나보다 악셀이 더 나았다. 카테리나는 평온하게 잠들어 있었다. 에릭이 카테리나에게 특별한 연고를 발라주었는데 마법사들이 뱀파이어들을 위해 지혈제 가루와 함께 만들어준 것이었다. 에릭은 이 연고 덕분에 몇 시간이 지나면 상처가 아물 것이라며 뱀파이어에게 당한 끔찍한 기억으로 인한 후유증 따위는 남지 않을 거라고 단언했다. 브랜던 경이 깨물릴 때 고통을 느끼지 못하게 카테리나의 정신을 몽롱하게 하는 예의를 지키지 않았더라도 에릭이 그녀가 깨어나는 즉시 충격적인 기억을 지워버릴 것이기 때문이다.

애너벨이 부서진 창고에서 나왔다. 머리에서 피를 흘리며 의식이 없는 몸뚱이를 질질 끌고.

브랜던 경.

애너벨은 브랜던 경을 내동댕이치고 의기양양한 모습으로 능숙하게 거물 뱀파이어를 포박했다.

애너벨이 승리의 미소를 짓는 사이 조수 뱀파이어들이 먼지를 뒤집어쓴 채로 쓰러져 있던 인간 다섯 명을 구조했다.

"정말 대단한 늙은이야!" 애너벨이 쉰 목소리로 탄식했다. "무슨 고집이 그렇게 센지! 강력한 방법을 사용할 수밖에 없었어. 몇 백 년을 갇혀 있는 동안 절제된 생활을 한 덕분에 힘만 더 세졌나 봐."

브랜던 경을 상대로 애너벨과 함께 싸웠던 뱀파이어들이 웃음을 터뜨렸다. 모두 부상당한 걸 보면 브랜던의 힘이 얼마나 셌는지 짐작이 가고도 남았다.

나는 몸서리쳤다. 만약 내가 편집증이 아니었다면, 악셀이 애너벨에게 완전히 미치지 않았다면, 거물 뱀파이어들이 피에 굶주린 나머지 너무 많은 인간들을 납치하지 않았다면, 우리 모두 죽었을 것이다. 그리고 루이스의 승리. 애너벨이 이끄는 뱀파이어들을 제외하고는 그 누구도 대항할 수 없는 브랜던 경이라는 강력한 무기를 조종하고 있었으니 말이다. 뱀파이어들이 위험을 깨달았을 때는 너무 늦었겠지. 게다가 강력한 무리로 결속된 루이스 브랜드켈의 루가루들은 카리스마의 영향을 받지 않아 상대하기가 그리 쉽지는 않았을 테고.

우리가 루이스의 계획 일부를 좌절시켜 대량 학살로 이어지지 않은 것이지, 재앙에 가까운 끔찍한 상황을 맞을 뻔했다.

억류되어 있던 인간들은 상태가 좋지 않았고, 심리적 충격이 심했다. 창고가 부서지면서 최면 상태에서 벗어났고 의식이 돌아왔다. 생존자 다섯 명은 물린 자국이 치료되면 집으로 돌아갈 것이고, 친구들과 산책하던 중 길을 잃고 헤매다 야생동물의 공격을 받았다고 생각할 것이다. 거물 뱀파이어들이 그들을 선택한 이유는 몸이 튼튼하기 때문이니 회복도 빠를 것이다. 그사이 뱀파이어들이 경찰의 수배령과 기록을 지우고 희생자 유가족들의 기억도 바꿔놓을 것이다.

거물 뱀파이어 셋이 미줄라를 돌아다니며 무작위로 납치한 탓에 인간들의 집은 서로 멀리 떨어져 있었다. 메이링과 아르망이 이들을 각자의 집까지 데려다주는 임무를 맡았다. 빠른 속도로 날아가면 시간은 그리 많이 걸리지 않을 터였다. 그리고 거물 뱀파이어 셋을 무력화했으니 그들은 이제 같이 움직이지 않아도 되었다.

나는 한쪽 눈으로는 카테리나를, 다른 눈으로는 브랜던 경을 주시하려다 보니 사팔눈이 되어 두통이 일어났다. 하지만 악당이 마지막 순간에 포박을 풀고 도망치는 영화를 많이 봐서 그런지 아직 마음이 놓이지 않았다. 희한한 금빛 끈이 방금 깨어난 브랜던 경의 힘을 비웃는 듯해 다행이었다. 거물 뱀파이어는 늑대, 쥐, 파리 같은 것으로 변신을 시도하다(브랜던 경이 기체로 변하려고 했을 때는 금빛 끈이 거미줄을 치듯 고치 모양으로 옭아맸다) 실패하자 재갈 물린 입으로 분노의 괴성을 질렀다.

빈틈이 없는 애너벨은 금빛 끈으로 브랜던 경의 입을 틀어막아 브랜던 경이 카리스마를 행사해 인간인 나와 카테리나를 공격하지 못하도록 차단했다. 뱀파이어가 말을 할 수 없다고 카리스마를 행사하지 못하는 건 아니지만 (뱀파이어들을 처음 만났을 때 나와 카테리나에게 했던 것처럼) 말을 못하면 강제로 자신이 원하는 일을 시킬 수는 없다. 나는 이 정보를 머릿속에 새겨두었다.

애너벨이 브랜던 경의 입을 틀어막은 두 번째 이유는 애너벨과 그녀의 어머니에 대해 모욕적인 욕설을 내뱉었기 때문이다. 정말이지 듣고 싶지 않은 치욕적인 말이었다.

나에게 눈이 하나 더 있었다면 타일러를 살폈을 것이다. 타일러도 금빛 끈에서 벗어날 수 없었다. 그것이 금빛 끈의 재질 때문인지 아니면 부상이 너무 심하기 때문인지는 모르지만 계속 실신 상태에 있는 결정적인 원인은 바로 꽃가루 같았다. 에릭이 타일러에게도 관류액을 주사했다. 타일러의 몸에서 유독한 가루를 빼내주는 성분이 들어 있지만 시간은 좀 걸릴 듯 보였다.

나는 핸드폰을 움켜잡았다. 루이스의 전화번호는 입력해놓았다. 누구의 '아버지'가 아니라 '브랜드켈 L'이라고 해놓았다. 지금 당장 걸지는 않을 것이다. 나보다 루이스의 술수를 잘 아는 할아버지와 통화한 뒤에 할 생각이었다. 루이스의 음모에 맞서 싸워온 할아버지이니 엄마를 돌려주지 않을 수 없게 하는 방법을 훨씬 잘 알겠지.

악셀의 연락을 받은 처키가 데이브와 병사들, 포로로 잡은 거물 뱀파이어 둘을 데리고 합류했다.

처키와 데이브가 어떻게 자기들을 그렇게 남겨두고 가버릴 수 있느냐고 불만을 토로했다. 나는 애너벨을 가리키면서 말했다.

"애너벨에게 말해. 내 결정이 아냐."

처키와 데이브는 무시무시한 상볼을 쳐다보다가 불평을 해봐야 소용없다고 판단했는지 쭈뼛거리며 포기했다.

뱀파이어들과 루가루 병사들은 비행장으로 출발했다. 거물 뱀파이어 셋을 헬리콥터에 태워 다시는 나오지 못할 정신병원으로 데려가기 위해서였다.

나는 타일러를 미줄라의 집에 가두고 루가루들에게 지키게 했다. 그런 다음 악셀, 에릭과 함께 애너벨이 카테리나를 데려간 병원으로 달려갔다. 그녀의 아버지 셰이머스가 입원해 있는 병원이었다.

나는 두 사람 다 부상당해 입원한 것이 간접적이나마 내 탓이라는 생각을 조금도 하고 싶지 않았다.

내가 할아버지와 루이스를 굴복시킬 방법을 연구하는 동안 에릭과 악셀이 밤새 카테리나를 지켜주기로 했다. 하지만 나는 떠나기 전 한 가지 할 일이 있었다. 내 목숨보다 더 사랑하는 카테리나를 보고 괜찮은지 확인하는 일이었다. 모두 그럴 줄 알았다는 표정이었다.

나는 에릭에게 연고 한 통을 부탁하면서 뭘 할 생각인지 설명했다. 에릭이 기꺼이 연고를 내어주고는 이 병원 의사들에게 카테리나를 맡겨도 될지 확인해야겠다며 서둘러 사라졌다. 뱀파이어치고는 이상할 정도로 인간에 대한 공감대가 형성되어 있었다. 정말 놀라운 일이었다.

내가 카테리나의 아버지 셰이머스가 있는 집중치료실에 가 있는 동안 처키는 복도에서 나를 기다렸다. 셰이머스는 여전히 창백했고 의식이 없었다. 의료 기기에서 나는 소리만이 그가 아직 살아 있음을 알려주었다. 내니가 병상을 지키고 있었다. 우리가 타일러 브랜드켈을 데려갔을 때 내니가 집에 없었기 때문에 나는 내니를 보고도 놀라지 않았다.

내니는 핼쑥했다. 나는 금빛에 가까운 황갈색 눈과 틀어 올린 금발, 꽃무늬 원피스, 편안한 구두를 신은 뚱뚱한 모습의 내니에게 익숙했다. 그런데 지금 내니는 흰색 셔츠에 모직과 캐시미어가 섞인 감색 투피스 차림이었다. 내니가 내 표정을 읽었다. 경계 태세일 때의 루가루는 모든 표정을 간파했다.

"셰이머스를 위해 이렇게 입은 거야." 내니가 나를 따뜻하게 안아준 뒤 말했다. "내가 일부러 늙은 여자처럼 옷을 입는다면서 내 옷차림을 싫어했거든. 하지만 셰이머스는 이제 늙은 여자의 꽃무늬 원피스 속에 아가씨가 있다는 걸 알지."

내니가 짓궂은 표정을 지었다.

"셰이머스가 내 뒤꽁무니를 쫓아다니게 된 것은 늑대 모습으로 낙엽 위를 뒹굴며 노는 나를 본 뒤부터야. 그때부터 나를 무서워하지 않아."

나는 웃음이 터졌다.

"유모? 뒤꽁무니를 쫓아다녀? 그건 애들이나 하는 짓이야!"

"셰이머스가 창문으로 나를 지켜보고 있다는 걸 알고 있었어. 그리고 목장에서 일어나는 모든 일—죽음, 배신—에 대해 걱정이 많았거든. 그래서 그를 웃게 해주고 싶었는데 그게 통했다니까."

맞다. 웃음은 훌륭한 치료제였다. 나도 그동안의 일을 모두 얘기했다. 타일러 브랜드켈을 잡아놓았다는 말을 듣고 내니는 늑대의 미소를 지었다. 내니가 엄마를 싫어한다는 걸 알지만 그녀가 저지른 짓에도 불구하고 나에 대한 사랑은 진심이라고 믿었다. 그리고 그녀는 내가 행복하길 바란다고 믿었다. 그래서 내가 좋아하면 내니도 좋아한다고 믿었다.

내가 연고를 내밀면서 셰이머스의 상처에 발라주라고 하자 내니가 반색하며 숨을 들이마셨다.

"이렇게 고마울 수가! 인디아나, 넌 참 훌륭한 남자야. 이게 도움이 되면 정말 좋겠구나."

내니에게 어떤 희망도 없음을 느끼면서 나는 내니를 안아주고 나서 집중 치료실을 나왔다. 계단을 네 단씩 황급히 뛰어올랐다. 악셀이 병실 앞에서 보초를 서고 있었다. 뱀파이어 의사 에릭이 카테리나는 타박상을 입어 멍이

들었을 뿐이라며 괜찮을 거라고 말했다. 에릭은 카테리나가 깨어날 때까지 있다가 카리스마로 끔찍한 경험을 잊게 할 것이다. 물론 그녀가 원한다면.

내가 병실에 들어갔을 때 카테리나는 아직 잠들어 있었다. 마법사 의사가 압박붕대를 풀고 봉합한 상처를 드러내 놓았다. 지혈제와 연고 같은 에릭의 완벽한 응급처치 덕분에 상처가 잘 아물어 있었다.

나는 카테리나의 머리맡에 앉았다. 그녀를 지켜주고 싶은 욕망과 사랑 때문에 가슴이 시렸다. 이토록 사랑하는데! 아름답고 용감한 카테리나. 이런 시련을 겪게 한 내가 미웠다. 나는 그녀의 얼굴, 육감적인 입술, 얼굴에 베일처럼 드리운 검은색 머리, 광대뼈, 가는 눈썹을 응시했다. 혼란과 두려움에 떨다 마침내 휴식을 찾은 듯 숨소리가 평온했다. 나는 한 시간 동안 사랑이 넘치는 시선으로 그녀를 쳐다보면서 혹시 그녀가 놀라서 깰까 두려워 감히 그녀의 손이나 머리칼을 만지지도 못했다.

진통제 효과가 사라진 걸까, 카테리나가 아름다운 청록빛 눈을 떴다.

그녀가 나를 쳐다봤다.

"내 사랑?" 그녀의 말에 나는 깜짝 놀랐다.

"그래 나야." 내가 미소를 지으면서 대답했다. "다 잘될 거야, 나의 카테리나. 너 살았어."

카테리나는 내가 무슨 말을 하는지 모르겠다는 듯 나를 빤히 쳐다봤다.

"어디…… 어디 있어? 내 사랑은 어디 있어?"

나는 가슴이 철렁했다. 시각에 문제가 생겼나? 나는 몸을 숙이고 안아주려고 했지만 카테리나가 피했다. 그럼 잘 보인다는 건데.

그 순간 카테리나가 한 말에 나는 가슴이 찢어질 듯 아팠다.

"내 사랑 어디 있어? 타일러는 어디 있어?"

10

주문에 걸린 카테리나

나는 아연실색했다.

"카테리나, 하지만……."

"타일러를 보고 싶어." 카테리나가 작은 목소리로 말했다. "내 사랑은 타일러야. 타일러를 보고 싶어!"

"하지만……."

"타이이이이이이이일러!" 카테리나는 봉합한 상처가 다시 찢어질까 걱정될 만큼 히스테릭한 목소리로 외쳤다. **"타이이일러!"**

절망이 가득한 그녀의 목소리에 나는 숨이 멎는 것 같았다. 내 세상이 박살 나고 있었다.

"카테리나, 진정해! 너 왜 이래?"

"나는 타일러를 사랑해. 타일러는 왜 없어? 괴물 같은 놈, 네가 무슨 짓을 했지? 꺼져! 내 방에서 꺼져! **타일러어어어!**"

큰 문제가 생긴 것이 분명했다. 무슨 이유인지 몰라도 나라는 존재가 그녀를 히스테릭하게 만들고 있었다. 네 살배기 아이처럼 엉엉 우는 카테리나에게서 시선을 떼지 않은 채 나는 뒷걸음질로 병실을 나갔다. 에릭과 처키, 악셀이 많이 걱정된다는 얼굴로 나를 기다리고 있었다.

"무슨 일이야, 인디아나?" 악셀이 물었다.

다 들었으면서 바보 같은 질문을 하다니. 에릭이 대답할 시간을 주지 않고 내 팔을 잡아끌면서 상실감에 버둥거리는 나를 병실로 다시 들어가게 했다. 인간치고는 힘깨나 쓰는 편인데도 뱀파이어는 마치 인형 다루듯 나를 잡아끌었다.

에릭이 카테리나 앞에 섰다. 카테리나가 눈물이 그렁그렁한 눈을 들었다.

"타일러 어디 있어?" 카테리나가 슬픔으로 갈라진 목소리로 물었다. "타일러를 보고 싶어!"

"나를 봐, 카테리나." 에릭이 농락하듯 말했다(나는 뱀파이어의 카리스마가 뜨거운 물처럼 퍼져나가 그녀를 에워싸는 걸 느꼈다). "네 사랑은 타일러가 아니라 나야. 언제나 나였어."

나는 어이가 없었다.

"무슨 그런 말을……."

에릭이 손짓으로 내 말을 중단시켰다. 하지만 에릭이 예상한 대로 카테리나에게는 카리스마가 통하지 않았다.

"아냐. 내 사랑은 당신이 아니라 타일러야. 오직 타일러야. 앞으로도 영원히!"

이 말이 비수처럼 내 가슴에 꽂혔다. 얼마나 괴로운지 가슴이 답답했지만 나도 모르게 눈에 맺히는 빌어먹을 눈물이 흘러내리지 않도록 이를 악물었다. 내 인생이 갈가리 찢기고 있었지만 그래도 최소한의 자존심은 지켜야 했다.

"젠장!" 에릭이 카리스마를 거두면서 외쳤다. "비열한 작자!"

나는 심장이 쿵쿵 뛰었다.

"왜요? 뭔데요? 어떻게 된 건데요?"

나를 쳐다보는 에릭은 낯빛이 어둡고, 분노의 불꽃이 튈 것처럼 눈이 빨 갰다.

"브랜던은 이 아이에게서 피만 가져간 게 아냐. 정신까지 훔쳤어!"

나는 몸이 오그라들었다.

"안 돼요, 설마……."

"안타깝게도 확실해." 뱀파이어가 고개를 끄덕이면서 말했다. "브랜던이 카테리나에게 주문을 걸어서 타일러가 유일한 사랑이라고 믿게 했어!"

보통 인간들처럼 나도 많은 걸 두려워한다. 사랑하는 이들을 잃는 것, 죽는 것, 미치는 것, 귀가 먹는 것, 눈이 머는 것. 뱀파이어의 농간으로 타일러 브랜드켈을 사랑한다고 여기는 카테리나를 보기가 어찌나 괴로운지 가슴이 터질 것 같았다.

나는 카테리나를 쳐다봤다. 누군가와 싸우는 것도 아닌데 눈빛이 이글거렸다. 이 모든 게 뱀파이어의 영향이었다. 뱀파이어의 희생양들은 자신이 주문에 걸렸다는 사실조차 전혀 인지하지 못했다.

내가 냉정을 잃는 걸 보고 에릭이 병실을 나가게 했다. 우리의 말을 카테리나가 듣기 원치 않기 때문이기도 했다. 우리가 나가자마자 훌쩍거리는 소리 말고 아무 소리도 나지 않는 걸 보아 카테리나는 진정이 된 것 같았다.

나는 비디오테이프를 되감아 보듯, 학교에서 거물 뱀파이어들, 홍위대 뱀파이어들, 마비된 듯 서 있는 학생들, 타일러와 카테리나, 우리 모두가 한자리에 있던 때를 돌이켜봤다.

그 순간 정신이 번쩍했다. 브랜던 경은 카테리나를 우연히 선택한 게 아니었다. 타일러에게 들어서 그녀에 대해 알고 있었다. 게다가 카테리나는 그 순간에 움직이고 있는 유일한 인간이었다. 브랜던 경은 카테리나를 잡아 인질로 이용하려 했다. 내가 타일러를 제압했고, 거물 뱀파이어 둘마저 붙잡힌 터라 브랜던 경에게 불리한 상황이었다.

브랜던 경은 유일하게 자기를 이길 수 있는 상볼 애너벨의 출현에 흔들리면서 부상을 입은 데다 수적 열세였기 때문에 곧 체포되리란 위험을 느끼고 비장의 카드를 사용한 것이다.

나는 눈을 감고 평정을 찾으려고 노력하다가 잠시 후 이를 악물고 물었다.

"거물 뱀파이어가 걸어놓은 주문은 다른 뱀파이어가 풀지 못하나요?"

나는 대답을 기다리다 눈을 떴다. 에릭의 일그러진 얼굴을 보니 어떤 대답을 할지 짐작이 갔다.

"그래, 카테리나는 평생 타일러의 노예로 살 거야. 브랜던이 주문을 풀어주지 않으면."

"내가 죽여버릴 거예요." 나는 주먹을 불끈 쥐면서 외쳤다.

"브랜던을?"

"아뇨, 타일러!"

"그건 아무 소용 없어. 오히려 강박증으로 남아서 타일러의 죽음을 영원히 슬퍼하며 살걸."

나는 할 말을 잃었고, 이 중압감을 떨쳐내야겠다는 생각에 집중했다. 그리고 꿈속에서조차 하지 못했을, 정말 상상도 못한 일을 뱀파이어에게 부탁했다.

"의사 선생님이자 뱀파이어로서 카테리나를 지켜주시면 안 될까요? 악셀이 그녀를 감시할 수는 있겠지만 정신적으로는 도움이 안 되니까요. 그리고 주문 말인데요. 브랜던 경이 그녀의 머릿속에 어떤 주문을 넣었는지 선생님은 알 수 있잖아요. 카테리나가 시한폭탄이 될 수도 있어요. 선생님이라면 주문에 걸려 세뇌되었다는 사실을 카테리나에게 알려줄 방법이 있을 것 같은데요."

사실 나는 에릭이 그래줄 수 있는지 전혀 몰랐지만 한번 던져보았다.

"물론 내가 다른 이들보다는 낫겠지." 에릭의 말에 나는 안도했다. "애너벨이 다른 미션을 주지 않는다면 카테리나를 보살펴줄 수 있어. 하지만 오래 해주지는 못해. 나는 곧 떠나야 하거든. 애너벨이 정신병원에서 돌아오고, 내 동료들이 증인들의 기억을 지우는 데 걸리는 시간은 길어야 하루 이틀이야. 그 후 우리는 다른 데로 파견될 거야. 우리가 처리해야 하는 문제가 한두 개가 아니라 이 일에만 매달려 있을 수 없거든."

나는 목이 메어 고개를 끄덕였다. 나도 할 일이 있었다.

"고맙습니다. 카테리나를 계속 잠들어 있게 할 수는 없을까요? 그녀가 타일러를 찾으려고 도망치면 안 되니까요."

"카테리나는 타일러가 어디 있는지 몰라."

"알아요. 하지만 브랜던 경이 타일러를 찾으라고 세뇌했다면, 내가 아는 카테리나는 어떻게 해서든 타일러를 찾으려고 할 거예요. 그런 일이 일어나서는 절대 안 돼요."

나는 에릭에게 질투심에 불타는 마음을 말하지 않았다. 정신을 똑바로 차리고 냉정을 유지해야 했다. 그렇지 않으면 카테리나를 잃고, 나 자신도 잃을 것이다.

"알았다. 마법사 의사에게 카테리나를 재워둘 생각이라고 알릴게. 인디아나 텔러, 뭘 하려는 건지 모르겠다만 빨리 해."

"악셀!" 내가 소리쳤다(멀지 않은 곳에서 한 간호사와 시시덕거리는 것으로 보아 작업을 걸고 있는 것 같았다. 지금이 어느 땐데!). "어서 가자!"

악셀이 군소리 없이 나를 따랐고, 충성스러운 처키도 그림자처럼 따라붙었다.

"애너벨은 정신병원으로 가는 중이지?" 내가 물었다.

악셀이 시계를 봤다.

"응, 두 시간 후면 도착할 거야. 그건 왜?"

"애너벨이 필요해. 악셀, 진전이 있었어?"

"아니, 싸우느라 바빠서 대화할 시간도 없었어. 그리고 대화는 그녀 취향이 아냐. 액션, 유혹, 욕망, 그게 다니까. (악셀이 한숨을 쉬었다.) 더 급한 문제도 많고. 내가 브랜던 경을 만날 수 있게끔 그녀의 마음을 움직일 수 있는지 알고 싶은 거지?"

"정확해."

"대답은 노."

"빌어먹을."

"와, 이런 때도 '빌어먹을'이란 말을 하는구나."

애너벨을 압박할 방법이 전혀 없다면 상황이 복잡해지는데……. 나는 운전대를 잡고 집을 향해 달렸다. 내 가족이 전혀 마음에 들어 하지 않을 일들을 해야 했다.

나를 도와줄 이들이 필요했다.

운이 따라주면 방법이 있을 것 같은데…….

데이브는 내가 왜 갑자기 서둘러 리코스 목장으로 돌아가야 하는지 이해하지 못했다. 하지만 '불복'이나 '질문'을 용납하지 않는 '알파의 어조'를 느끼고 즉시 복종했다. 데이브의 찌푸린 이마와 울화가 치민 눈빛으로 보아 질문은 언제라도 튀어나오겠지만, 그의 임무는 나를 보호하는 것이지 내 이동을 관리하는 것이 아니었다. 그리고 나는 데이브가 나의 사적인 비밀에 개입하길 원치 않는다는 사실을 잘 알고 있었다.

나는 사적인 비밀이 워낙 많으니 데이브도 익숙해져야 한다.

나는 소지품을 챙겼고, 타일러를 데려가느라 경호를 받으며 비행장으로 출발했다. 타일러를 카테리나에게서 멀리 떼어놓는 편이 여러모로 나았다. 타일러를 목장에 데려다 놓으면 엄중하게 감시하기 위해 200명이나 되는 루가루를 동원할 필요도 없고 루이스가 아들을 빼내기도 훨씬 힘들기 때문이다.

타일러는 깨끗하게 씻고, 옷을 갈아입은 상태였다. 그리고 용변을 해결할 수 있게 여러 번 손발을 풀어주었다. 눈은 아직 충혈되어 있었지만, 에릭의 응급처치 덕분에 바꽃의 독성은 완전히 제거된 상태였다. 타일러는 마치 패배를 받아들인 듯 얌전했다. 놀랍게도 어깨가 한결 가벼워진 데에 만족하는 눈치였다.

그렇지만 방심하지 않고 타일러가 변신해서 도망칠 경우를 대비해 뱀파이어들의 끈으로 온몸을 소시지처럼 꽁꽁 묶어놓았다. 그런데 타일러는 끈을 풀어줬을 때도 도망치려는 시도를 전혀 하지 않았다.

나라면 어떻게든 탈출하려고 했을 텐데.

헬리콥터 안에서 타일러는 요란한 엔진 소리에도 불구하고 내게 말을 걸었다. 우리는 늑대의 청각 덕분에 대화를 주고받을 수 있었다.

"네 할아버지한테 데려가는 거겠지?

"그래, 리코스 목장으로 가고 있어."

엄밀하게 말해 내가 타일러를 데려가는 것이 아니라 타일러가 나와 동행하는 것이었지만 굳이 말해줄 필요는 없었다.

"네 할아버지가 나를 고문하게 내버려두겠지? 인디아나, 네 어머니가 어디 있는지 아직 알아내지 못했어."

나도 그럴 거라 생각했다. 알았다면 자기를 풀어주는 대가로 정보를 주겠다고 벌써 제안했을 테지. 하지만 한 가지 주목할 점은 타일러의 목소리에서 두려움이 아니라 무력감이 느껴진다는 점이었다.

"그런 일이 일어나지 않기를 바라." 내가 불편한 마음으로 대꾸했다. "네 아버지가 가만히 있겠어? 당연히 내 엄마와 너를 교환하자고 나오겠지. 네가 철근에 깔려 부상당했을 때 네 아버지가 얼마나 가슴 아파했는지 내가 아는데. 그러니 네가 붙잡혀 있도록 구경만 하지는 않을 거야."

타일러의 비웃음에 악셀도 덩달아 회의적인 콧방귀를 뀌었다. 이번만은 둘의 생각이 일치했다.

"아버지는 네 엄마를 돌려보내지 않아. 내가 갈기갈기 찢겼다고 해도 눈 하나 깜빡하지 않을 테니까." 타일러가 초연하게 말했다. "인디아나, 그게 네 집안과 우리 집안의 차이야. 아버지는 나를 사랑하지 않아. 나를 도구로 생각할 뿐이지. 난 더는 쓸모가 없는 못난 놈이야. 비계 사고가 났을 때만 해도 내가 필요하니까 그랬겠지. 하지만 지금처럼 내가 아버지를 압박하는 수단이 된 경우라면 천만에. 놀라운 능력이 있는 네 엄마와 멍청하게 붙잡힌 한심한 아들, 둘 중 하나를 고르라면 아버지는 오래 생각할 필요도 없어. 나를 벌주기 위해서라도 교환을 거절할 테니 기대하지 마."

나는 악셀과 시선이 마주쳤다. 세미가 머리를 갸웃했다. 거짓말을 알아내는 세미의 초감각으로 타일러의 심장과 호흡을 살피는 것이었다. 타일러는 허세를 부리는 게 아니었다. 진심으로 아버지가 양보하지 않으리라 생각하고 있었다.

나는 모두를 위해 타일러가 잘못 생각했기를 진심으로 바랐다. 엄마를 돌아오게 하기 위해 여러 가지 계획을 준비했다. 타일러의 고문은 계획에 없었다. 적이 되었다고 해서 인성을 잃어버린다면 내가 더 낫다고 말할 수 있을까.

'적과 똑같이 하면 패배하는 것이다. 우리를 제거하려는 적의 작전을 무산시켜라.' 나는 생각에 잠겨 있다가 대꾸했다.

"왜 그렇게까지 생각하는데?"

"나는 우리 루가루들의 호위를 원치 않았어. 그들이 아버지에게 내 일거일동을 보고하니까. 그리고 내가 미줄라로 간 사실을 알면 아버지가 노발대발했을 테고. 그래서 혼자 몰래 나왔어. 아버지는 내가 집에 없는지도 모를 거야."

타일러가 숨을 깊이 들이마셨다.

"내가 아버지의 비밀 중 몇 가지를 알아냈다고 했지? 아버지가 거물 뱀파이어들과 무슨 짓을 했는지, 뱀파이어들이 먹이와 함께 어디에 숨어 있는지도 알아냈어."

타일러는 마치 정말 못 볼 걸 봤다는 듯 역겹다는 표정으로 눈살을 찌푸렸다. 루가루가 보기에도 그랬다면 얼마나 참혹한 광경이었다는 말인가!

"거물 뱀파이어들한테 내 경호를 지시했지. 카테리나 역시 너희 쪽의 경호를 받고 있다고 생각했거든. 그리고 너희에게 잡히고 싶지도 않았고."

타일러가 시니컬한 미소를 지었다.

"물론 거물 뱀파이어들이 모두에게 최면을 걸 줄은 몰랐어. 너희가 뱀파이어 홍위대와 연합작전을 펼치리라고는 상상도 못했고."

악셀이 빙긋이 웃었다.

"그게 인디아나의 장점 중 하나지. 인종차별주의자가 아니거든. 인디아나는 유익하다고 생각하면 버섯들과도 연합할걸. 우리 세미와도 동맹을 맺은 걸 보면 알잖아. 루가루들이 우리를 그렇게 혐오하는데! 하지만 그 덕분에 우리가 너희들을 물리쳤지."

타일러가 오만상을 찌푸리면서 말했다.

"아버지는 거물 뱀파이어들에게 인간을 너무 많이 납치하지 말라고 지시했어. 다른 뱀파이어들이 눈치채면 안 된다면서 너희들을 함정에 빠뜨리기만 하면 된다고." 타일러가 악셀을 쳐다보면서 말을 이었다. "특히 너, 세미. 네 말대로 아버지는 세미를 좋아하지 않아. 너와 인디아나를 파멸시키기 위해 무슨 짓이든 할 거야. 세미 네가 1순위라는 것만 알아둬."

악셀은 단단히 각오하고 루이스 브랜드켈을 기다리고 있다고 말하듯 고개를 끄덕였다. 루가루 따위를 두려워할 세미가 아니었다.

"거물 뱀파이어들이 하는 짓을 본 나는 위험한 작전이라고 생각했어." 타일러가 너무 꽉 조이는 끈 때문에 손발을 떨면서 말했다. "아버지는 다른 초자연적 존재도 루가루와 마찬가지로 자기에게 복종할 거라 생각하는 경향이 있어. 너무 지나칠 정도로. 그게 아버지의 결점이야."

아, 아들도 아는구나. 그 참을 수 없는 오만. 나도 이미 알아본 루이스의 결점이었다. 그런 결점이 있다는 것은 어떤 의미에서 다행이었다. 어쩌면 그 결점 덕분에 우리가 루이스 브랜드켈을 물리칠 수 있을지도 몰랐다.

타일러가 입을 다물었다. 나는 몸을 숙여 끈을 약간 느슨하게 해주었다. 타일러가 놀라움과 고마움이 섞인 시선으로 나를 쳐다봤다.

나는 타일러에게 동정심을 갖지 않을 수 없었다. 타일러가 나를 여러 번 죽이려고 했던 사실을 잊지는 않았지만 위험을 무릅쓰고 내 목숨을 구해준 것도 타일러였다.

목장으로 가는 시간이 너무 길게 느껴졌다. 나는 카테리나를 그런 상태로 놔두고 멀리 떠나는 것이 마음에 걸렸다. 타일러는 지쳤는지 입을 닫았다. 애너벨을 만날 기회가 있을 텐데 악셀도 표정이 좋지 않았다. 애너벨이 죽은 줄 알고 악셀이 이성을 잃은 뒤로 둘은 얘기할 시간이 없었다. 에릭이 알 수 없는 시선으로 여러 번 내 친구 악셀을 쳐다본 것으로 보아 애너벨과 세미에 대해 무슨 얘기를 나눈 것이 틀림없었다. 애너벨은 도저히 속을 알 수 없었다. 하지만 나는 악셀이 열심히 읽는 책을 보고 비웃지 않기 위해 조심해야 했다. 『15세기에서부터 오늘날까지 뱀파이어들의 삶과 체제, 풍습』. 얇은 책이었다. 세상에 알려지길 싫어하는 뱀파이어의 개입으로 연구자들의 머릿속에서 조사한 내용이 지워진 것이 원인일 수도 있다. 악셀이 착잡한 표정으로 한숨을 내쉬면서 책을 덮었을 때 나도 그 책을 빌렸다. 나는 이미 마법사나 엘프, 요정과 함께 뱀파이어의 특성을 공부하고 있었다. 지금부터는 거물 뱀파이어에 관해 더 자세히 알 필요가 있었다.

나는 브랜던 경이 무슨 짓을 했는지 타일러에게 말하지 않았다. 한편으로는 그것이 타일러의 지시에 따른 것인지, 브랜던 경 자신이나(어쩌면 브랜던 경이 타일러가 아니라 자기를 사랑하게 하는 주문을 걸어놓았을 수도 있었다) 루이스 브랜드켈의 생각인지 아직 확실치 않기 때문이었고, 다른 한편으로는 졌다고 생각하는 타일러에게 다시 싸우고 싶다는 욕망을 부추길 수도 있기 때문이었다. 카테리나가 자기를 미친 듯이 사랑한다는 사실을 알면 지금처럼 얌전히 굴지 않을 것이 불 보듯 뻔했다.

사설 비행장에서 여러 대의 차가 우리 일행을 기다리고 있었다. 데이브의 연락을 받은 모양이었다. 날씨는 미줄라보다 훨씬 추웠다. 몬태나 주에서 겨울이 가장 추워 옷을 허술하게 입었다가는 큰코다치는 지역이었다. 나는 두꺼운 점퍼에 모자까지 쓰고 단단히 대비했다. 여기서는 내가 가장 허약했다. 이런 말을 들으면 아직도 이가 갈리지만 어쩔 수 없는 사실이었다. 추위가 두렵지 않다는 걸 보여주려면 한쪽 귀나 코를 잃어버릴 각오를 해야 했다.

할아버지가 내보낸 호위대는 우리 일행보다 훨씬 무장되어 있었다. 타일러 구출을 위한 습격이 예상되는 상황이니 당연한 조치였다. 할아버지의 호위대가 헬리콥터 주위를 에워싸는 사이 여러 대의 차가 헬리콥터를 향해 굴러왔다. 거의 대포 수준의 방탄차들이었다. 루이스 브랜드켈이 전지전능한 신도 아니고 이 정도 방어력을 뚫지는 못할 것이다.

우려와 달리 주변의 울창한 숲에는 수상한 낌새가 없었다. 우리가 워낙 빨리 움직인 터라 루이스는 아직 아들이 납치됐다는 사실을 전혀 모르는 모양이었다. 하긴 아들이 카테리나를 만나겠다고 미줄라까지 갈 정도로 멍청한 짓을 했으리라고 상상도 하지 않겠지.

내가 먼저 내리고, 처키와 악셀, 마지막으로 데이브가 타일러를 안고 내렸다. 타일러가 묶여 있어 걸을 수 없기 때문이었다.

얼어붙은 땅바닥에 내려섰을 때였다. 갑자기 울리는 핸드폰 소리에 깜짝 놀라 미끄러질 뻔했던 나는 잽싸게 헬리콥터 동체를 붙잡았다. 루가루 병사들이 지켜보는 데서 넘어지다니 완전 체면을 구기는 일이다. 잠시 가만히 있던 나는 소리가 내 몸에서 울리고 있음을 깨달았다.

내 핸드폰이 아니라 타일러의 핸드폰이 울리고 있었다.

나는 호주머니에서 핸드폰을 꺼내고 화면에 뜬 전화번호를 봤다. 호랑이도 제 말 하면 온다더니. 루이스 브랜드켈이 아들을 찾느라 난리가 난 것이다.

나는 전화를 받지 않았다. 타일러가 아닌 내 목소리를 들으면 바로 상황을 눈치챌 텐데. 아직 준비가 되지 않았는데 정보를 줄 필요는 없었다. 나는 먼저 만나야 할 이들이 있었다.

카테리나에게 주문을 걸어놓은 거물 뱀파이어를 만나 내 뜻을 거부할 경우 머리를 뽑아버릴 것이다. 이번에는 그냥 하는 말이 아니다.

전화벨이 멈췄다가 다시 울리기 시작했다. 성질은 급해가지고! 루이스는 그렇게 세 번이나 전화벨을 울리다가 포기했다.

그런데 이상하게도 문자메시지를 남기지 않았다. 어쩌면 음성 사서함을 믿지 못하는지도 몰랐다. 그사이 타일러는 핸드폰을 독거미 보듯 쳐다보고 있었다.

그 모습을 보니 의문이 생겨 부드럽게 물었다.

"근데 왜 아버지에게 복종하니?"

타일러가 나를 쳐다봤다.

"무슨 그런 질문이 있어? 아버지잖아."

"하지만 아버지가 옳지 않다는 걸 알잖아. 이런 표현 미안하지만 너를 개 취급한다고 네 입으로 말했지. 그리고 네 아버지는 내 엄마와 너를 절대 교환하지 않을 거라고 했어. 너를 무시하고 하찮게 여기는 걸 보면 사랑하지 않는 것 같기도 해. 그래서 물어보는 거야. 그런 아버지에게 왜 복종하느냐고. 네가 복종해야 할 의무는 없잖아."

대답하려던 타일러의 표정이 달라졌다. 뭔지 알 수는 없지만 얼굴빛이 어두워지면서 내 질문에 대답을 하지 못했다. 내가 무슨 말을 했는지는 몰라도 타일러는 갑자기 뭔가를 깨달은 듯했다.

그때였다. 커다란 실루엣을 보고 타일러의 얼굴이 파랗게 질렸다. 나의 거구 할아버지가 마중 나와 있었다. 할아버지가 나를 포옹했다. 몸무게가 260킬로그램이나 나가는 거구였다. 할아버지를 볼 때마다 느끼지만 상상을 초월하는 우람한 체격은 가히 위압적이었다.

내가 아는 모든 이들 중에서—뱀파이어, 요정, 마법사를 다 포함해—할아버지가 가장 경이로웠다.

악셀과 데이브가 마치 제물을 바치듯 할아버지의 발치에 타일러를 내려놓았다.

할아버지가 내려다보자 타일러는 도발적으로 빤히 쳐다봤다. 할아버지가 뿜어내는 알파의 힘이 따귀처럼 우리 모두를 후려쳤다. 타일러는 몸을 움츠리더니 얼떨결에 눈을 감았다. 악셀이 비웃음을 흘렸다. 누구도 최고 수장에게 대항할 수 없었다. 하지만 타일러는 애써 용기를 냈다. 꼴에 자존심은 있어가지고 비굴한 모습을 보이고 싶지 않은가 보았다.

할아버지는 흡족한 얼굴로 알파의 힘을 거두었다. 나는 다시 정상적으로 숨을 쉴 수 있었다. 다른 루가루들도 숨 쉬는 소리가 들렸다. 악셀만 반응하지 않았다. 세미 알파의 힘이 그를 보호해준 것이다. 세미족의 수장이 되었으니 악셀은 내 할아버지와 동등한 위치였다. 세미족의 수가 훨씬 적고 할아버지에 비하면 악셀이 까마득하게 어리지만.

그때 공기 속에서 무슨 소리가 나더니 애너벨이 우리 앞에 착지했다. 뱀파이어는 우리를 보고 깜짝 놀라는 얼굴이었다. 나는 에릭이 상황을 보고했으리라고 생각해 일부러 애너벨에게 연락하지 않았지만 단독으로 만나고 싶다는 이유도 있었다.

"인디아나 텔러와 악셀. 너희들이 여기 왜 왔어? 포로를 데려왔니?"

나는 눈살을 찌푸렸다. 그리고 곧 뭔가 이상한 낌새를 챘다. 에릭이 연락하지 않았단 말이야?

정말이지 나는 어리석고 충동적이고 경솔한 것이 문제였다. 아무리 걱정이 되어도 그렇지 무작정 내뱉고 말았으니.

"에릭이 연락 안 했어요? 카테리나는 괜찮죠? 카리스마 때문에 더 나빠지진 않았죠?"

악셀을 잡아먹을 듯 쳐다보던 애너벨의 아름다운 보랏빛 눈이 나를 응시했다. 그러고는 이맛살을 찌푸리면서 물었다.

"무슨 카리스마? 에릭과 통화하지 않았는데."

나는 속이 뒤틀리는 느낌이었다. 흥위대 뱀파이어가 지켜주겠다고 했어도 카테리나 혼자 미줄라에 두고 오지 말았어야 했는데.

나는 핸드폰을 꺼내 들고 다른 이들이 있는데도 개의치 않고 병원에 전화를 걸었다.

전화를 받은 마법사 의사는 몹시 흥분한 상태였다.

카테리나가 사라졌기 때문이었다.

나는 의사의 고막이 터지거나 말거나 고함을 질렀다. 어찌나 격분했는지 내 알파의 힘이 퍼지기 시작했다. 내가 알파의 힘을 제어하지 않아 영향을 받은 루가루들은 변신하지 않을 수 없었다. 장총, 권총, 갑옷, 방탄조끼 들이 둔탁한 소리를 내며 땅바닥으로 떨어졌고, 늑대들이 나타났다. 나는 하늘을 올려다보며 울부짖었다. 늑대가 아닌 내가 난생처음으로 진짜 늑대처럼 울부짖었고 늑대들이 화답했다.

할아버지와 악셀만 늑대로 변신하지 않고 잘 버텼다. 둘은 아연실색해서 외계인 보듯 나를 쳐다보고 있었다. 타일러도 변신했지만, 절대 풀 수 없는 끈에 묶여 있어 도망칠 수 없었다. 늑대 이빨로 물어뜯으며 애를 썼지만 끈에서 벗어나지 못했다.

타일러가 과감하게 내 알파의 힘에 대항하면서 다시 인간 모습으로 변신했다. 그러고는 혀와 입이 정상으로 돌아오자 소리쳤다.

"인디아나! 카테리나에게 무슨 일이 생겼지?"

타일러의 목소리에 담긴 공포를 듣자 나는 정신이 번쩍 났다. 사랑하는 여자를 도와주러 가야 하는데 이렇게 미쳐 날뛰면 안 된다. 알파의 힘이 마지못해 사라졌다. 내가 무릎을 꿇으며 고꾸라질 뻔하자 애너벨이 번개같이 나를 붙잡아주었다. 내 무릎뼈를 위해서는 천만다행이었다.

"아주아주 흥미롭구나." 애너벨이 말했다. "미친놈처럼 울부짖지 말고 무슨 일인지 자초지종을 알아듣게 설명해. 그리고 의사와 연락이 안 되는 이유도. 전혀 마음에 안 들지만." 애너벨이 내 핸드폰을 빼앗았다.

"어떻게 된 건지 알고 싶군요, 닥터." 애너벨이 차분하게 말했다. "아, 아, 진정하고 천천히 말해요. 우리 의사는 어디 있지요? 아, 그랬군요. 네, 알았어요."

애너벨이 마법사 의사가 전하는 얘기를 잠자코 들었다. 애너벨의 얼굴이 굳어졌다.

"카테리나는? 영악하기는! 루가루 병사 둘도 못 봤어요? 아아, 그래서 지금 뒤를 밟고 있단 말이죠? 네, 알겠어요. 인디아나의 전화로 계속 연락해주세요."

애너벨이 전화를 끊고 내게 핸드폰을 내밀었다.

"카테리나가 생각보다 일찍 잠에서 깨어나는 바람에 에릭이 주문에 걸렸다는 말을 해주지 못한 모양이야. 미친 브랜던 경이 그 아이에게 너무 오래 잠들어 있는 걸 막는 주문까지 걸어놓은 게 분명해. 카테리나가 에릭에게 아버지의 상태가 어떤지 알아봐 달라고 애원했는데, 에릭은 그녀를 기쁘게 해주고 싶은 마음에 직접 집중치료실로 갔어, 바보같이. 간호사에게 부탁하면 될 일을."

이글거리는 눈빛으로 보아 애너벨은 약한 모습을 보인 에릭에게 몹시 화가 나 있었다.

"집중치료실에서는 핸드폰을 켜놓을 수 없어. 그래서 에릭이 핸드폰을 꺼놓는 바람에 연락이 안 됐지. 셰이머스의 병세에 차도가 없다고 말해주려고 병실로 돌아갔는데 카테리나가 사라지고 없었어. 그 아이가 도망친 거야. 타일러를 찾으려고."

나는 공포에 사로잡혔다. 카테리나는 타일러의 집 주소를 알고 있었다. 루이스가 아들이 학교를 다니는 동안 사용하도록 구해준 집이었다. 우리는 그 집을 염탐해 루가루 몇 명이 기거하면서 타일러를 경호하고 있다는 걸 알고 있었다.

카테리나가 그 집으로 가면 경호원들에게 붙잡혀 루이스에게 끌려갈 텐데.

"나를 찾으러?" 영문을 모르는 타일러가 물었다. "대체 왜? 카테리나는 나를 사랑하지 않는다면서 다시는 우리와 엮이고 싶지 않다고 했는데!"

나는 소리를 지른 탓에 목이 잠겨 있었다. 침을 삼킨 다음 하는 수 없이 브랜던 경의 만행을 타일러에게 설명했다.

늑대들도 듣고 있었다. 브랜던 경이 카테리나에게 한 짓을 들으면서 타일러의 눈이 점점 커졌다.

"극악무도한 놈." 타일러가 중얼거리는 소리에 나는 놀랐다.

나는 씁쓸한 얼굴로 타일러를 봤다. 꽁꽁 묶인 타일러의 옷이 찢겨 있었다. 추위 탓에 인간보다 체온이 높은 몸에서 김이 나고 있었다.

"이 반응은 뭐야? 네가 기뻐할 거라고 생각했는데?" 내가 공격적으로 내뱉었다.

타일러가 어두운 시선으로 나를 쳐다봤다.

"가짜 사랑인데 뭐가 기뻐? 주문에 걸려든 꼭두각시에 불과하잖아. 인디아나, 넌 내가 그렇게 우습냐?"

다른 때 같으면 타일러의 핀잔에 민망했을 텐데 나는 너무 화가 나고 불안해서 아무 느낌이 없었다. 그사이 늑대들이 하나둘 인간 모습으로 변신해 옷을 입고 있었다. 그들이 할아버지의 지시를 받고 타일러에게 담요를 둘러주고, 발가락에 동상이 걸리지 않게 신발을 신겨주었다.

나는 내니에게 전화를 걸었다. 고맙게도 내니는 금세 전화를 받았다. 집중 치료실에서 나와 있는 모양이었다.

"알아. 에릭한테 방금 들었어. 지금 주차장인데 타일러의 집으로 갈······

아악!"

나는 비명 소리에 소스라치게 놀라 핸드폰에 대고 소리쳤다.

"유모! 유모!"

헉 하는 소리가 들렸다. 누군가가 침을 삼키는 소리.

"괜찮아, 인디아나. 에릭이 갑자기 나를 안고 날아올랐어. 예고도 없이. 와우! 진짜 재미있다. 뱀파이어, 당신 정말 재미있게 사는군요."

에릭의 대답은 들리지 않지만 그 목소리에서 웃음기가 느껴졌다.

"멀리 가지 못했을 거야." 내니가 성난 목소리로 말했다. "공중에서는 냄새로 찾을 수 없겠지만……."

에릭이 뭐라고 하자 내니가 말을 중단했다가 나직하게 휘파람을 불었다.

"네? 진짜요? 오, 그거 편리하네요! 인디아나?"

"듣고 있어."

"에릭의 말에 따르면 카테리나는 걸어가고 있대. 뱀파이어들은 어둠 속에서도 인간의 열을 볼 수 있다면서."

내 옆에서 애너벨이 고개를 끄덕였다.

"아, 에릭이 발견했어!"

내 심장박동이 빨라졌다. 나뿐만 아니라 모두 청각이 뛰어나서 통화 내용을 다 들었기 때문에 중계해줄 필요가 없었다. 루가루들도 나만큼 걱정하고 있었다. 카테리나는 인간인데도 그동안 정이 들었는지 그녀를 걱정해주는 마음에 그나마 위안이 되었다.

"아, 저기 있네. 이제 나도 보여. 불쌍한 것, 정신 나간 애처럼 걸어가고 있어. 앞에 나무가 있는데도 조심하지 않고."

"타일러를 만나야 한다는 강박증에 이끌리는 거야." 애너벨이 말했다. "카테리나는 크게 다쳐도 인식하지 못해."

"카테리나가 겁먹지 않게 에릭이 지금 조용히 내려갈 거야." 내니가 알렸다. "오, 카테리나, 나야. 아니, 아니, 겁내지 마. 괜찮아. 우리가 타일러에게 데려다줄게."

카테리나의 목소리가 명확하게 들렸다.

"정말 내 사랑에게 데려다줄 거예요?"

타일러가 격한 반응을 보였다. 몹시 충격을 받은 눈빛이었다. 내니의 대답이 들렸다.

"물론이지. 가자, 에릭이 우리를 데리고 날아갈 거야. 나도 몰랐는데 굉장히 재미있어."

부스럭거리는 소리가 들리고 잠시 후 내니가 말했다.

"됐어. 에릭이 카테리나를 잠들게 했어. 이제 집으로 돌아간다. 병원보다는 감시하기 수월하니까."

"잠깐, 내니, 나한테 생각이 있어."

나는 애너벨에게 물었다.

"강박증 주문을 푸는 것이 불가능하다고 들었는데 다른 주문을 추가하는 건 가능할까요?"

애너벨이 흥미롭다는 듯 나를 쳐다봤다.

"예를 들면?"

"카테리나에게는 아버지가 가장 중요해요. 에릭이 그녀에게 타일러를 만나는 것보다 아버지 곁을 지키는 것이 훨씬 중요하다는 주문을 추가하면 잘될 것도 같아서요. 카테리나가 진정으로 사랑하는 것은 타일러가 아니라 아버지거든요."

타일러의 얼굴이 일그러졌다. 애너벨이 좀 전과 똑같은 눈빛으로 나를 쳐다봤다. 뱀파이어는 나를 흥미롭게 생각하고 있었다.

이런, 뱀파이어의 호기심을 자극하는 건 내가 원하는 바가 아닌데.

"가능하다고 생각해." 에릭이 애너벨 대신 대답했다. "내가 거물만큼 강력하지 않아서 일시적일 수는 있겠지만 얼마 동안은 효과가 있겠지. 한번 해볼게. 결과는 귀부인 제인 베릴루스와 내가 알려줄게."

나는 귀부인 제인 베릴루스가 누군지 궁금했지만 잠시 후에야 그것이 내니의 본명이라는 사실이 기억났다. 근데 '귀부인'? 이건 또 뭐지? 에릭은 나이가 무지 많은데…….

"내가 카테리나와 함께 셰이머스를 지킬게." 이번에는 내니가 말했다. "인디아나, 이 아이를 침대에 눕힌 다음 바로 전화할게. 지금은 재워야 하니까 어떻게 할지 내일 생각하자. 그리고 혹시 모르니까 카테리나의 발목을 묶을 거야. 네 여친은 보통 영리한 애가 아니니 또 생고생을 하고 싶지 않구나. 사랑한다, 인디아나. 다시 통화하자."

나는 안도하면서 털썩 주저앉았다. 몇 시간 동안 최악의 상황을 예상하다가 긴장이 풀린 탓이었다. 내니와 에릭이 불행한 일이 일어날 수도 있는 문제를 해결했다. 진짜 기적이었다.

"우리를 도와주셔야 해요." 나는 아직도 부르르 떠는 애너벨에게 말했다.

"싫어." 애너벨이 딱 잘라 거절했다. "나는 그럴 의무가 전혀 없어."

"이 상황은 당신 아버지에게도 책임이 있잖아요."

"그자는 내 아버지가 아냐. 어머니를 겁탈한 괴물에 지나지 않는다고. 아버지는 무슨 얼어죽을!"

"하지만 카테리나를 저대로 놔둘 순 없어요!"

"그 아이는 평생 타일러를 미친 듯이 사랑할 거야. 강박증 주문을 풀어달라고 브랜던 경을 놓아줄 수는 없어. 그건 어림없다."

"카테리나를 브랜던 경 앞으로 데려오면 되잖아요." 나는 평정을 잃지 않으려고 노력하면서 응수했다.

"브랜던 경이 거부할걸." 애너벨이 비정하게 대꾸했다. "그는 동물이니까. 아, 동물에게 모욕적인 말이지만. 초능력으로 파멸을 즐기는 자인데 네가 가면 너에게도 최면을 걸고 자기가 원하는 대로 정신병원을 빠져나갈걸. 그리고 너희에게 최면을 걸지 못하면—루가루들은 우리의 최면에 저항하는 이상한 힘이 있으니까—아마 카테리나를 이용하겠지. 자신의 자유와 카테리나를 맞바꾸자고 할 거야. 그건 절대 일어나서는 안 될 일이야."

애너벨이 내 어깨에 손을 올리고 내 눈을 뚫어져라 쳐다봤다.

"그 아이를 단념해. 이 세상에 많고 많은 게 여자인데. 그 아이는 너에게 무익해."

나는 애너벨의 손을 격하게 뿌리쳤다.

"내 여자친구가 아닌 누구라도 미친 뱀파이어의 주문에 걸린 상태로 평생을 살아가게 할 수는 없어요. 그리고 카테리나가 우리 가족을 도와주었기 때문에(할아버지가 나에게 두세 가지 협상 기술을 가르쳐주었다) 우리는 그녀에게 빚을 졌어요. 피의 빚이죠. 그러니까 이렇게 말싸움하는 대신 헌터 5, 당신은 초자연적 존재들을 도와준 인간을 브랜던 경이 걸어놓은 주문에서 풀어줄 궁리를 하는 편이 훨씬 나을 겁니다!"

나는 강하게 밀어붙였다. 뱀파이어들은 인내심이 많지 않았다. 악셀이 경고하는 뜻으로 으르렁거렸지만 나는 개의치 않았다. 애너벨의 이빨이 길어졌다.

"너희들 빚이지 우리 빚이 아냐." 애너벨이 응수했다.

"헌터 5, 거물 뱀파이어들을 진작 제거했어야죠. 그런데 살려둔 건 아버지라서 용기가 없었기 때문 아닌가요?"

애너벨이 스르륵 내 코앞으로 왔다. 카리스마 능력을 발동하고 있음이 느껴졌다. 그녀는 카리스마로 나를 홀리려는 것이 아니라 겁을 주려고 했다. 하지만 통하지 않았다. 나는 몹시 화가 나 있었다. 내 옆에서 루가루들이 당장이라도 달려들 기세로 경계 태세를 취했다. 할아버지가 손짓으로 막았다. 할아버지는 정확하게 뭔지는 몰라도 나에게 무슨 꿍꿍이가 있음을 알아챘다.

"혹시 쉽게 굴복하지 않는 우리 루가루 종족을 상대할 치명적인 무기로 거물 뱀파이어들을 이용할 계획이었나요?" 내가 신랄한 어조로 일격을 가했다. "뱀파이어들이 폭군이 되기로 작정한 겁니까?"

애너벨이 갑자기 달려들었고 눈앞이 흐릿해지는가 싶더니 나는 이미 땅바닥에 쓰러져 초주검이 된 상태로 털북숭이에게 깔려 있었다.

애너벨의 움직임을 예측한 악셀이 나를 보호하려고 몸으로 막았다. 그 바람에 뱀파이어의 이빨에 물린 건 내가 아니라 악셀이었다. 나를 보호하느라 대신 뱀파이어에게 물리다니, 악셀은 정말 고마운 친구였다. 뱀파이어가 격분했다.

"너 뭐야? 멍청하기는!" 애너벨이 새빨간 입으로 악셀에게 내뱉었다. "너는……."

갑자기 애너벨이 정신 나간 표정으로 우리를 쳐다보다 한 송이 꽃이 꺾이듯 털썩 주저앉았다.

하지만 꺾인 꽃은 경련을 일으키며 피를 토하지 않는다. 그러면 세상에서 꽃 장사를 할 사람이 몇이나 될까.

격렬한 경련 때문에 뼈가 부러질 위험이 있어 할아버지와 악셀은 뱀파이어를 붙잡았다.

나는 어리둥절해져 일어났고, 넘어지면서 땅바닥에 세게 부딪힌 등을 문질렀다.

"왜 이래요?"

"글쎄, 모르겠다." 할아버지가 대답했다. "중독된 것 같은데…… 아무튼 빨리 독을 제거해야지 아니면 죽어. 악셀, 애너벨을 일으켜야 해. 뱀파이어는 식도에 흡입판 같은 것이 있어서 피가 올라오지 못해. 극한 상황에서만 토할 수 있지. 그러니까 애너벨의 배를 세게 때려. 방금 흡수한 피를 토해내게."

사랑하는 여자를 때려야 한다는 생각에 악셀의 얼굴이 일그러졌지만 곧 고개를 끄덕였다. 할아버지가 애너벨을 덥석 안았다. 거구의 할아버지가 근육으로 충격을 흡수하기 위해 애너벨을 안은 상태에서 똑바로 세웠다. 발이 땅바닥에 닿지 않은 애너벨이 헝겊 인형처럼 흔들거렸다.

악셀은 할아버지와 애너벨 앞에 서더니 깜짝 놀랄 만큼 세게 배에 주먹을 날렸다.

할아버지는 끄덕도 하지 않았다. 애너벨은 허리를 구부렸지만 피를 토하지는 않았다.

"더 세게 때려야지." 할아버지가 핀잔을 주었다. "그 정도로는 어림도 없어. 빨리, 힘이 빠지고 있어!"

악셀이 심호흡을 하고 나서 다시 주먹을 날렸다. 이번에는 할아버지가 움찔했다. 애너벨이 다시 허리를 구부렸고, 입에서 피가 줄줄 흘러나왔다. 반쯤 정신이 든 애너벨이 힘껏 피를 뱉었다. 다행히 그렇게 많은 피를 먹지는 않았다.

하지만 독 때문에 몸속 장기가 상했는지 충격 요법에도 불구하고 애너벨은 계속 경련을 일으키고 있었다. 아까보다는 약해졌지만.

"쇼크 상태예요." 악셀이 말했다. "좋은 피가 필요해요. 인디아나?"

뱀파이어들이 출현했을 때부터 나는 언제고 누군가가 물리든, 다치든 피를 흘리리란 예감이 들었지만…… 그게 내 절친일 줄은 상상도 하지 못했다.

악셀이 가방을 열고 주사기를 꺼냈다. 나는 칼을 예상했는데…….

악셀이 나를 앉혀놓고 민첩하고 능숙하게 내 팔에서 피를 뽑았다. 이윽고 바늘을 빼고 곧장 애너벨의 입에 주사기를 댔다.

나의 따뜻한 피 냄새를 맡은 뱀파이어의 콧구멍이 벌름거렸다. 하지만 입을 벌리지는 않았다. 악셀은 억지로 입 안에 주사기를 넣어야 했다.

애너벨이 깨물려고 하자 악셀이 잽싸게 손가락을 뺐다. 이미 한 번 물리는 바람에 세미의 독이 뱀파이어의 몸에 퍼졌는데 또 그럴 필요는 없었다. 뱀파이어는 의식이 없어도 물려 하므로 조심해야 한다.

일단 입 안에 피가 들어오면 뱀파이어들은 자동으로 삼킨다. 악셀이 주사기 피스톤을 눌러 입 안으로 피를 주입하자 애너벨이 본능적으로 삼켰다.

애너벨의 얼굴은 창백하고 살은 차가웠다. 죽은 사람이라면 이게 정상이겠지만 애너벨과 처음 만났을 때 몹시 추운 날씨였는데도 피부에서 김이 나던 것이 기억났다. 악셀에게 빌린 책에서 얻은 정보들은 그리 정확하지 않았다. 물론 작가에게 애로 사항이 있었을 것이다. '뱀파이어 선생, 실례지만 입이나 귀에 체온계를 넣어 체온을 재도 되겠습니까?' 대놓고 이렇게 말할 수는 없었을 것 아닌가. 그래서 작가는 뱀파이어에게 포크를 건네주는 척하면서 피부를 만져보고 체온을 어림잡아 짐작했다(작가의 말은 이랬다. '피를 흡입하기 전에는 차가웠는데 흡입한 후에는 따뜻했다⋯⋯' 그러다 쯧쯧! 작가가 물렸으니 그 체온 검사는 과학적이지도 정확하지도 않았다).

갑자기 애너벨이 눈꺼풀을 파르르 떨더니 아름다운 보랏빛 눈을 떴다. 뱀파이어는 번개같이 빠르게 정신을 차렸다. "여기가 어디에요?"라고 묻지 않고 "어떻게 된 거죠?" 하고 물었다.

"나한테 독을 사용했군."

"그런 셈인가?" 악셀이 애써 무뚝뚝한 목소리로 말했다. "내가 인디아나를 보호하려고 덮쳤는데 당신이 나를 깨물었지만 어쨌든 미안해. 내 피가 당신에게 해롭다는 사실을 알았다면 조심했을 텐데."

애너벨이 피 묻은 입술을 혀로 핥았다.

"그런데 독을 완전히 제거한 거 맞아? 왜 이렇게 배가 아프지?"

악셀이 난처한 표정을 지었다.

"미안해. 당신을 토하게 하려고 내가 주먹으로 배를 가격해서…… 근데 정말 달리 방법이 없었어."

애너벨은 무슨 말인지 대번에 이해하고 고개를 끄덕였다. 그리고 일어나려고 하다가 다리가 말을 안 듣는지 포기했다.

"흠, 꽤 폭력적이네. 그 정도로 나를 죽일 수 있다고 생각했나?"

할아버지가 악셀 대신 대답했다.

"예전에 같은 반응을 보이는 뱀파이어를 본 적이 있지. 그 당시는 나도 어떻게 도와줘야 할지 몰랐네. 그 뱀파이어는 피를 흡입한 지 10분쯤 지나 죽었어."

할아버지가 악셀을 향해 의심쩍은 시선을 던졌다.

"사실 그 뱀파이어 역시 세미를 공격했었지. 악셀, 너희 세미 중 몇은 뱀파이어들이 소화하지 못하는 피를 가진 것 같아."

"아주 드물지만 그런 사고가 일어나긴 해요." 애너벨이 할아버지의 말에 고개를 끄덕이면서 말했다. "그래서 그런 일이 일어나지 않게 필요한 조치를 취하고 있어요."

"어떤 조치?" 악셀이 의심스러운 얼굴로 물었다.

"뱀파이어에게 알레르기를 일으키는 세미를 죽이는 것." 애너벨이 태연하게 대답했다.

나는 침을 삼켰다. 악셀이 파르르 떨자 할아버지가 말했다.

"악셀은 우리와 동맹을 맺었다. 경고하는데, 악셀의 털끝 하나라도 건드렸다가는 루가루 전원이 참석하는 평의회에 자네를 회부하겠네."

애너벨은 할아버지의 위협에 송곳니를 드러냈지만 덤벼들지는 않았다. 현재의 몸 상태로는 할아버지를 이길 수 없다고 판단한 것이다.

"악셀의 경우는 그 경고를 따르지요." 애너벨이 대답했다. "하지만 경고는 하나로 충분하니까 이 이상은 받아들이지 않겠습니다."

애너벨이 내 친구 악셀의 눈을 뚫어져라 응시하다 마지못해 말했다.

"정말 유감이야, 잘생긴 세미. 당신을 사랑해주고 싶었는데."

악셀이 눈살을 찌푸렸다. 나는 악셀이 어떻게 대처할지 궁금했다. 목숨이 위태로울 정도로 위급한 상황에 부득이 상대를 유혹해야 할 경우 써먹을 수 있도록 악셀을 유심히 관찰했다.

"사랑해주고 싶었다?" 악셀이 부드러운 목소리로 응수했다. "그 말은 사랑할 수 없는 이유가 있다는 뜻인가? 당신이 내 목을 따려고 했을 때부터 당신 모습이 내 머리에서 떠나지 않아. 나는 당신과 안 될 이유가 없는데."

애너벨이 피식 웃었다. 악셀이 뱀파이어의 카리스마에 홀린 것 못지않게 애너벨도 악셀에게 매료되어 있었다.

"나는 누군가를 사랑하면 깨물어야 해." 애너벨이 이유를 설명했다. "꼭 피를 먹기 위해서라기보다는 거의 반사적 행위니까. 일종의 마크라고 할 수 있지. 핏속에 내 침을 넣는 것은 이 남자는 내 것이라는 표시야. 깨물 수 없다면 얘기가 달라지지."

"종족이 다르니 당연히 차이점이 있겠지." 악셀이 말했다.

애너벨이 어깨를 으쓱하더니 이번에는 거뜬히 일어섰다.

"미안해." 애너벨이 일그러진 악셀의 얼굴을 외면하면서 말했다.

악셀이 결연한 표정으로 고개를 끄덕였다.

"하지만 나는 포기하지 않겠어. 당신이 너무 신비한 존재라서. 헌터 5, 뒤를 잘 보고 다녀야 할 거야. 내가 늘 가까이 있을 테니까."

쫓기는 헌터? 이 말이 사랑 고백이 아니라면 내가 성을 간다. 하지만 악셀의 고백은 애너벨에게 효과가 없었다. 그녀의 관심은 다른 데 있었다.

애너벨이 나를 뚫어져라 쳐다봤다. 아직 완전히 회복되지 않아서 카리스마를 발동하지는 못했지만 상당히 인상적이었다. 지나치게 빤히 쳐다보는 시선에 흔들리지 않으려고 나는 이를 악물었다. 애너벨이 입술을 실룩거리면서 할아버지를 향해 돌아섰다.

"최고 수장님 손자의 정신병원 접근을 금하는 바입니다. 어떤 이유로든 인디아나가 브랜던 경에게 접근해서는 안 된다고 경고합니다."

내가 뭐라고 소리치려는 순간 애너벨이 휙 날아올랐다.

그건 허세였다. 우리 앞에서 체면을 구겼을 뿐만 아니라 우리가 자기 목숨까지 구해줬으니. 애너벨은 인정하지 않았지만 우리에게 빚을 졌다. 비행 상태가 엉망이었다. 나무에 너무 가까이 날다 아슬아슬하게 피했다. 나는 그녀가 우리 시야에서 벗어나자마자 다시 땅으로 내려왔을 거라고 장담한다.

악셀이 우리를 쳐다보다 할아버지에게 인사하고 뱀파이어를 향해 질주했다. 나는 툴툴거렸다. 지금이 얼마나 심각한 상황인지 잊은 모양이었다. 나에게는 악셀이 꼭 필요한데. 아, 세미들!

나는 손톱에 찔려 피가 날 정도로 주먹을 꽉 쥐었다. 하지만 손이 아픈 덕분에 정신이 번쩍 들었다.

갑자기 풍기는 피 냄새에 놀란 할아버지가 내 손을 향해 시선을 내렸다가 얼굴을 쳐다봤다. 할아버지가 내 어깨에 팔을 두르면서 차가 있는 쪽으로 데려갔다.

"인디아나, 이제 자초지종을 설명해야지?"

나는 할아버지가 이끄는 대로 따라갔다. 애너벨이 왜 그런 말을 했는지 알

인디아나 텔러 2: 서머 문

190

고 있었다. 그녀가 생물학적 아버지와 치열하게 싸운 것만으로도 브랜던 경
이 도망칠 구멍을 절대로 만들지 않겠다는 단호한 의지가 표현되었다.

　그런데 내 계획이 바로 브랜던 경을 풀어주는 일이었다.

11

신상 기록

우리는 리무진에 올라탔다. 할아버지가 배경 잡음 장치를 작동했다. 운전기사와 조수석에 앉은 루가루 병사는 우리가 하는 말을 들을 수 없었다. 처키와 데이브는 타일러를 데리고 다른 차에 올랐고, 루가루 병사들이 뒤따르고 있었다. 호송대라고 하면 모름지기 이 정도는 되어야지. 나는 이제 정말 안심이 되었다.

"얘기해!" 할아버지가 금빛 눈으로 내게 시선을 고정하면서 명했다.

나는 카테리나가 함정에 빠지게 된 일련의 상황을 아는 대로 설명했다. 사실 모든 문제는 셰이머스가 부상당한 순간부터 시작되었다.

할아버지는 심각한 표정으로 들으면서 고개를 끄덕였다.

"그러니까 타일러가 자기 아버지의 계획을 망쳐놓았구나. 그 아이 말이 맞아, 인디아나. 루이스는 교환에 응하지 않을 게야."

나는 가슴이 찢어지는 것 같았다. 오랜 세월 직간접적으로 대립했기 때문에 할아버지는 누구보다도 루이스 브랜드켈을 잘 알았다. 할아버지가 거구의 몸을 움직였다. 할아버지에게서 가장 인상적인 부분은 온몸이 근육질이라는 점이다. 황소나 곰은 대개 근육질이다. 반면 인간은 온몸을 근육질로 만들기가 쉽지 않다. 하지만 루가루에게는 흔한 일이다. 뼈와 근육으로 이뤄진 골격이 체중을 받쳐줄 수 있게 잘 움직이려면 근육질이어야 할 필요가 있어서다. 하지만 한 달 전 중상을 입은 뒤로 할아버지는 체중이 빠졌고, 나이에 비해 변함없던 금발(루가루는 인간보다 훨씬 느리게 늙는다)이 약간 희끗희끗해졌다. 그동안 할아버지에 대해서는 별로 걱정하지 않았다. 인간인 내가 할아버지보다 훨씬 먼저 죽을 테니까. 하지만 지금 나를 응시하는 할아버지의 눈빛에는 지친 기색이 역력했다.

"네 목적은 단순히 타일러를 데려오는 것이 아니었어. 헌터 5의 말대로 넌 거물 뱀파이어 때문에 왔구나. 내가 뱀파이어와의 만남을 금해도 상관하지 않겠지?"

나는 정직했다.

"네."

"이럴 것 같아서 너한테 해줄 말이 있는데 들어보겠니?"

나는 깜짝 놀랐다. 할아버지는 먼저 지시를 내리고 그다음 경우에 따라 논의하는 편이었다. 따라서 논의는 일단 지시가 이행된 다음 차례였다.

"할아버지가 수장인데 말씀하시면 당연히 들어야죠."

"인디아나, 나는 수장이기 이전에 네 할아버지야. 우리 루가루들을 사랑하고 지켜주고 싶은 마음만큼이나 너를 사랑하고 지켜주고 싶다. 그래도 너와나 사이의 혈연관계가 더 강해. 피는 물보다 진하니까. 너는 내 후계자이고, 내 아들의 아들이다. 너에게서 내 아들이 보여. 네가 내 아들보다 훨씬 강하지만."

나는 멍하니 입을 벌렸다. 할아버지의 말은 완벽한 알파, 존경받는 강력한 루가루로 회자되는 아버지의 이미지에 맞지 않았다. 아버지가 사망할 때 침실에서 일어났던 일이 떠올랐다. 물론 그 순간의 아버지는 강한 모습이 아니라 애처로운 모습이었지만.

할아버지가 내 반응을 보고 말했다.

"그래, 네가 훨씬 강해. 더 영리하고. 너는 루가루가 아닌데도 강해. 루가루, 심지어 세미와도 겨루는 너를 보면서 내린 결론이야. 나는 확신해."

나는 차 안에 앉아 있어서 다행이라고 생각했다. 지금 같아서는 손가락으로 밀기만 해도 쓰러졌을 테니까. 심장이 빠르게 뛰기 시작했다. 칭찬을 경계하라고 배웠다. 이런 칭찬 뒤에 나오는 말은 대체로 뻔하기 때문이다. '그러니까 너는 두 손이 등 뒤로 묶여 있어도 불가능한 미션을 수행할 수 있어, 그렇지?' 또는 '너는 굉장히 영리하니까 설사 싫어도 내 의견에 따를 거야, 그치?'

내 생각이 맞았다. 할아버지는 나를 꼼짝 못하게 할 말을 했다.

"깊이 생각하지 않고 행동하는 네 아버지와 달리 넌 머리를 쓸 줄 알아. 그래서 네 머리에 도움을 청하려고 해. 가령 카테리나에게 건 주문을 풀어주겠다는 약속을 받고 거물 뱀파이어를 놓아준다고 치자. 하지만 일단 자유로워진 거물 뱀파이어가 과연 그 약속을 지킬지 모르겠구나. 뱀파이어가 밖으로 나오면 얼마나 많은 이들을 죽일지 생각해봤니? 설령 카테리나를 구한다고 치자. 그 아이가 그걸 원할까? 자기 때문에 다른 사람들이 목숨을 잃는데 받아들일까? 네가 다른 인간을 희생시키면서 자기를 구했다고 하면 내가 아는 카테리나는 절대 너를 용서하지 않을 거야."

나는 할아버지 쪽으로 몸을 숙이면서 말했다.

"내가 그걸 모른다고 생각하세요? 그 정도로 미치진 않았어요. 선택은 두 가지밖에 없다는 사실도 알아요. 비열한 뱀파이어에게 속박된 카테리나를 모른 척하거나 다른 이들의 목숨을 위태롭게 하면서까지 그녀를 구해내거

나. 잘 안다고요, 할아버지. 그래서 브랜던 경을 만나려는 거예요. 브랜던 경의 반응을 살피면서 이야기를 해보면 다른 이들에게 해가 가지 않게 카테리나를 구할 수 있는 방법을 찾을 수 있을 테니까요."

할아버지는 거북할 만큼 오래 나를 쳐다보았다. 그러다 할아버지가 내 숱진 머리를 헝클어뜨리고는 배경 잡음 장치를 껐다. 나는 깜짝 놀랐다. 이러면 지금부터 할아버지가 하는 말을 루가루 운전기사와 조수석의 병사가 다 들을 수 있었다.

"그렇다면 나는 선택의 여지가 없다, 인디아나. 애너벨이 말한 대로 너는 브랜던 경에게 접근하면 안 돼. 분명히 말하는데 접근 금지령을 내린다, 인디아나. 네가 우리 공동체를 위험에 처하게 하도록 놔둘 수는 없어. 네가 상황을 알렸을 때 우리는 뱀파이어 공동체에 거물들의 신상 기록을 요청했었다. 처음에는 몹시 반발했지만 우리 땅, 우리 정신병원에서 일어난 일이기 때문에 뱀파이어들도 달리 방법이 없었지."

할아버지가 금빛 눈을 잠시 감았다.

"그 악명 높은 정신병자 아틸라◆와 블라드 체페슈◆◆도 브랜던 경에 비하면 풋내기에 불과해. 브랜던 경은 초자연적 존재 중에서도 가장 극악무도한 자니까. 증오, 폭력, 생명 경시, 파괴의 화신이라고 할 수 있어. 네가 수백 년 동안 브랜던 경에게 희생된 이들이 얼마나 많은지 몰라서 그래. 모드레드의 직계 후손 중 첫 세대인 브랜던 경은 수백 명이 아니라 수천 명을 죽였어. 대

◆ 훈족의 왕으로 유럽의 여러 민족을 격파하고 라인 강변까지 영토를 넓혔다. 동로마의 영토를 빼앗은 데 이어 서로마 제국의 쇠망에 결정적인 역할을 했다.

◆◆ 악명 높은 드라큘라로 알려진 블라드 체페슈는 사람의 피를 빨아 먹는 악마로 알려지기 전까지 루마니아 역사에는 오스만 제국의 군대를 물리친 왕으로 기록되어 있다. 잔악무도한 폭군 블라드가 '드라큘라 백작'이라는 뱀파이어의 전형으로 알려지게 된 것은 영국 작가 브램 스토커의 『드라큘라』 덕분이다.

부분 쾌락을 위해서. 희생자들의 피를 한 방울도 빨아 먹지 않았으니까!"

격렬한 할아버지 목소리에 충격을 받아 내 몸이 부르르 떨렸다. 뱀파이어가 희생자의 목을 따놓고 피를 먹지 않았다니 정말 뜻밖이었다. 뱀파이어는 피를 먹지 않고는 못 배기기 때문이다.

아, 물론 피를 실컷 먹어서 더는 욕구가 없을 때라면 모를까.

"그 신상 기록을 읽어봐야겠어요."

할아버지가 고개를 끄덕였다.

"그거야 문제없지. 집에 도착하면 보여주마. 신상 기록을 읽어보고 그 괴물이 자유롭게 돌아다니면 안 된다는 걸 네가 깨달았으면 좋겠구나."

나는 호흡을 가다듬으려고 노력했다. 내가 신상 기록을 보려는 이유는 브랜던 경의 결점을 알아내기 위해서지 내 계획을 포기하기 위해서가 아니었다. 나는 무슨 일이 있어도 카테리나를 구할 생각이었다. 그녀를 위해서라면 브랜던 경을 끌고 다니다 죽을 각오를 하고 있었다. 카테리나는 주문에 걸리기 전 이미 나를 거부했으므로 어차피 내게는 살아야 할 이유가 없었다.

이어서 할아버지는 내가 떠난 뒤로 목장에서 있었던 일을 얘기했다. 아직 발견하지 못한 요정 둘을 제외하고 정신병원을 탈출한 이들이 모두 체포되었다는 소식은 그나마 위안이었다. 거물 뱀파이어 셋은 공동체를 다스리는 뱀파이어 원로들의 환영을 받았다. 정신병원 주변의 경비를 강화했고, 탈출을 시도하는 쥐새끼 한 마리까지 케밥 신세가 될 정도로 삼엄했다.

할아버지가 마지막 부분을 유독 강조하는 것은 나에게 보내는 경고 메시지였다. 몰래 브랜던 경을 만나러 갈 경우 나도 예외가 아니라는 뜻이었다.

메시지 접수.

그런데 나는 몰래 갈 생각이 전혀 없었다.

안쪽이 빨간색인 흰색 캐시미어 실내 가운을 걸친 할머니가 우리 집 현관에 나와 기다리고 있었다. 주변에 목장까지 펼쳐진 엘리자베스 시대풍의 거대한 건축물은 집이라기보다 대저택이었다. 찾아오는 루가루를 위한 게스트룸 여러 개, 크리스틸 샹들리에 다섯 개와 프랑수아 부셰의 패널화들로 벽면을 장식한 무도회장도 갖추고 있었다(아름다운 양치기 소녀들과 양들이 뛰노는 이 벽화에 묘사된 양들은 하얀 털이 보송보송하고 귀엽다. 하지만 자연에 사는 양들은 상상보다 훨씬 지저분하고 털이 누렇다).

할머니가 나를 안았다. 평소에는 이런 애정 표현을 하지 않는 할머니이지만 얼마 전 내가 모두를 구한 뒤로, 실은 확고한 의지였다기보다 어쩌다 보니 그렇게 된 것인데도 나를 훨씬 따뜻하게 대해주었다. 나도 할머니를 포옹했다. 할머니는 나를 끌어안으면서 갈비뼈가 부러질까 조심했다. 루가루들은 대체로 내가 인간이라는 사실을 잊고 힘껏 끌어안는 경향이 있었다.

"카테리나 얘기 들었다. 그 아이에게 어떻게 그런 끔찍한 일이. 시간이 흐르면서 효력이 약해지길 기대해보자꾸나."

그러면 얼마나 좋을까. 하지만 전혀 희망 없는 이야기였다. 나는 인상을 쓰면서 대답하지 않았다. 할아버지는 나를 향해 못마땅한 시선을 보내면서도 좀 전에 헤어졌으면서 마치 몇 달 만에 만나는 것처럼 할머니를 포옹했다. 나는 할아버지와 할머니의 변함없는 애정이 놀랍기도 하고 부럽기도 했다.

하지만 카테리나는 할머니가 할아버지를 사랑하는 것만큼 나를 사랑하는 것 같지 않았다. 그래서 할아버지와 할머니가 오랜 세월 함께 살고 있겠지만.

"어서 가서 쉬렴. 많이 피곤해 보이는구나."

할머니가 뭐라고 덧붙이려고 할 때 병사들이 타일러를 데려왔다. 할머니의 얼굴이 굳어졌다. 쉽게 용서하는 편인 나와 달리 할머니는 아주 매정했다. 타일러가 내 다리를 반쯤 부러뜨리고 죽이려 했던 일도 잊지 않고 있었다. 더군다나 타일러의 아버지와 결투에서 패한 할아버지가 중상을 입었던 사실을 할머니가 잊었을 리 없었다. 브랜드켈 일가의 비열한 음모로 우리 집안은 존폐 위기에 처해 있었다.

일련의 일들을 반영하듯 할머니의 따뜻한 눈빛이 일순간에 차가운 노란색으로 변했다. 타일러는 잠시 할머니를 뚫어져라 쳐다보다 얌전히 머리를 숙였다. 조금이라도 거만하게 굴었다가는 죽음을 면치 못할 테니까.

"특별 독방에 집어넣어라." 할머니가 병사들에게 지시를 내리는 순간 여성 늑대 알파의 위엄 있는 에너지가 퍼져나갔다. "그리고 두 명이 24시간 타일러를 밀착 감시하고, 밖에서도 두 명이 감시하라. 4인 3교대로 순찰을 돌고 데이브 대위에게 상황을 보고하도록. 지금부터 우리는 경계 태세에 들어간다. 어떤 실수도 용납하지 않는다. 우리가 자기 아들을 감금했다는 사실을 알면 루이스가 무슨 짓을 할지 모른다. 타일러를 놓치는 자는 사형에 처하겠다."

할아버지를 포함해 모두가 얼어붙었다. 하지만 아무도 할머니의 지시에 이의를 제기하지 않았다. 우리는 어떤 희생을 치르더라도 타일러를 붙잡아둘 필요가 있었다. 따라서 병사들에게 머리가 달아나게 된다고 인지시킴으로써 경계심을 극대화했다. 할아버지는 사형선고에 대해 고개를 약간 숙이고 끄덕임으로써 할머니의 권위를 인정해주었다. 이렇게 서로의 권리를 존중해주며 원만한 부부생활을 유지하는 걸까? 나는 머릿속에 새겼다. 노부부를 지켜보면서 많은 걸 배웠다.

나는 지하실에 있는 독방 다섯 개(늑대로 변신한 루가루들이 미쳐서 움직이는 것은 무엇이든 물어뜯는 일이 이따금 일어났다. 인간의 정신을 완전히 잃은 늑대들은 이 독방에 감금된다) 중 하나에 타일러를 감금하고 나서 할머니와 함께 계단을 올라갔다. 할머니와 대화할 필요가 있었다.

나는 방을 지나쳐서 할머니의 서재로 향했다. 내 의도를 알아차린 할머니가 눈살을 찌푸리면서 따라왔다.

서재로 들어간 나는 배낭을 내려놓고 배경 잡음 장치를 작동했다. 할머니는 탐색하는 듯한 눈초리로 책상 앞에 앉아서 침착하게 기다렸다.

할머니의 침착함은 오래가지 않을 것이다. 나는 엉덩이를 걸치면 주저앉을 것처럼 약해 보이는 의자에 앉았고, 이내 공격을 시작했다.

"내가 그 강박증에서 카테리나를 벗어나게 하겠어요."

할머니가 나를 빤히 처다보다가 물었다.

"방법을 찾았니? 그걸 풀어줄 수 있는 뱀파이어라도 찾았어?"

"아니요, 브랜던 경만 할 수 있어요."

"그럼 방법이 없어. 인디아나, 너도 잘 알잖아."

"나는 브랜던 경을 만나러 갈 거예요. 만나서 얘기하면 나를 도와주겠죠."

할머니가 몸을 앞으로 숙이고 18세기풍의 근사한 책상에 씌운 금빛 가죽에 두 손을 올려놓았다.

"안 돼. 거물 뱀파이어를 만나는 건 너무 위험해. 인디아나, 거물 뱀파이어들은 수십 년 동안 독방에 감금되어 있었어. 그들이 거기 있다는 걸 루이스 브랜드켈이 어떻게 알고 도와달라고 설득했는지 모르겠지만 너는 가까이 가면 안 돼. 굉장히 위험한 존재들이야. 우리는 루이스와의 전쟁으로 많은 루가루를 잃었어. 그런데 너까지 잃을 수는 없다. 너무 고통스러울 거야."

나는 울컥했다. 할머니가 나를 도와줄 가능성은 희박했다. 이런 말까지 하려는 내가 싫지만 용기를 내서 내뱉었다.

"할머니가 아들을 죽였을 때처럼요?"

나는 이 순간이 평생 내 머릿속에 새겨지리라고 생각한다. 충격을 받은 할머니의 얼굴. 방금 내가 한 말이 할머니의 머릿속을 강타했다. 그리고 할머니의 눈에서 깊은 고뇌의 빛이 보였다. 이래야만 하는 나 자신이 정말 싫었다. 고뇌만큼 깊은 두려움에 휩싸인 할머니. 세월이 흘렀건만 할머니는 곪을 대로 곪은 상처를 끌어안은 채 죄책감에 시달리고 있었다. 얼굴에서 온갖 상념을 읽을 수 있었다. 할머니는 표정을 감출 수 없었지만 그래도 운을 시험해봤다.

"인디아나, 그게 무슨 말이니?" 할머니는 목소리를 높였지만 떨림을 숨기지 못했다.

나는 비정했다. 교묘하게 말을 돌릴 여유가 없었다. 그러기에는 내가 할머니를 잘 알았다. 조금이라도 생각할 기회를 주면 할머니가 나를 무너뜨릴 터였다. 아크로노트 능력을 털어놓을 수는 없으므로 나는 거짓말을 했다. 할머니는 너무 혼란스러워 내 거짓말을 간파할 수 없으리라 기대하면서.

"들었어요." 나는 무뚝뚝하게 대답했다.

할머니는 몹시 당황한 얼굴로 이내 누군지 추측했다.

"네 엄마?"

"네."

"언제?"

"정신병원에서요, 엄마가 납치되기 전에. 엄마가 할아버지와 나를 때려눕히고 갑자기 무형화됐을 때였어요. 내가 할아버지보다 먼저 깨어났고, 엄마는 몇 분 동안 정신이 맑았어요. 그때 말했어요. 엄마가 아버지를 죽인 게 아니라고. 할머니와 유모가 침실에 있었다면서. 그리고 할머니가 아버지를 죽였다고⋯⋯. 물론 고의는 아니지만 그 사고로 할아버지의 지위가 위기에 처할 수도 있었다고 했어요. 그래서 할머니와 유모가 시간을 거슬러 가는 능력이 있는 인간을 살인범으로 몰았고, 그래서 슬픔과 괴로움으로 엄마는 미쳐버렸죠⋯⋯."

나는 마지막 말을 길게 끌었다. 할머니는 또다시 충격을 받았고, 털썩 주저앉았다.

내가 이겼다.

그런데 왜 이렇게 입 안이 씁쓸할까?

할머니는 바보가 아니었다. 몇 주 전에 알았으면서 그동안 아무 말도 않다가 지금 터뜨리는 데는 이유가 있었다. 할머니는 바로 결론으로 넘어갔다.

"브랜던 경을 만나겠다는 거구나. 더 구체적으로 말하면 내 지위를 이용해 브랜던 경을 만났을 수 있게 해달라는 거야."

"네."

할머니가 슬픈 눈빛으로 나를 쳐다보다가 물었다.

"내가 거절한다면?"

나는 머뭇거리지 않았다. 할머니를 빤히 쳐다보면서 대답했다.

"엄마가 해준 얘기를 우리 무리에 폭로해야죠."

나의 폭탄 발언에 무거운 침묵이 흘렀다.

할머니는 결국 어쩔 수 없다는 듯 고개를 끄덕였다.

"너는 그 아이를 정말 미치도록 사랑하는구나. 할머니를 협박할 만큼. 할아버지를 꼭 닮았어. 원하는 바가 있으면 물러설 줄을 몰라. 예의고 뭐고 다른 사람의 약점을 물고 늘어지는 것도 그렇고."

할머니가 일어나서 나도 일어났다.

"그래, 가보자."

나는 어리둥절했다. 뭐야? 이렇게 간단하게? 치열한 신경전을 벌일 거라 예상했는데 너무 싱겁게 이기고 말았다. 일이 너무 쉬울 때는 조심해야 했다. 그 이면에 무시무시한 함정이 있을 수 있었다.

속으로는 이런 걱정을 하는 나 자신이 야비하게 느껴졌다.

나는 옷을 갈아입으러 방으로 가는 할머니를 따라 나갔다. 할머니가 외출 준비를 하는 사이 나는 할아버지의 서재로 갔다. 할아버지가 약속한 브랜던 경의 신상 기록을 받기 위해서였다.

물론 나는 잠시 후 할머니와 내가 정신병원에 갈 거라는 말을 할아버지에게는 하지 않을 생각이다. 할아버지는 젖소 목장 경영(우리는 전 세계에 젖소를 수출하고 있다)과 종족 간 알력 문제로 거의 스물네 시간 정신없이 바빠서 할머니가 하는 일에 일일이 신경 쓸 겨를이 없었고, 그래서 아무 말 않고 나갈 수 있었다.

이럴 때는 대저택에 사는 것이 유리했다. 가족 누군가를 만나려면 SMS로 약속을 잡아야 할 정도였으니 할머니와 조용히 나가기가 수월했다.

나는 할아버지의 서재로 들어갔다. 벽면에 붙인 시커먼 목재, 손님들을 위한 푹신한 안락의자들, 할아버지가 낮잠을 자거나 사냥을 나갔다 돌아와서 쉬는 밝은색 가죽 소파, 서재에 있는 것들이 마음에 들었다. 루가루에게 필수적인 음악이 흐르고 있었다. 바그너. 할아버지는 박진감 넘치는 바그너의 음악을 무척 좋아했다.

"아, 인디아나." 할아버지가 책상 위에 산더미같이 쌓인 서류 더미에서 얼굴을 들었다. 조금만 건드려도 서류가 와르르 쏟아질 것 같았다. "내가 말한 신상 기록이 바로 이거야. 이걸 읽으면 브랜던 경을 만나게 놔둘 수 없는 이유를 알게 되겠지. 브랜던 경은 너를 호두처럼 으스러뜨릴 거야, 인디아나."

할아버지가 아주 두툼한 갈색 서류 뭉치를 내밀었다. 핏빛 고무 커버를 씌워놓은 브랜던 경의 신상 기록.

그런데 할아버지의 표정이 심상치 않았다. 뭔가 문제가 있었다. 신상 기록에서 알아낸 정보 중 나에게 말해주고 싶지 않은 뭔가가 있는 걸까? 표정 관리가 탁월한 할아버지가 이렇게 얼굴에 드러내다니 긴장이 되었다.

그리고 할아버지가 배경 잡음 장치를 작동하지 않은 것도 이상했다. 이러면 이 방에서 하는 말을 다른 루가루들이 모두 들을 수 있는데. 나를 회유하려는 걸까? 그 이유를 찾는 것은 내 몫이었다.

"고맙습니다, 할아버지. 읽어볼게요."

내가 할아버지의 의중을 제대로 파악했는지 아닌지와는 상관없이 할아버지가 진지하게 생각하고 말하는 것은 분명했다. 하지만 나는 알파의 힘을 경계하면서 서류 뭉치를 겨드랑이에 끼고 재빨리 후퇴했다. 복도로 나가려던 나는 할아버지의 목소리에 얼어붙었다.

"인디아나?"

내가 돌아봤다.

"미안하구나."

알파 늑대는 사과하는 경우가 거의 없었다. 아니, 알파 늑대는 절대 사과하지 않았다. 비록 잘못 생각했더라도 알파 늑대가 옳기 때문이다.

나는 목소리가 갈라질까 봐 할아버지와 눈이 마주치지 않게 고개를 끄덕이는 것으로 인사를 대신하고 나왔고, 할머니의 방으로 향했다(노부부는 대부분 같이 자지만 할머니는 당신만의 공간을 갖고 있었다. 할아버지가 코를 너무 심하게 골아서 잠을 못 잘 때 피신하는 파스텔 톤의 밝은 방이었다). 복도를 지나가다 벽면에 걸린 거울 앞에 서서 나의 파란 눈을 마주했다. 떡 벌어진 어깨와 초췌한 얼굴(셰이머스가 중상을 당한 뒤로 나는 거의 잠을 자지 못했다), 충혈된 파란 눈, 늑대가 되려다 잘못 태어난 듯 끝 부분이 까만 금발이 비죽 솟아 있었다. 마치 늑대 털을 연상시키는 머리털. 나는 인상을 쓰고 나서 할머니 방으로 들어갔다.

아흔두 살이라는 나이에 비해 할머니는 많이 젊어 보였다. 청바지에 부츠, 가죽점퍼, 사십대라고 해도 믿을 것 같았다. 인간보다 훨씬 느리게 늙는 것이 루가루의 특성이었다.

하지만 방으로 들어서는 나를 쳐다보는 할머니의 눈빛에서 세월의 무게가 느껴졌다.

"준비됐니?" 할머니의 시선이 내가 들고 있는 서류 뭉치에 멈췄다.

"네. 내가 운전할까요? 많이 데려갈 필요 없잖아요."

"안 돼!" 할머니가 단호하게 말했다. "평소대로 운전은 기사가 해야지. 처키를 포함해서 호위대도 갈 거야. 인디아나, 너를 도와주기로 했다만(할머니는 '협박'이라는 말을 굳이 말하지 않았다) 비밀리에 움직여야 한다는 이유로 위험을 무릅쓴다는 건 말도 안 된다. 게다가 내가 호위대 없이 나가면 할아버지가 당장 이상하게 여길 테고."

나는 따지지 않았다. 할머니는 현재 상황을 잘 알고 있었다. 나는 착한 강아지처럼 할머니를 따라갔다. 이런 상황에 할머니의 지원은 천군만마를 얻은 것과 다름없었다. 출발하기 직전 나는 계획에 필요한 도구들을 배낭에 챙겨 넣었다.

여러 가지 계획을 세웠고, 그때그때 상황에 따라 작전을 바꿀 생각이었다.

루가루들은 우리가 가는 목적지에 놀라면서도(대부분 애너벨과 나의 대화를 들었고, 내가 정신병원에 가면 안 된다는 사실을 알고 있었다) 감히 아무 말도 하지 못했다. 처키는 깜짝 놀라서 눈살을 치켜떴지만 군소리 없이 호위 차량에 올랐다. 처키가 고마웠다.

고급차에 올라탄 나는 앞좌석과 뒷좌석을 차단하는 유리문을 내리고 배경 잡음 장치를 작동한 다음 브랜던 경의 신상 기록 일부를 할머니에게 건네주고 나도 읽기 시작했다. 할머니도 상대할 거물 뱀파이어에 대해 알고 있어야 했다.

데생이며 그림, 사진 들이 있었다. 그리고 아이패드로 동영상 몇 개를 봤다.

하나같이 끔찍한 영상이었다. 가학 취미와 폭력 행위가 난무했다. 하지만 브랜던 경은 인간들만 공격하는 것이 아니라 비인간들의 추격도 즐겼다. 켄타우로스의 내장을 들어낸다거나—이 영상의 보고서에 따르면 브랜던 경은 켄타우로스 멸종에 책임이 있었다—루가루와 엘프, 마법사 들을 공격했다. 브랜던 경은 눈에 거슬리는 것은 모조리 가차 없이 공격하고 재산까지 가로챘다.

정말 무시무시한 뱀파이어였다.

나는 침을 삼켰다. 다행히 할머니는 혐오감으로 눈살을 찌푸리고 코를 찡그린 채 신상 기록을 읽는 데 열중하느라 내 두려움을 눈치채지 못했다.

여백에 이렇게 쓰여 있었다. '다른 초자연적 존재나 인간들과 무력 충돌이 있을 때 엄청난 힘을 유용하게 쓸 수 있으니 죽이지 말 것.'

아, 뱀파이어들이 브랜던 경을 죽이지 않은 이유가 바로 이것이었다. 내 예상이 맞았다. 동족의 눈에도 브랜던 경은 살상 무기였다. 70억 인간으로부터 그들을 지켜줄 수 있는 강력한 무기.

어떡하지? 브랜던 경은 대적하기 힘든 미치광이였다. 나는 결심이 흔들렸다. 할아버지의 목적이 아마 이것이었겠지.

할머니가 경멸하는 듯한 소리를 내서 나는 놀란 얼굴로 쳐다봤다. 할머니는 나를 쳐다보면서 신경질적인 휘파람으로 할아버지가 붙여놓은 빨간 포스트잇을 가리켰다.

"브랜던은 쿼런틴이란 마을의 주민을 살육했다고 자랑하지만 사실 이건 마법사가 한 짓이야. 이 사건을 수사한 이들 중 일부가 내 조상이어서 잘 알지. 마법사는 죽음의 주문으로 빼앗은 목숨을 이용해 더 많은 힘을 얻으려고 했지만 마법 능력을 제어하지 못해 사람들이 반쯤 살아 있었어. 그 주문으로 사람들의 피를 빼냈기 때문에 목숨을 구해주는 것은 불가능했어. 브랜던은 근처에 있다가 그 피를 양식으로 삼았지. 따라서 마을 주민들을 죽인 건 브 랜던이 아니야."

할머니가 흰색 가죽 좌석에 서류를 던졌다.

"이 사건들 중 절반이 브랜던과는 관련이 없어. 그가 왜 이 주검들을 자기 짓이라고 자랑하는지 정말 궁금하구나. 브랜던은 괴물이야. 그건 전혀 의심 하지 않아. 하지만 뱀파이어들이 이 많은 범죄를 브랜던이 저질렀다고 믿다 니, 어딘가 수상해."

할머니가 끔찍한 이미지들을 가리켰다.

"이걸 다? 이건 연막이야. 아무래도 브랜던 자신이 만든 기록 같아. 허락을 받지 않고서는 뱀파이어의 그림이나 사진을 찍고, 영상에 담을 수 없는데 어 떻게 이 많은 자료가 있을까?"

나는 자료를 다시 살폈다. 일목요연했다. 공포와 피를 연출해 뭔가를 은폐 하려 함이 느껴졌다. 브랜던을 가장 무시무시한 괴물, 어떤 대가를 치르고서 라도 지켜야 할 강력한 무적의 괴물로 그리고 있었다.

빌어먹을, 브랜던은 영악한 뱀파이어였다. 나는 할머니와 눈이 마주쳤다.

"인디아나, 여기에 브랜던 경의 약점이 있는 듯하구나." 할머니가 엄숙하 게 말했다. "주문에서 풀린 카테리나를 데리고 무사히 나오려면 그의 약점 이 뭔지 알아야 해. 무슨 말인지 알아듣지? 브랜던 경은 아주 오래전에 처형 되었어야 하는 뱀파이어야."

나는 고개를 끄덕였다. 나 혼자였다면 이 신상 기록의 문제점을 알아채지 못했을 것이다. 이 모든 걸 알아내기에 나는 아직 어렸다.

"할머니가 도와주세요." 나는 놀라움을 감추지 않고 차분하게 말했다.

"너를 사랑한다. 내가 네 아버지에게 저지른 끔찍한 잘못을 조금이라도 만 회할 수 있는 기회야. 이것으로 다 갚을 수야 없겠지만 네가 사랑하는 카테리나를 구하면 아들을 죽여놓고 네 엄마에게 덮어씌운 죄를 조금이나마 보상할 수는 있겠지. 아니 그보다는—나는 제시카를 좋아한 적이 없으니까—너에 대한 속죄라고 해두자."

아, 속죄. 할머니한테서 이런 말을 듣게 되리라고는 정말 기대도 하지 않았는데…….

나는 신상 기록 파일 안에 할아버지가 적어놓은 메모를 보다가 울컥했다.

할아버지는 내가 브랜던 경을 만나러 갈 것을 예상하고 있었다.

그리고 할아버지의 방식으로 눈감아주면서 나를 도와주었다. 뱀파이어들이 알게 되더라도……, 아니 뱀파이어들이 내가 브랜던 경을 만나는 현장을 보더라도 할아버지가 불리해질 일은 없을 터였다. 나를 도와주는 것은 할머니의 결정이지 수장의 결정이 아니었기 때문이다. 뱀파이어들은 할아버지를 상대로 아무것도 할 수 없을 것이다.

할아버지는 차 안과 서재에서 배경 잡음 장치를 끄고 얘기했었다. 할아버지는 분명히 나에게 브랜던 경과의 만남을 금한다고 말했으니 루가루들은 들은 대로 정직하게 증언할 것이고 할아버지를 지켜줄 것이다. 솔직히 뱀파이어들이 대항하거나 위협하지 않는 한 루가루들도 뱀파이어들을 해치는 일은 하지 않는다.

내가 할아버지의 의중을 읽었음을 안 할머니가 고개를 끄덕였다. 흔한 일은 아니지만 할머니만큼 강력한 여성 알파 늑대는 얼마든지 표면적으로 남편의 정략에 반대할 수 있었다.

나는 피로가 몰려와 잠시 눈을 감았다. 모든 것이 정략이었다. 우리 집안에서는 결코 단순한 일이 없었다. '걱정 마, 우리가 도와줄게. 다 잘될 거야' 이렇게 직접적으로 말하는 것이 아니라 늘 비밀리에 간접적으로 도와주는 식이었다. 나는 눈을 뜨고 할머니의 불안한 눈빛을 보며 엷은 미소를 지어 보였다. 하지만 할머니는 미소 짓지 않았다. 할머니는 할아버지와 결혼하면서 부여된 삶을 받아들였고, 놀랍도록 잘 헤쳐나가고 있었다.

나는 정신을 집중해 신상 기록을 끝까지 살펴보았다. 할머니 말이 맞다. 이 기록 안에 브랜던 경을 회유할 만한 뭔가가 있다면 나는 어떻게든 그걸 찾아야 했다.

가이드라인이 어렴풋이 보이기 시작할 때 차가 속도를 줄이는 바람에 나는 집중력이 흐트러졌다. 심장박동이 빨라지기 시작했다. 정신병원에 거의 다 와가고 있었다.

나는 빠르게 말했다. 내 생각을 들은 할머니는 깜짝 놀라 잠시 멍하니 입을 벌렸다. 그러다 생각에 잠겼고, 할머니의 금빛 눈이 반짝였다.

"찾아냈구나, 인디아나! 그럴 줄 알았어!"

나는 의기양양한 모습을 보이지 않으려고 노력했다. 할머니가 컴퓨터를 꺼내고 프로그램을 짰다. 루가루는 다른 초자연적 존재에 비해 기술 개발에 많은 시간을 할애했고, 그중 할머니는 최고의 해커라고 해도 과언이 아니었다. 할머니는 해커보다 '뛰어난 프로그래머'로 불리는 걸 훨씬 좋아하지만.

"됐어." 할머니가 컴퓨터를 끄면서 흡족하게 말했다.

"이걸로 충분하면 좋겠네요."

우리의 루가루가 정문을 지키고 있어 정문 통과는 문제되지 않았다. 할머니는 정신병원 설립자이자 주요 후원자이기 때문이다.

그래서 루가루들이 여성 알파 늑대가 지나갈 때 습관적으로 무릎을 꿇으려는 것이 문제였지만.

세 번의 검문 끝에 무사히 통과하자 나는 안도했다. 우리는 정신병원 앞에서 별관 병동 쪽으로 가기 위해 가로수 길을 올라갔다.

뱀파이어 둘과 마법사 둘이 입구를 지키고 있었는데 모두 인상이 살벌했다. 애너벨이 거물 뱀파이어 셋을 데려다 놓은 데다 한 달 전 습격을 받고 참패했을 때 루이스의 병사에게 당한 굴욕을 잊지 않은 듯했다. 평소에 어둠속을 날기 싫어하는 요정들까지 붕붕 날아다니고 있었다.

로비로 들어서는 순간 후끈한 열기가 훅 끼쳐왔다. 나는 너무 긴장한 탓에 바깥 추위를 느끼지 못하고 있었다. 실내는 아주 더웠다. 수영복을 입어도 될 것 같았다. 나는 할머니가 코트를 벗게 도와준 다음 점퍼와 스웨터를 벗었다(할머니는 스웨터를 그냥 입었다. 편안함보다 멋을 생각한 것이지만, 실은 내가 단검을 감추고 있는 것처럼 은과 나무 총알을 장전한 글록 권총을 차고 있기 때문이었다).

절망과 소독약 냄새를 제외하면 5성급 호텔을 방불케 하는 화려한 로비에 감탄이 나왔다. 일단 별관 병동의 로비를 통과하면 환자들을 감금한 독실이 있는데 거기서부터는 실내 온도가 뚝 떨어졌다.

나는 서류 뭉치를 겨드랑이에 끼고 좀 거만한 여성 알파 늑대의 손자이자 조수로 행세하기 위해 최선을 다하며 차에서 내리는 순간부터 돌변한 할머니의 무표정한 얼굴을 흉내 냈다.

불쾌한 티를 팍팍 내는 거만하고 못마땅한 표정이었다. 한 갈래로 묶은 머리, 가무잡잡한 피부, 까만 눈의 뱀파이어 원장은 정신병원의 절반이 파괴된 뒤로 예민해진 탓인지 성질이 급했다.

"안 됩니다, 루가루들의 밀레이디. 홍위대 애너벨 5 헌터의 지시에 따라 누구도 수감자들을 만날 수 없습니다."

"당신의 수감자들을 다 만나려는 것이 아닙니다. 브랜던 경만 만나면 돼요. 지금 당장 만나야겠소. 아니라면 원장은 이달 월급을 받을 수 없는 이유를 직원들에게 설명해야 할 것이오. 내가 후원금을 끊을 테니까. 알겠소?"

선택의 여지가 없는 원장은 이내 굴복하고 '밀레이디'의 비위를 맞추면서 거물 뱀파이어들이 수감된 측면 별관으로 안내하겠다고 어물어물 말했다.

뱀파이어는 젊은 헌터 상볼보다 억만장자 여성 알파 늑대가 훨씬 무서운 모양이었다. 무엇보다 월급을 받느냐 못 받느냐가 할머니에게 달려 있으니, 충분히 이해가 되었다.

거물 뱀파이어들이 있는 별관은 아파트 같았다. 두꺼운 벽 너머에서 울부짖는 환자들의 수감소 같은 병실과는 사뭇 달랐다. 유리문이나 쇠창살은커녕 은을 씌운 나무 문이었다. 루가루로부터 보호하기 위해서인가? 내가 놀라는 걸 보고 원장이 모든 문의 안쪽은 뱀파이어들이 알레르기를 일으키는 물푸레나무와 금속(두께 10센티미터)으로 이뤄져 있다고 설명했다. 벽과 바닥, 천장도 마찬가지였다. 깜빡 잊고 덧문을 닫지 않았다가 아침에 한 줌의 재로 발견되는 사고가 일어나지 않도록 창문은 아예 없었다. 흑백의 양탄자가 어찌나 두꺼운지 나는 발목까지 쑥쑥 빠지는 느낌이었다. 벽면과 벽감에 있는 뱀파이어 조각상들을 보면서 나는 눈이 휘둥그레졌다. 고대 인도의 성애에 관한 문헌 『카마수트라』에 있는 삽화보다 훨씬 적나라했다. 나는 집중력을 잃을까 봐 고개를 돌렸다. 그러면서도 수감된 뱀파이어들에게 왜 이런 실내장식이 필요한지 궁금했다.

로비와 마찬가지로 수감소라기보다는 고급 호텔을 연상시켰다. 하지만 감시는 엄중했다. 병사들이 두 짝 문 앞에 배치되어 있었다. 거물 뱀파이어들이 이미 한 번 달아났었기 때문에 철통같이 지키고 있었다. 이곳에 루가루가 단 한 명도 없다는 사실이 놀라웠다. 모두 뱀파이어 병사들이었다. 신상 기록에서 간파한 사실을 떠올리면서 나는 원장에게 물었다.

"죄송하지만 질문이 있어요. 같은 종족의 약점을 이용하는 일이 없도록 여러 종족이 함께 감시한다고 알고 있는데 여긴 뱀파이어들뿐이네요."

어쩔 수 없는 이유가 있었다. 나는 원장이 대답할 때 눈을 뚫어져라 쳐다봤다. 검은 눈동자가 미세하게 흔들렸다. 원장이 괜한 의심은 하지 말라는 듯 손사래 치면서 설명했다.

"뱀파이어만 거물들을 감시할 수 있어서야. 거물 뱀파이어들은 너무 강력해서 우리 같은 뱀파이어와는 달리 루가루들을 마비시킬 수 있거든. 같은 뱀파이어끼리는 불가능하니까."

나는 예의를 지키려고 '아' 하고 대답하는 것으로 만족했다.

원장이 가장 큰 자동문 앞에 멈춰 섰다.

그러고는 뜻밖의 행동을 했다.

뱀파이어 원장이 문을 두드렸다.

할머니가 눈살을 찌푸렸다. 뭐야, '황제 수감'이야? 나는 어이가 없었다. 우리의 반응을 모르는 원장은 얌전히 기다렸다. 더 예민해진 청각 덕분에 대답하는 소리가 들렸다. 원장이 말했다.

"손님이 찾아왔습니다. 허락하시겠습니까?"

"누구?" 집 안에서 목소리가 대답했다.

"텔러 루가루족의 밀레이디와 손자가 오셨습니다."

잠시 침묵. 이윽고 위엄 있는 목소리가 들렸다.

"들여보내. 그리고 아무도 방해하지 말라."

원장이 문 앞에서 허리를 굽히고 말했다.

"알겠습니다."

원장이 자동문을 열어주고 우리를 들여보냈다. 우리는 어리둥절한 얼굴로 들어갔고, 처키와 루가루 병사 넷이 뒤따랐다. 등 뒤에서 문이 닫혔다.

집 안은 컴컴했다.

내 시력은 인간보다 훨씬 좋은데도 시야 확보가 2미터 정도밖에 안 될 만큼 어두웠다. 내 옆에 있는 할머니도 긴장한 상태였다. 이윽고 갑작스러운 불빛 때문에 눈앞이 캄캄해졌다.

우리는 일종의 대기실 같은 곳에 있었다. 빨간 천을 씌워놓은 가구들, 벽과 양탄자와 높은 천장도 모두 빨갰다. 그리고 파란색 가구들. 사람의 위 안으로 들어가면 이런 느낌일까? 온몸이 끈적거리는 기분이었다. 또 하나의 문을 통해 금빛의 쾌적한 응접실이 보였다.

"무슨 일로 왔는가?" 냉랭한 목소리에 나는 소스라치며 돌아봤다.

브랜던 경이 우리 뒤에 있었다. 전등을 켜기 전 어둠을 이용해 나타난 것이 분명했다. 우리는 돌아섰고, 검은색과 은색 문을 배경으로 브랜던 경의 모습이 뚜렷이 드러났다.

나도 키가 큰 편인데 고개를 쳐들어야 브랜던 경의 얼굴을 볼 수 있었다.

놀라운 것은 브랜던 경이 생각보다 유약해 보인다는 점이었다. 애너벨과 똑같은 차갑고 매서운 보랏빛 눈에서 분노의 빛이 번뜩였다. 처음 봤을 때처럼 하얀 옷을 입은 브랜던 경은 대리석을 깎아놓은 양 이목구비가 또렷했고 갈색 머리가 등까지 구불구불 흘러내렸다.

나도 모르게 충동적으로 물었다.

"왜 이렇게 키가 큽니까? 다른 뱀파이어들은 보통 키인데 와, 장난이 아니네요. 너무 커서 머리깨나 부딪치겠어요."

엉뚱한 말인 건 나도 알지만 뱀파이어의 눈에 당황하는 빛이 역력했다. 이건 비슷한 또래에게나 할 법한 말이니 거인의 반응은 어쩌면 당연했다.

"인간 따위가 감히 나한테 질문을 해?" 뱀파이어가 뱀처럼 슛슛 소리를 냈다.

헐. '인간 따위가 감히'라는 말로 일단 기를 꺾어보려는 심산이었다. 나는 한숨을 쉬었다.

"네, '감히' 물었습니다. 정말 궁금해서요. 그리고 하얀 옷도 이해가 안 돼요. 피가 묻으면 검은색 옷보다 눈에 확 띄고 금방 더러워지는데, 안 그래요?"

거물 뱀파이어의 눈이 미세하게 커졌다. 그리고 단번에 파악할 수 없는 묘한 표정이 지나갔다.

브랜던 경이 등을 돌렸다.

브랜던 경은 대답해줄 생각이 없었다. 하얀 옷을 입는 이유를 말 안 해주겠단 말이지? 그래, 알았다 알았어.

이윽고 브랜던 경은 금빛 응접실로 향했다. 고풍스러운 응접실 곳곳에 놓인 조각상들과 금빛 액자 안의 그림들, 장식이 화려한 괘종시계들이 먼저 눈에 들어왔다.

간결한 가구를 좋아하는 나는 속이 니글거렸다.

브랜던 경은 의자에 앉지 않고 그 큰 키로 우리를 내려다보았다. 이런 식으로 위압감을 주겠다? 내가 거만한 뱀파이어들과 상대할 때 모델로 삼은 것은 버피 서머스♦와 애니타 블레이크♦♦였다.

나는 책상 위로 뛰어 올라갔다.

깜짝 놀란 처키가 으르렁거리는 소리를 참기 위해 애를 썼고, 루가루 병사들은 숨을 죽이고 있었다.

또다시 휘둥그레진 거인의 눈이 섬세하게 세공된 멋진 책상 위에 묻은 흙 자국을 봤다.

"너무 크시잖아요." 나는 다소곳하게 말하면서 머리 하나 큰 높이에서 브랜던 경을 내려다봤다. "휴, 계속 올려다보면서 말하려니까 목이 빠질 것 같아서요. 이제 높이가 같아졌으니 질문하겠습니다. 카테리나에게 건 주문을 풀어주는 대가에 대한 요구 조건이 뭡니까?"

♦ 미국 드라마 〈미녀와 뱀파이어〉에 등장하는 뱀파이어 헌터.

♦♦ 로렐 K. 해밀턴의 소설 『애니타 블레이크』 시리즈에 나오는 뱀파이어 헌터.

브랜던 경은 내가 굽어보는 것이 마음에 들지 않는 눈치였다. 하기야 이런 데 익숙하지 않겠지.

"루가루들의 밀레이다." 브랜던 경이 내게서 시선을 떼지 않고 퉁명스럽게 말했다. "손자가 텔러족의 평판과는 달리 아주 불손하군요."

"네, 알아요." 할머니가 약간 머쓱한 표정으로 한숨을 쉬었다. "그래서 고집쟁이 녀석의 머릿속에 예절을 주입시키느라 애를 먹고 있지요. 요즘 아이들이 다 저런데 뭘 기대합니까?"

할머니에게서 어떤 도움도 받을 수 없음을 알아차렸는지 브랜던 경이 들릴락 말락 한 소리를 내면서 뒷걸음치더니 커다란 안락의자에 앉았다. 우리집에 할아버지를 위한 가구가 따로 있듯 브랜던 경을 위해 특수 제작한 안락의자였다.

나는 미소를 삼켰다. 선제공격이 통했다.

나는 가급적 멋진 모습을 연출하도록 노력하면서 바닥으로 펄쩍 뛰어내렸다. 엉덩방아라도 찧었다가는 개망신 아닌가.

그러고는 브랜던 경의 맞은편 안락의자에 앉았다. 브랜던 경이 다리를 꼬고 앉아서 나도 따라 했다. 그가 두 손을 포개서 나도 따라 했다. 이 모든 것이 허세에 지나지 않음을 나도 알고 그도 안다. 브랜던 경이 드디어 직접적인 반응을 보였다.

"전혀 없다." 브랜던 경이 거들먹거리면서 말했다. "괜한 걸음 했구나. 인간 계집을 풀어줄 생각이 없는데 조건이 있을 리 없지. 너희에게 원하는 건 아무것도 없다. 전혀!"

12

협상

그야말로 허세였다. 할머니를 힐끔 쳐다봤지만, 우리의 거짓말 탐지 능력이 뱀파이어에게는 통하지 않았다. 할머니가 분통한 표정으로 실패했다는 표시를 했다.

나는 몸을 웅크리고 거물 뱀파이어에게 미소를 지어 보였다.

그리고 처키와 루가루 병사들 쪽으로 고개를 돌렸다.

"브랜던 경과 단둘이 할 얘기가 있는데 나가 있을래?"

처키가 구시렁거렸다.

"난 너만 두고는 절대 나가지 않을 테니까 꿈도 꾸지 마, 인디아나."

나는 이를 악물었다. 에이, 저 고집쟁이. 도움이 필요했다.

"할머니?"

할머니가 머뭇거렸다. 이건 나와 할머니가 사전에 짠 일이었다.

"좋은 생각인지 모르겠구나."

"하지만 내가 원하는 거예요, 할머니." 내가 할머니의 말을 잘랐다. "부탁이에요, 모두 나가 있어요."

할머니가 나무와 금속으로 이뤄진 문의 두께를 가늠하더니 문 너머에서 대화를 들을 수 있다고 판단했는지 고개를 끄덕였다. 처키는 나에게 무슨 일이 생기면 자기 목이 달아난다고 반항하면서도 결국에는 말을 들었다.

모두 나가자 그 장면을 흥미롭게 지켜보던 거물과 나, 단둘이 남았다.

나는 배낭에서 작은 기구를 꺼냈다. 목장에서 갖고 나온 것이었다.

배경 잡음 장치. 아무도 우리가 하는 말을 듣지 못한다.

뭐 뱀파이어는 그렇게 믿을 것이다. 하지만 내 점퍼 주머니 안에서 할머니의 핸드폰과 내 핸드폰이 통화 중으로 연결되어 있었다. 밖으로 나간 할머니는 뱀파이어들에게 화장실로 안내해달라고 할 것이다. 그러면 굳이 엿들으려고 애쓸 필요 없이 화장실에서 우리의 대화를 들을 수 있다. 나의 데우스 엑스마키나♦는 상황이 나빠질 경우 개입할 준비를 하고 있었다.

브랜던 경은 잠자코 나를 지켜보기만 했지만 분명 관심을 보였다. 나는 기구의 용도에 대해 설명하면서 그가 백 년 동안 격리되어 살아온 것치고는 일련의 행동들을 잘 이해하고 있음을 깨달았다.

흠.

"이래도 내가 교환 조건으로 브랜던 경에게 줄 게 전혀 없을까요?" 나는 놀랍다는 어조로 말하며 배경 잡음 장치를 작동했다. 그리고 통화 중 상태로 해놓은 핸드폰이 끊어지지 않게 조심했다. 핸드폰을 라디오 주파수에 맞춰놓았기 때문에 우리의 대화가 할머니에게 전달되는 데는 문제가 없었다. "갇혀본 경험이 없어서 잘 모르겠지만 억류되어 있는 이가 진정으로 원하는 것은 자유라고 생각하는데요."

브랜던 경이 손으로 주위를 가리켰다.

♦ 예기치 않게 나타나 절망적인 상황을 해결해주는 인물이나 사건.

"여기 필요한 것은 다 있다. 밖으로 나가고 싶은 마음은 전혀 없어. 바깥…… 바깥세상은 너무…… 시끄러워."

이상하지만 브랜던 경은 매우 진지해 보였다.

"그럼 한 달 전에는 왜 탈출했었죠?"

브랜던 경이 생각에 잠긴 얼굴로 대답했다.

"그냥 궁금해서……."

뜻밖의 대답이었다. 이런 반응은 전혀 예상하지 못했다.

"뭐가 궁금했는데요?"

"그 브랜드켈이라는 자. 그자가 인간들을 상대로 한다는 일이 궁금했다."

거물 뱀파이어가 말을 중단했다. 마치 조각상처럼 움직이지 않는 것이 인상적이면서도 왠지 불편했다. 뱀파이어들이 죽은 듯 살 수 있다는 말이 차츰 이해가 되었다.

"그래서요?" 나는 긴 침묵 끝에 물었다.

"인간은 우리 양식이야." 뱀파이어가 거만하게 대답했다. 그러고는 나에게 삿대질을 하면서 덧붙였다. "너희들은 우리 양식이야. 내가 우리 양식을 중독시키도록 내버려둘 것 같으냐? 하지만 동료 둘은 우리가 탈출하는 이유를 몰랐어. 그들이 워낙 대식가들이다 보니 홍위대에서 그 빌어먹을 상볼 헌터를 급파했지."

브랜던 경이 마치 썩은 과일을 뱉어버리듯 상볼이라는 말을 내뱉었다. 카테리나와 직접적인 관계는 없지만 나는 상볼에 대해서 알고 싶었다. 그래서 물었다.

"상볼이 왜요?"

나는 대답해주지 않을 거라고 생각했는데 화가 난 브랜던 경은 분노를 공유하고 싶은지 말했다.

"상불은 말 그대로 피 도둑이라는 뜻이니까. 예기치 않게 태어난 것들이 뱀파이어의 피를 훔치기 때문에 붙여진 이름이다. 상불은 이삼백 년에 한 번 나올까 말까 할 정도로 희귀하지. 뱀파이어가 인간을 임신시키는 일은 아주 드무니까. 내가 신중하지 못했어. 그 여자를 죽여버렸어야 했는데."

브랜던 경이 성가시게 하는 벼룩은 잡아 죽여야 한다는 듯 말했다. 내가 인상을 썼지만 뱀파이어는 개의치 않았다.

"그 계집 상불은 내가 만난 가장 강력한 초자연적 존재 중 하나야. 50년 동안이나 배 속 태아로 있으면서 누구보다도 힘과 능력을 축적할 수 있었을 테니 뱀파이어에게 꼭 필요한 가공할 무기일 수밖에. 그 아이가 나를 이겼다는 것이 그 반증이지."

"무엇을 위한 무기라는 거죠?"

브랜던 경은 대답하지 않았다. 나는 빠르게 공격했다.

"그 말은 뱀파이어 공동체에서 더 이상 거물 뱀파이어들이 필요 없다고 생각할 위험이 있다는 뜻인가요?"

"아니라면 무엇 때문에 상불을 급파했겠나?" 브랜던 경이 무의식적으로 응수했다.

브랜던 경은 대답을 너무 빨리 했다. 그건 실수였다. 나도 그도 즉시 알아차렸다. 아차 싶었는지 뱀파이어의 입술이 신경질적으로 일그러졌다.

"하지만 탈출하지 않았으면 그런 일은 없었겠죠?"

"어쨌거나 강제로라도 나와 겨루게 했겠지."

신중해진 브랜던 경이 말을 아꼈다. 하지만 아주 귀중한 정보였다. 나를 죽이고 농락하고 속이려고 하는 괴물을 상대하리라고 예상했는데 오히려 두려움에 떠는 뱀파이어와 마주하고 있었다.

"그럼 왜 카테리나에게 주문을 걸었습니까? 자유의 몸이 되길 원치 않는다면서요? 자유가 싫다면 원하는 게 뭡니까?"

브랜던 경의 대답이 튀어나왔다.

"네가 상블을 죽여!"

피로 때문일까, 스트레스 때문일까, 눈앞에 있는 미친 뱀파이어 때문일까, 지나치게 꾸민 실내장식이 뿌옇게 흐려졌다. 뱀파이어 앞에서 기절하지 않기 위해 나는 심호흡을 했다.

"딸을 죽여달라고요?"

"내 딸이 아냐. 상블은 자연을 거역하는 괴물이다."

나는 비웃음을 흘렸다. 누가 누구에게 괴물이라는 거야?

"나는 아무도 죽이지 않아요."

"그럼 네 여친에게 작별 인사나 해야지."

내가 피식 미소 지었다. 뱀파이어의 얼굴이 굳어졌다. 내 미소가 마음에 안 드나?

"아시는지 모르겠는데 희생양을 잘못 선택하셨습니다." 내가 초연하게 말했다. "협박은 우리 집안 전문이거든요."

"그게 무슨 뜻이냐?"

"브랜던 경의 신상 기록을 읽었습니다."

브랜던 경이 눈살을 치켜떴다.

"그래서?"

"기록을 읽다가 아주 흥미로운 사실 하나를 발견했어요. 당신이 뱀파이어에게 최면을 걸 수 있다는 사실을 어떻게 아무도 알아채지 못했죠?"

브랜던 경의 움직임은 번개같이 빨라서 반응할 겨를이 없었다. 조금 전만 해도 편안하게 앉아 무시무시한 포식 동물을 비웃고 있던 내가 눈 깜짝할 사이에 안락의자와 함께 나가동그라져 있고, 무시무시한 포식 동물은 내 목을 따려 하고 있었다. 나는 가까스로 고함을 질렀다.

"나를 죽이면 곧바로 그 기록이 뱀파이어 공동체에 전달됩니다!"

내 목에 들이대던 송곳니들이 멈췄다. 고양이 혓바닥처럼 까끌까끌한 혀가 느껴졌다.

하지만 손가락 하나 까딱할 수 없었다.

내가 자기 머릿속에 들어앉은 것처럼 속내를 꿰뚫어보자 당황한 뱀파이어는 깨물지 못했다. 체중이 80킬로그램이나 나가는 내가 헝겊 인형처럼 코앞까지 몸을 발딱 일으키자 뱀파이어는 다시 송곳니를 드러냈다.

"네가 무슨 수로?"

"이미 컴퓨터에 저장해놓았고 할머니가 인터넷으로 발송할 거예요. 내가 중단시키지 않으면 기록은 몇 분 후 발송됩니다."

"네가 끽소리도 못하게 너와 여기 있는 놈들을 모조리 죽이면 그만이다."

"뭐, 그럴 수도 있겠죠. 하지만 기록은 발송됩니다. 오랜 세월 동안 당신이 무슨 짓을 저질렀는지 뱀파이어들이 알게 되면 당신은 개죽음을 당하겠죠. 그리고 애너벨은 부담을 덜어서 기뻐할 테고요."

브랜던 경이 보랏빛이 아니라 격분한 뱀파이어의 핏빛 눈으로 나를 응시했고, 그 순간 카리스마가 벨벳 무기처럼 펼쳐졌다. 나를 휘감은 마력이 어찌나 몸을 조여오는지 숨이 막혔다. 산소가 부족했다.

"너는 나에게 복종한다." 뱀파이어가 나에게 최면을 걸기 시작했다. "컴퓨터를 내놓는다. 그리고 너는 차라리 죽여주는 걸 고마워한다."

나는 생각을 하려고 했지만 힘들었다. 힘겹게 숨을 쉬면서 마치 그의 최면에 아무 영향도 받지 않은 것처럼 간신히 목소리를 가다듬고 말했다.

"그건 아닌데……. 살해된 뒤에 고맙다고 말하는 게 가능하겠어요?" 뱀파이어가 내 말을 이해하지 못했을까 봐 나는 덧붙였다. "죽었는데 어떻게 말을 하겠어요?"

뱀파이어는 어이가 없다는 얼굴로 나를 쳐다봤다.

"컴퓨터를 내놓으라고 말했다. 그리고……."

"반복할 필요 없어요. 아까 다 들었으니까 대답하죠. 내 대답은 꿈도 꾸지 마시라."

뱀파이어가 뭐 이런 놈이 있어? 하는 얼굴로 물었다.

"네가 내 카리스마를 견뎌내? 아무도 내 카리스마를 견뎌내지 못해!"

나는 목을 문질렀다. 살을 압박하던 이빨의 힘이 아직도 느껴졌다. 뱀파이어가 깨물 준비를 했을 때 침을 흘리는 바람에 내 셔츠와 스웨터가 젖어 있었다. 기분이 찝찝했다.

"네, 애너벨도 그렇게 말하더군요. 근데 말이죠, 그녀가 당신을 물리쳤잖아요. 따라서 내가 그녀의 카리스마를 견뎌냈듯이 당신의 카리스마도 견뎌내리란 결론을 내릴 수 있겠죠."

사실 컴퓨터를 갖고 있는 사람은 내가 아니라서 이건 도박이었다. 컴퓨터는 내가 견뎌내지 못할 경우를 대비해 할머니에게 있었다.

뱀파이어가 야수처럼 몸을 웅크렸다. 갈퀴 발톱이 그야말로 창처럼 길어지기 시작했다. 아, 나는 뱀파이어들이 이런 기술을 구사할 수 있는지 몰랐다. 모드레드의 직계 후손에게만 해당하는 특성인가? 내가 읽은 책에는 언급되어 있지 않았는데.

뱀파이어는 나를 죽이려 하고 있었다. 눈빛에서 읽혔다. 나는 긴장을 풀고 안락의자를 바로 세우고 태연하게 앉았다. 마치 눈앞의 야수가 나를 찢어발기기 직전임을 모르는 양.

"자, 이제 협상을 하죠. 동의하시면 우리가 어떻게 할지 알려드릴게요."

협상가답게 나는 감정을 배제했고, 목소리는 차분하고 냉정했다. 그러고는 다리를 꼬고 손을 포갰다. 나는 다른 말을 덧붙이지 않고, 상대 쪽의 성의 있는 답변을 기다리고 있다는 표시로 눈살을 약간 추켜올렸다.

브랜던 경의 얼굴에서 차츰 분노가 사그라지고 대신 당혹한 기색이 엿보였다.

"내가 두렵지 않단 말이렷다!" 브랜던 경이 으름장을 놓았다.

"천만에요, 어떻게 두렵지 않겠어요?" 내가 지친 어조로 대꾸했다. "이렇게 위협적으로 나오는데. 하지만 내가 사랑하는 여자를 지켜주는 일인데 두렵다고 물러설 수는 없죠."

창처럼 길어진 갈퀴 발톱이 줄어들기 시작했다. 뱀파이어가 일어났다. 나는 안도의 숨을 내쉬지 않았다. 이건 1라운드에 불과했고, 나는 둘 중 누가 이길지 아직 확신이 없었다.

"너에게 고통을 줄 수도 있어. 아무도 그 고통을 오래 견디지 못해. 까불지 말고 빨리 내놓는 편이 좋아."

"하지만 몇 분이 지나면 소용없을걸요. 당신이 컴퓨터를 빼앗는다고 해도 이미 발송된 다음일 테니까요. 그리고 나는 고통에 단련이 되어 있지요. 내가 루가루들 속에서 자랐다는 사실을 잊은 건 아니죠? 나는 꽤 오래 버틸 겁니다, 아마."

나는 흔들림 없이 단호하게 말했다. 쓸데없이 많은 말을 늘어놓는 것보다 그게 훨씬 효과적이라고 생각했다. 뱀파이어도 느낀 것 같았다.

브랜던 경이 안락의자를 잡더니 마치 알루미늄 의자라도 되는 듯 가볍게 내 앞에 놓고 앉았다. 그러고는 어찌나 빤히 쳐다보는지 피로 때문에 판단력이 흐려지기도 했지만 거북해서 평정심을 잃을 뻔했다. 내가 아무런 반응도 하지 않자 브랜던 경이 마침내 입을 열었다.

"협상을 원한다고 했지? 네가 상볼을 죽이고, 신상 기록에서 얻은 정보를 발설하지 않겠다고 약속하면 내가 먹이를 자유롭게 해주지."

"먼저 언어 선택을 좀 가려서 하시죠. 인간이라든가 예쁜 아이, 또는 내 여친 등 많잖아요." 내가 차갑게 응수했다. "그녀를 '먹이'라고 하니 너무 듣기 거북하네요. 게다가 눈 깜짝할 사이에 나를 으스러뜨릴 수 있는 헌터를 죽이라니 말이 안 되고요."

브랜던 경이 거의 감탄조로 고개를 끄덕였다.

"어린 인간치고는 믿기지 않을 만큼 건방지구나. 그리고 아주 영악해. 그래, 협상 조건은?"

"당신은 카테리나를 자유롭게 해주고 나는 비밀을 지켜드리는 거지요."

"그것만으로는 부족하다." 브랜던 경이 더 빨개진 눈으로 나를 응시하면서 말했다. "네가 상볼을 죽이지는 못해도 내가 죽일 수 있도록 무력하게 만들 수는 있겠지."

나는 거절한다고 말하려다 순간 드러나는 긴 송곳니를 보고 포기했다. 뱀파이어가 도발적인 휘파람을 불었다.

"이건 제안이 아니라 조건이다. 싫으면 내 비밀을 온 세상에 떠들어도 좋아, 나는 상관없으니까. 오랜 세월 중압감을 안고 살았는데 이 기회에 홀가분하게 털어버리는 것도 나쁘지 않아. 내가 사라지면 그만이니까. 어차피 뱀파이어들은 내가 원하지 않으면 나를 찾을 수 없어. 그리고 너도 나를 절대로 찾지 못해. 그러면 너의 카테리나는 영원히 타일러를 사랑하겠지."

나는 뱀파이어의 도발을 무시했다. 호화로운 거처를 본 순간 들었던 의심을 방금 그가 확인해주었기 때문이다.

브랜던 경은 억류된 것이 아니었다. 아니 아예 억류된 적이 없었다. 이 거처는 내 집 드나들듯 자유롭게 들락거릴 수 있는 쾌적한 안식처였다.

나를 야비한 인간으로 몰아가려는 수작인가? 내 사랑을 구하겠다고 협력자를 배신하다니 말이 되나? 평생 양심의 가책을 안고 살아야 하는데…….

나는 애너벨의 힘을 믿기로 했다. 내 목숨과 애너벨의 목숨을 걸고 도박을 하기로 했다.

나는 얼굴을 숙였다.

"네, 그 협상을 받아들이죠. 나는 애너벨을 넘겨주고 당신은 카테리나를 풀어주세요. 내가 두 여자를 데려올……."

브랜던 경이 고양이처럼 날렵하게 일어나면서 내 말을 중단시켰다.

"아, 아니다. 밖이 훨씬 재미있을 거야. 너와 함께 나가겠다!"

의심했어야 했다. 미국 TV 드라마 〈환상의 섬〉에 등장하는 신사 미스터 로크처럼 흰 옷을 입고, 키는 2미터 50센티미터에 이르는 데다 호랑이 이빨을 가진 거인과 다니면 발각은 시간문제였다.

나는 거구의 몸을 가리키면서 비아냥조로 말했다.

"금방 눈에 띌 텐데요."

"그런 걱정은 할 것 없다. 인간은 내가 보여주는 모습만 볼 수 있으니까." 브랜던 경이 거만하게 대꾸했다. "나는 카리스마로 본모습을 감출 수 있어."

그때였다. 눈 깜짝할 사이에 거인이 금발 소녀로 변했고, 왕방울만 한 파란 눈이 걸신들린 것처럼 나를 쳐다보고 있었다.

"안녕, 미소년."

금발 소녀의 열정적인 목소리에 나는 등골이 오싹했다.

뱀파이어들은 유혹 외에는 다른 작전이 없나? 정말이지 마음에 들지 않았다. 하지만 흥미로웠다. 브랜던 경은 나에게 카리스마를 사용하지 못하지만 나를 속이는 것은 얼마든지 가능했다. 나는 사팔뜨기가 될 정도로 금발 소녀를 뚫어져라 쳐다봤다. 모습이 흔들리지 않았다. 소녀는 내가 그 모습 뒤에 숨은 거인을 보지 못하는 걸 알아차리고 미소를 지었다.

정말 눈 깜짝할 사이였다. 온데간데없이 사라진 소녀 대신 모습을 드러낸 브랜던 경의 배꼽을 보면서 나는 바보처럼 미소를 짓고 있었다.

"어때? 이 정도면 되겠지?"

"네, 설득력 있네요. 나와 같이 나가도 되겠어요. 내 눈에서 벗어나지 않는 한 당신은 자유롭게 다닐 수 있어요."

브랜던 경이 다시 변신했는데 이번에는 평범한 남자 모습이라 나는 안도했다. 키와 이목구비, 용모, 모두 준수했다. 매서운 보랏빛 눈도 평범한 갈색 눈빛으로 변해 있었다. 그가 희생양을 상대로 어떻게 눈속임하는지 이제 이해가 되었다. 수풀 속에 숨은 호랑이처럼 뱀파이어의 위장술은 완벽했다. 우리 인간에게는 전혀 없는 능력이었다.

브랜던 경이 앞장서라는 손짓을 했다. 등 뒤에 뱀파이어를 두기 싫었지만 선택의 여지가 없었다. 목덜미가 따가운 걸 느끼면서 앞서 나갔다. 브랜던 경이 지금은 나를 샌드위치로 만들어버릴 계획을 포기했지만, 카테리나를 풀어주는 것을 전후로 언제 다시 공격적으로 나올지 아는 것이 중요했다. 우리 둘 사이의 게임이 시작되었다.

우리는 할머니를 다시 만났다. 할머니는 아이패드를 손에 들고 언제든 기록을 보낼 기세로 '엔터' 키에 손가락을 대고 있었다. 5분 후면 자동으로 발송이 되도록 설정되어 있었다.

"잘됐어요, 할머니. 지금부터 두 시간 동안 발송을 보류할 거예요."

할머니는 내 뒤에 있는 미미한 존재를 보고 어리둥절해했다. 그러고는 코를 벌름거리다 얼굴이 창백해졌다.

"분명 갈색 눈의 남자인데 브랜던 경 냄새가 나." 할머니가 덤덤한 목소리로 말했다. "이게 무슨 조화지?"

원장과 뱀파이어 병사 둘이 갑자기 미쳤나, 무슨 헛소리야? 하는 얼굴로 할머니를 쳐다봤다.

"갈색 눈의 남자라니요?" 원장이 물었다.

나는 브랜던 경의 얼굴을 쳐다봤다. 그는 정신을 집중하고 있었다. 루가루들과 나에게는 보통 남자의 환영을 보여주면서 원장을 비롯한 뱀파이어들에게는 자신의 모습을 감춤으로써 눈속임을 했다.

정말 놀라운 속임수였다.

할머니가 뱀파이어 원장을 째려보면서 거만하게 말했다.

"아니, 아무것도 아니오. 이제 그만 가겠소. 고마웠소, 원장."

내가 뱀파이어의 카리스마에 걸리지 않는다는 사실을 알게 된 할머니는 출발하기 전 아이패드를 나에게 넘겨주었다. 우리는 뱀파이어의 눈에 보이지 않는 브랜던 경을 데리고 나갔다. 브랜던 경은 수백 년 동안 뱀파이어들을 농락한 것이 들통나도 상관없다고 큰소리쳤지만 지금부터 두 시간 동안 자유의 몸이라는 데 안도하고 있었다. 나는 문득 원로 뱀파이어들이 브랜던 경에게 이렇게 동족을 농락하는 능력이 있다는 사실을 알았다면 어떻게 했을지 의문이 들었다.

아마도 혈투가 벌어지고 브랜던 경은 죽음을 면치 못했겠지.

나는 브랜던 경이 신상 기록을 빼앗기 위해서라도 당장은 무슨 짓을 하지 않을 거라고 생각했다. 브랜던 경은 마치 세상에서 가장 대단한 물건이라도 되는 양 아이패드를 쳐다봤다.

"이걸 박살 내거나 빼앗을 생각은 하지 마세요." 내가 걸어가면서 귀띔했다. "그래봐야 아무 소용 없어요. 신상 기록은 여기가 아니라 다른 컴퓨터에 저장되어 있거든요."

브랜던 경이 뻣뻣해졌다. 나는 그의 속셈을 알아차렸다. 내가 그가 할머니에게 행사하려던 폭력을 막은 것이다. 물론 호락호락 당할 할머니가 아니지만 그래도 거인 뱀파이어와 붙어 우리가 이길 확률은 희박했다. 물론 할머니는 스웨터 안에 은과 나무 총알을 장전한 9구경 권총을 감추고 있었다. 루가루와 마찬가지로 뱀파이어는 은에 약했고, 나무는 치명적이었다. 참수도 효과적이었다. 몇 시간 전에 알아낸 사실로 나는 뱀파이어 격퇴 리스트에 '악셀의 피'를 올려놓았다.

뱀파이어들과 마법사들이 브랜던 경의 위장술을 간파하지 못하는 반면 요정들은 금방 알아봤다. 요정들이 작지만 날카로운 소리를 내면서 잠자리 떼처럼 그의 주위를 떠나지 않았다. 요정들은 브랜던 경을 무척 좋아하는 듯 보였다. 뱀파이어가 요정들에게 미소를 지어 보이는 것도 놀라운 장면이었다.

그러니까 작은 요정들은 브랜던 경의 술책을 알고 있었다. 그런데도 이런 중요한 사실을 자기들끼리만 알다니, 무엇으로 매수했을까? 고급 정보였다. 만약 내가 거물 뱀파이어들을 추적할 일이 생긴다면 요정과 결탁해야 하는 건가? 내가 믿을 수 있을 만한 요정을 찾아야 하는데 그건 거의 불가능했다.

원장은 허리가 부러져라 인사하며 우리가 병원 건물 문턱을 넘어가자 안도감을 표시했다.

"거처를 나갈 때는 뱀파이어들을 어떻게 해놓습니까?" 내가 물었다.

"내가 돌아오기 전까지 거처에 들어가지 않게끔 최면을 걸어놓지."

브랜던 경의 초능력이 그 정도로 강력하단 말인가? 시간이 흐를수록 나는 이 결탁은 잘못됐다는 불길한 예감이 들었다. 하지만 겁먹은 카테리나의 모습을 떠올리면서 마음을 굳게 먹었다.

차 안에서 나는 할머니에게 브랜던 경과 협상한 내용을 설명했다. 할머니는 불안한 얼굴로 입술을 꼭 다물어버렸다. 탐탁지 않다는 표시였다.

"비행장으로 곧장 가자. 네 할아버지가 이 일에 연루되면 안 돼."

할머니가 루가루들과 뱀파이어의 청각에 신경 쓰며 귓속말을 했다. 그러고는 브랜던 경을 향해 고개를 돌리고 으름장을 놓았다.

"지금까지 루가루들은 당신 일에 관심을 가진 적이 없소. 하지만 내 손자에게 어떤 작은 일이라도 발생하면 당신이 뱀파이어든 아니든 심장을 씹어 먹을 것이오, 알겠소? 당신이 강하다는 건 알지만 내 병사들이 냄새를 맡았으니 어떤 위장으로 우리 눈을 속이든 몇 시간 후에는 당신 냄새를 루가루 전체가 공유하게 되오. 당신이 어디에 숨든 루가루 무리가 반드시 찾아내 당신이 응분의 대가를 치르게 할 것이오."

아주 강력한 선언이었다.

브랜던 경은 상당히 놀란 얼굴로 할머니를 쳐다봤다. 이런 협박을 받는 데 익숙하지 않은 것이 틀림없었다. 솔직히 말하면 나도 깜짝 놀랐다. 아름다운 모습의 할머니가 사실은 여성 알파 늑대이며 무자비한 사냥꾼이라는 사실을 가끔 잊었다. 브랜던 경도 같은 느낌인지 용맹한 상대에게 경의를 표하듯 고개를 숙였다.

나는 미소 짓지 않았다. 하지만 그러고 싶었다. 이 순간 나는 그간의 일에 대해 할머니를 용서했다. 할머니가 방금 내 마음을 움직여 집행유예를 선고하게 했다.

비행장까지 가는 동안 나는 흥분이 되었다. 브랜던 경이 도착하는 순간에 애너벨을 병원으로 유인하는 작전을 짜야 했다.

"그런데 어떻게 애너벨을 무력하게 만들죠? 누가 뱀파이어를 제압할 수 있겠어요? 떡갈나무나 물푸레나무, 은으로 공격한다면 모를까."

브랜던 경이 빨간색 액체가 들어 있는 작은 유리병을 보여주었다. 하지만 내가 손을 내밀자 뒤로 빼면서 조심스럽게 호주머니에 도로 집어넣었다. 아, 아직은 서로에 대한 신뢰가 조성되지 않은 모양이군.

"지난번에도 내가 불리해졌을 때 이걸 사용해서 벗어났지. 마법사가 만들어 쳤는데 강력한 폭발 성분이 있거든. 너는 이걸 상볼의 가슴에 던지면 된다. 상볼이 쓰러지면 죽이는 거야 쉽지. 그러면 우리 거래는 깨끗이 청산된다."

"카테리나 먼저 풀어주세요." 내가 강력하게 주장했다.

"상볼을 제거한 다음에." 브랜던 경이 응수했다.

"약속을 지키지 않는다면 당신을 신뢰할 수 없습니다."

"나는 너를 어떻게 믿고?"

우리는 딜레마에 처해 있었다. 우리 둘 다 약속을 지키지 않는 것이 목적이었다. 나는 애너벨을 죽이고 싶지 않았고, 브랜던 경은 카테리나를 풀어주고 싶지 않았다. 브랜던 경은 인간을 마음대로 농락하는 일을 즐기고 있었다.

"내가 인질로 남지." 갑자기 할머니가 끼어들었다.

"네?" 나는 불손한 말투로 외쳤다. "뭐라고요?"

"카테리나에게 걸어놓은 주문을 풀어 강박증에서 벗어나게 하시오. 내 손자가 애너벨을 데려오는 사이 내가 당신 옆에 남아 있을 테니까. 손자가 그 폭발물을 던진 다음 둘이 한번 붙어봐요. 누가 이기든 내가 상관할 바 아니니까. 더 센 뱀파이어가 이기겠지."

할머니는 브랜던 경이 이길 거라고 말하지 않았다. 하지만 폭발성 액체로 무력화된 애너벨이 생물학적 아버지인 거인을 상대로 싸울 수 있을까? 지난번 격투에서의 애너벨의 상태를 생각하면 의문이 들었다.

무엇보다도 나는 이 일이 루이스 브랜드켈이나 브랜던 경의 교묘한 작전이 아니기를 진심으로 바랐다. 결과적으로 후회막급할 일이 아니면 좋겠는데.

뱀파이어 평의회에도 알려야 했지만 브랜던 경이 나와 함께 가겠다고 하는 바람에 연락할 기회가 없었다. 브랜던 경은 매우 영악했다.

아, 그리고 나는 마치 카테리나의 목숨이 위태로운 것으로는 부족하다는 듯 그런 미친 제안을 한 할머니에게 화가 났다.

내가 눈을 흘기자 할머니는 '너만 위험을 무릅쓸 수 있는 게 아냐' 하는 뜻의 미소로 답했다.

브랜던 경이 관심 있게 우리를 지켜보다가 빙긋이 미소를 지었다.

"도망칠 수 없게 포박한 인질이라…… 뭐 그거라면 생각해보겠소. 그리고 루가루 무리의 후계자, 네가 불복하면 맛있는 카테리나의 목을 주저 없이 꺾어버리겠다. 마음에 들게 굴면 네 여자를 낫게 해주지. 너는 나의 네메시스를 죽이게 도와. 그러면 최선을 다하겠다."

나는 귀를 세웠다. 뜬금없이 '네메시스◆'라니? 애너벨을 머리 위에 걸린 '다모클레스의 검◆◆'으로 보는 이유가 뭘까? 빌어먹을, 정보가 없으니!

"왜 그 모든 학살을 짊어지고 있습니까? 그런다고 지위가 격상되지는 않잖아요?"

바뀐 화제에 놀란 뱀파이어가 눈을 깜박이면서 대답했다.

"내가 한때 잘못을 좀 저질렀지. 버서커◆◆◆가 돼버렸거든……."

브랜던 경이 우리의 흐릿한 눈을 보고 설명했다.

"버서커란 정신이 나가 피의 바다에 빠져 사는 뱀파이어가 되었다는 뜻이다. 인간의 피든 초자연적 존재의 피든 닥치는 대로……."

근데 왜 향수에 젖은 것처럼 들리지? 내가 꿈을 꾸는 건가? 나는 몸서리쳤다.

"많은 이들을 죽였는데 때와 대상을 잘못 골랐지. 그중 강력한 집안의 자

◆   그리스 신화에 나오는 율법의 여신.
◆◆ 모든 권력자의 머리 위에는 '다모클레스의 검'이 매달려 있다고 말하는데 이것은 권력을 탐하는 자에 대한 통렬한 경고이다.
◆◆◆ 곰의 껍질을 입고 싸우는 광폭한 전사를 일컫는다. 독일에서는 늑대나 곰의 모피를 입은 버서커를 베르올프, 늑대인간이라고 불렀다.

손들이 일부 있어서 나는 도망쳐야 했다. 내가 살아남는 길은 뱀파이어들이 나를 두려워할 정도의 힘을 축적하는 방법밖에 없었지. 그리 힘들지 않더군. 전쟁으로 혼돈에 빠진 곳들을 찾아다니면 얼마든지 피를 흡입할 수 있었으니까. 그렇게 수백 년을 살다 부상을 입고 매복해 있던 와중 내가 햇빛에 노출되어도 타죽지 않는다는 사실을 알게 되었지. 그건 내 생존력이 두 배로 높아졌다는 의미였어. 그러다 나에게 현상금을 건 집안이 보낸 용병 뱀파이어들의 공격을 받았을 때는 뱀파이어들에게 최면을 걸 수 있다는 사실도 알게 되었어. 그런데 애석하게도 모든 뱀파이어에게 통하지는 않았다. 아주 늙은 뱀파이어들, 나보다 센 뱀파이어들은 굴복시킬 수 없었지. 다행히 세월이 흐르면서 내 명성이 자자해졌어. 그래서 나는 가장 위험한 뱀파이어, 예측 불능의 뱀파이어로 불릴 정도가 되었다. 요컨대 나는 인간과의 전쟁에 대비해 어떻게든 보호해야 할 뱀파이어가 된 거야."

할머니는 딸꾹질을 참았다. 나는 몸을 꼿꼿이 했다. 브랜던 경은 폭탄을 맞은 듯한 우리의 반응을 보면서 흡족해했다.

"인간과 무슨 전쟁을 벌여요?"

"뱀파이어가 양식으로 삼으려고 수많은 인간을 학살했다는 사실이 알려지면 인간 대 뱀파이어의 전쟁은 불가피하겠지. 우리는 여러 번 인류의 발전을 가로막았다. 1347년에는 페스트 창궐로 유럽 인구의 절반에 이르는 2천5백만 명이 죽었고, 1918년 스페인 인플루엔자가 유행했을 때는 1억 명 이상이 죽고, 10억 명이 감염되었지. 우리 뱀파이어들은 세계에서 가장 큰 연구소를 갖고 있다. 전쟁이 일어나면 온갖 방법을 동원해 인간에게 치명적인 바이러스를 퍼뜨릴 것이다."

분당 200회는 뛰는 것처럼 심장이 벌렁거렸다. 단지 여친을 구하려고 시작한 일인데 인간 말살에 가까운 세계적 음모에 빠졌다. 할머니의 얼굴을 보니 나만 놀란 게 아니었다.

할머니가 핵심을 찔렀다.

"그러니까 그 바이러스들이 뱀파이어들에게는 영향을 주지 않는데 마법사, 요정, 엘프, 우리 루가루에게는 영향을 미친다 그 말이오?"

대답이 바로 튀어나왔다.

"아하, 제대로 알아들으셨군. 다른 초자연적 존재와 마찬가지로 루가루도 죽지요. 특히 루가루는 인간과 매우 유사한데 바이러스의 공격을 받는 거야 당연하지 않겠소?"

바로 이거였다. 이번에는 그의 갈색 눈빛에 스치는 감정을 파악했다. 빨간색 응접실에서는 확신이 없었는데 이번에는 뱀파이어가 이 모든 일을 즐기고 있음이 확실해졌다. 내 협박에 뱀파이어가 두려워하고 있다고 생각했는데 지금은 즐거움을 감추지 않고 있었다. 나는 브랜던 경을 죽이고 싶었지만 비아냥거리는 것으로 만족했다.

"그러니까 당신은 원로들의 그런 미친 계획에 반대하는 뱀파이어이니 우리의 귀중한 협력자라는 겁니까?"

"천만에." 브랜던 경이 여유를 부리면서 부인했다. "그럴 리가 있나."

그 대답에 '멘붕'이 된 내 얼굴을 보고 브랜던 경이 웃었다.

"나는 그림자처럼 나타나 공격하고 어둠 속으로 사라지는 저격수라고 할 수 있지. 통제니 인간 말살이니 그런 것에는 관심 없어. 내 동료 둘은 닥치는 대로 인간들을 죽이려고 하지만 나는 먹을 것이 남아 있는 한 더는 욕심을 부리지 않아. 루가루 무리의 후계자, 뱀파이어들은 거의 죽지 않는다는 사실을 잊지 마라. 그래서 우리는 인간처럼 수십 년이 아니라 수백 년 앞을 내다보고 있단 말이다!"

브랜던 경이 송곳니가 다 드러날 정도로 함박 미소를 지었다.

"방금 내 말은 우리 협상 내용에 속한다. 루가루들의 밀레이디, 후계자, 약속을 지키지 않으면 내가 둘의 심장을 뽑아버릴 것이오. 알아듣겠소?"

목소리에 감정이 실릴까 봐 나는 잠자코 고개를 끄덕인 반면 할머니는 분노의 눈빛으로 뱀파이어를 뚫어져라 응시했다.

"그리고 원로 뱀파이어들은 내가 비밀을 발설했다는 사실을 알면 곧바로 바이러스를 퍼뜨리겠지. 그들은 당신들 초자연적 존재가 가만히 있지 않으리라는 걸 잘 아니까."

브랜던 경의 말에는 일리가 있었다. 내가 집안을 끔찍한 상황으로 몰아넣은 건가! 이 정보를 폭로하면 초자연적 존재들이 최악의 사태를 맞는다. 내가 아는 루가루들은 당장 뱀파이어들을 죽이자고 들고 일어날 터였다. 루가루들은 이런 위협을 결코 두고 보지 않을 것이다.

그렇게 되면 루가루 무리 간의 전쟁이 문제가 아니라 뱀파이어들에게 선전포고를 하게 될 텐데!

나는 머리에서 불이 나는 기분이었다. 정치적 문제를 고려하지 않더라도 무슨 일이 터질 것은 자명했다.

인간 말살 위협이 사실이라면(수십 년 동안 정신병원에 비밀리에 수감되어온 반미치광이 뱀파이어의 말을 믿는다면) 어떡하지? 그런데 나 역시 그것이 거짓말로 여겨지지 않는다는 게 문제였다.

브랜던 경을 죽여야 했다.

브랜던 경에게 우리가 당하기 전에.

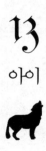

13
아이

비행장에 도착하니 헬리콥터가 대기하고 있었다. 브랜던 경은 금속과 엔진 냄새에 코를 찡그렸다.

"내가 헬리콥터보다 빠르니 먼저 미줄라 공항에 가서 기다리겠다."

내 눈앞에서 뱀파이어가 카리스마를 작동했고, 흰 옷의 거인이 나타나자 루가루들이 소스라치게 놀랐다.

루가루들은 어안이 벙벙한 얼굴이었다. 오케이, 실은 나도 그랬다.

뱀파이어가 사라지자마자 어둠 속에서 불쑥 나타난 악셀의 눈이 휘둥그레졌다. 악셀은 큼직한 꾸러미를 들고 있었다.

"역풍이라 거물 뱀파이어인지 알아차리지 못했어." 악셀이 인사도 하지 않고 대뜸 말했다. "믿을 수가 없어. 인간이라고 생각했는데!"

아, 악셀도 속았군.

"그 얘기는 일단 헬리콥터에 오르고 나서 하자. 그건 뭐야?" 내가 꾸러미를 가리키면서 물었다.

"네 할아버지에게서 너한테 필요한 걸 두세 개 빌려왔어." 악셀이 영악한 눈짓을 보내며 대답했다.

할아버지는 자세히 알지 못하는 일일 경우 뭐가 되었든 절대로 빌려주지 않는 성격이었다. 그래서 나는 할머니가 뱀파이어의 요구 사항에 대해 상세한 설명을 했고, 할아버지가 지원해주었다고 결론 내렸다. 나는 꾸러미를 열어 내용물을 보고는 미소를 지었다. 할아버지는 루이스 못지않게 게임의 고수였고, 앞을 내다보는 예지력이 뛰어났다. 나는 꾸러미를 닫고 고갯짓으로 할머니와 악셀에게 고맙다는 표시를 했다.

나는 다시 희망을 가질 수 있었다. 우리에게는 아직 돌파구가 있었다.

브랜던 경은 자신이 인간 말살을 준비하는 원로 뱀파이어들의 일급비밀을 폭로했으니 우리가 무시무시한 바이러스에 감염될까 봐 두려워서라도 원로들과 접촉하지 않을 것이라 생각하고 있었다.

하지만 브랜던 경이 틀렸다. 인간 말살 계획이 사실이라면 인류의 재앙이 될 엄청난 위협이었다.

그리고 너무 자신만만한 탓일까. 브랜던 경은 최면을 걸 수 없는 이들을 상대하는 데에는 익숙하지 않다는 허점을 드러냈다.

내 핸드폰이 울렸다. 할아버지였다.

"서재에서 걸었다. 여긴 아무도 듣지 못해. 너는 통화 가능하니?"

나는 대화를 듣지 못하게 일행에게서 멀리 떨어져서 이제 됐다고 말했다.

"네 할머니가 좀 전에 전화해 미줄라로 출발한다고 알려줬어. 서둘러야겠다. 네 시간 후 아들 문제로 루이스 브랜드켈과 화상회의를 할 거야."

타일러를 까맣게 잊고 있었다. 너무 많은 사건과 압박감 때문에 머릿속이 복잡해졌다.

"네, 그럴게요. 그런데 브랜던 경의 요구에 대해 할머니가 정확하게 뭐라고 했는지 말씀해주세요."

할아버지는 제대로 이해하고 있었고, 브랜던 경의 미친 이야기에 일관성이 없다는 점을 지적했는데 그 부분은 나와 생각이 같았다.

"뱀파이어들이 페스트에 이어 스페인 인플루엔자를 만들어서 퍼뜨렸다고? 1347년에 이 지구 상에 그런 기술과 지식이 있었다니 그건 말이 안 된다. 1911년에도 과학이 그 정도로 발전하지 않았는데! 그자가 너를 아주 바보 취급 했지 뭐냐."

나는 의문이 생겼다. 자기들이 전능한 신이라고 생각하지 않고서야 뱀파이어들이 어떻게 그런 거짓말을 믿을 수 있지?

"브랜던 경이 미친 건 분명해요. 지어낸 말이라고 생각하지만 만일을 위해 확인할 필요는 있다고 봐요. 그래서 뱀파이어 평의회에 알리려다가 아무래도 나보다는 권위가 있는 할아버지가 접촉해야 상황이 여의치 않을 때 억지로라도 실토하게 할 수 있으리란 생각이 들었어요."

그리고 할아버지에게 내가 세운, 아니 요점을 정리한 작전을 말했다. 결함이 많은 작전이었고, 할아버지도 바로 그 점을 지적했다.

"그 작전이 실패해 브랜던 경이 도망치면 너는 그야말로 뱀파이어들의 적이 될 각오를 해야 해. 인디아나, 브랜던 경이 경솔하게 그런 위협을 했을 리 없다. 그래도 뱀파이어 평의회에 그 사실을 알리길 바라니? 나는 그 바이러스를 언급하지 않고서도 브랜던 경에 대한 정보만으로 뱀파이어들과 협상할 수 있는데."

할아버지가 잠시 뜸을 들이다 말했다.

"뱀파이어에게 최면을 건다는 사실만 폭로해도 충분해."

나는 여유가 없었다.

"할아버지, 하지만 뱀파이어들이 브랜던 경을 비롯해 두 거물 뱀파이어에 대해 알고 있으면서 전부 숨겨온 것만으로도 의심해볼 필요는 있어요. 우리가 거물 뱀파이어들을 추적하고 있는데도 알려주지 않고 우리를 위험에 빠뜨린 자들이에요. 뱀파이어들은 그렇게 쉽게 입을 열지 않을 거예요. 브랜딩 경이 카테리나의 주문을 풀어주는 대로 우리가 신상 기록 발송을 중단하면 그의 초능력을 아는 것은 우리밖에 없는데 그가 우리를 얼마나 오래 살려두겠어요?"

"5분?"

"1분도 낭비하지 않을걸요. 하지만 모두 다 알게 되면 브랜딩 경의 초능력이 아무리 대단하다 해도 동족까지 모조리 제거하기는 힘드니까요."

그때 헬리콥터 날개가 회전하기 시작했고, 나는 할아버지가 뭐라고 대답했는지 잘 들리지 않았다.

"그래, 알았다. 네 의견을 따르마. 뉴욕 평의회에 알릴게." 요란한 엔진 소리 속에서 할아버지의 목소리가 들렸다. "아까 말한 대로 네가 미줄라에 착륙했을 때쯤 화상회의가 시작될 거야. 네 엄마한테는 미안한 일이지만 더 중요한 문제가 생겼으니 타일러/루이스 브랜드켈 문제는 뒤로 미뤄야겠다. 그리고 인디아나, 카테리나를 병원으로 데려가기 전에 거물 뱀파이어에 대한 정보가 있어야 하니까 내 연락을 기다려. 뱀파이어 평의회에서 얻은 정보를 바로 알려주마. 사전 준비 없이 덤벼들었다는 낭패를 당할 수 있으니 경거망동하지 마."

나는 그럴 생각이 없었다. 그러기에는 할아버지가 나를 너무 잘 교육시켰다.

할아버지가 전화를 끊었다. 할머니와 악셀, 나는 할 얘기가 많았고, 지체할 시간이 없었다. 처키가 우리의 대화에 소금을 쳐주었는데, 이번만은 친구의 제안이 기발했다.

이제 카테리나 문제를 먼저 해결하기로 의견이 모아졌다. 할머니와 나는 뱀파이어들의 인간 말살에 대한 일은 일단 미루기로 했다. 지금 당장 해결할 수 있는 일이 아니었다.

지난번 애너벨과 브랜던 경의 대결에 악셀은 별로 가담하지 않았다. 브랜던 경과 애너벨이 공중에서 싸운 탓도 있지만 악셀이 다른 거물 뱀파이어의 공격을 받는 바람에 그럴 경황도 없었다. 따라서 브랜던 경은 악셀이 얼마나 빠른지(악셀이 애너벨을 쓰러뜨렸다는 것은 브랜던 경과 버금가게 민첩하다는 반증이다) 알지 못했다.

아, 영악한 애너벨이 의도적으로 져주었다는 건 친구이자 '사부'에게 말하지 않았지만.

아무튼 악셀은 우리의 조커, 우리의 비밀 병기로 남아 있었다. 그리고 내 친구 세미는 거물 뱀파이어를 두려워하지 않았다.

우리는 머리를 쥐어짜면서 여러 가지 작전을 구상했고, 마침내 하나로 의견이 모아졌을 때는 나도 모르게 하품이 나왔다.

지난 며칠 사이 정신을 못 차릴 만큼 연달아 사건이 터졌다. 부러진 다리를 회복하는 동안 카테리나의 사랑을 만끽하고, 엄마를 구출할 방법을 궁리하면서 평온한 한 달을 보냈는데……. 갑자기 모든 것이 와르르 무너졌다. 카테리나의 아버지, 타일러, 브랜던 경, 인간 대량 학살 위협(루가루 종족도 포함해서) 등 나는 쉴 틈이 없었다.

하지만 피곤한 모습을 보이는 것이 모두에게 미안했다.

그렇게 노력했는데도 깜빡 잠이 들었나 보다. 할머니가 아주 조심스럽게 나를 흔들어 나는 소스라치게 놀랐다. 우리는 미줄라 사설 비행장에 도착해 있었다. 나는 헬리콥터가 착륙한 것도 몰랐다.

하품을 꾹꾹 누르면서 나는 악셀이 가져온 꾸러미를 헬리콥터에 두고 내렸다.

브랜던 경이 보였다.

기분이 좋지 않아 보였다. 나는 침을 삼켰다. 괴물을 화나게 하는 것은 내가 바라는 일이 아니었다. 괴물 뱀파이어가 두려워서가 아니라…… 오케이, 사실 나는 거물 뱀파이어가 두려웠다……. 하지만 카테리나를 추악한 감정적 노예 상태에서 구해줄 수 있는 유일한 존재이기 때문이기도 했다.

브랜던 경이 흰 옷차림의 거인을 신기하게 쳐다보는 비행장 직원들의 시선을 받으며 우리에게 다가와 말했다.

"시간이 많이 걸리는군요."

할머니는 브랜던 경의 불평을 무시하고 매섭게 쏘아보며 으름장을 놓았다.

"이목을 끌지 않는 게 좋을 것이오. 모습을 바꾸시오, 당장!"

"카리스마로 모습을 감추는 건 이제 별로 재미가 없군요." 뱀파이어가 응수했다. "방금 본 내 모습을 저들의 하찮은 뇌에서 지워버릴 테니 걱정 마시오. 이제 가실까요, 루가루들의 밀레이디?"

브랜던 경이 비행장 직원들 앞을 지나가면서 뭐라고 중얼거렸다. 곧 직원들은 우리에게 관심을 보이지 않았다. 대단한 능력이었다. 나는 루가루들이 뱀파이어에게 무관심한 것이 만족스러웠다. 뱀파이어는 루가루의 눈을 속일수는 있어도 뇌와 후각을 속일 수는 없었다. 브랜던 경은 우리가 곧장 병원으로 가지 않는다는 사실을 알고 불쾌해했다. 나는 애너벨이 에릭을 만나러 병원으로 갔다는 걸 알면서도 브랜던 경에게는 애너벨을 병원으로 불러야한다고 주장했다. 브랜던 경이 갇혀 있다고 생각하는 애너벨이 방심한 상태에서 공격당하기를 원치 않았으므로 신호를 보낼 시간을 벌어야 했다.

화상회의가 시작되기까지 30분밖에 남지 않았다. 나는 브랜던 경에게서 눈을 떼지 않아야 했지만 한편으로는 할아버지와 통화해 필요한 정보를 얻어야 했다. 스마트폰이 기적을 일으켜주어서 다행이었다. 할아버지는 오디오와 비디오 파일을 전송해주었고, 브랜던 경은 우리가 탄 자동차 상공을 날고 있었다. 제아무리 대단한 뱀파이어라도 리무진 안에서 나는 소리까지 들을 수는 없으므로 나는 할아버지가 보내준 자료를 마음 놓고 볼 수 있었다.

원로 뱀파이어들이 눈앞에 있었다. 할아버지는 목소리만 들리고 보이지 않았다.

카메라 앵글이 원로 뱀파이어들에게 맞춰져 있었다. 모두 브랜던 경처럼 거구였다. 놀랍게도 여성 뱀파이어는 없었다. 이 뱀파이어들은 남성 우월주의 체제의 마지막 보루인가? 아니면 그 시대 뱀파이어들은 강력한 결속을 위해 여성을 만들지 않고 남성만 있었던 것일까? 앤 라이스의 소설 『뱀파이어 연대기』에 등장하는 뱀파이어들의 절대적인 여왕에게 매료되었던 나는 솔직히 조금 실망했다.

화질이 좋지 않은데도 뱀파이어들의 힘이 느껴졌고, 영상으로 보는데도 무시무시했다. 험상궂은 얼굴과 팽팽한 피부, 너무 늙다 보니 입술이 처지다 못해 젖혀진 듯 드러나 있는 이빨. 흐르는 세월은 거역하지 못한 듯 칙칙한 눈빛, 백발이 되거나 다 빠져버린 머리. 이것이 뱀파이어의 본래 모습이라고 해도 이상하지 않을 만큼 모두 똑같아 보였다. 뱀파이어들은 마치 커피 잔에서 발견한 날벌레를 보듯 할아버지를 응시하고 있었다. 어쩌면 저렇게 벌레 씹은 얼굴을 하고 있을까!

할아버지는 회의가 시작되는 부분을 전송해주지 않았다. 회의는 이미 본론으로 들어가 있었다.

"브랜던 경에 관한 정보가 필요합니다. 약점이 무엇인지, 특히 인간 모습일 때 물리칠 수 있는 방법을 알려주십시오. 그리고 브랜던 경을 살려둔 이유는 뭡니까? 인류의 4분의 3을 죽일 수 있는 바이러스를 가졌다면서 왜 아직까지 여러분에게 브랜던 경이 필요한지 이유를 모르겠습니다."

할아버지는 뱀파이어들에게 이해할 시간을 주기 위해 정중하면서 차분한 목소리로 말했다.

아니, 뱀파이어들이 워낙 늙어서 귀가 어둡기 때문일지도 몰랐다.

갑자기 뱀파이어들의 칙칙한 눈빛이 반짝였다. 인상적인 변화였다. 몇 초 전만 해도 따분해서 하품을 할 것 같던 뱀파이어들의 분위기가 물어뜯기 일보 직전의 모습으로 싹 달라졌다. 나는 뱀파이어들의 얼굴에서 놀라움을 읽을 수 있었다.

뱀파이어들은 가면이 벗겨져 놀란 것이 아니었다. 놀란 표정은 아주 짧게 지나갔다.

"그런 말도 안 되는 소리를 누구한테 들었소?" 머리털이 없는 원로 뱀파이어 중 하나가 카메라를 향해 몸을 숙이면서 물었다. 카메라를 움켜잡고 할아버지의 목을 졸라버릴 기세였다.

할아버지의 목소리는 아주 침착했다.

"누구한테 들었을 것 같습니까?"

침묵이 흘렀다. 원로 뱀파이어들이 당황했다. 루가루 종족의 최고 수장이 무엇을 암시하는 거지?

"우리는 추리에 익숙하지 않소." 대머리 뱀파이어가 퉁명스럽게 대답했다. "하물며 공상과학소설 같은 얘기는 더욱 그렇고. 따라서 초자연적 존재 중 누가 당신에게 그런 얼빠진 소리를 했는지 전혀 모르겠군."

초자연적 존재. 대머리 뱀파이어는 범인을 엘프나 마법사, 요정으로 추정하고 있었다. 뱀파이어라고는 추호도 의심하지 않았다. 할아버지의 목소리가 얼음장같이 차가워졌다. 할아버지는 바보 취급받는 것을 몹시 싫어했다.

"그런데 우리에게 정보를 준 존재는 바로 뱀파이어요. 여러분의 치명적인 병기라고 해야겠지요. 수십 년 전에 처형했어야 하는데도 비밀리에 보호해온 뱀파이어."

이번에는 원로 뱀파이어 여럿이 갑자기 경계 태세로 몸을 숙였다.

"브랜던 경?" 그들 중 뱀파이어라기보다는 트롤을 닮은 거구가 외쳤다. 동물적 본능인 야수성이 드러났다.

"맞습니다."

"언제 그를 만났단 말이오?"

"지금 미줄라에 내 손자와 같이 있습니다."

원로 뱀파이어들의 얼굴에서 읽히는 것은 충격 그 자체였다. 수백 살의 그들은 감정을 감출 수 있을 거라고 생각했는데 정말 흥미로웠다. 아니면 감정을 감출 필요가 없을 만큼 강하다는 뜻인가?

"그래서 선전포고를 하는 거요?" 긴 은발의 또 다른 뱀파이어가 툭 내뱉었다. "당신이 브랜던 경을 탈출시켰소? 그래서 브랜던 경이 당신 편에서 우리를 상대로 싸우겠다는 것이오?"

뱀파이어의 미심쩍은 목소리에서 느껴지는 두려움이 나는 더 불안했다.

"그럴 필요가 없었어요." 할아버지가 대꾸했다. "브랜던 경은 갇혀 있었던 적이 없으니까요. 원로 뱀파이어들과 애너벨을 제외한 뱀파이어들에게 최면을 걸어 강아지처럼 굴복시킬 수 있었습니다. 브랜던 경은 정신병원의 수감소를 최고급 호텔로 만들어놓고 마음대로 드나들었어요. 시골구석 주민들이 왜 자꾸 그렇게 빈혈로 쓰러졌는지 이것으로 설명이 됩니다. 그리고 내가 보기에 브랜던 경은 미친 뱀파이어치고는 놀라울 정도로 이성적입니다. 몇 백년 동안 눈에 띈 적이 없었고, 누구를 죽이지도 않았어요. 이상한 사건이 일어났다면 정신병원 가까이에 사는 우리가 몰랐을 리 없지요."

할아버지는 잠시 말을 중단하고 뱀파이어들이 이해할 시간을 주었다.

"하지만 평의회 원로들이여, 이 얘기는 내가 화상회의를 요청한 본론에서 많이 벗어났습니다. 여러분이 루가루와 인간, 또 다른 초자연적 존재에게 치명적인 바이러스를 배양하고 있다는 정보를 들었다고 알렸으니 대신 브랜던 경을 쓰러뜨릴 수 있는 방법을 알려주겠습니까?"

할아버지는 아주 고단수였다. 브랜던 경에 대해 뭔가를 알고 있으니 그 정보를 주고 대가를 요구할 수도 있었다. 하지만 할아버지는 바이러스, 브랜던 경, 최면술에 대해 아예 다 까발려놓으며 호의를 보이고 맞바꿀 카드를 제시하게 했다.

할아버지처럼 되려면 아직 배울 것이 많았다.

원로 뱀파이어들이 눈짓으로 협의했다. 말이 필요 없을 만큼 서로를 잘 알고 있었다. 그들 간의 의사소통은 눈꺼풀, 입술 또는 손가락의 미세한 움직임만으로 충분했다. 대머리 뱀파이어가 카메라를 향해 고개를 돌렸다.

"당신이 방금 폭로한 사실은 우리 종족을 보호하는 데 매우 중요한 정보요. 동족에게 최면을 거는 가증스러운 뱀파이어라면 우리에게 귀중한 존재이든 아니든 결코 살려둬서는 안 되지요. 따라서 우리는 브랜던 경을 제거할 수 있도록 최선을 다해 당신들을 돕겠소."

"좋습니다. 그럼 바이러스 문제는 어떡하시겠습니까?" 잡은 먹잇감은 절대 놓아주지 않는 할아버지가 물었다.

"존경하는 데카루스 경께서 방금 말씀하셨다시피 그건 완전히 터무니없는 낭설이오." 눈빛이 거의 빨갛고 머리털이 갈색인 또 다른 원로 뱀파이어가 말했다. "뱀파이어들이 여러 실험실에서 바이러스를 연구 중인 것은 맞소. 하지만 우리는 멍청한 인간들이 비슷비슷한 바이러스들을 대기에 퍼뜨리지 않는지 확인하고 있을 뿐이오. 특히 벨라루스나 카자흐스탄의 일부 실험실에서 우리는 이미 여러 번 위기를 모면하도록 조치했소. 유일한 식량이 없어질 위험에 처했는데 우리의 미래를 위해서도 가만히 구경만 할 수는 없는 일이니까요. 게다가 인간들이 우리의 존재를 아는 날에는 우리가 인간 말살을 획책했다며 진압될 것이 뻔하잖소."

그렇게 말하면서 갈색 머리의 뱀파이어가 엷은 미소를 지어 할아버지는 놀라움을 표시했다.

"오랜 세월 어둠 속에서 은밀하게 살아온 우리가 인간 세상에 동화되어 살고 싶다는 생각을 하지 않았을까요? 아직은 준비 단계로 비밀리에 진행 중이오. 수년 전부터 우리의 지원과 돈을 받는 대가로 뱀파이어에게 큰 힘이 되어줄 강력한 압력단체들이 생기고 있어요. 모든 인간을 죽이는 것보다 그게 훨씬 효과적이니까. 그리고 우리는 인간들이 죽음을 얼마나 두려워하는 하는지 잘 아오. 그러니 인간들에게 영생을 제안할 수도 있지요. 정치가들은 그 유혹을 물리치지 못할 거요. 배우나 가수 같은 인기 스타들도 마찬가지고요. 그들에게는 더없이 환상적인 제안일 테니까. 우리는 오래전부터 모든 걸 준비해왔고, 뱀파이어에 관한 영화 〈드라큘라〉, 〈트와일랏〉이나 시리즈물 〈트루 블러드〉를 허용한 것도 바로 그런 이유에서요. 우리는 이제 인간들을 두려워하지 않아요. 우리는 준비됐으니까."

갈색 머리 뱀파이어는 태연하게 진술했고 상당히 논리적으로 들렸다. 뱀파이어의 신화를 찬양하는 중세풍 클럽이 많이 생기고 있는 것은 사실이었다. 영화나 소설 덕분에 뱀파이어에 익숙해진 인간들은 뱀파이어를 루가루보다 덜 무서워할 것이다.

그럼 브랜던 경은 왜 믿기지 않는 이야기를 꺼냈을까? 점점 더 그가 미친 뱀파이어라는 생각이 들었다. 지금까지 내가 만난 이들 중 가장 교활하고 위험한 존재는 루이스 브랜드켈이었는데 여기에 정신이상자 브랜던 경까지 합세한다면?

나는 몸서리가 쳐져 가까스로 억눌렀다. 만약 루이스 브랜드켈과 브랜던 경이 손을 잡았다면 지구는 파국으로 치달을 게 불 보듯 뻔했다.

"이렇게 확인해주시니 고맙고, 안심이 됩니다." 할아버지가 진지하게 말했다. "우리 루가루는 많이 걱정했습니다. 뱀파이어와의 전쟁을 바라지 않으니까요……."

아, 할아버지는 뱀파이어들의 말이 거짓이라면 가차 없이 선전포고를 하겠다고 교묘하게 시사했다. 그것을 눈치챈 뱀파이어들의 표정이 굳어졌지만, 할아버지가 꼭 집어서 위협한 것은 아니라 그냥 넘어갔다. 어쩌면 교묘한 위협 대 교묘한 위협으로 신경전을 벌이는지도 몰랐다.

"브랜던 경이 당신 손자와 같이 있다고 했소? 그럼 손자가 브랜던 경을 상대합니까? 루가루가 아니잖소?"

원로 뱀파이어의 목소리에서 경멸감을 감지한 내 몸이 부르르 떨렸다. 할머니가 다정하게 내 팔을 잡아주었고, 악셀은 거만한 표정을 지으며 킁킁거렸다. 나는 심호흡을 하면서 분노를 삭였다. 몇 시간 전에 지나간 일인데 녹화된 영상에 흥분할 필요는 없었다.

"그렇지요." 할아버지가 짤막하게 대답했다. "하지만 내 손자는 당신들 생각보다 훨씬 강합니다."

"손자가 길가메시◆라도 다르지 않소." 생각보다 훨씬 늙었을 것이 분명한 대머리 뱀파이어가 말했다. "내 말은 헐크도 브랜던 경을 이기지 못한다는 뜻이오! 인간이나 루가루는 절대 브랜던 경을 이길 수 없소. 너무 강하거든. 그의 유전자를 지니고 수십 년 동안 태아로 성장하다 죽은 어머니의 힘을 흡수하고 태어난 상볼 애너벨이라면 모를까. 애너벨은 이미 브랜던 경과의 대

◆ 남아 있는 바빌로니아 문학작품의 대표작 『길가메시 서사시』의 주인공으로 전설상의 국가 우크라의 왕이자 가축의 수호신, 목축의 신으로 추앙되며, 악마를 막는 반신반인의 영웅으로 기록되어 있다.

결에서 이긴 전적이 있으니 말이죠. 브랜던 경의 죽은 살은 은이나 나무로 뚫을 수가 없소. 피와 마법으로 가득한 브랜던 경은 어떤 공격에도 끄떡하지 않는단 말이오. 우리가 왜 그를 가둬놨다고 생각하오?"

"하지만 여러분은 브랜던 경을 가둬놓은 적이 없었습니다."

"그건 우리가 몰랐잖소! 브랜던 경은 우리에게 죽을 가능성이 전혀 없을 만큼 위험한 존재요. 불이나 태양도 그에게는 무력하오. 그러나 애너벨이 태어났을 때 우리는 브랜던 경이 천년 만에 처음으로 실수를 저질렀음을 알았소. 아, 우리의 자식 여러 명을 죽인 짓을 제외하면."

원로 뱀파이어 중 셋이 동요했다. 나는 자식을 잃은 뱀파이어들의 슬픔을 느끼고 깜짝 놀랐다. 뱀파이어를 감정 없는 존재로 묘사한 소설들 탓에 고정관념이 생겨 있었다. 우리의 편견과는 달리 뱀파이어도 자식, 친구 들의 죽음을 고통스러워했다. 하긴 그렇지 않았다면 수백 년에 걸쳐 종족을 보존할 수 있었겠는가.

어쨌든 나쁜 소식이었다. 브랜던의 몸을 나무나 은으로 찌를 수 없다면 어떻게 죽이지? 브랜던이 우리를 농락하고 있다는 데에는 의심의 여지가 없었다.

브랜던이 농락을 멈추면 우리는 죽겠군.

"그러니까 상볼 애너벨만 자기 아버지를 이길 수 있다는 말이군요." 할아버지가 요약했다. "하지만 그래도 아버지인데 애너벨이 죽이겠다고 하겠습니까? 애너벨의 첫 번째 미션은 브랜던 경을 정신병원에 데려다 놓는 일이었잖아요."

"다른 미션을 주겠소. 애너벨도 아버지의 신상 기록을 읽으면 당연히 혐오하게 될 테고, 이 화상회의 영상까지 보면 결심을 할 테지요. 애너벨은 브랜던 경이 괴물이라는 사실을 아니까 망설이지 않을 거요."

자식에게 아버지의 끔찍한 신상 기록을 넘겨준다라. 괴물에 의한 괴물 재판이 과연 뜻대로 될지는 모르겠지만 대단하긴 했다.

그들은 몇 분 동안 회의를 더 하다가 작전을 세웠다. 할아버지는 비행장에서 통화했을 때 내가 암시했던 계획을 제안했다.

원로 뱀파이어들이 애너벨에게 전화를 걸어 알려주기로 했다.

이제 해야 할 일은 우리의 배신을 브랜던 경이 알아챘을 때 카테리나와 할머니, 내 목숨을 구하는 것이었다. 브랜던 경이 자신의 위협적인 경고에도 불구하고 우리가 원로 뱀파이어들과 접촉했다고는 꿈에도 생각 못 할 만큼 비이성적이기를 바라면서.

해결할 일이 많았다. 하지만 지금은 곧 닥치게 될 괴로운 시련에 집중해야 했다.

루이스 브랜드켈과 맞서 그의 아들을 내어주는 대신 내 엄마를 돌아오게 하는 일.

미줄라의 집에 도착하기까지는 그리 오래 걸리지 않았다. 나에게는 특히 짧게 느껴질 정도로 시간이 빨리 흘러갔다. 나를 죽이려고 했던 타일러지만 이렇게 해야만 하는 내가 싫었다. 타일러의 아버지는 진짜 악당이었다.

차에서 내렸을 때 브랜던 경이 내 앞에 착지했다. 인상적인 모습이었고, 잠깐이지만 비행 능력이 부러웠다. 날개도 없이 날아다닐 수 있다니, 나도 그러고 싶었다. 하지만 살아 있는 송장으로 변하는 것은 사양한다. 브랜던 경은 할아버지가 미줄라 대학교에 입학한 나를 위해 사준 커다란 집을 거만한 눈빛으로 쳐다봤다. 브랜던 경의 거처만큼은 아니지만 그래도 아름다운 집이었다.

"이 집에 사나?" 브랜던 경이 경멸조로 물었다.

아무도 대답하지 않았다. 브랜던 경이 냄새를 킁킁 맡다가 물었다.

"이제 상불에게 전화할 때가 되지 않았나?"

"네, 지금 할 거예요."

나는 핸드폰을 꺼내 들고 애너벨의 이름을 찾아 버튼을 길게 눌렀다. 애너벨의 느끼한 목소리가 들렸다.

"헌터 5, 누구시죠?" 애너벨이 물었다.

"인디아나 텔러예요. 목장에서 돌아왔는데 지금 병원에 있어요?"

"아니." 애너벨이 무뚝뚝하게 대답했다. "한 시간 후 병원에서 에릭을 만나기로 했어. 네 말대로 카테리나에게 강박증 주문을 하나 더 추가했지만 성과가 없었어. 그 괴물이 카테리나의 정신을 완벽하게 지배하고 있어서 자기가 어떤 상태인지조차 전혀 깨닫지 못하고 있어. 인간에게 동정심이란 없는 나도 이번 일은 솔직히 마음에 안 들어."

"조금 이따 봐요." 나는 짧게 말하고 전화를 끊었다.

브랜던 경이 흡족한 얼굴로 따라오면서 말했다.

"상불이 네 여친 걱정을 많이 하는구나. 무슨 오지랖이야, 자기 걱정이나 하지. 상불들은 감정이라는 게 없어. 살상 기계에 불과하니까!"

브랜던 경은 분개하는 듯했다. 걱정이 많지 않았다면 나는 아마 그의 어처구니없는 반응에 웃음을 터뜨렸을 것이다.

금빛 나무와 화려한 양탄자로 장식된 따뜻한 집 안에서 내니가 기다리고 있었다. 품위를 지키는 정중한 모습이었지만 얼굴이 초췌했다. 내니가 셰이머스에 관해 좋지 않은 소식을 전해주었다. 카테리나에 관한 소식은 더 좋지 않았다. 할아버지의 지시에 따라 내니는 두 시간 전 카테리나를 병원으로 다시 데려다 놓았다. 그리고 카테리나의 병실 앞과 창문 아래에서 루가루 두 명이 보초를 서게 했다. 몇 시간 동안은 아버지를 지켜야 한다는 강박증이 우세했지만 불행히도 타일러에 대한 강박증이 이내 돌아왔고, 그로 인해 끊임없이 탈출을 시도했기 때문이다. 에릭은 처음에는 꺼려했지만 카테리나가 창문으로 뛰어내리다 죽을 뻔한 뒤로는 그녀를 침대에 묶어놓았다. 내니는 뜻밖의 손님이 온다는 연락을 받고 병원에서 브랜던 경에게 필요한 것을 가져다 놓았다. 브랜던 경이 어리둥절해진 얼굴로 혈액 주머니 여러 개를 응시했다.

"동료들과 함께 열두 명이나 되는 인간들의 피를 포식했으니 배가 고프지는 않겠죠." 할머니가 비아냥거렸다. "하지만 만약을 대비해 간식으로 준비해놓았소. 원하면 전자레인지에 데워 위층 방에 가져다줄 수도 있죠. 이제 우리는 할 일이 있어서요. 집사가 방을 안내해줄 겁니다."

할머니의 냉랭하지만 깍듯한 예절에 뱀파이어는 어쩔 수 없이 정중하게 거절했다.

"아니, 고맙소. 아무것도 필요 없습니다."

브랜던 경이 뻣뻣해진 내니를 뒤따라가다 이층 층계를 오르기 전 약간 위협적인 어조로 덧붙였다.

"지금은 필요 없죠……. 그래서 충고하는데, 너무 오래 기다리게 하지는 마시오."

브랜던 경이 일단 방으로 들어가자 우리는 조금 홀가분해졌다. 할머니는 화상회의에 모두 참여할 수 있게 영사기 스크린을 내렸다. 스크린 화면이 세 부분으로 나뉘었다. 우리의 모습은 오른쪽, 할아버지의 모습은 왼쪽, 위쪽의 네모난 빈 공간은 시커멨다.

갑자기 시커먼 부분이 환해지면서 이미지가 나타났을 때 나는 비명을 지를 뻔했다.

심한 화상을 입어 반쪽이 몹시 흉측한 얼굴, 루이스 브랜드켈이었다. 루이스의 공격을 받은 한 소녀가 휘두른 장작불에 얻어맞아 생긴 흉터였다(충분히 이해한다. 오죽했으면 그랬을까!). 그런데 이상하게도 그 상처는 재생이 불가능해(루가루는 상처가 나도 재생이 가능하다) 루이스는 흉터를 안고 살아야 했다. 루이스가 금빛 눈으로 차갑게 우리를 응시하고 있었다. 그런데 루이스 옆에 내가 잘 아는 얼굴이 있었다.

세라피나.

나는 숨이 멎을 뻔했다. 세라피나. 내가 한때 사랑했던 아름다운 여성 루가루. 내 어린 시절을 증오와 숭배 사이에서 방황하게 했던 여자. 세계에서 가장 아름다운 여성 중 하나일 것이다. 톱모델감의 완벽한 몸매, 아름다운 금발, 금박 장식을 한 것 같은 황갈색 눈. 보티첼리가 봤으면 황홀해했을 용모였다.

하지만 겉모습과 달리 세라피나는 살모사처럼 음흉한 영혼의 소유자였다.

세라피나는 루이스 오른쪽에 서서 오만하게 우리를 응시하고 있었는데 긴 다리를 드러낸 짧은 검정 원피스 차림에 화려한 다이아몬드 목걸이를 걸고 있었다.

하지만 나는 세라피나를 잘 알았다. 다른 이들이 그녀의 아름다운 모습에 현혹되어 있는 반면 나는 명품 상표가 붙은 원피스를 잡은 손가락의 미세한 떨림을 알아봤다. 그리고 그녀의 황갈색 눈에서 공포와 두려움을 읽었다. 우리 루가루 무리와 루이스 무리 중 그녀는 루이스 쪽을 선택했다. 사랑보다 권력을, 우정보다 힘을, 신뢰보다 배신을 택한 것이다. 내가 보기에 세라피나는 자신의 선택이 잘못되었음을 깨닫고 있었다.

내 옆의 할머니가 뻣뻣해졌다. 할머니는 그렇지 않아도 세라피나를 무지 싫어했는데 루이스와 결탁까지 하자 몹시 격분했다. 할머니가 차가운 시선으로 쏘아보았지만 세라피나는 할머니의 눈초리는 개의치 않고 아예 무시했다.

"무슨 회의를 하자는 건지 말해보시오." 루이스가 할아버지를 응시하면서 말했다. "설마 협상은 아닐 테고……. 항복이라면 모를까."

할아버지는 모욕적인 말에 반응하지 않고 초연하게 대꾸했다.

"그럴 리가 있나. 자네와 얘기하고 싶어 하는 사람이 있어서."

그리고 타일러가 할아버지 옆에 나타났다.

루이스는 표정이 굳어지며 반쯤 몸을 일으켰다. 그는 아들의 상태를 살폈다. 양손과 몸이 꽁꽁 묶여 있는 아들과 감시하는 병사들. 루이스가 다시 의자에 앉으며 한숨을 쉬었다.

"그러니까 네가 나를 배신했구나. 이것이 연출이 아니라면……."

나는 어이가 없었다. 아들이 자기를 배신했다고 생각할 만큼 비뚤어졌단 말인가? 정말 심각한 편집증 환자였다.

루이스가 말을 이었다.

"어리석은 놈인 줄은 알았지만 정말 기가 막히는구나. 네가 사라졌을 때 예감이 이상하더라니. 멍청한 인간 계집에게 미쳐 있다더니 결국은 적에게 붙잡혀? 한심한 녀석 같으니라고!"

루이스가 갑자기 얼굴이 시뻘게져서 버럭 소리를 지르는 바람에 우리는 깜짝 놀랐다.

"얼빠진 자식!"

타일러는 아무 반응도 하지 않았다. 이런 식의 분노에 익숙한 듯했다. 타일러는 묶인 채로 어깨만 으쓱하면서 잠자코 있었다.

그러자 약이 올랐는지 루이스가 세라피나를 거칠게 잡아당겨 자신의 무릎 위에 앉혔다. 세라피나의 성깔을 아는 나는 그녀가 발딱 일어나리라고 예상했다. 하지만 놀랍게도 세라피나는 무표정한 얼굴로 움직이지 않은 채 코를 실룩거리면서 불쾌함을 표현했다. 안쓰러운 모습이었다. 그렇게 오만하고 당당하던 세라피나가 꼼짝 못하다니 공포에 질려 있는 것이 분명했다.

세라피나가 우리에게 돌아올 여지가 있을까? 우리를 도와줄까? 세라피나와 접촉할 필요가 있었다.

"이제 화상회의를 제안한 이유를 짐작하겠지." 할아버지가 말했다. "인디아나의 어머니와 자네 아들을 교환하면 공평할 듯한데."

루이스의 얼굴이 분노로 일그러지더니 잠시 후 세라피나의 팔을 힘주어 잡았다. 세라피나의 얼굴이 창백해졌다. 조금만 더 세게 잡으면 그녀의 팔이 마른 가지처럼 부러질 것 같았다.

이윽고 루이스가 침착해졌다. 전혀 예상하지 못한 일이었다. 그러고는 웃음을 터뜨리면서 이죽거렸다.

"말도 안 되는 소리! 뭐 대단한 거라도 가진 줄 알았더니 아무짝에도 쓸모없는 걸 가지고!"

대체 누구를 말하는 거지? 내 엄마? 엄마가 쓸모가 없다고?

그게 아니었다.

더 최악이었다.

루이스가 일어나는 바람에 세라피나도 어쩔 수 없이 일어나야 했다. 루이스가 세라피나의 납작한 배에 손을 올리고 악마의 웃음을 흘렸다.

"아들아, 똑똑히 알아두어라. 잘못을 저지른 자나 결함 있는 도구는 그 사실이 드러났을 때 버리고 다른 것으로 대체하면 돼. 그러니 너를 버려주마."

루이스가 세라피나를 쳐다보면서 말했다.

"세라피나, 말해줘라."

세라피나가 황갈색 눈을 잠시 감았다가 다시 뜨더니 우리를 응시했다.

"임신했어요, 나." 무기력한 목소리였다. "루이스의 아들이에요. 이제 임신 1개월이라 아이의 성별을 알아보기 위해 양수 검사를 했는데 분명히 아들이에요."

우리 모두 경악했다.

루이스가 또다시 웃음을 터뜨리고는 통화를 끊기 직전 내뱉었다.

"내 아들을 죽이든 말든 마음대로 하시오."

화면이 시커메졌다.

14
거인들의 싸움

분노의 울부짖음에 침묵이 깨졌다.

"안 돼요!" 타일러가 외쳤다.

나는 타일러가 아버지의 사형선고 때문에 격분했다고 생각했다. 하지만 타일러의 입에서는 의외의 이름이 튀어나왔다.

"세라피나! 세라피나!" 증오가 담긴 분노의 외침이었다.

나는 소름이 끼쳤다. 타일러가 집으로 돌아가는 것이 세라피나에게는 치명적인 위협이었다. 타일러는 자기 이외의 후계자를 임신한 여자를 살려두지 않을 테니까.

할아버지가 접속이 끊겨 시커메진 창을 닫고서 무거운 목소리로 말했다.

"허세가 아니야. 완전히 미쳤구나. 종족의 법까지 파괴하면서 친아들에게 사형선고를 내려?"

타일러가 몸을 세웠다. 손이 묶여 있어 소매로 얼굴을 닦고, 불안한 기색을 지웠다.

"저를 어쩌실 겁니까?"

할아버지가 근육질의 어깨를 으쓱했다.

"안심해라, 너를 죽일 생각은 없으니까. 지금은 그냥 가둬두지. 네 아버지가 허세를 부렸다고 생각하진 않지만 그렇다고 백 퍼센트 확신하는 건 아니야. 너는 우리의 에이스 카드야. 네 아버지는 내 손자의 어머니를 억류하고 있어. 우리는 인디아나의 어머니를 내놓게 할 방법을 찾아야 해. 그리고 우리의 여성 루가루 세라피나를 되찾아올 수 있는지도. 아마 세라피나는 싫어하지 않을 듯하구나."

아, 할아버지도 세라피나가 감추고 있는 회한을 알아본 모양이었다.

"저를 보내주셔야 합니다." 타일러가 간절하고 절박한 어조로 말했다. "이 상황을 해결할 수 있는 사람은 저밖에 없습니다. 저를 풀어주시면 루가루의 명예를 걸고 제시카 텔러를 보내드린다고 맹세합니다. 제발 저를 풀어주십시오!"

흥분한 타일러가 어찌나 몸부림을 치는지 화면상으로도 손목에서 흐르는 피가 보였다.

할아버지가 병사들에게 신호를 보내면서 지시했다.

"독방으로 데려가서 상처를 치료해주게. 내가 포로를 돌봐주지 않았다는 말이 나오면 안 된다."

"안 돼요!" 타일러가 절규했다. "안 됩니다! 저를 풀어주셔야 합니다! 가게 해주세요! 제발!"

하지만 할아버지는 눈길도 주지 않았다. 타일러가 울부짖는 소리는 방음된 문이 닫히면서 차단되었다.

오랫동안 루가루 전체의 최고 수장으로 군림해온 할아버지이지만 그만큼 루이스 브랜드켈의 광기에 흔들린 상태였다. 할아버지는 우리가 해결해야 할 중요한 문제에 정신을 집중해야 했다. 거물 뱀파이어 브랜던 경이 우리와 함께 있다는 사실, 아니 적어도 우리가 하는 말이 들릴 정도로 가까이 있다는 사실을 의식하고 있었다. 할아버지는 그 정도로 용의주도했다.

"병원에서 할 일은 다 준비됐니?" 할아버지가 물었다.

"네, 준비됐어요." 나는 제발 그렇게 되길 기도하면서 대답했다.

"내 손자에게 행운이 있길."

할아버지가 다정한 눈길로 할머니를 쳐다봤다.

"앰버?"

"칼?"

"사랑하오. 조심해요."

"나도 사랑해요, 내 사랑. 걱정 마요, 조금만 더 내 뒤를 봐주면 될 거예요."

그렇게 말하고 나서 이러고저러고 괜한 얘기가 나오기 전에 할머니가 접속을 끊었다. 우리는 서로를 쳐다봤다. 들었는데도 믿기지 않았다. 루이스가 아들에게 사형선고를 내리리라고는 생각하지 않았다. 이 세상에서 살아남으려면 단결을 해도 모자랄 판에 루가루의 결속에 역행하는 행위를 하다니!

불행히도 지금은 타일러 문제를 생각할 시간이 없었다. 우리는 초능력자 브랜던 경과 싸워야 했다. 나는 한 가지에만 집중해야 했다.

브랜던 경은 맨손으로도 우리를 죽일 수 있지만, 우리에게는 오래 버텨봐야 몇 초 정도 갈퀴 손톱과 송곳니를 막아낼 수 있는 무기 두세 개가 전부였다.

때로는 몇 초 사이에 생사가 갈릴 수도 있다. 15분 후면 확인될 것이다. 원로 뱀파이어들에 따르면 브랜던 경의 몸은 밀도가 너무 높아서 은 총알과 나무로도 뚫을 수 없다고 했다. 하지만 뾰족하고 날카로운 무기를 엄청나게 빠른 속도로 찌르면, 어쩌면 가능할지 몰랐다. 그래서 우리는 정신이상이 일어난 루가루를 제압할 때 사용하는 은침 총을 준비했다. 미친 루가루에게는 침

한두 개면 족했다. 하지만 거물 뱀파이어의 경우는 은침이 2천 아니 3천 개는 필요할 듯했다.

내가 마지막 점검을 끝냈을 때 갑자기 핸드폰이 울려 깜짝 놀랐다. 뱀파이어를 공격하려는 순간 전화벨이 울리는 걸 원치 않는다면 핸드폰을 진동으로 바꿔놓을 필요가 있었다.

다시 할아버지에게서 걸려 온 전화였다.

나쁜 소식이었다.

병사들이 큰 실수를 저질렀다. 타일러를 루가루가 다쳤을 때 치료받는 병원이 아니라 저택에 있는 의무실로 데려갔고, 치료하기 위해 손목을 풀어주면서 발을 묶어놓는 걸 잊었다.

아버지 때문에 반쯤 미쳐버린 타일러는 믿기지 않는 행동을 했다. 우리 집안의 주치의이자 세라피나의 아버지 토머스가 보는 앞에서 창문으로 뛰어내린 것이다.

타일러가 어떻게 토머스를 방심하게 했는지 그건 조사해봐야 할 일이지만, 아무튼 타일러는 도망쳤다. 할아버지는 그렇게 쉽게 타일러에게 속은 데에 격분한 의사와 함께 병사들에게 도망자를 뒤쫓게 했다.

일이 또 꼬였다. 내가 전생에 무슨 못할 짓을 했기에 이렇게 되는 일이 없을까.

타일러가 이곳으로 오기 전에 카테리나를 구해야 했다. 나는 타일러가 미줄라로 올 것이라 예상했다. 타일러가 차를 훔쳤다면 아버지에게 전화해 어딘가로 헬리콥터를 보내달라고 할 가능성이 있었다. 헬리콥터를 착륙시킬 장소로는 병원 옥상이 가장 이상적이었다.

세라피나가 위험에 처해 있었다.

"루이스에게 당장 전화하세요!" 내가 외쳤다. "세라피나가……."

"지금은 연락하지 않을 거야." 할아버지가 내 말을 잘랐다. "타일러를 다시 잡아서 데려올 거니까."

"하지만 타일러가 도망……."

"또 도망치면 그때 알리면 돼. 타일러와 루이스 사이에 일어난 일로 미루어보면 아버지를 만나러 가겠지. 그러니 지금은 그냥 놔둬. 그리고 잊지 마, 인디아나. 너와 할머니, 네 여자친구, 악셀, 처키, 네가 사랑하는 모든 이들이 위험에 처해 있다는 걸. 브랜던 경은 너희들에게 치명적인 위협이야. 정신 차려, 인디아나!"

그렇게 말하고 나서 할아버지는 내가 항의하기 전에, 아니 뱀파이어가 그 뛰어난 청각으로 우리의 대화를 듣고 있다는 사실을 잊은 내가 실언하기 전에 서둘러 전화를 끊었다.

나에게 못된 짓을 한 세라피나지만 걱정이 되었다. 나는 심호흡을 하고 나서 뻑뻑할 정도로 경직된 어깨를 풀었다.

루가루도 통화 내용을 들은 모양이었다. 안락의자에 앉아 있던 처키가 일어나서 나에게 불안한 시선을 보냈다. 악셀의 눈빛도 그랬다. 나는 친구들에게 눈빛을 보냈다. '알아, 집중하고 있어. 우리를 기다리는 것과 결연히 맞서 싸울 거니까 걱정 붙들어 매.'

나는 약간 인상을 쓰면서 기지개를 켰다. 악셀과 나는 차 안에서 뭔가를 준비했다. 아직 불편하긴 하지만 통증이 가라앉고 있었다.

"브랜던 경에게 가서 내려오라고 해줄래?" 나는 마지못해 처키에게 물었다. "준비 다 됐는데."

처키는 우리의 작전이 못마땅하다는 제스처를 보이면서도 고개를 끄덕였다. 잠시 후 처키가 내려왔고, 뱀파이어가 뒤따라왔다. 처키가 동물 모습이었다면 털이 곤두서 있고, 귀가 접혀 있었을 것이다. 뱀파이어가 뭐라고 했는지 모르지만 내 뚱보 친구 처키에게 겁을 주는 데 성공한 모양이었다(처키가 상상력이 좀 많은 경향이 있긴 하다).

거물 뱀파이어가 우리에게 미소를 지어 보였다.

"그럼 가볼까? 빨리 해치우고 명상이나 하면서 평온한 생활을 하고 싶구나."

인간의 피나 빨아 먹는 주제에 명상은 무슨! 나는 들은 척도 않고 아주 퉁명스럽게 대꾸했다.

"이쪽으로."

그들이 한 줄로 서서 나를 따라왔다. 등 뒤에서 느껴지는 뱀파이어의 커다란 그림자가 내 목덜미를 짓눌렀다. 내가 두려운 것은 브랜던의 의도가 뭔지 모른다는 사실이었다. 한편으로는 무슨 일이 있어도 살아남아야 한다는 강한 의지가 느껴지고, 또 한편으로는 그의 얘기가 거짓이거나 일관성이 없다고 느껴졌다. 이런 상황에서는 어떻게 해야 하지? 브랜던 경이 원하는 것이 정확하게 뭐지? 워낙 이상하고 미쳤기 때문인지 아무도 통제할 엄두를 못 내는 뱀파이어였다.

브랜던 경을 보려고 고개를 돌리다 시선이 마주쳤다. 뱀파이어가 어둠 속에서 이글거리는 눈빛으로 우리를 쳐다보고 있었다. 마치 저녁 식사 메뉴를 고르는 것 같았다.

"피 냄새가 나는구나." 뱀파이어가 불쑥 말했다.

"헬리콥터 안에서 조금 다쳤어요." 내가 설명했다. "이제 어떡하실 겁니까? 내가 유리병을 애너벨에게 던지면 그때 죽이나요? 내가 실패하면 어떻게 됩니까?"

"실패하지 말아야지." 대답이 간결했다.

"하지만 그럴 수도 있잖아요?" 나는 물러서지 않았다.

브랜던 경이 잠시 뜸을 들이다 피식 웃으면서 송곳니를 드러냈다. 그러자 루가루 병사들과 처키가 으르렁거렸다.

"상볼과 싸우기 전에 너와, 네 여친, 네 할머니를 죽여야지. 그리고 상볼이 지면 뚱보 루가루, 저기 있는 세미도 죽일 거야. 그다음 루가루들을 한 놈 한 놈 추적할 것이다. 나는 인내심이 많아. 수백 년이 걸리더라도 다 죽여 없앨 거야. 결국 너희 종족은 멸종되겠지. 잊히는 종족이 될 것이다. 그러니 충고하는데, 실패하지 마라."

나는 간신히 침을 삼켰다.

"잘난 척이 심하군요." 할머니가 차갑게 대꾸했다. "당신 눈에는 내 손자가 새끼 늑대로 보일지 모르지만 나한테는 안 통하니까 겁줄 생각은 안 하는 편이 좋소, 브랜던 경."

할머니는 내가 방어력 없는 어린애인 양 말하고 있었다. 나는 할머니의 말에 힘을 실어주기 위해 몸을 움츠렸다. 뱀파이어가 웃음을 터뜨리는 걸 보니 할머니의 의도가 성공한 듯했다. 뱀파이어는 나에 대한 관심을 접고 할머니에게 집중했다. 이윽고 브랜던 경의 카리스마가 할머니를 후려쳤다.

"정말 아름답습니다, 루가루들의 밀레이디. 밀레이디와 춤을 추고 싶군요. 어때요? 내가 매혹적이지 않습니까? 나한테 끌리지 않습니까?"

브랜던 경도 눈부시게 아름다운 모습으로 변했다. 우리 루가루들이 신음 소리를 냈고, 추위에도 불구하고 할머니의 이마에는 땀이 맺혀 있었다.

할머니는 불굴의 투혼을 발휘하면서 무서운 정신력으로 뱀파이어의 유혹을 떨쳐내기에 이르렀다.

"나는 남편하고만 춤을 춥니다." 할머니가 쌀쌀맞게 대꾸했다. "나에게 최면을 걸어보려는 수작은 집어치워요. 몹시 불쾌하니까. 그리고 쓸데없는 짓이오. 당신의 그 어정쩡한 매력으로는 절대 나를 유혹하지 못해요."

브랜던 경은 화를 내는 대신 아주 희한한 말을 했다.

"세워, 총! 포위하라!"

그 순간 나는 브랜던 경이 할머니가 아닌 루가루들에게 최면을 걸었음을 깨달았다. 루가루들이 우리를 포위하고 총을 겨눴다.

할머니와 나는 얼어붙었고, 악셀이 당장이라도 개입할 기세로 으르렁거렸다. 나는 손짓으로 움직이지 말라는 신호를 보냈다.

"오, 이걸 어쩌나. 나는 밀레이디에게 최면을 걸지 않았는데." 브랜던 경이 이죽거렸다. "사실 당신들이 농간을 부리는 게 아닌지 확인하기 위해 병사들의 정신을 장악한 것뿐이오. 자, 이제 갑시다."

이 가는 소리가 들릴 정도로 격분한 할머니가 차에 올라탔다. 브랜던 경의 손짓과 눈짓에 복종하는 루가루 병사들을 보면서 할머니는 아연실색했다. 뱀파이어는 루가루에게 최면을 걸 수 없다고 들었는데 정말 믿기지 않는 일이었다. 아무튼 할머니와 나만 걸려들지 않다니 혹시 알파의 특권인가. 다른 루가루들은 너무 쉽게 굴복했다. 루가루 병사들이 거물 뱀파이어의 눈속임에 넘어갔을 때 의심했다면 좋았을 텐데. 나를 속이는 데는 성공했지만 아직까지 나에게 최면을 걸지는 못했다. 아직 시도하지 않았다면 몰라도. 일이 터진 다음에야 의심을 시작하는 내 집중력은 문제가 있었다.

차를 타고 가는 동안 브랜던 경은 자기가 얼마나 강한지 우리에게 자세히 설명했다. 그의 말대로라면 수백 년 동안 뱀파이어 세계를 지배했다.

할머니가 그렇다면 상황이 왜 이렇게까지 나쁘게 전개됐는지 이해된다고 말하자 기분이 누그러졌는지 브랜던 경이 거만한 어조로 인정했다.

"내가 물러난 거지요. 하지만 이 모든 일은 그것이 잘못이었다는 사실을 확신하게 해주었소. 브랜드켈 같은 작자가 우리를 위험에 빠뜨리게 내버려 두다니 말도 안 되지. 그러니 인간 계집의 일을 해결하는 대로 나는 브랜드켈에게 전념할 생각이오."

나는 귀가 솔깃해지면서 제법 괜찮은 생각이 떠올랐다. 잘하면 철천지원수 둘을 하나씩 무력화시킬 수도 있었다. 오, 예스, 예스!

잠시 후 어둠 속에서 불빛이 훤한 병원의 윤곽이 드러났다. 사람들이 호기심 가득한 시선으로 우리를 쳐다봤다. 무장한 이들에게 둘러싸인 우아한 부인의 모습은 '스타의 등장'을 방불케 했다. 브랜던 경의 변신술이 효과를 발휘했다. 정말 카멜레온이 따로 없었다. 사람들은 브랜던 경에게 눈길을 주지도, 아니 아예 관심도 갖지 않았다. 그만큼 할머니의 모습이 훨씬 인상적이고 존재감 높았다.

할머니가 위엄 있게 입구를 향해 전진하면서 우리를 이끌었다. 하지만 주도면밀한 브랜던 경은 처키를 포함해 루가루 병사들을 그냥 차 안에 있게 했다. 할머니는 겉으로는 무관심한 척했지만, 나는 할머니가 무엇이든 집어삼킬 기세로 훨훨 타는 용광로처럼 화가 머리끝까지 나 있음을 느꼈다.

등 뒤에서 브레이크 밟는 소리가 들려서 돌아봤다.

내니였다.

차에서 내린 내니가 다가왔다.

"여긴 무슨 일로?" 내가 성난 얼굴로 속삭였다. "저 미치광이의 인질이라도 되면 어쩌려고?"

"셰이머스 곁을 지키려고 왔으니까 신경 쓰지 마." 내니가 대답했다. "셰이머스에게는 내가 필요해, 인디아나. 벌써 며칠째 의식이 없다는 걸 알지만 그는 내가 곁에 있는지 아는 것 같아. 셰이머스는……."

나는 가슴이 아파 말을 잊지 못하는 내니를 안아주었다. 셰이머스가 죽어가고 있었다. 내니는 그 말을 차마 입 밖에 내지 못했다. 나는 내니의 틀어 올린 금발에 입을 맞추고 꼭 끌어안으면서 말했다.

"미안해, 유모. 정말 미안해."

내니가 고개를 끄덕이면서 나를 포옹한 뒤 내 품에서 벗어났다. 그러고는 눈물을 닦고 억지로 미소를 지었다. 우리는 서로 팔짱을 끼고 병원으로 들어갔다. 내니는 집중치료실로 가기 위해 내려갔고, 나는 카테리나의 병실을 향해 올라갔다. 브랜던 경과 할머니, 악셀이 뒤를 따랐다.

루가루 병사들과 처키가 브랜던 경의 지배를 받는 것과 달리 악셀은 아무렇지도 않았다. 악셀이 그렇게 보이게끔 행동하는지도 몰랐다. 내가 옆을 지나갈 때 악셀이 팔을 세게 꼬집었다. 되게 아팠지만 그 마음을 나에게 알리려면 다른 방법이 없었으리라고 이해했다.

조용한 곳이 필요하다는 걸 아는 마법사 의사 덕분에 카테리나의 병실은 다른 병실들과 떨어져 있었다. 문 앞에서 보초를 서던 루가루 둘이 우리를 보고 뻣뻣해졌다.

거물 뱀파이어는 이번에도 카리스마로 루가루들의 정신을 장악했다. 나는 브랜던 경을 유심히 살폈다. 생각보다 쉽지 않은지 브랜던 경은 뱀파이어들에게 최면을 걸 때보다 훨씬 많은 힘을 써서 루가루들을 장악했다. 내 눈앞에서 이미지가 흔들리더니 평범한 인간 모습 속에 숨은 거인이 드러났다. 흥미로웠다. 완벽한 장악력은 아니었다.

나는 브랜던 경 앞을 지나쳐서 초조한 마음으로 문을 열었다. 이 순간부터는 아무것도 중요하지 않았다. 이제는 타일러도 세라피나도 브랜드켈도 브랜던 경도 중요하지 않았다.

침대에 묶인 채 땀을 흘리며 몸을 비틀고 있는 여자만 중요했다.

불과 몇 시간 만에 카테리나는 몰라보게 달라져 있었다. 강박증에 시달리며 넘치는 감정을 주체하지 못해 열이 펄펄 끓었다. 청록빛 눈 주위는 빨갛고, 반들거리는 검은색 머리털은 땀범벅으로 엉켜 있었다. 얼마나 소리를 질러댔는지 호흡이 짧고 목은 완전히 쉬어 있었다. 편안한 잠옷이 긴 다리 위로 말려 올라가 있지만 카테리나는 의식조차 하지 못했다.

병실에는 꽃이 많았다. 화병에 담긴 꽃은 물론 화분도 여러 개 있었다. 꽃을 좋아하는 내니가 꾸며놓은 것이었다.

나는 카테리나에게 다가갔다. 그녀가 버둥거리지 않고 경계하는 눈으로 나를 쳐다봤다.

"타일러." 카테리나의 부르튼 입술에서 피가 났다. "내 사랑은 어디 있어? 타일러 어디 있어?"

예상은 했지만 막상 또 들으니 가슴이 찢어지는 듯했다. 이렇게 고통을 주다니! 등 뒤에서 느껴지는 기척, 거인이 우리를 내려다봤다. 변신하지 않은 본연의 모습이었다. 카테리나의 얼굴이 공포로 일그러졌다. 나는 본능적으로 그녀와 브랜던 경 사이에 섰다. 뱀파이어가 빙긋이 웃으면서 말했다.

"어허, 비켜야지! 아니면 내가 아무것도 못한다."

나는 마지못해 비켜섰다. 솔직히 카테리나의 손을 잡아줄 용기가 나지 않았다. 카테리나가 지난번에 미친 듯이 고함을 질러댔기 때문이다. 카테리나는 강박증 탓에 타일러의 손 말고는 어떤 접촉도 견디지 못했다.

"쯧쯧쯧." 뱀파이어가 카테리나의 아름다운 청록빛 눈을 들여다보면서 혀를 찼다. "다른 뱀파이어가 뭔가 수작을 부렸구나. 에릭인가? 흠…… (브랜던 경이 집중했다) 내가 걸어놓은 주문에 다른 주문을 덮어씌웠어."

브랜던 경이 인상을 쓰면서 몸을 세웠다.

"대체 무슨 주문을 걸어놓았지? 인간이 이걸 어떻게 견딘다고 이런 짓을 해놨어?"

"카테리나의 아버지가 중상을 입고 사경을 헤매고 있습니다. 에릭이 아버지에게 정신을 돌리게 하는 주문으로 타일러를 향한 강박증을 누르려고 했지만 그리 오래가지 않았어요."

브랜던 경이 탐탁지 않다는 듯 내뱉었다.

"어리석은 짓거리! 그 주문이 강박증을 더 강화해놓았다. 이 아이가 죽을 수도 있단 말이다!"

나는 숨이 멎을 뻔했다. 뭐? 죽을 수도 있다고?

"주문을 풀 수는 있지만 예상보다 시간이 더 걸리겠어. 상불은 몇 시에 도착하지?"

나는 손목시계를 봤다.

"30분 후에 도착해요."

브랜던 경은 마치 시간이 얼마나 걸릴지 확신이 없다는 듯 애매한 표정을 지었다. 그러더니 여전히 카리스마를 쓰면서 멀리 떨어져 있는 할머니에게 다정한 어조로 말했다.

"밀레이디, 내가 묶어놓을 수 있게 인간 계집 옆에 와서 앉으시겠소?"

브랜던 경은 인질로 남겠다고 했던 할머니의 말을 상기시켰다. 할머니는 뱀파이어를 쏘아보면서 순순히 시키는 대로 했다.

브랜던 경은 금빛 끈으로 할머니를 묶는 대신 이상한 수갑을 채웠는데 안쪽에 빨간 벨벳이 두껍게 씌워져 있었다. 피부에 금속이 닿자 할머니가 신음 소리를 냈다.

은이었다. 강도를 강화하기 위해 은에 타이타늄을 섞은 것이었다. 손목이 벨벳에 닿아 있는 한 살이 타지는 않겠지만 금속이 닿으면 통증이 심할 텐데. 브랜던 경이 할머니의 바지를 은근슬쩍 쓰다듬으면서 발목에도 수갑을 채웠다. 할머니는 표정이 굳어졌지만 아무 말도 하지 않았다. 뱀파이어가 씩 미소 지었다. 나는 칼로 뱀파이어의 목을 찌르고 싶어 손이 부들부들 떨렸다. 그렇지만 살의는 루가루의 취향이지 나는 아니었다. 위협받는 종족을 보고 갑자기 핏속에 흐르는 야수성이 나타났을 뿐이다.

브랜던 경이 같은 재질의 긴 사슬을 수갑과 침대에 묶었다. 할머니는 이제 어떤 일이 있어도 빠져나올 수 없었다.

브랜던 경이 보랏빛 눈으로 카테리나의 청록빛 눈을 잠자코 들여다보았다. 그러자 카테리나의 흥분이 멈췄다. 그렇지만 잠재의식 속에서도 브랜던 경을 두려워하고 있음이 느껴졌다. 뱀파이어의 초능력을 피할 수 없어 공포에 질려 있었다. 제아무리 뛰어난 인간도 역부족이었다. 그래도 나는 일종의 알파 특권으로 초자연적 존재의 초능력을 방어할 수 있었다. 아무튼 나는 인간들의 나약함을 개탄했다.

나는 마음의 준비를 하기 위해 주위를 둘러봤다. 카테리나가 일단 주문에서 풀리고 나면 한바탕 싸움이 벌어질 것이다. 애너벨은 잠시 후 도착할 예정이었다. 도착 시간을 거짓으로 말하지 않았기 때문에 브랜던 경이 주문을 완전히 해제하기 전에 일이 중단될까 봐 몹시 불안했다.

카테리나에게 집중하던 브랜던 경이 나를 쳐다보지도 않고 흰색 라이딩 코트 호주머니에서 유리병을 꺼내 불쑥 내밀었다.

유리병 안의 빨간 액체가 소용돌이치듯 움직이고 있었다. 차를 타고 오는 도중 애너벨에게 사용하라고 보여준 것이었다. 나는 조심스럽게 유리병을 받았다.

나는 할머니와 악셀의 주의 깊은 시선을 받으면서 왔다 갔다 걷기 시작했다. 할머니와 악셀만이 나와 함께 병실에 들어오도록 허락되었다. 하지만 큰 도움은 기대할 수 없었다. 어차피 최면에 걸린 루가루들이 뱀파이어에게 복종하고 있으니. 내 뒤쪽에 놓인 화분의 식물이 메마르다가 시커멓게 변했다. 할머니는 쇠사슬 소리가 나지 않게 조심하면서 재빨리 상태가 좋은 다른 화분들 뒤로 죽은 화분을 숨겼다.

갑자기 뱀파이어가 허리를 폈는데 등에서 우지끈거리는 소리가 났다.

"난쟁이들 세상에서 거인으로 사는 게 아주 짜증스러울 때가 있단 말이야."

뱀파이어가 나를 뚫어져라 쳐다보면서 덧붙였다.

"이제 슬슬 배가 고프구나."

"다 끝났습니까?" 내 심장이 두방망이질 치고 있었다.

"아니, 두 번째 주문을 제거했다. 제법 수준 있는 주문이었어. 이제부터 내가 걸었던 주문을 풀 것이다."

"오케이. 끝나면 원하는 것은 뭐든 드실 수 있습니다." 나는 두려움에 떠는 내색을 하지 않으려고 애쓰면서 대답했다. "혈액 주머니도 몇 개 준비해놨습니다."

뱀파이어가 인상을 썼다.

"그 피는 플라스틱 맛이 나서 아주 불쾌해."

"그럴지도 모르지만 다른 피는 없으니 아쉬운 대로 만족하셔야 합니다."

뱀파이어는 욕망이 앞서면 두세 명쯤의 목을 따는 데 내 동의 따위는 필요 없다는 뜻의 시선을 던지고 나서 다시 열중했다.

애너벨이 도착하기까지 5분밖에 남지 않았다. 시간이 흐를수록 내 가슴이 죄어들었다. 빌어먹을 상상력!

애너벨의 요란한 출현으로 시작해 카테리나의 주문을 풀기도 전에 브랜던 경의 죽음으로 끝나면 진짜 죽도 밥도 안 되는데.

초침이 째깍째깍, 점점 더 초조해지고 마음이 무겁고 고통스러웠다. 나는 고함을 지르지 않으려고 애쓰느라 극도로 긴장해 등에서 쥐가 날 지경이었다.

애너벨이 도착하기 1분 전 브랜던 경이 일어났다. 지친 것 같지는 않지만 힘을 많이 소모한 기색이 역력했다. 최면을 걸어 루가루 병사들의 정신도 계속 지배하고 있으니 당연했다.

"됐다." 브랜던 경이 짤막하게 말했다.

카테리나는 의식이 없는 건지 잠든 건지 잘 모르겠지만 긴장한 기색 없이 평온해 보였다.

브랜던 경은 약속을 지켰다. 나는 이 미친 뱀파이어가 독약처럼 몇 시간 후에 증상이 나타나는 또 다른 강박증을 걸어놓는 트릭을 쓰지 않았기를 바랐다. 지금으로서는 그를 믿는 것 외에 다른 방법이 없었다.

브랜던 경이 묶여 있는 카테리나를 풀어주고 무릎 위에 앉혔다. 당황한 내가 미처 떼어놓을 겨를도 없이 뱀파이어가 카테리나의 가는 목덜미와 할머니의 목덜미에 큼직한 양손을 올렸다. 조금만 충격을 줘도 부러질 것 같았다. 둘 다.

그때였다. 문이 벌컥 열렸다. 애너벨이 멋지게 등장했다. 브랜던 경과 두 여자 그리고 나를 본 애너벨의 보랏빛 눈이 동그래졌다.

나는 빨간 유리병을 애너벨의 가슴을 향해 던졌다.

폭발음은 예상보다 훨씬 컸다. 애너벨이 뒤쪽 복도의 창문을 뚫고 나가면서 유리가 박살 났다. 그리고 애너벨은 어둠 속으로 사라졌다.

"예스!" 브랜던 경이 할머니와 카테리나를 놓아주면서 외쳤다.

브랜던 경은 빨리 끝장내고 싶은 마음에 곧장 애너벨을 뒤쫓았다.

할머니를 묶은 쇠사슬은 어렵지 않게 풀렸다. 내가 쇠사슬을 옆으로 던지는 사이 미리 약속한 대로 악셀이 카테리나를 안고 전속력으로 뛰었다. 나는 미친 뱀파이어에게서 사랑하는 두 여자를 가능한 한 멀리 떼어놓고 싶었다. 복도에서 보초를 서던 루가루 병사 둘은 의식이 없었다. 브랜던 경이 애너벨을 죽이는 데 필요한 힘을 비축하기 위해 병사들의 최면을 풀어준 것이었다. 루가루들은 정신이 돌아올 때 발생한 충격으로 쓰러진 듯했다. 악셀이 뛰어가는 동안 나는 루가루들을 다른 병실에 끌어다 놓았다.

늦은 시간인데도 폭발음과 유리창 깨지는 소리, 애너벨이 창밖으로 떨어지는 소리에 놀란 환자들이 우르르 나와 있어 몰래 나갈 수가 없었다. 에릭과 아르망, 메이링이 사람들의 기억을 지우느라 바쁘게 움직였지만 속수무책이었다.

흰색 라이딩 코트 차림의 거인과 아름다운 여자가 붕붕 날아다니면서 맹수처럼 싸우고 있으니.

폭발성 액체를 맞은 애너벨이 무사해서 다행이었다. 애너벨은 브랜던 경이 달려들 때 주먹으로 복부를 가격했다. 에릭이 아연실색한 인간들에게 주문을 걸면서 빠르게 설명해준 내용이었다.

카테리나를 차 안에 앉히자마자 할머니는 전속력으로 차를 몰았다. 우리 중 누구도 할머니가 어디로 피신할 생각인지 알지 못했다(나는 도시에 있는 모텔 중 하나이리라고 예상했다). 나는 자동차 후미등이 시야에서 사라지고 나서야 숨을 돌렸다.

처키와 루가루 병사들도 의식을 잃은 상태로 주차장에서 코를 골고 있었다. 내 친구 처키는 깨어나면 희대의 대결을 구경하지 못한 데 대해 거물 뱀파이어를 많이 원망할 것이다.

달빛과 가로등 불빛 아래로 하얀 섬광이 여기저기서 번쩍번쩍했고, 주먹과 손, 발을 이용한 격렬한 공격이 보였다. 피가 분출하는데 누구의 것인지 알 수 없었다. 거인 아버지에 비하면 애너벨은 너무 작아 보였다. 몸 앞부분이 불에 타 할아버지가 우리를 통해 애너벨에게 보낸 방탄조끼가 드러나 있었다. 우리는 미리 약속한 대로 헬리콥터 안에 방탄조끼를 놔두고 내렸다. 나와 통화할 때 애너벨은 정보를 들었다면서 '작전이 조금도 마음에 안 든다'고 분명히 말했었다. 우리는 브랜던 경을 속이는 데 성공했다. 그는 애너벨이 유리병의 폭발성 물질에 맞았으니 반쯤 죽었다고 생각했다. 하지만 애너벨은 방탄조끼의 보호를 받고 있었다. 그리고 지금 애너벨은 생물학적 아버지가 빨간색 액체에 대한 응분의 대가를 치르게 하고 있었다.

다른 뱀파이어들과 함께 우리는 주차장에 있는 사람들을 대피시키기 시작했다. 에릭의 보호를 받으며 사람들은 얌전히 병원 건물로 들어가거나 집으로 갔다. 브랜던 경이 또다시 인간을 인질로 삼게끔 내버려둬서는 안 될 일이었다.

나는 애너벨이 걱정되었다. 애너벨은 아버지보다 훨씬 맹렬하고 민첩한 반면 브랜던 경은 엄청난 힘과 살아남겠다는 확고한 의지로 밀어붙이고 있었다. 내가 몰래 유리병의 내용물을 절반이나 비웠는데도 화분의 식물이 즉사한 것을 보면 애너벨도 타격을 받았을 것이었다.

하지만 브랜던 경을 공격하는 애너벨의 모습으로는 타격을 입었는지 여부를 알 수 없었다. 거인은 격분해서 고함을 지르는 반면 애너벨은 헌터답게 힘을 아끼면서 조용히 싸우고 있었다. 갑자기 브랜던 경이 애너벨을 잡아서 가로등을 향해 내동댕이쳤고, 그 충격에 가로등이 폭발했다. 불행히도 떨어져 나온 전선 하나가 애너벨의 몸에 닿았다. 애너벨은 감전되어 경련을 일으켰고 눈에서 파란 불꽃이 튀었다. 그 순간 악셀이 비명을 지르면서 변신했다.

나는 권총을 꺼내 들었다.

그리고 브랜던 경을 향해 쐈다.

은침이 빗발치듯 날아갔다. 맙소사, 원로 뱀파이어들의 말이 맞았다. 브랜던 경의 살이 어찌나 단단한지 은침은 깊이 뚫고 들어가지 못했다.

하지만 마침내 은침들이 몸속으로 들어갔고, 브랜던 경은 고통스러워하기 시작했다. 그가 격분해서 몸부림치는 사이 악셀이 경련을 일으키는 애너벨을 구하러 달려갔다. 브랜던 경이 괴물 독수리가 내리박히듯 나에게 날아왔다.

나는 본능적으로 팔을 내밀었다.

뱀파이어는 불도그처럼 내 팔을 물어뜯으면서 빨리 죽이기 위해 힘껏 피를 빨아들이며 내 배를 가르려고 했다.

고통이 어쩌나 심한지 나는 기절할 뻔했다. 타일러가 나를 물어뜯고 다리를 부러뜨렸을 때보다 훨씬 고통스러웠다.

갑자기 브랜던 경이 딸꾹질을 했다. 얼굴에 피가 잔뜩 묻은 뱀파이어는 내 팔을 놓아주더니 더 심하게 딸꾹질을 했다. 이윽고 뱀파이어는 허리를 숙이고 토하려고 했지만 아무것도 나오지 않았다. 나는 통증으로 덜덜 떨면서 간신히 빠져나와 출혈을 멈추기 위해 있는 힘을 다해 팔을 눌렀다. 악셀이 전선을 떼어내는 사이 애너벨이 내 친구의 발치에 쓰러지는 것이 보였다. 내가 주저앉은 곳까지 탄내가 진동했다. 개입할 기회를 찾던 에릭이 뛰어왔다. 그는 응급처치 의료 가방을 들고 있었고, 재빨리 나에게 진통제로 모르핀 주사를 놔주고 수혈해주었다. 나는 고마움을 표했다. 에릭이 빈 혈액 주머니를 빼고 팔에 난 상처를 봉합한 다음 특효 연고를 발라주면서 몇 시간 지나면 아무렇지도 않을 거라고 안심시켰다. 시간이 없는데 상처가 심각하지 않아 다행이라면서.

나는 에릭의 부축을 받아 일어났다. 브랜던 경은 반쯤 웅크린 채 숨을 쉬려고 했지만 점점 고통스러워지는 모양이었다. 이 상황을 이해할 수 없는 뱀파이어는 자기 가슴을 할퀴고 있었다.

"빌어먹을!" 브랜던 경이 쉰 목소리로 내뱉었다. "무슨 짓을 한 거지?"

"내가요?" 나는 작전 성공이 기쁜데도 떨리는 목소리를 저주하면서 대답했다. "내가 뭘 어쨌다고요? 카테리나에게 최면을 건 것도, 나에게 강제로 애너벨을 죽이라고 한 것도 당신입니다. 하지만 당신이 그런 짓을 하게 내버려둘 수는 없었어요, 브랜던 경. 당신이 우리 종족, 루가루 무리를 위협하게 내버려두는 건 말도 안 되니까요!"

"방해하지 않았다면 나는…… 너희 종족을 건드리지 않았을 거야." 브랜던 경이 내뱉었다. "너희들이 필요해. 내 목숨을 구해야 한다. 아니면 너희들 모두 죽어!"

지친 기색이 역력한 애너벨이 창백한 얼굴로 다가와서 브랜던 경을 노려보았다. 브랜던 경은 땅바닥에 앉아 있는데도 애너벨이 선 키와 비슷했다. 죽어가고 있으면서도 브랜던 경은 여전히 위압적이었다.

불현듯 브랜던 경이 방금 한 말이 모르핀으로 몽롱한 내 머릿속에 꽂혔다.

"당신이 없으면 우리 모두 죽기 때문에 당신의 목숨을 구해야 한다고요?"

"거짓말이야." 애너벨이 말했다. "살려고 거짓말하는 거야. 하지만 너무 늦었어. 지금 토하게 해도 독성 있는 피를 견디지 못해."

악셀이 소스라치게 놀랐다. 나는 독성이 있다는 말 때문이라고 생각했다.

악셀의 피였다. 내가 꾸민 작전이었다. 헬리콥터 안에서 우리는 악셀의 피를 뽑아 혈액 주머니에 넣은 다음 플라스틱 냄새가 나지 않게 내 피를 섞었다. 그러고는 악셀의 혈액 주머니를 내 팔뚝에 붙이고 단단하게 고정해놓았다. 브랜던 경이 공격할 때 나는 팔을 내밀면서 제발 다른 이를 겨냥하지 않길 바랐다.

작전 성공이었다. 브랜던 경은 나를 공격했고, 내 팔을 깨물었다. 그리고 악셀의 피를 빨아들였다. 애너벨에게 악셀의 피가 해로웠다는 데에서 착안한 작전이었다. 예상대로 브랜던 경은 죽어가고 있었다.

몸속으로 들어간 독성 있는 피가 혈관을 타고 장기에 퍼지면서 브랜던 경의 얼굴이 검은 반점으로 얼룩졌다.

"……뱀파이어들이 아냐." 브랜던 경이 딸꾹질을 했다. "나를 구해주지 않으면 바이러스를 누가 가지고 있는지 말해주지 않겠다. 너희들 모두 죽을 거야! 선택의 여지가 없어!"

나는 불안한 얼굴로 한 발짝 앞으로 나갔다. 성난 애너벨이 나를 막았다.

"들을 필요 없어, 인디아나. 구차하게 목숨을 연명하려는 거짓말이라니까! 그리고 내 미션은 아무도 브랜던 경을 살려주지 못하게 막는 거야. 네가 살려주려고 하면 난 너를 죽여야 해."

나는 애너벨의 얼굴을 빤히 쳐다봤다. 그녀의 보랏빛 눈에 핏발이 서 있었다.

"만약에 사실이면요? 인간을 죽이려는 음모를 브랜던 경이 우연히 알았다면요?"

하지만 애너벨은 물러서지 않았다. '만약' 때문에 후퇴하는 일을 용납하지 않았다.

"그렇다면 우리가 찾아야지. 뱀파이어들은 수집벽이 있고, 잊히지 않으려고 일대기를 기록해두거든. 그리고 장담하는데 이 비열한 작자의 이기심을 생각하면 자기 입으로 절대 알려주지도 않을걸."

"어쨌든 너무 늦었어." 악셀이 끼어들었다.

실제로 브랜던 경은 심한 경련을 일으키고 있었다. 시커먼 피를 토해내더니 갑자기 몸이 뻣뻣해졌다. 마지막 경련과 함께 끝이 났다. 늙은 뱀파이어의 숨이 끊어졌다.

그리고 그의 비밀은 영혼과 함께 날아갔다. 그에게 영혼이 있었다면.

애너벨이 장검을 꺼내 들었다. 보기만 해도 소름 끼치게 날카로운 칼, 손질이 잘된 칼날이었다. 미끄럼 방지를 위해 가죽을 씌운 손잡이. 내 눈에는 분명히 무거워 보이는데도 애너벨은 아주 가볍게 다루는 모습이 인상적이었다. 애너벨이 브랜던 경의 목을 단칼에 베었다. 그리고 심장을 도려냈다. 비정할 정도로 철두철미했다.

시신이 사라져버렸다. 더 구체적으로 말하면 바짝 메마르기 시작한 시신은 마치 도둑맞은 시간에 분풀이하듯 뼈를 제외한 살이 모두 가루로 변했다.

아주아주 오래전에 죽었어야 하는 존재 아닌가. 애너벨이 손에 든 머리와 심장도 부스러지더니 이내 가루만 남았다. 애너벨은 준비해 온 유골 단지에 가루를 조심스럽게 집어넣었다. 용의주도했다.

애너벨이 뼛조각을 찾아 주워 담는 사이 나는 시선을 돌렸다. 역겨워서가 아니었다. 모르핀 진통제를 맞았는데도 되살아난 통증 때문에 이맛살을 찌푸리면서 나는 할머니의 전화번호를 눌렀다.

"끝났어요." 할머니가 전화를 받았을 때 나는 말했다. "브랜던은 죽었고, 머리는 잘리고 심장은 도려내졌고, 가루가 됐어요. 할머니는 카테리나를 데리고 안전한 곳에 계세요. 주문은 풀렸지만 아직은 카테리나를 보살펴줘야 할 거예요."

"내니한테서 방금 연락이 왔어." 할머니가 심각한 목소리로 말했다. "모든 게 끝났다니 돌아갈 생각이다. 셰이머스가 죽어가고 있어, 인다아나. 한 시간도 안 남은 것 같아."

나는 목이 멨다. 카테리나는 새로운 시련을 겪어야 했다. 브랜드켈에게 저주를 내리는 것으로는 분이 풀리지 않겠지만 나는 반드시 그렇게 할 것이다.

"기다릴게요." 나는 전화를 끊었다.

에릭과 애너벨은 정리를 끝냈고, 에릭이 유골 단지를 들고 날아갔다. 애너벨은 에릭이 강물에 재를 뿌리러 갔다고 알려주었다. 뱀파이어들은 어떤 위험도 무릅쓰지 않았다. 나는 이제 뱀파이어나 유령, 죽여도 죽여도 끝없이 살아서 나타나는 좀비 종류의 멍청한 영화들이 싫어졌다. 다시는 그런 영화를 보러 다니지 않을 생각이다.

애너벨과 악셀이 기절한 루가루들을 병원으로 데려갔다. 브랜던 경의 카리스마에서 풀려난 루가루들은 머지않아 깨어날 것이다.

내 점퍼가 그렇게 얇았나? 뱀파이어에게 물린 충격, 출혈, 공포, 통증 때문인지 몸이 으슬으슬 떨렸다. 나도 병원 건물 안으로 들어갔다. 주먹질을 하듯 나를 후려치는 따뜻한 열기에 비틀거렸다. 허약하게 보이기 싫어 마치 누군가를 기다리는 양 태연하게 벽에 기대섰지만 속으로는 쓰러지지 않으려고 노력했다. 그러다 행복하게 코를 고는 처키 옆에 조심스럽게 앉았다.

'멋지게 해치웠어' 하고 내 작전을 칭찬하던 악셀이 깜짝 놀랐다.

"너 왜 이렇게 창백해? 좀비처럼 푸르뎅뎅한 것 같기도 하고. 괜찮아, 인디아나?"

남자는 이렇게 약한 모습을 보이지 말아야 하는데…….

"그럼 괜찮지." 나는 얼른 대답했다. "셰이머스 씨가 걱정돼서 그래. 내 니말로는……."

"……살아나지 못할 것 같다는 거 알아." 악셀이 말했다. "충격받았구나. 너 언제부터 굶었어?"

나는 눈을 깜박였다. 언제부터 안 먹었지? 전혀 기억이 나지 않았다.

악셀이 내 얼굴을 보면서 아몬드와 캐러멜이 들어 있는 초콜릿바 하나를 꺼냈다. 나는 고마워하면서 냉큼 입에 넣었다. 한입 깨물자마자 배가 고파 죽을 지경이었음을 깨달았다. 초콜릿바 하나를 순식간에 먹어치웠다. 어디론가 사라졌던 악셀이 돌아와 소다수 한 잔과 물 한 병, 감자튀김 두 봉지를 내밀었다. 나는 정신없이 먹었다. 악셀은 사과 하나를 먹었다. 나는 빨간색과 초록색이 섞인 과일을 혐오스럽게 쳐다봤다.

"잘 먹었어."

"더 먹어! 탄수화물, 당분, 염분을 보충해야 힘을 낼 수 있어."

나는 어깨를 으쓱하면서 시키는 대로 했다. 악셀이 주는 걸 다 먹고 나자 기분이 훨씬 나아졌다. 적어도 이제는 바닥이 빙빙 돌지 않았다.

"솔직히 네 작전이 통할 거라고 생각하지 않았어." 악셀이 생각에 잠긴 얼굴로 말했다. "브랜던 경이 애너벨보다 더 세니까. 그런데 네가 애너벨의 목숨을 구해줬어. 그녀는 그걸 인정하느니 송곳니를 다 뽑아버리려고 하겠지만."

나를 믿어주고 브랜던 경과 대결하기 전에 불안한 마음을 말하지 않은 악셀이 고마웠다.

"하지만 처음에 맞붙었을 때는 애너벨이 브랜던 경을 이겼잖아."

"그래. 아무리 대단한 뱀파이어라도 적응하기 전에는 이기기 쉽지 않으니까. 하지만 이번에는 애너벨과 이미 겨뤄본 터라 전술을 다 파악하고 있었어. 너도 봤잖아? 브랜던은 애너벨이 다가오게 내버려두지 않았어. 매번 애너벨을 뭔가에 부딪치도록 유도해서 통증과 상처 때문에 힘을 제대로 쓰지 못하게 했지. 그녀를 감전시키겠다는 생각은 기발했어. 진짜 성공할 뻔했으니까. 네가 권총을 쏴서 브랜던의 관심을 네 쪽으로 돌리지 않았다면 애너벨은 죽었을 거야."

악셀의 말에 일리가 있었다. 두 뱀파이어가 어찌나 빠르게 움직이며 싸웠는지 나는 흐릿한 실루엣밖에 보지 못했다. 그리고 작전을 짜는 데 너무 골몰한 나머지 누가 뭘 어떻게 하는지 신경 쓸 여력이 없었다.

"애너벨은 절대 고맙다는 말을 하지 않을 테니 나라도 대신 말해주고 싶었어. 우리 둘의 이름으로." 악셀이 말을 맺었다.

나는 농담으로 받아쳤다.

"어쨌든 내가 너를 도와줬다는 사실만으로도 기뻐, 친구!"

나는 오른팔을 다쳤다는 걸 잊고 악셀의 어깨를 손바닥으로 때렸다가…… 금방 후회했다.

"아야! 와 엄청 아프네!"

"이게 바로 바보 같은 짓은 하지 말라는 신호야." 악셀이 약을 올렸다. "그래야 빨리 낫지."

그때 할머니와 카테리나가 병원으로 들어왔다. 모두 혈색이 돌아와 있었다. 나는 일어났다. 순간 팔이 폭탄이라도 맞은 것처럼 아파서 쓰러질 뻔했지만 나는 보물을 품에 안듯 카테리나를 꽉 끌어안았다.

나는 그녀의 도톰한 입술을 찾아 숨이 멎을 정도로 키스했다. 마지못해 그녀를 놔주었을 때는 모두(병원 로비에는 네 사람이 있었다) 미소 짓고 있었다. 루가루 무리를 도와줬음에도 허약한 인간이라는 이유로 카테리나를 좋아하지 않는 할머니까지 웃음을 띠고 있었다. 나는 카테리나가 내 눈을 보지 못하게 했다. 그녀도 내 눈을 보지 않았지만 우리의 두 손이 어찌나 세게 깍지를 꼈는지 아무도 풀 수 없을 것 같았다.

"인디아나, 내 사랑!"

"카테리나, 얼마나 두려웠는지 몰라. 너를 잃는 줄 알았어!"

"절대." 카테리나가 내 눈을 뚫어져라 쳐다보며 진지한 어조로 말했다. "나를 잃는 일은 절대 없어. 난 너를 사랑해. 마침내 깨달았어. 내 가슴이 하는 말을 이제는 들을 수 있어, 인디아나. 또다시 이런 일을 겪을 수 있을까. 내 인생 최악의 경험이야. 그건 사랑이 아니었어. 광기, 집착, 소진되어버리는 욕망일 뿐이지. 인디아나, 너에 대한 감정과는 아무 상관 없었어! 너와 헤어지려고 했지만 내 생각이 틀렸어. 사랑을 찾았으면 사랑을 위해 싸우고, 지키기 위해 싸워야 하는데 내가 어리석었어."

그렇게 말하고 나서 카테리나가 달콤하게 키스했다. 나는 감격했다. 내가 입술을 세게 누르자 카테리나는 저항과 기쁨이 반반씩 섞인 신음 소리를 냈다. 흠흠, 하고 할머니의 헛기침 소리에 우리는 떨어졌다. 하지만 나는 그녀의 손을 놓지 않았다. 팔이 떨어져나갈 듯 아픈데도. 우리는 할머니 앞에 섰다.

"네 아버지가 우리를 기다리고 있다." 할머니가 부드럽게 말했다. "카테리나, 아버지 상태가 어떤지 알지?"

"네." 카테리나가 슬프게 대답했다. "알아요. 각오하고 있어요."

나는 그녀의 손을 부드럽게 잡았다. 그녀는 글썽이는 눈물로 대답을 대신했다. 셰이머스를 보러 가기 전 마법사 의사 단테가 카테리나를 진찰했다. 도망치다가 돌과 나뭇가지에 다친 발과 끈에 쓸려서 염증이 생긴 손목과 발목을 제외하면 그녀는 양호한 편이었다. 물론 강박증에 시달리느라 심신이 지쳐 있었지만. 그리고 에릭의 진통제 덕분에 목은 완전히 나아 있었다. 단테가 집중치료실로 가도 좋다고 허락해주었다. 불안해 보이기도 하고 몹시 흥분한 것 같기도 한 단테의 모습에 나는 이유가 궁금해졌다.

할머니와 악셀, 카테리나, 나는 엘리베이터를 타고 지하에 있는 집중치료실로 내려갔다.

내니가 있었다.

나는 내니의 모습에 또 한 번 쓰러질 뻔했다.

내니의 팔에 꽂힌 튜브를 통해 빨간 피가 셰이머스의 혈관 속으로 흘러들고 있었으니……

15
알파의 피

할머니가 공포의 비명을 질렀다.

"제인! 뭐 하는 건가?"

내니가 우리 쪽을 쳐다봤다. 지친 기색이 역력했지만 표정은 단호했다.

"셰이머스를 살리기 위해 마지막으로 해줄 수 있는 일은 내 피를 주는 거예요. 셰이머스는 A+형이지만 우리의 피는 호환이 가능해요."

"맞아요." 따라 들어와 있던 마법사 의사가 말했다. (이제야 단테가 흥분한 이유가 이해되었다. 새로운 실험 때문이었다.) "베릴루스 부인의 O-형 그룹은 누구에게나 수혈이 가능합니다. 루가루에게는 재생하는 특성이 있으니까 셰이머스에게 충분히 수혈해주면 살릴 수 있을지 몰라요."

피를 빨아올려 내니의 피로 교체하는 의료 기기가 셰이머스의 팔에 연결되어 있었다.

"아빠를 세미로 형질전환시키는 거예요?" 카테리나는 털북숭이 괴물이 된 아빠를 떠올리면서 떨리는 목소리로 물었다.

"모르겠어." 내니가 정직하게 대답했다. "우리는 누군가에게 전적으로 루가루의 피를 수혈해본 적이 없어. 세미로 형질전환이 될지, 살릴 수나 있을지 확신이 없구나."

내니가 모니터를 살피고 있는 단테를 가리키면서 유머를 던졌다.

"어쨌든 마법사는 신이 나 있지. '열정적인 실험'이라는 주제로 한 광고를 최소 두 개 정도 준비하고 있으니까."

"하지만 자네가 죽을지도 몰라!" 질겁한 할머니가 외쳤다. "셰이머스에게 충분히 수혈해주고 나면 자네는 죽는다는 거 몰라서 그래?"

내니가 어깨를 으쓱했다.

"상관없어요. 사랑 없는 인생이 무슨 소용이에요……. 이 늙은 남자에게서 마침내 찾은 사랑이에요. 이대로 죽게 내버려둘 수 없어요. 내 피를 주었는데도 죽음을 이기지 못하면 할 수 없죠. 그리고 인디아나가 이렇게 다 큰 모습을 봤으니 살 만큼 살았고요. 인디아나 덕분에 많이 즐거웠고, 잘 키웠다는 걸 알았으니 편안한 마음으로 떠날 수 있어요."

할머니가 입술을 꼭 다물었다.

"나는 가장 친한 친구가 죽게 내버려둘 수 없어. 저리 비켜."

내니가 놀란 얼굴로 할머니를 쳐다봤다.

"네?"

"비키라고. 내 혈액형이 이 인간과 같은 A+형이야. 자네를 위해 내가 피를 주지. 내 피는 알파의 피라서 자네 것보다 훨씬 강하니까. 알파의 피가 두 사람 다 구할 수 있는지 어디 한번 보자고. 이 인간은 내가 꼭 살려야 할 이유가 없지만 자네는 아냐."

내니는 입을 멍하니 벌렸다. 나도 어리둥절했다. 냉정하고 거만한 겉모습만으로 할머니를 예측하기란 불가능했다. 내니가 일어나면서 비틀거리자 할머니가 얼른 붙잡아주었다.

뜻밖의 도움이 기쁜 마법사 의사가 수혈을 중단하고 주삿바늘을 새것으로 교체한 다음 할머니가 내민 팔을 알코올로 닦아내고 혈관에 찔렀다. 할머니의 피가 혈관을 타고 셰이머스의 몸속으로 들어가기 시작했다.

카테리나는 내가 사라질까 봐 걱정이라도 되는 듯 손을 움켜잡았다. 우리는 경직되어 있었다. 30분 후 할머니의 피 1리터가 셰이머스에게 수혈되었고, 실험 전개 상황을 계속 확인하던 단테는 이 정도면 충분하다고 판단했다.

의료 기기의 전원이 꺼졌다. 모두 셰이머스의 침대에 둘러서서 여전히 창백하고 미동도 없는 그의 얼굴을 쳐다봤다.

붕대에 감겨 있어서 상처가 아물었는지는 알 수 없었다. 인공호흡기를 쓰고 있어서 셰이머스가 자력으로 숨을 쉴 수 있는지 어떤지도 몰랐다. 그의 상태를 알 수 있는 것은 뇌 활동을 알려주는 뇌파 기록 검사뿐이었다.

텔레비전 드라마나 영화 속에서는 대체로 환자가 수혈을 받은 뒤 의식을 되찾을 때 경련을 일으키듯 갑자기 몸을 들썩해서 지켜보는 이들을 깜짝 놀라게 했다.

셰이머스는 아무 반응이 없었다. 영화에서는 주인공이 살아남지만 현실에서는 그렇지 않았다. 시간이 흐를수록 카테리나의 어깨가 처지고, 내니의 눈빛에 점점 더 두려움이 차올랐다.

그렇게 네 시간을 지켜보다 녹초가 된 우리는 카테리나를 쉬게 하기로 결정했다. 나도 눈을 붙이기로 했다. 마법사 의사가 우리에게 가까운 병실 하나를 내주었다. 나는 카테리나를 품에 안았다. 담요 같은 것을 덮어주면서 '사랑해'라는 말도 하지 못한 채 나와 카테리나는 잠이 들었다.

나와 카테리나는 거의 동시에 눈을 떴다. 그녀가 얼굴을 돌리고 아름다운 눈으로 나를 쳐다보면서 속삭였다.

"안녕, 내 사랑."

나는 미소를 지었다.

"안녕, 내 사랑. 잘 잤어?"

"응, 아주 잘 잤어. 처음으로 너에게 안겨 잠들었잖아, 인디아나. 좋아."

카테리나는 쓸데없는 자존심을 버리고 내게 마음을 주었다. 영원히. 이제 우리를 갈라놓을 수 있는 건 아무것도 없었다. 죽음, 나의 종족 루가루 무리의 법을 제외하고는. 적어도 이런 것들은 그녀의 뜻이 아니었지만 이틀 전 그녀가 나를 밀어냈던 일을 생각하면 변수는 얼마든지 있었다.

나는 열렬하게 키스했다. 키스 이상으로 발전하면 안 된다는 걸 잘 알고 있었다. 죽어가는 아버지가 옆에 있는데 지금은 때가 아니었다. 하지만 사랑하는 여자를 품에 안고 있을 때 욕망을 참기란 거물과의 싸움만큼 힘들었다.

그때 다행히 노크 소리가 났다. 처키였다. 이번만은 우리를 방해한 친구가 고마웠다.

처키가 좋은 소식을 전했다.

셰이머스는 아직 살아 있었다.

우리는 후다닥 샤워를 한 다음 내니가 챙겨 온 옷으로 갈아입었다. 마법사 의사가 내 팔에 감은 붕대를 갈아주었다. 에릭이 발라준 연고 덕분에 브랜던경에게 물린 상처는 거의 아물어 있었다.

내니가 주문해서 병원으로 가져오게 한 푸짐한 아침 식사가 기다리고 있었다(병원 음식이 어찌나 맛이 없는지, 환자들이 그런 걸 먹고 어떻게 병이 나을 수 있겠어! 하면서 내니는 어이없어했다).

팬케이크, 버터와 잼, 베이컨을 곁들인 따뜻한 머핀, 삶은 계란, 소시지, 과일 샐러드, 차와 커피를 먹는 동안 카테리나는 그간의 일을 이야기했다. 구내식당에서 내다보이는 창밖은 설경이었다. 창문으로 쏟아져 들어오는 햇빛을 두려워하지 않는 애너벨과 메이링, 악셀이 함께 둘러앉아 있었다. 반면에 에릭과 아르망과 샘은 내가 모르는 어딘가에 피신해서 자고 있는 듯했다.

"뱀파이어들이 싸우는 동안 나는 캠퍼스 밖으로 뛰어가고 있었어요." 카테리나는 끔찍한 기억이 떠오르는지 이마를 찌푸리면서 설명했다. "갑자기 그자가 나를 덮쳤는데 어찌나 난폭한지 영문도 알 수 없었어요. 그러다 정신을 차려보니 하늘을 날고 있지 뭐예요. 그는 격분해 있었고, 응분의 대가를 치르게 할 거라고 고래고래 소리를 질렀지요. 뱀파이어들도 바이러스에 감염될 수 있다면서 누군가를 설득해 바이러스를 퍼뜨리겠다고요. 상볼을 죽인 다음 그 누군가도 죽이고 자기가 전 세계를 지배할 것이고, 인간들을 노예로 삼을 거란 말도 했어요."

우리는 아연실색해서 서로를 쳐다봤다.

"뭐?" 애너벨 옆에 앉아서 먹던 악셀이 외쳤다. "바이러스 얘기가 사실이었어? 브랜던 경이 죽지 않으려고 꾸며낸 얘기가 아니라? 빌어먹을!"

악셀의 욕에 전적으로 동의한다. 빌어먹을, 빌어먹을, 빌어먹을! 미국 드라마 〈24시〉의 주인공 잭 바우어(대테러 연합기구 CTU 요원)가 된 듯한 이 느낌은 뭐지? 원로 뱀파이어들이 '바이러스'는 날조된 얘기라고 분명히 말했는데……. 나는 믿을 수 없었다.

"이윽고 땅에 착지했을 때 나는 도망치려고 했지만 불가능했어요." 카테리나가 심호흡을 하면서 말을 이었다. "그자가 말했어요. 타일러가 유일한 내 사랑이라면서 타일러 이외에는 누구도 나를 찾으면 안 되니까 어떤 희생을 치르더라도 타일러를 만나야 한다고. 그자의 목소리가 내 가슴을 파고들었고, 시선이 나를 꿰뚫어 봤어요. 거짓말이라는 걸 알고 있었어요. 인디아나에 대한 사랑이 나를 지켜줄 거라고 믿었죠. 하지만 얼마 전 나는 인디아나에게 결별을 선언하면서 인디아나의 사랑을 거부했고, 그래서 믿고 의지할 것이 아무것도 없었어요. 그자가 나를 거미줄 같은 데 가뒀어요. 그러다 여러분이 오는 걸 본 순간 그가 나를 깨물었는데…… 정말 비명을 지르지도 못할 만큼 고통스러웠어요. 그리고 그자가 내 피를 빨아들일 때 나는 한 가지만 생각했어요. 죽으면 안 된다고, 타일러를 만나기 전에 죽으면 안 된다고!"

아, 나는 카테리나가 내 품에 안긴 이유가 이제 이해되었다. 그녀는 나를 배신했다고 생각하고 있었다! 미치도록 사랑스러운 카테리나! 그녀가 무슨 짓을 하든 나는 그녀를 영원히 사랑할 것이다. 그리고 그 마음을 보여주리라 굳게 다짐했다.

카테리나가 고백을 마치자 무거운 침묵이 흘렀다. 애너벨과 메이링은 카테리나를 덤덤하게 쳐다보고 있었다. 뱀파이어들은 인간과 이야기하는 일에 익숙하지 않았다. 그리고 카테리나가 하는 말에 별로 관심도 없었다. 물론 바이러스에 관한 것은 제외하고.

"그랬겠지, 아주 강력한 강박증 주문에 걸려 있었으니까." 애너벨이 냉랭하게 말했다. "자칫했다간 죽을 수도 있을 만큼. 하지만 브랜던 경이 너를 물고 피를 빨아 먹은 것은 우리를 속이기 위한 일에 불과해. 정말 너를 죽이려고 했다면 목을 땄을 테니까."

애너벨이 나에게 매서운 시선을 던졌다.

"모든 것이 나를 잡기 위한 교묘한 함정이었어. 인디아나 텔러가 연루된 함정이었지. 최악의 사태가 발생할 수도 있었어. 아무튼 바이러스에 대해서나 좀 더 자세히 말해봐."

하지만 카테리나는 덧붙일 만한 이야기가 없다면서 자신이 받은 느낌을 전했다. 브랜던 경은 너무 격분해서 헛소리를 하는 것 같았고, 바이러스를 가지고 있는 것으로 여겨지는 존재를 이름으로 불러줄 만한 가치는 없다는 듯 '누군가'라고 지칭했다고 했다.

별로 도움되는 말이 아니었다.

"지금 수색 팀이 브랜던 경의 소굴을 샅샅이 뒤지고 있어." 아시아계의 아름다운 뱀파이어 메이링이 밝혔다. "많은 걸 발견했지만 아직 일기장은 찾지 못했지."

나는 브랜던 경의 거처를 떠올렸다. 만약 나라면 기밀 사항을 기록한 일기장을 어디에 숨겨놓을까?

"17, 18세기풍의 가구가 많았어요." 내가 말했다. "그중에서도 특히 책상, 골동품 캐비닛에는 비밀 서랍이 있어서 얼마든지 감춰놓을 수 있어요."

메이링은 '그 시대를 살았던 뱀파이어들이 여전히 건재한데 아무려면 우리가 그것도 모르겠어?' 하는 얼굴로 나를 쳐다봤다. 나는 추리를 멈추고 목소리를 가다듬은 뒤 물었다.

"다른 두 거물 뱀파이어는 모를까요? 탈출할 때 브랜던 경과 함께 나갔고, 브랜던 경과 달리 억류되어 있었던 데다 훨씬 더 미쳐 있었어요. 어쩌면 그들이 필요한 것을 빼돌렸을 수도 있잖아요?"

메이링이 고개를 끄덕이면서 수색 팀에 SMS를 보냈다.

"그들은 이미 심문조서를 받고 있으니까 뭔가 찾아내겠지. 브랜던 경도 두려웠지만 솔직히 바이러스로 전 세계 인류가 죽을까 봐 훨씬 더 걱정되는구나."

애너벨과 메이링이 불안한 눈빛을 주고받았다. 유일한 양식인 인류가 위협받고 있다는 사실에 당황하고 있었다. 인간이 다 죽으면 뱀파이어도 죽는 것은 당연한 등식이었다.

"그렇게 생각하지 않아요." 내가 딱 잘라 말했다. "브랜던 경은 분명히 바이러스를 배양하는 것이 원로 뱀파이어들이라고 말했어요. 인간들이 전쟁에 돌입할 경우 방어하기 위해서라고. 반면에 원로들은 바이러스가 연구소밖으로 나가는 일은 절대 없다고 단언했지만 전적으로 신뢰하기는 힘들었어요. 아무튼 브랜던 경은 알고 있었기 때문에 죽는 순간에도 바이러스를 갖고 있다는 누군가와 함께 우리에게 함정을 놓으려고 했던 거예요. 나는 믿고 싶지 않아요. 브랜던 경은 완전히 미쳤으니까요. 카테리나에게 한 짓은 아주 영리해 보이지만 실은 터무니없는, 쓸데없는 짓이었어요. 그리고 브랜던 경은 정신병원을 자유롭게 드나들 수 있어서 애너벨을 죽이기 위해 내가 필요하지도 않았어요. 애너벨보다 훨씬 세기도 하고요. 갇혀 있다고 믿게 하고 귀신같이 나가서 애너벨을 추적하고 함정에 빠뜨려 죽이면 되잖아요. 24시간 보초를 서는 것으로는 그를 감시할 수 없어요. 강력한 상볼이라도 거처를 나간 사실은 절대 알아채지 못했을 테니까요."

생물학적 아버지가 훨씬 세다는 말에 애너벨은 입을 꼭 다물고 잠자코 있었다. 내 말이 옳다는 걸 그녀도 알고 있었다. 첫 번째 대결에서는 브랜던 경이 기습 공격에 당했지만 두 번째 대결에서는 내가 개입하지 않았다면 애너벨이 졌을 터였다.

"나는 브랜던 경이 도박을 벌였다고 생각해요. 지루하고 따분한 생활을 하다 존재를 드러내고 싶어서 사람들을 꼭두각시처럼 농락했다고 봐야죠. 무료함을 달래기 위해 루이스 브랜드켈의 제안을 받아들였을 텐데……. 그런데 애너벨이 등장해 너무 놀란 거예요. 브랜던 경은 비밀리에 직접 애너벨을 공격할 수도 있었는데 장난을 치려다 실패했어요. 그리고 카테리나를 죽일 생각도 없었어요. 카테리나가 타일러를 만나면 전할 거라고 계산하고 바이러스 얘기를 꾸며냈으니까."

"하지만 왜?" 애너벨이 의아한 얼굴로 물었다.

나는 어깨를 으쓱했다.

"그건 모르죠. 루가루와 뱀파이어 간에 전쟁을 일으키려고? 브랜던 경이 원로들을 두려워한 건 분명해요. 애너벨의 존재를 안 뒤로는 훨씬 더 두려워했어요. 브랜던 경은 어쩌면 마음껏 깨물지 못하게 하는 방해꾼들을 우리 루가루 무리가 제거해주길 바랐을지도 모르죠."

그때 단테가 구내식당으로 들어왔다. 마법사 의사가 카테리나의 손을 잡고 애석한 표정으로 말했다.

"아버지의 심장박동이 느려지면서 점점 더 안 좋아지시는구나. 마지막이 될 것 같아."

카테리나가 숨을 들이쉬었다. 나는 그녀와 함께 일어났다. 모두 집중치료실로 갈 수는 없었다. 내니, 카테리나, 나만이 임종을 지키도록 허락되었다. 우리는 수술복 같은 옷, 덧신, 모자와 장갑을 꼈다. 이걸 뭐하러? 감염될 시간이나 있을까?

카테리나는 눈물을 흘리면서 장갑 낀 손으로 미동도 않는 아버지의 손을 잡았다.

삐이. 삐이. 심전계 모니터 소리가 아주 느리게 들렸다. 내니의 심장과 거의 같은 리듬일 만큼 느렸다.

나는 귀를 세웠다. 매우 느리게 뛰는 내니의 심장박동 소리가 들렸다. 나는 셰이머스에게 정신을 집중했다. 인공호흡기와 거의 동시에 가슴이 움직이는 걸 보았다. 하지만 호흡기가 있는데도 숨을 쉬지 못하는 것처럼 셰이머스의 얼굴이 서서히 파랗게 변하고 있었다.

내가 벌떡 일어나면서 외쳤다.

"호흡기를 벗겨요, 단테 선생님! 빨리요!"

마법사 의사가 놀라서 뛰어왔다.

"하지만……."

"빨리요! 숨이 막히고 있어요!"

"무슨 말이야?"

"루가루의 신진대사가 식도에 영향을 주어 질식하기 전에 빨리요!"

마법사 의사가 무슨 정신 나간 소리야? 하는 눈으로 나를 쳐다보는 동안 카테리나도 완전히 멍한 시선으로 나를 응시했다. 단테는 내 말대로 호흡기를 벗기려고 했지만 애를 먹었다. 재생되는 살 때문에 인공호흡기가 기관지를 가로막아 셰이머스는 코로도 입으로도 숨을 쉴 수 없었다.

나는 가만히 보고 있을 수 없어서 마법사 의사를 도왔다. 긴 튜브가 마침내 기관지에서 미끄러지듯 빠져나왔다. 마법사 의사는 내 말이 맞았다는 걸 알고 아연실색했다. 찢겨졌던 살이 아물기 시작했고, 기관지도 한결 자유로워진 듯 호흡이 안정되었다.

갑자기 뇌 활동을 살피는 의료 기기가 삐삐거렸다.

"맙소사. 믿기지가 않아……."

단테가 경악한 얼굴로 중얼거리고는 갑자기 소리를 내지르면서 내니에게 뛰어오더니 밀도가 높은 루가루를 덥석 들어 빙글빙글 돌렸다.

"성공했어요! 우리가 해냈어요! 셰이머스를 살렸다고요! 우리가 최초의 인공적 루가루를 창조한 거예요! 야호!"

그러더니 돌연 내니를 내려놓고 약간 숨을 헐떡이면서 셰이머스에게 돌아갔다. 마법사 의사가 가위를 집어 들고 붕대를 자르기 시작했다.

"빨리 와서 도와줘." 단테는 흥분한 상태였다. "붕대를 잘라내고, 봉합을 풀어야 해. 이런 상황을 예상하지 못했어. 까딱하면 몸속으로 다 빨려 들어가니까 서둘러!"

다급한 목소리에 우리도 나섰지만 붕대 절단은 그리 쉽지 않았다. 갑자기 내 옆에서 찬 기운이 느껴졌다. 애너벨이었다. 뱀파이어의 손가락 끝은 날카로운 칼날로 변해 있었다. 잠시 후 붕대가 완전히 찢겨나간 셰이머스의 알몸은 할퀸 상처 하나 없이 완벽했다. 나는 저 갈퀴 손톱 옆에는 절대 가까이 가지 않겠다고 다짐했다.

"애너벨, 고마워요, 고마워요!" 단테가 말했다.

마법사 의사가 봉합한 실밥을 끊고 훼손이 가장 심한 다리의 상처를 제거했다. 벌써 재생된 살이 상처를 빨아들이기 시작해 조금만 늦었어도 큰일 날 뻔했다.

카테리나는 급변한 상황에 어리둥절한 표정이었다. 나는 그녀를 팔로 감싸 안았다.

"다 잘될 거야." 나는 카테리나의 머리 향기를 맡으면서 말했다. "아버지는 깨어나서 곧 건강해지실 거야. 그리고 세미가 되지도 않아. 형질전환이 되지 않았어! 카테리나, 아버지가 세미로 변하지 않았어!"

전해지는 것과 달리 형질전환이 되는 데 걸리는 시간은 몇 분에서부터 몇 주에 이르기까지 물린 정도에 따라 달랐다. 아마도 새로운 몸에 영양이 공급되려면 어느 정도 시간이 필요하기 때문인 것 같았다. 그리고 세미들은 보름달이 떠 있을 때만 변신할 수 있었다. 악셀의 경우는 분노하거나 흥분했을 때도 변신할 수 있었는데, 무리의 수장이 되면서부터는 모든 세미의 에너지를 받아 아무 때나 변신할 수 있게 되었다.

"세미로 변하지 않는다고? 확실해? 인디아나, 헛된 희망 갖게 하지 마. 세미가 된다고 해도 나는 이해할 수 있어. 악셀을 생각하면 그리 나쁠 것도 없으니까."

나는 유리문 너머에서 즐거운 미소를 짓는 악셀과 시선이 마주쳤다. 카테리나는 세미의 초감각적 청각을 잊고 있었다.

"확실해. 그렇게 많은 피를 수혈받았으면 당장 형질전환이 되어 세미가 됐어야 하거든." 나는 조금 전의 결과에 감격하며 말했다.

우리는 셰이머스의 목숨을 구했을 뿐만 아니라(엄격히 말하면 내니와 할머니가 구했다) 내 소원도 이루어졌다. 완전한 루가루가 되는 방법을 찾았으니!

"카테리나, 아버지는 세미가 아니라 완전한 루가루로서 우리 무리의 일원이 될 거야."

나는 기쁨을 참을 수 없어서 단테처럼 카테리나를 덥석 들고 빙글빙글 돌렸다. 카테리나가 웃음을 터뜨렸다.

그 순간 혀가 잘 돌아가지 않는 목소리가 들렸다.

"뭐가 이러게 지그러워?"

집중치료실에 있던 이들이 모두 얼어붙었다. 내니가 탄성을 지르면서 뛰어갔고, 카테리나는 나에게서 벗어나 아버지의 손을 잡았다. 두 여자의 외침이 겹쳤다.

"셰이머스!"

"아빠!"

셰이머스가 눈을 뜨고 충혈된 눈으로 내니에 이어서 카테리나를 응시했다. 상상도 못했던 이들을 본 것처럼 눈에 기쁨이 가득했다.

마법사 의사가 물을 조금 먹였다. 며칠 동안 말을 하지 않았고, 심각한 외상을 입은 상태로 죽은 자들 사이에서 방금 돌아온 셰이머스였다. 처음에는 소리를 내기가 힘들었지만 점차 발음이 명확해졌다.

셰이머스는 아무것도 기억하지 못했다. 공격을 받았던 것도, 나에게 전화한 것도(실은 셰이머스가 전화한 게 아니었으니 나에게는 천만다행이었다), 부상당한 뒤로 무슨 일이 있었는지도 전혀 몰랐다. 마법사 의사는 기억하지 못하는 것이 정상이라고 안심시켰다. 기억은 차츰 돌아올 거라면서. 나는 전화 얘기만은 기억 속에서 완전히 사라지길 진심으로 바랐다.

셰이머스는 성배나 메시아를 보듯 내니를 뚫어져라 쳐다봤다. 하지만 나는 내니가 얼마나 불편해하고 있는지 알고 있었다. 그토록 자신만만하더니 막상 셰이머스에게 그를 루가루로 만들었다고 설명해야 한다고 생각하자 잔뜩 겁이 나는 모양이었다.

"오하라 씨, 세계 최초의 인공적 루가루가 된 것을 어떻게 생각하십니까?"

단테가 나서리라고는 생각도 하지 않던 내니는 내심 안도했고, 셰이머스는 멍한 시선으로 의사를 쳐다봤다.

"그게 무슨 말입니까?" 셰이머스가 쉰 목소리로 물었다.

"아, 설명해드리죠." 단테가 잘난 체하면서 말했다. "당신은 죽어가고 있었고 우리는 살릴 방법이 전혀 없었어요. 루가루에게 물렸는데 세미로 형질 전환이 되지 못하면 죽게 되니까요. 그래서 나는 수혈을 생각했고, 내니의 피와 밀레이디의 피를 당신에게 수혈했어요. 강력한 베타와 강력한 알파의 피를 수혈함으로써 당신의 목숨을 구했습니다. 그리고 이렇게 상처가 깨끗이 아물고 살은 재생되었지요. 과학의 대단한 승리입니다!"

셰이머스가 놀란 얼굴로 내니를 쳐다봤다. 몇 시간 전만 해도 셰이머스는 거의 죽은 거나 다름없었다는 사실을 상기시킬 필요가 있다. 아직은 셰이머스의 뇌가 제대로 작동하지 않는다고 이해할 수 있었다.

"당신처럼? 내가 당신과 같은 루가루가 된다고?" 셰이머스가 힘겹게 발음했다.

"오, 셰이머스, 미안해요. 난…… 난 달리 방법이 없었어요. 너무 두려웠어요! 당신이 죽게 내버려둘 수 없었어요, 이제야 당신을 찾았는데!"

셰이머스가 눈을 감자 거부의 몸짓으로 받아들인 내니는 상처를 입고 뒤로 물러섰다. 카테리나가 내니에게 난처한 시선을 던졌다. 이윽고 다시 눈을 뜬 셰이머스는 사랑하는 여자에게 남자가 보낼 수 있는 가장 멋지고 밝은 미소를 지어 보였다.

"당신을 따라 숲 속을 달릴 수 있기를 얼마나 꿈꿔왔는데!"

내니가 셰이머스를 열렬히 껴안았다. 셰이머스는 의젓하게 포옹을 받았지만 기력이 없어서 눈을 감았다. 그리고 잠시 후 잠이 들었다. 단테는 셰이머스를 진찰하면서 맥박과 심장박동을 확인한 다음 고개를 들었다. 흡족한 얼굴이었다.

"인체가 적응하려면 잠과 시간이 필요해요. 자, 어서어서 다들 밖으로 나가요! 완전히 회복될 때까지는 집중치료실에 더 있어야 하니까 내일 아침에 다시 와요."

카테리나가 다가가서 마법사 의사의 뺨에 입을 맞췄다. 단테는 겸연쩍어하면서 미소를 지어 보였다.

"선생님, 내니와 텔러 부인, 여러분 모두 고맙습니다(나는 카테리나에게 할머니라고 부르라는 말을 아직 하지 못했다). 여러분이 아버지의 목숨을 살려주셨어요!"

"천만에." 할머니가 말했다. "정말 용감하고 강인한 분이구나. 다른 사람이라면 벌써 단념했을 텐데 잘 싸워주었어. 아버지를 자랑스러워하렴."

"네, 아빠가 자랑스러워요. 기대 이상으로 강인하셨어요."

우리는 벅찬 가슴으로 병원을 나갔다. 아직 할 일이 많았지만 가장 시급한 문제가 해결되었고, 이번에는 아무도 죽지 않았다. 내 인생에 있어 진정한 승리의 순간이었다.

승리를 축하해주듯 햇빛이 눈부셨다. 몹시 추웠지만, 눈밭에 반사되는 햇살을 받아 내 팔에 매달린 세상에서 가장 아름다운 여자의 뺨은 발그스름하게 상기되어 있었다.

애너벨이 우리를 뒤따랐다. 그녀가 이끄는 홍위대 뱀파이어들은 좀 더 머물면서 거물 뱀파이어들이 일으켜놓은 문제를 해결할 예정이었다. 갑자기 애너벨의 언성이 높아져 카테리나와 내가 돌아봤다.

애너벨은 악셀에게 말하고 있었다. 카테리나에게 집중하느라 무슨 말을 하고 있었는지 전혀 듣지 못했기 때문에 나는 귀를 바짝 세웠다.

"절대로 안 될 일이야! 당신은 세미이고, 나는 뱀파이어야. 당신 피는 나에게 독인데 절대 그런 위험은 무릅쓰지 않겠어. 악셀, 당신은 귀엽고 매력적이지만 우리는 불가능해."

화가 난 악셀이 반박하기 전에 애너벨이 휙 날아갔다. 지켜보던 이들이 멍한 얼굴을 하고 있는 걸 보고 나는 뱀파이어의 카리스마가 발동되어 있음을 알았다. 잠시 후 모두의 기억 속에서 애너벨이 지워졌다. 정말 대단한 능력이었다.

카테리나는 아연실색한 얼굴로 여전히 허공을 쳐다보고 있었다.

"방금 사라진 거 맞지……."

"응."

"아무도 못 보게……."

"그래, 맞아. 뱀파이어의 카리스마 덕분이지. 뱀파이어들은 마음만 먹으면 사람들의 기억을 지워버릴 수 있어."

"극비 사항도 아닌데 굳이 기억까지 지울 건 없잖아……." 카테리나가 못마땅하다는 얼굴로 말했다.

"공공연한 비밀이라고 할 수 있지. 하지만 초자연적 존재에게는 꼭 필요해. 적어도 인간들은 그들을 모르고 있으니 나쁜 건 아니지."

"흠."

카테리나는 여전히 이해가 안 된다는 눈치였지만 그래도 슬그머니 내 손을 잡았다. 한순간 긴장했던 나는 마음이 놓였다.

그 순간 내 핸드폰의 전화벨이 울렸다. 할아버지였고, 사건 보고를 원했다. 새로운 방법으로 인공 루가루를 창조했다는 소식이 관심을 끈 것이다.

필경 할머니나 단테, 처키, 악셀이 전화로 알린 듯했다. 나만 수장에게 보고하는 일을 까맣게 잊고 있었음을 깨닫고 조금 당황했다.

하지만 할아버지는 나를 잊지 않고 있었다. 무엇보다도 나와 마찬가지로 할아버지는 이 새로운 소식이 나의 후계자 신분에 미칠 영향에 촉각을 세우고 있었다. 이제 할아버지의 손자가 알파 늑대가 될 수도 있다는 희망이 생긴 것 아닌가. 할아버지의 목소리에서 기쁨이 느껴졌다.

"위험은 없겠지?" 할아버지가 물었다.

"그건 전혀 모르겠어요. 발명이라는 것이 대개 그렇듯 이번 일도 우연의 결실이었거든요. 유모는 오로지 셰이머스 씨의 목숨을 구하려 했고, 단테 선생님은 실험을 하려 했고, 할머니는 내니를 잃지 않으려 한 데서 일어난 일이니까요. 하지만 나에게도 적용될 수 있는지는 아직 몰라요. 셰이머스 씨가 루가루로 변신하려고 할 때 무슨 일이 일어날지 알 수도 없고요. 지금으로서는 루가루와 비슷한 것 같아요. 셰이머스 씨의 심장이 아주 느리게 뛰고 있는데 단테 선생님이 루가루로 변했다는 걸 알아차리지 못해서 하마터면 죽을 뻔했어요. 다행히 내가 유모의 심장 소리와 셰이머스 씨의 심장 소리를 동시에 들었는데, 같은 리듬이었죠. 그제야 어떻게 됐는지 깨달았어요. 성공한 것 같지만 테스트해볼 필요는 있어요."

"그 마법사가 맡아줄까?"

"농담이시죠? 오히려 테스트에 참여하지 못하게 하려면 꽁꽁 묶어서 감금해야 할걸요. 당연히 할 거예요. 베타 늑대, 알파 늑대, 인간 지원자 들이 필요하니까 시간은 좀 걸리겠죠. 할아버지, 근데 타일러는 찾았어요?"

나는 세라피나에게 닥칠 위험을 잊지 않고 있었다.

대답하는 할아버지의 목소리에서 분노가 느껴졌다.

"도망쳐버렸어. 추적했지만 인근에 사는 농부가 차에 태워 빼돌린 게 틀림없다. 도로 주변에서 타일러의 냄새가 사라졌거든. 병사들이 어쩌다 타일러를 놓쳤는지 이해가 안 돼. 인디아나, 타일러는 당연히 붙잡히리라 생각했다. 누군가의 도움을 받았다는 건데 아무래도 내부 소행 같아."

세라피나와 네드가 배신한 뒤로 할아버지는 편집증 증세를 보이고 있었다. 원래도 있긴 했지만 평소보다 더 심해진 듯했다. 할아버지는 도처에서 음모를 느끼며 모두를 불신하고 있었다.

"그러지 마세요."

"뭘 그러지 마?"

"모두를 의심하지 마시라고요. 단결해야 하는 때에 불신 분위기를 조장하게 되잖아요. 할아버지, 타일러가 도망친 건 우리 병사들보다 더 영리한 알파이기 때문이에요. 그리고 타일러에게는 그럴 만한 동기가 부여되어 있어요. 나는 임신한 세라피나에게 아들이 얼마나 위험한지 아버지인 루이스가 깨닫길 바라요."

전화선 너머에서 한숨 소리가 들렸다.

"아직 어린데 어디서 이런 통찰력을 배웠을까?"

"나한테는 할아버지라는 훌륭한 선생님이 계시잖아요."

"사랑한다, 인디아나."

이 말이 가슴을 후벼 팠다.

"나도 사랑해요, 할아버지."

할아버지가 전화를 끊었다. 감상주의에 빠져서 하는 말이 아니라 내가 소중하다는 뜻이었다. 나는 가슴이 뜨거워졌고 행복했다. 내 가족은 나를 사랑하고, 나는 사랑하는 여자를 되찾았다. 엄마만 구하면 내 인생은 완벽해진다. 게다가 내가 완전한 루가루가 될 가능성도 엿보였다. 불과 몇 달 전만 해도 루가루 무리에 아무 도움이 안 되는 정신 나간 놈 취급을 받았었는데.

루가루 병사들이 우리 집 주위를 에워쌌다. 병사들은 타일러의 도주로 할아버지가 우리의 경호를 강화했음을 알고 있었다. 루이스 브랜드켈 쪽의 보복에 대한 대비였다.

정말이지 이날 하루만이라도 전쟁을 생각하고 싶지 않았다. 우리는 아직 지쳐 있었지만, 내니와 할머니는 파티를 열기로 결정했다. 이웃에 사는 루가루들과 우리의 대학 친구들(물론 루가루 친구들)을 초대했다. 저녁 무렵 적어도 백 명이 넘게 모였고 집은 터질 듯했다. 루가루 백 명과 뱀파이어 다섯 명이 흔쾌히 파티에 참석해 기쁨을 누렸다.

루가루들이 여는 파티를 경험한 적 없는 카테리나는 몹시 들떠서 분위기에 녹아들었다. 발랄하고 아름답고 강한 이들이 경쾌한 음악에 맞춰 춤을 췄다. 이따금 쿠랑트 무곡이 흘러나오면 빠른 템포에 맞춰 똑같은 동작으로 함께 어우러졌다. 근사하고 인상적인 광경이었다. 처키는 그동안 침을 흘리던 롤리를 초대했다. 여성들은 긴 다리를 드러낸 짧은 원피스 차림이고, 남성들은 복근과 골반을 강조하는 차림으로 펄쩍펄쩍 뛰었다. 우리는 생을 예찬하고 브랜던 경을 상대로 이룬 승리를 자축했다. 타일러나 죽음에 대한 걱정은 잠시나마 날려버렸다. 정말 황홀한 밤이었다.

나는 카테리나와 춤을 췄고, 떨어졌다 붙었다 하는 사이 몸이 땀에 젖었다. 긴장감으로 우리의 몸은 뜨거웠고 거의 숨이 막힐 지경이었다.

우리 모습이 너무 눈에 띄었나 보다.

팝 그룹 블랙 아이드 피스의 음악에 맞춰 댄스플로어에서 모두들 미친 듯이 날뛰는 순간 할머니가 나를 멀찍이 데려갔다.

"이러면 안 된다, 인디아나. 아직은 아니야." 할머니가 미안하다는 어조로 말했다. "루가루들이 금방 느낄 거야. 네 할아버지는 예외를 두지 않아. 루가루 평의회가 또다시 소집될 수도 있어. 우리는 위험을 자초할 수 없다. 너도 알다시피 할아버지는 너를 보호해줄 수 없어. 아직은 규칙을 지켜야 해. 인디아나, 조금만 더 참아. 몇 달, 아니 어쩌면 몇 주만 참으면 돼. 이제는 카테리나와 네가 형질전환될 수 있다는 희망이 생겼으니…….”

나는 고함을 지르고 싶었다. 내 인생이 완벽해질 거라고 생각한 지 얼마나 됐다고 벌써 이런 소리를 들어야 하는가!

“할머니, 지금 무슨 요구를 하시는지 알고 하는 말씀이세요? 나는 카테리나를 내 목숨보다 더 사랑해요. 나는 그녀를 위해서만 존재해요. 그녀의 피부, 냄새, 모든 것이 나를 미치게 한다고요. 절대 참을 수 없어요!”

드라마에서처럼 할머니가 인간이었다면 이런 식으로 대화할 수 없었을 것이다. 하지만 루가루는 성에 관한 문제에 있어서는 인간보다 훨씬 단순해서 내가 카테리나의 냄새에 대해 말했을 때 할머니는 내 마음을 이해했다. 후각은 루가루에게 가장 중요한 감각이기 때문이다. 그러나 할머니는 여성 알파 늑대로서 말하고 있었다. 우리는 복종할 의무가 있었다. 내가 할머니나 할아버지 이외에는 누구의 말도 듣지 않는다는 걸 할머니는 잘 알고 있었다.

“인디아나, 내 말 들어야 한다! 루가루 무리에는 루이스 브랜드켈에게 협력하는 자들이 있어. 우리 무리도 예외가 아니고, 자칭 우리의 우방이라고 하는 무리에도 있는 게 분명해. 루이스가 법을 들먹이면서 너를 가만두지 않을 거야. 부탁이다, 인디아나!”

정말 대단했다. 내가 여친과 자는지 안 자는지가 결국은 정치적 문제로 비화되다니.

나는 카테리나를 쳐다봤다. 물결치듯 부드럽게 몸을 흔드는 그녀의 얼굴이 빛나고 있었다. 나는 눈을 감았다. 욕망이 폭발할 것 같았다.

“지금 뛰쳐나갈게요. 이유는 할머니가 카테리나에게 설명하세요.” 내가 퉁명스럽게 내뱉었다. “그리고 그녀에게 내 방에서 멀리 떨어진 방을 주시고요. 아니면 오늘 밤 그녀와 잘 테니까!"

할머니가 고개를 끄덕였고, 나는 춤추는 이들 사이를 빠져나갔다. 예쁜 여자와 있는 악셀을 발견했다. 냄새로 보아 여자도 세미였다. 우리는 악셀의 세미들을 초대했고, 미줄라에 사는 세미들이 기꺼이 참석했다. 세미의 도움으로 목숨을 구한 뒤로 루가루는 세미를 받아들였다. 루가루는 우방에게 신의를 지키는 종족이었다. 루이스 브랜드켈 덕분에 전화위복이 된 셈이다. 이 점에 대해서는 루이스에게 고마워할 수도 있었는데.

나는 방으로 올라가서 점퍼를 입었다. 날씨가 너무 추워서 그냥 밖으로 나갈 수 없었다. 방을 나오는데 처키와 루가루 병사 셋이 기다리고 있었다.

"가서 롤리와 춤춰. 따라올 필요 없으니 재미있게 놀라고. 이건 명령이야."

"넌 아직 수장이 아냐. 그리고 나는 네 명령에 따르지 않아." 뚱보 처키가 불손하게 대꾸했다. "무슨 속셈인지 털어놓지!"

아, 이건 도발이었다. 나에게 필요한 게 바로 이런 배짱인데.

나는 기습 공격으로 처키를 후려치고 숲으로 질주했다. 처키가 환호성을 지르면서 나를 쫓아왔다.

인간 모습일 때도 루가루들은 빨랐다. 하지만 훌륭한 세미 선생에게서 훈련을 받은 나는 주변을 잘 알고 있었고, 처키를 따돌렸다. 게다가 처키는 너무 뚱뚱해서 인간 모습으로는 그리 오래 달릴 수 없었다.

물론 처키는 변신했다. 몇 킬로미터쯤 가다 나는 따라잡혔고, 처키는 산책 나온 행복한 강아지처럼 달려들었다. 나는 숨을 헐떡이면서 고개를 흔들었다. 처키는 때때로 네 살배기 어린애의 정신연령을 보였다.

우리는 달리기 시합을 했지만 네발로 뛰는 처키보다는 내가 아무래도 불리했다. 하지만 그렇게 미친 듯이 뛴 것이 도움이 되었다. 화가 나서 경직되어 있던 몸이 부드럽게 풀렸다. 두 시간 후, 춤출 때보다 훨씬 흠뻑 젖은 몸으로 나는 집으로 돌아갔다.

여전히 음악 소리가 쿵쿵 울리고 있었다. 이번에는 리한나의 중독성 강한 비트 음악 〈S&M〉이었다. 루가루들은 팝 가수 리한나를 아주 좋아했다. 리한나가 몸에 쇠사슬을 즐겨 걸치기 때문일까? 빨간 머리/갈색 머리/금발, 수시로 머리색을 바꾸며 군중을 흔들어놓는 리한나의 뛰어난 재능은 인정하지만 이렇게 열광할 정도는 아닌데.

아직 댄스플로어에 있는 카테리나는 음악에 흠뻑 취해 있었다. 나는 조용히 침실로 들어가서 옷을 벗고 샤워를 했다. 샴푸로 머리를 감을 때 누군가가 노크를 했다. 샴푸 거품에 눈이 따갑지만 수건을 허리에 두르고 문으로 뛰어갔다. 새벽 4시에 또 무슨 일이 터졌나?

하지만 무슨 일이 터진 게 아니라 터지려 하고 있었다.

파란색 새틴 잠옷 차림의 카테리나가 서 있었다.

헐!

16

더블 A, 악셀과 애너벨

카테리나도 방금 샤워를 하고 온 모양이었다. 하지만 머리에서 샴푸 거품이 뚝뚝 떨어지지는 않았다. 아직 젖은 검은색 긴 머리를 뒤로 넘기고 있어서 아름다운 얼굴이 돋보였다. 허벅지를 겨우 가리는 길이의 새틴 잠옷, 그녀는 머뭇거리면서도 결연해 보였다.

그렇지만 나를 쳐다보는 그녀의 얼굴은 미소를 띠고 있었다. 미소와 감탄이 섞였다고 할까.

"와아, 너⋯⋯."

카테리나가 침을 삼켰다.

"네가 이 정도로 근육질이었는지 잊고 있었어, 인디아나."

그녀의 시선이 내 머리 위의 거품으로 향했다.

"떨어진다."

나는 그녀에게 미소를 지어 보이며 들어오라고 하고는 욕실로 뛰어가면서 말했다.

"조금만 기다려."

신기록 수준으로 후닥닥 샤워를 하고, 마른 수건을 집어 들고 허리에 둘렀다. 피가 끓어올랐다. 머릿속에서 울리는 할머니의 경고가 요동치는 열정에 빨려들었다.

나는 속으로 한탄했다. 빌어먹을, 나는 왜 원자폭탄과 사랑에 빠졌을까?

나는 어떤 상황이 펼쳐질지 모른 채 방으로 들어갔다. 정직하게 말해서 카테리나가 내 침대에 힘없이 누워 있었다면 나는 아마 루가루 무리를 모조리 산책이나 하라고 내보냈을 것이다.

하지만 카테리나는 벽난로 옆 안락의자에 다소곳이 앉아 있었다. 앉느라 더 당겨 올라간 잠옷 자락을 잡아당기면서 나를 빤히 쳐다보는 그녀의 얼굴이 발그레했다.

"너 진짜 멋있다." 카테리나가 감탄했다. "제이콥의 복근에 완전 반했었는데 네가 훨씬 멋있어."

무슨 말인지 전혀 이해되지 않았다. 제이콥이라는 작자가 누구야?

어리둥절해하는 나를 보고 카테리나가 깔깔대고 웃었다.

"내가 제이콥 광팬이거든. 〈트와일라잇〉은 알지? 거기 나오는 근육질 늑대 인간이 제이콥이잖아? 에드워드는 비쩍 마른 뱀파이어로 나오는데, 몰라?"

아아, 오케이. 나는 제이콥을 새로운 라이벌이라고 생각하고 포즈를 취했다. 배를 집어넣고 근육을 뽐내다 수건이 흘러내리는 바람에 재빨리 잡아야 했다. 결국 보디빌더 퍼포먼스는 완전 우스꽝스럽게 되어버렸다. 또다시 카테리나가 빵 터졌다. 나는 당황해서 그녀의 맞은편에 앉았고 몸을 만지지 않으려고 조심했다.

"카테리나…… 내가 너를 얼마나 사랑하는지 알지? 하지만 나는……."

카테리나가 다가와서 몸을 숙였다. 나는 그녀의 눈이 아니라 가슴을 들여다보게 되었다. 뭐 하는 거지? 이런 식으로 나를 유혹하면 안 되는데.

"하지만 우리는 내일 죽을 수도 있어. 오늘 밤에도, 10분 후에도 죽을 수 있어, 인디아나. 난 너를 원해."

카테리나처럼 정숙한 여자로서는 정말 하기 힘든 말을 꺼낸 것이었다. 나는 잠시 정신이 멍했다.

"하지만 난 네가 원치 않는다고 생각했어. 학교를 졸업하기 전까지는 안 되잖아?"

"생각이 바뀌었어. 그리고 피임약 먹어. 나 그렇게 바보 아니야."

나는 심호흡을 했는데 그게 큰 실수였다. 그녀의 냄새가 곧장 머리까지 올라왔으니! 그녀가 일어나서 내 손을 잡았다. 나는 미친놈처럼 급하게 일어나다 그녀의 턱에 부딪칠 뻔했다. 그녀가 나를 안았고, 부드러운 살결과 새틴이 나의 벗은 몸에 닿으면서 정신이 아득해졌다.

나는 키스했다. 마치 내일 그녀를 잃어버리기라도 할 듯 열렬히. 그녀의 입술을 점령하고 정복했다. 그녀의 완벽한 몸을 꽉 끌어안자 그녀가 신음 소리를 냈다. 그녀를 떠밀어 벽에 기대게 하는 사이 나는 뜨겁게 달아올랐다. 내 손이 그녀의 잠옷을 구기며 올라갈 때였다.

노크 소리가 났다.

문틀이 흔들릴 정도로 세게 두드리는 소리였다.

카테리나가 긴장한 채 속삭였다.

"안 돼. 무시해버려!"

나는 한숨을 쉬면서 약간 물러섰다. 한 번 더 키스를 하고 마지못해 문을 열어주러 갔다.

처키가 방문 앞에 서 있었는데 몹시 난처한 얼굴이었다. 평소에는 나를 곤경에 빠뜨리는 일을 무척이나 즐거워하는데 뜻밖이었다.

"미안해, 친구. 밀레이디의 지시를 받고 왔어. 이 방이 뜨거워지고 있다는 걸 모두 느꼈어. 지시가 뭔지는 너도 잘 알지?"

엄청나게 화가 난 내 눈빛을 보고 처키는 두 손을 앞으로 내밀며 조심스럽게 뒷걸음쳤다.

"야, 나한테 이러지 마! 아침부터 밤까지 네가 여친과 뭘 하든 난 상관없어. 하지만 명을 받은 이상 나는 무조건 복종해야 하니까……."

나는 처키를 쳐다보다 문을 쾅 닫았다.

"야아, 인디아나! 바보 같은 짓 하지 마!"

내가 유감스러운 시선으로 쳐다보자 카테리나는 호기심과 웃음, 분개 사이에서 갈피를 잡지 못했다. 그러다 호기심을 이기지 못하고 물었다.

"'모두 느꼈다'는 게 무슨 말이야? 뭘 느꼈다는 거야?"

"루가루들은 냄새에 아주 민감해서 인간들이 흥분한 걸 느껴."

"이 집에 있는 모두가 우리가 뭘 하고 있는지 안다는 뜻이야?"

"응."

"맙소사!"

"내 인생에 들어온 걸 환영해."

갑자기 그녀의 유머가 돌아왔다.

"그러니까 네가 중세 시대 숫처녀보다 더 보호받고 있구나! 와, 무리 전체가 너의 정조대라니, 어디 무서워서 접근이나 하겠니!"

나는 불안한 미소를 지어 보였다.

"그렇게 비유해줘서 고마워."

"천만의 말씀."

카테리나가 우리의 몸에 시달린 잠옷을 매만지면서 한숨을 내쉬고 말했다.

"이제 나가야겠다. 처키가 문을 박살 내기 전에."

처키가 문 밖에서 외쳤다.

"나는 아무것도 박살 내지 않아. 집을 망가뜨렸다고 내니한테 귀를 뽑히기는 싫으니까!"

카테리나가 어이없어했다. 청각이 뛰어난 루가루들과 있으면 사생활이 없다는 사실을 매번 잊었다.

카테리나가 내 앞을 지나갔다. 나는 그녀를 붙잡고 모두 꺼져버리라고 소리치고 싶었다. 하지만 우리는 이제 시작이고 사랑할 시간은 많았다. 인내심이 필요했다.

제기랄.

나는 카테리나를 낚아채듯 끌어안고 잡아먹을 듯이 키스했다. 그녀도 열렬하게 내 키스를 받았다. 이윽고 우리는 마지못해서 떨어졌다.

카테리나는 내 눈을 보면서 '사랑해' 하고 속삭이고는 돌아서서 문을 열었다. 처키의 눈이 동그래졌다. 카테리나는 당당히 처키 앞을 지나 복도로 멀어져 갔다. 처키가 나를 돌아보면서 소곤거렸다.

"친구, 옷차림이 저랬는데 견딘 거야? 와우, 너 대단하다!"

그렇게 말하고 처키는 고개를 흔들면서 떠났다.

자기가 깽판 쳐놓고 약 올리는 거야, 뭐야. 망할 자식.

흥분된 밤을 보내고 난 다음 날 아침, 내가 가장 먼저 한 일은 핸드폰을 집어 드는 것이었다. 빌어먹을 뱀파이어가 어디다 일기장을 감춰놓았을지 생각하느라 밤새 뇌를 써야 했다.

브랜던 경의 일생이 기록된 일기장이었다. 수감소에 없다면 이동할 때마다 가지고 다녔다는 뜻이다. 우리가 브랜던 경을 추격했던 마지막 장소는 그가 인간들을 가둬놓았던 공장 창고였다.

일기장은 거기 있을 가능성이 컸다.

브랜던 경이 우리와 함께 헬리콥터를 타지 않은 이유는 아마도 애너벨과의 대결을 앞두고 일기장을 감춰놓으러 가야 했기 때문이었겠지. 내 머리통을 때리고 싶었다. 바보! 왜 그렇게 멍청했을까! 앞으로는 무슨 일을 해결하고 싶다면 더 빠르게 더 깊이 생각해야 함을 명심할 것.

하지만 비행장에서 만났을 때 브랜던 경은 화가 나 있었다. 거물 뱀파이어 셋이 은신해 있는 창고에 수 톤의 철근 더미가 떨어진 것이다. 일기장이 아직 그곳에 있을지는 알 수 없었다. 나는 애너벨과 악셀을 창고로 보내놓고서 둘이 함께하다 보면 사랑에 빠질지도 모른다고 생각했다. 내 친구 악셀은 이미 사랑에 빠져 있으니 애너벨만 마음을 열면 사랑이 이뤄질 텐데.

이틀 후 내 예상이 맞았다는 것을 안 나는 기뻤다. 악셀과 애너벨이 일기장을 찾았고, 매우 흥미로운 사실들을 발견했다. 맙소사! 브랜던 경은 극도로 주도면밀했다. 회고록이라고 할 수 있는 일기장에 브랜던 경은 일종의 사후 메시지처럼 살해, 잔학 행위 같은 끔찍한 만행을 꼼꼼히 기록해놓았다. '이것은 괴물의 일기이다. 이 안의 일들을 간파하기란 불가능하니 모든 희망을 버려라.' 브랜던 경은 많은 걸 언급했지만 바이러스로 위험한 도박을 하려는 미치광이의 신원은 밝히지 않고, '누군가' 또는 '환자'라고 지칭해놓았다. 그 미치광이가 어디에 있는지 위치 또한 전혀 언급하지 않았다.

기대에 어긋나는 실패였다. 할아버지에게 복사본을 보낸 다음, 애너벨이 원본을 가지고 원로 뱀파이어들이 있는 곳으로 떠났다. 악셀과 애너벨은 내 노력에도 불구하고 더는 가까워지지 않았다. 떠나는 애너벨을 보는 일이 내 친구에게는 고통이었다.

이어지는 일주일 동안 나는 천국과 지옥을 오가야 했다. 지옥이라는 것은 카테리나만 보면 옷을 찢어버리고 내 여자로 만들고 싶은 욕망만 일었기 때문이다. 천국이라는 것은 내니의 극진한 보살핌 덕분에 셰이머스가 집으로 데려올 수 있을 정도로 건강이 회복되고 있어 미치도록 사랑하는 우리와 함께 지낼 수 있기 때문이다. 내니는 셰이머스 혼자 그의 집으로 보내는 일은 절대 없다고 분명히 말했다.

할머니는 셰이머스가 완전히 회복되면 파티를 열고 공식적으로 루가루 무리의 일원으로 받아들일 계획을 세웠다.

일이 너무 잘 풀리면 마가 낀다고 했던가.

뜻밖의 일이 일어났다.

우리가 성공한 형질전환에 대해 뱀파이어들이 절대 찬성하지 않는다는 뜻을 전달하기 위해 애너벨을 파견했다. 위임을 받은 애너벨이 나를 만나러 왔다. 왜 나지? 나는 그 일과는 별로 상관이 없었다. 우리 루가루 무리의 최고 수장은 할아버지인데? 오후에 나는 카테리나와 악셀, 처키와 함께 미줄라의 집 부근 숲에서 산책을 하고 있었다. 그때 날아온 애너벨이 우리 앞에 우아하게 착지했다.

나는 심장이 벌렁거려서 진정하려고 애를 썼다.

"애너벨, 꼭 이렇게 나타나야 해요? 내가 심장마비로 쓰러져야 직성이 풀리겠어요?"

진지한 얼굴로 나를 쳐다보는 애너벨은 눈부시게 아름다웠다. 나는 카테리나의 손을 더 꼭 잡고 카리스마를 떨쳐냈다. 처키는 얼빠진 미소를 지었고, 악셀도 미소를 지었다. 하지만 악셀의 미소는 이내 사라졌다. 그리워했던 마음을 애너벨에게 드러내고 싶지 않았던 것이다.

일주일 내내 악셀이 애너벨 얘기만 했기 때문에 나는 '애' 자만 들어도 구역질이 나려고 했다. 애너벨이 얼마나 아름답고(그건 누구나 다 아는 사실이었다), 강하고(이것도), 현명하고(아, 이건 좀 의문이었다), 영리하고(내 생각에 애너벨은 머리보다 힘이 더 센 것 같은데) 어쩌고저쩌고하면서 악셀은 입에 침이 마르도록 칭찬했다. 나보다 인내심이 많은 카테리나는 오랫동안 악셀의 말을 들어주었다. 나의 여친은 천사였다. 내 친구 세미는 머리에 총을 맞고 정신이 나간 것 같았다. 은 총알…….

"대체 당신들 무슨 짓을 한 거야?" 애너벨이 매섭게 쏘아붙였다. "원로들이 완전히 혼란에 빠졌다고! 메시지를 전하라는 지시를 받고 왔어. '당장 그만두라!'"

악셀이 눈살을 찌푸렸다.

"뭘 그만두지?"

"인간을 루가루로 형질전환하는 거."

"그럼 인간에서 뱀파이어로 형질전환시키라는 뜻인가?"

애너벨이 입을 벌리다가 도로 다물었다.

"이럴 줄 알았어. 이렇게 나올 거라고 원로들에게 말했지. 근데 악셀, 당신이 그런 말을 하다니 정말 놀라운데."

악셀이 어깨를 으쓱했다.

"무슨 말을 할지 이미 예상하셨다? 그러니까 내가 무슨 말을 할지는 알아도 내가 뭘 하고 싶은지는 모른다, 그 말인가? 내 말은 따르되 행동은 따르지 말라, 뭐 이런 격언은 아니?"

"격언은 무슨, 진부하게!"

누가 봐도 사랑싸움이었다. 둘은 마치 서로 만지고 싶어서 미치겠다는 듯 행동하고 있었다. 언쟁을 벌이고는 있지만 냉정을 잃을 것 같지는 않았다.

"우리는 갈게." 내가 말했다. "카테리나와 나는 할 일이 많아서……."

애너벨이 고개를 돌리고 보랏빛 눈으로 나를 쏘아봤다.

"너, 꼼짝 마. 알았어?"

나는 이맛살을 찌푸리면서 움직이지 않고 섰다. 눈부신 미녀가 나에게 명령을 내리는 것이 아주 못마땅한 카테리나가 눈살을 찌푸렸다.

애너벨이 뾰족한 손톱에 빨간 매니큐어를 바른 손가락으로 악셀을 가리키면서 말했다.

"그리고 너는 끼어들지 마, 알아들었어? 편집증 뱀파이어 문제 해결만으로도 골머리를 썩고 있어서 복수심 강한 세미를 상대해줄 겨를이 없어."

그 순간 악셀이 전혀 예상하지 못한 행동을 했다. 아니, 전혀 예상하지 않은 건 아니었다. 악셀이 썩소를 짓더니 애너벨이 미처 대응할 겨를도 없이 달려들어 격렬하게 키스했다.

카테리나와 나는 뜨악한 눈길을 주고받았다. 내 여친의 얼굴에 미소가 번졌다. 셰익스피어의 팬이라고 자처하는 그녀는 복잡한 사랑 이야기를 무척 좋아했다. 그녀와 다른 점이 있다면 나는 프랑스 가수 뱅자맹 비올레가 부르는 〈행복 멜로디〉처럼 평온한 행복을 추구했다. 독약이나 배신, 복수 같은 것이 전혀 없는…….

우리는 무언의 눈짓으로 발꿈치를 들고 살금살금 달아났다. 처키가 우리를 따라오는 데는 시간이 좀 걸렸다. 키스하는 뱀파이어와 세미의 모습에 얼이 빠진 처키가 우리가 사라지는 걸 알아채지 못했기 때문이다. 내가 애너벨의 처신에 대한 평가를 내리려는 순간 머리 위로 날아온 몸뚱이가 나무에 충돌하는 바람에 우리는 소스라치게 놀랐다. 또!

나무 밑동 밑으로 천천히 미끄러지던 악셀이 눈밭에 고꾸라졌다. 격분한 애너벨이 악셀 앞에 사뿐히 착지하더니 소리를 질렀다.

"이건 아니지! 키스 금지라니까!"

눈밭에 머리가 처박히는 우스꽝스러운 꼴이 된 악셀이 머리를 흔들고 눈을 깜박이다 힘겹게 일어났다. 그러고는 점퍼와 바지에 묻은 눈을 털었다. 비록 눈빛은 흐릿했지만 악셀은 정면으로 받아쳤다.

"하지만 나는 키스하고 싶어. 나는 당신만 보면 하고 싶다고. 그리고 시작은 당신이 했잖아!"

"뭐가 이렇게 고집불통이야! 그건 내가 당신을 물면 죽는다는 사실을 알기 전이었잖아!"

"그럼 나를 물지 않으면 되겠네!"

논리적으로 맞는 말이었다.

"우리 뱀파이어들은……."

"하지만 당신은 뱀파이어가 아냐!" 악셀이 말을 끊고 애너벨에게 바짝 다가서서 큰 키로 내려다봤다. "인간성이 더 많은 뱀파이어라고 해야 정확하지. 나 역시 하프늑대이자 하프인간인 세미니까. 나는 인간적인 부분을 부정하지 않아. 우리는 얼마든지 사랑할 수 있어, 애너벨. 우리에게 기회를 주자고 제발. 나를 믿고."

애너벨이 흔들리는 것이 눈에 보였다. 미션을 이행하러 왔는데 갑자기 사랑 고백을 받았으니. 그녀의 얼굴이 부드러워졌다.

"그래, 나는 상봉이야. 그리고 나는 믿음이 뭔지 몰라. 전투 교육만 받은 살상 무기니까. 사랑은 나를 위한 게 아니야."

악셀이 그녀의 눈을 뚫어져라 응시하면서 몸을 숙였다.

"많은 정부가 킬러들과 병사들, 특공대를 양성하면서 세뇌를 시키지. 어릴 때부터 마약에 중독되어 시키는 대로 살인을 하는 아프리카의 어린 병사들도 있고. 하지만 애너벨, 당신은 선택할 수 있어. 노라고, 예스라고 말할 수 있다고. 인간, 사랑, 우정, 진실, 무엇이든."

와, 뱀파이어에게 사랑에 대해, 진실에 대해 말하다니 악셀이 세게 나가는데. 애너벨의 눈빛에서 악셀의 말을 정말 믿고 싶어 하는 마음이 엿보였다.

하지만 지금은 때가 아니었다. 그녀의 핸드폰이 울려 악셀의 고백은 중단되었다. 흥미진진해하며 숨죽이고 지켜보던 카테리나가 툴툴거렸다.

"타이밍 하고는!" 카테리나가 속삭였다.

"아이, 놀래라!" 친구 악셀의 미래에 집중했던 나는 깜짝 놀랐다.

악셀은 사랑하는 젬마가 브랜드켈에게 살해된 뒤로 오랫동안 고통 속에 살았다. 물론 위험하고 독특한 여자를 사랑하는 경향이 있지만, 악셀은 다시 사랑에 빠졌고, 시작은 이미 성공적이었다.

애너벨이 한숨을 쉬면서 전화를 받았다. 안도(그녀는 악셀에게 당장 대답할 필요가 없었다)와 실망(나는 그녀가 당장 대답해주고 싶어도 이것으로 끝날까 봐 아쉬워하는지도 모른다는 생각이 들었다)이 교차했다.

"헌터 5." 애너벨의 목소리는 차갑고 사무적이었다.

전화를 걸어온 상대방의 말에 애너벨이 이맛살을 찌푸렸다. 좋지 않은 소식이 틀림없었다. 애너벨은 마치 우리가 이상한 동물이라도 되는 듯 쳐다보면서 두세 마디 의성어를 내뱉고 나서 전화를 끊었다.

"문제가 생겼어. 빨리 집으로 돌아가야 해. 긴급 국제화상회의가 방금 시작됐다는데 루가루 무리와 관련된 회의 같아."

여기는 낮이었지만 세계의 절반은 아직 어둠에 잠겨 있었다. 많은 이들이 소스라치게 놀라며 잠에서 깼을 것이다. 절대 꺼놓지 않는 핸드폰이나 24시간 켜놓은 컴퓨터를 통해 메시지를 받았겠지. 실제로 1초 후 내 핸드폰이 진동했고, 악셀과 처키의 핸드폰도 울렸다. 카테리나의 불안한 시선을 받으면서 우리는 전화를 받았다. 30분에 긴급회의가 시작된다고 알리는 음성 메시지가 들렸다. 애너벨의 말대로 우리는 빨리 집으로 돌아가야 했다. 무슨 일이지? 나는 찜찜했다.

루가루 무리의 일인데 왜 뱀파이어들이 먼저 연락을?

애너벨이 집까지 우리와 동행했다. 모두들 이미 영사기가 있는 방에 모여 있었다.

2층에 있는 영사실은 미국 드라마 〈NCIS(해군범죄수사대)〉의 MTAC(다중위
험감지센터) 상황실과 매우 흡사했다. 통신의 안전성이 중요했기 때문에 이
방을 만드는 데 두 달이 걸렸다. 영화와 음악회를 즐겨 보는 것도 이런 시설
을 갖추게 된 이유였다.

대형 스크린이 내려져 있고, 완벽한 방음을 위한 빨간 양탄자와 편안한
안락의자들이 놓여 있었다. 스크린은 컴퓨터와 연결되어 있어서 우리 사설
통신의 암호화 장치를 안전하게 해주었다. 헤드폰을 쓴 데이브가 마이크에
대고 요령을 알려주었다. 우리는 열두 명이라서 모두 안락의자에 앉을 수
있었다.

방으로 들어가기 전 카테리나가 멈춰 서서 애너벨과 이야기를 나눴다. 나
는 카테리나가 애너벨에게 악셀은 아주 괜찮은 존재라고, 이 기회를 놓치면
후회할 거라고 말하고 있다고 생각했다. 뱀파이어가 흠칫 놀라며 주의 깊게
듣고 있었기 때문이다. 방에서 나는 소음 탓에, 그리고 두 여자가 거의 속삭
이고 있어서 예민한 청각에도 불구하고 무슨 얘기를 하는지는 알 수 없었다.
제기랄!

내니가 걱정이 가득한 얼굴로 나에게 다가왔다. 셰이머스가 집에 와서 살
면서부터 내니는 그를 헌신적으로 돌봐주고 있었다. 주는 대로 다 먹다가는
비만이 되고 말 거라고 셰이머스가 불평할 정도였다. 다행히 새로 얻은 루가
루의 신진대사 덕분에 많은 양의 음식을 소화할 수 있었지만 아직은 루가루
의 평소 식사량을 삼키기 힘들어했다. 할머니가 흥분한 얼굴로 다가와서 물
었다.

"인디아나, 무슨 일인지 아니?"

오케이. 다른 이들이 모르는 것을 몇 번 알려준 뒤로 내가 자주 듣는 말이

었다.

"전혀요. 카테리나와 악셀, 처키와 함께 숲 속을 거닐고 있는데 애너벨이 나타났고, 5분쯤 지나 그녀의 핸드폰이 울리더니 화상회의가 있다는 연락이 왔어요."

나는 내니와 할머니에게 몸을 숙이고 덧붙였다.

"우리 핸드폰이 울리기 전에."

내니가 입술을 실룩거렸다. 내 말에 숨은 뜻을 금방 파악한 것이다. 내니와 할머니가 시선을 주고받았다. 할머니도 깨달은 모양이었다.

방으로 들어온 카테리나가 걸상에 발을 올려놓고 편안한 자세로 앉은 셰이머스 옆에 앉았다. 닫힌 창문, 내려진 겉창, 전등을 켜놓은 상태였다. 문득 이런 생각이 들었다. 지금 누군가가 창문으로 폭탄을 던지면 우리를 한 방에 보내버리게 된다고. 왜 뜬금없이 이상한 생각이 들지? 그런 일이 일어날 가능성은 전혀 없다! 의미를 둘 것 없는 그냥 이상한 생각일 뿐이다. 뱀파이어들을 자주 만나서 그런가…….

화면이 켜졌다. 하지만 루가루 무리의 주요 수장들만 보였다. 할아버지가 우리에게 인사했다. 몇 분 동안 서로 인사와 이런저런 얘기를 나누었다. 얘기 내용으로 보아 긴급 화상회의가 왜 소집되었는지 아무도 모르는 눈치였다. 반면 우리는 방금 할아버지를 통해 누가 회의를 소집했는지 알았다.

또 다른 루가루 무리의 수장 브랜드켈.

비열한 루이스가 또 무슨 짓을 꾸민 거지?

이윽고 새로운 영상이 나타났고, 무거운 침묵이 흘렀다. 원로 뱀파이어들의 모습이었다. 뱀파이어들이 우리 루가루의 화상회의에 초대되었다.

우리의 모뎀 암호장치가 있어야 가능한 일인데……. 조짐이 좋지 않았다.

"안녕하십니까, 루가루 무리의 수장들이여." 대머리 뱀파이어가 말했다.

"우리가 이 회의에 참여할 수 있도록 모뎀 암호장치를 보내준 루가루에게 감사 말씀을 드립니다. 회의가 끝나는 대로 그에게 돌려보내겠습니다."

대머리 뱀파이어가 어깨 너머를 가리켰고, 모두 경악했다.

네드였다. 세라피나를 향한 사랑 때문에 우리를 배신하고 떠난 네드. 누가 뱀파이어들에게 모뎀을 주었는지 추측하기란 어렵지 않았다. 우리 무리에서 추방당한 네드는 현재 브랜드켈의 지시에 따라 움직이고 있었다.

상황이 점점 나빠지고 있었다. 할아버지는 무표정했지만 나는 할아버지가 뿜어내는 분노를 느낄 수 있었다.

루이스 브랜드켈 쪽과 할아버지 쪽 수장들이 침묵을 지킨 채 몇 분이 흘렀다. 우리는 기다렸다. 카테리나가 다시 내 손을 잡았다. 뱀파이어에게 납치되어 최면에 걸린 뒤로 카테리나는 내 손을 잡고 있으려고 했다. 나도 같은 마음이라 좋았지만 성에 차지는 않았다. 내가 손가락 깍지를 끼자 그녀는 생긋 웃었다. 그녀가 미소를 지어줄 때마다 가슴이 뜨거워졌다. 그녀가 내 오른쪽을 향해 고갯짓을 했다. 악셀이 애너벨 옆에 앉아 있었다. 둘의 엉덩이가 닿아 있었다. 나는 카테리나에게 미소를 지었다. 우리 친구의 연애 사업이 잘되고 있는 듯 보였다. 악셀이 애너벨에게 그녀도 인간임을 상기시킨 것이 주효했던 모양이다. 나의 카테리나도 일조했을 테고.

그때였다. 갑자기 울려 퍼지는 나팔 소리에 우리는 소스라치게 놀랐다. 루이스 브랜드켈, 자기가 뭐라도 된다고 착각하나 본데? 태양왕이라도 돼?

루가루 무리의 수장들과 뱀파이어들의 영상을 배경으로 가운데 화면이 밝아졌다. 나는 아마도 세라피나와 함께 있는 루이스 브랜드켈과 수하의 루가루들을 보리라고 예상했다.

하지만 루이스가 아니었다.

타일러였다.

우리가 있는 방보다 훨씬 큰 회의실에 안락의자는 없는 것 같았다. 타일러 옆에서 뚱뚱한 개 두 마리가 헐떡이며 카메라를 응시하고 있었다. 아주 잠깐 뭔가 기억이 날 듯 말 듯하다 사라졌다.

카메라가 뒤쪽을 비추는 순간 나는 소스라쳤다.

타일러가 브랜드켈 일가의 루가루에게 둘러싸여 있고, 토하기 직전의 얼굴인 세라피나가 보였다.

그들의 발치에 시신이 널브러져 있었다.

루이스 브랜드켈의 시신이었다.

17

왕이 되고 싶었던 자

타일러는 미심쩍어하는 우리의 표정을 보고도 웃지 않았다. 하지만 웃고 싶은데 억지로 참고 있음이 느껴졌다.

"안녕하십니까, 루가루 무리의 수장들이여." 타일러가 속내를 감추고 심각한 얼굴로 말했다. "나, 브랜드켈 부족의 수장은 갑작스러운 화상회의에 응해주신 데 대해 감사 말씀을 드립니다. 여러분을 방해하고 싶지 않지만 아주 중대한 일이 발생했기에 나는…… 대책을 세워야 했습니다."

모두 타일러를 외계인처럼 쳐다보고 있었다. 수장들이 황당해하는 것도 무리가 아니었다. 가장 강력하고 힘이 센 루가루만 무리를 다스릴 자격이 있었다. 송곳니의 시대에는 이것이 루가루 종족의 법으로 정해져 있었다. '수장을 죽이는 자가 그 자리를 차지한다.' 그러다 루가루 세계가 문명화되면서 루가루 무리가 평화로워졌고 이제는 힘보다는 합의와 투표로 수장을 선출하고 있었다.

하지만 타일러는 고작 열여덟 살, 나와 동갑이었다. 따라서 타일러가 자신보다 훨씬 강하고, 나이도 훨씬 많은 아버지를 이길 가능성은 전혀 없었다. 루이스 브랜드켈이 사형선고를 받아 수장에서 해임되지 않는 한.

그런데 그런 일이 일어났다. 대체 어떻게 된 거지?

"우리의 결투를 촬영한 영상을 봐주시기 바랍니다. 아버지와 나는 치열하게 대결했고, 내가 이겼습니다. 나는 우리 무리의 수장 자리를 합법적으로 쟁취했습니다."

루이스 브랜드켈과 타일러가 원형경기장에서 대결하는 모습으로 영상이 바뀌었다. 5주 전 우리가 브랜드켈의 재판을 위해 만들었던 경기장과 비슷했다. 브랜드켈 부족의 루가루들과 세라피나, 네드도 참석해 있었다.

타일러는 자기 아버지와 결투를 벌이면서 비웃음까지 흘리며 과격하게 도발했다. 타일러는 아버지를 살 만큼 살아놓고 권력에 눈이 어두워 미친 아크로노트 뒤에 숨은 늙은 퇴물로 취급했다. 게다가 아름다운 세라피나를 가리키면서 흉측한 얼굴과 늙은이의 냄새로 어떻게 이 어린 여자를 유혹해 여성 알파로 삼을 생각을 했는지 눈물겹다고 비아냥댔다. 노골적인 비난이었다. 치를 떨면서 고함을 지르던 루이스가 변신했다. 브랜드켈 부족의 루가루뿐만 아니라 영상으로 지켜보는 우리도 흠칫 뒤로 물러섰다.

루이스 브랜드켈이 16년 전 내 아버지처럼 세미로 변신했기 때문이다.

내니와 할머니가 공포에 찬 시선을 주고받았다. 나의 아버지 벤자민 텔러가 죽기 직전 이렇게 변했다는 사실을 아는 건 두 여자와 나밖에 없었다. 내 아버지와 타일러의 아버지가 무슨 관련이 있지? 나는 도무지 이해가 되지 않았다. 하지만 극비 사항을 루가루들이 있는 곳에서 내니나 할머니에게 물어볼 수는 없었다.

잠시 후 루이스는 완전한 늑대로 변했지만 비틀거리면서 이상한 증상을 보였다.

타일러는 냉혹했다. 아버지에게 달려들어 반격할 기회를 주지 않고 무방

비 상태의 목을 물어뜯었다.

그렇게 끝이 났다.

루이스는 최후의 필사적인 노력으로 변신했지만 하필이면 인간 모습이 되었다. 늑대가 목을 물어뜯고 있는데 인간으로 변한 것이 결정타였다. 타일러는 아가리를 풀지 않았다. 루이스의 목이 툭 부러지자 그제야 타일러가 물러섰다.

그래도 루이스는 살 수도 있었다. 하지만 내 아버지처럼(물론 그때는 은제 단검 때문이었지만) 피가 철철 흘렀고, 상처는 아물지 않았다. 몇 번 경련을 일으키더니 몸이 움직이지 않았다. 루이스 브랜드켈은 그렇게 모두가 지켜보는 앞에서 죽었다.

할아버지가 일어나서 우렁찬 목소리로 물었다.

"이 녹화가 정확한가? 브랜드켈의 무리여, 공정한 결투였다고 보증하는가?"

브랜드켈 부족의 루가루들이 일제히 일어나서 외쳤다.

"네, 우리가 보증합니다! 함정이 아닌 합법적인 결투였습니다!"

아, 나는 할아버지의 신중함을 이해했다. 우리가 루이스가 죽었다고 믿도록 해 방심하게 만든 다음 뒤통수를 치려는 브랜드켈의 꼼수가 아닌지 확인하려 했다. 하지만 루가루 무리가 보증한다면 얘기가 달라졌다. 루이스 브랜드켈은 정말 죽었고, 그 아들 타일러 브랜드켈이 수장이 된 것이다. 공상과학영화를 보는 듯했다. 타일러 같은 새파란 애송이가 과연 무리를 다스릴 수 있을까? 불가능해 보였다.

그렇지만 일은 벌어졌고, 타일러는 사실상 아메리카에서 두 번째로 강력한 루가루 무리의 수장이 되었다. 그게 좋은 일인지 아닌지 알 수 없었다. 루이스 브랜드켈은 괴물이었고, 가공할 적수였다. 이제 타일러가 무리를 장악했으니 우리에게 협조할까? 어떻게 될지는 곧 알게 될 터였다.

타일러가 우리를 쳐다봤다. 슬퍼 보이지도 특별히 행복해 보이지도 않았다.

정말 충동적으로 튀어 나간 말이었다. 위험한 존재들 앞에서 깊이 생각하지 않고 툭 내뱉긴 했지만 나에게는 너무 중요한 문제였다.

"브랜드켈 무리의 수장, 그럼 내 어머니는?"

나한테 외교적 수완이 있는 거 맞아?

"돌려보내 줄 거지? 어머니가 보고 싶은데."

나를 유심히 쳐다보던 타일러는 카테리나와 내가 잡은 손을 보고 눈살을 찌푸렸다. 나는 실수를 저질렀음을 깨달았지만 너무 늦었다. 이제는 카테리나의 손을 놓을 수 없었다.

"아크로노트는 우리 공동체에 중요한 에이스 카드야." 타일러가 비정하게 말했다. "너희 무리만 그 대단한 혜택을 누려야 하는 이유를 모르겠어. 따라서 아직은 우리에게 필요하고……."

그 순간 갑자기 카테리나가 내 손을 놓고 벌떡 일어났다. 그녀의 얼굴이 기쁨으로 환해졌다.

"타일러!" 카테리나가 화면을 향해 뛰어가면서 외쳤다. **"타일러! 내 사랑!"**

카테리나가 화면 앞에서 타일러에게 키스를 퍼부었다. 나는 물론이고 모두 질겁해서 일어났고, 타일러는 얼떨떨한 얼굴로 뒷걸음쳤다.

"이런 제기랄!" 애너벨이 진저리가 난다는 얼굴로 타일러를 향해 외쳤다. "또 주문에 걸렸어! 빌어먹을 브랜던이 또 하나의 주문을 감춰놓은 거야!"

카테리나는 보기 딱할 만큼 절망적인 얼굴로 타일러를 향해 화면을 뚫고 들어갈 기세였다. 애너벨이 붙잡았지만 카테리나는 영상 쪽으로 돌아가려고 몸부림쳤다. 이윽고 카테리나의 눈을 응시하던 애너벨이 고개를 끄덕이더니 유감스럽다는 얼굴로 나를 쳐다봤다. 애너벨이 확인했다. 카테리나는 브랜던의 또 다른 주문에 걸려 있었다.

할머니와 내니가 악을 쓰는 카테리나를 양쪽에서 붙잡았다.

"방으로 데려가서 지키세요." 애너벨이 지시했다. "절대 시선을 떼지 마세요. 타일러를 만나러 가기 위해 무슨 짓을 할지 몰라요."

타일러가 뱀파이어의 지시를 듣고 퉁명스럽게 물었다.

"카테리나가 뭐 때문에 나를 만나러 오겠어요? 이미 주문이 풀려서 정상으로 돌아왔다고 들었는데?"

애너벨의 얼굴은 무표정했다. 일단 원로 뱀파이어들을 살펴본 뒤에 애너벨이 대답했다.

"우리도 그렇게 생각했지. 하지만 브랜던 경이 우리를 압박해야 할 경우를 대비해 카테리나가 너를 봤을 때만 작동하는 주문을 감춰놓았어. 네가 여기 있지 않아 시간이 조금 걸린 거야. 브랜던 경이 첫 번째 강박증을 풀어주기 직전에 다시 걸어놓은 또 다른 강박증 주문이 마침내 작동했다고 봐야지."

애너벨이 잠시 뜸을 들이다 덧붙였다.

"브랜던 경의 능력으로 미뤄보건대 카테리나가 이 강박증을 견뎌내도, 아니 강제로 견디게 해도 정신 건강에 문제가 생길 수 있어. 나아가 목숨까지 위험해질 수 있고."

나는 너무 놀라서 아무 말도 못 했다. 며칠간 최고의 날들을 보냈는데, 느닷없이 나에게(우리에게) 닥친 이 상황이 이해되지 않았다. 브랜던 경을 되살릴 방법이 있다면 정말 흔쾌히 다시 죽여버리고 싶을 만큼 치가 떨렸다.

타일러가 '썩소'를 흘리면서 나를 쳐다봤다.

"인디아나, 어쩌냐, 너 완전 실패한 것 같은데. 네 엄마에다 여친까지 내가 빼앗아가게 생겼으니. 쯧쯧쯧, 실패자가 된 데에 유감을 표한다!"

나는 아크로노트 능력으로 몸이 흔들리는 걸 느끼고 무형화되지 않기 위해 이를 악물고 버텼다. 모두가 지켜보는 가운데 무형화되면 나는 비장의 무기와 자유를 잃어버릴 터였다. 이윽고 심장박동이 진정되고, 뿌옇던 시야가 정상을 되찾자 안도의 숨을 내쉬었다. 하지만 아크로노트 능력이 언제 다시 나타날지 모를 일이었다.

"이 문제는 시간을 두고 해결하면 된다." 할아버지가 우렁찬 목소리로 말했다. "타일러 브랜드켈, 무슨 이유로 긴급 화상회의를 소집했는가? 설마 단순히 권력 인계를 알리기 위해서는 아니겠지?"

화상회의 소집을 의례적인 일로 간주하려는 할아버지의 말투에 타일러가 신경질적으로 코를 찡그렸다. 할아버지가 수장이라는 호칭을 달아주지 않은 것도 기분 나쁘겠지만.

"물론 아니죠, 칼 텔러." 테일러가 앙갚음하듯 불손하게 대답했다. "당연히 긴급 사항이 있으니까 회의를 소집했습니다. 아버지가 인간을 몰살할 생각으로 여러 종류의 바이러스를 배양하고 있다는 사실을 알았거든요. 아주 극단적인 방법으로 인류의 수를 줄이기 위해서요. 아버지를 제거하고 문서와 컴퓨터를 뒤지다가 발견했는데 불행히도 그 바이러스가 있는 연구소의 루가루 책임자가 불복하고 있어요. 내 아버지에게 얼마나 철저하게 교육을 받았는지 이 정신 나간 루가루가 자기 임무를 다하겠다고 연구소를 봉쇄했어요. 도저히 들어갈 수가 없습니다."

할아버지가 금발의 큼직한 머리를 설레설레 흔들었다.

"그게 우리와 무슨 상관인가? 그건 너희 땅에서, 너희 무리 안에서 벌어진 너희 문제이다. 도와주면 우리가 얻는 게 무엇이지?"

'곤경에 처했으면 스스로 해결해야지' 하는 식의 말이었다.

타일러는 깜짝 놀라는 눈치였다. 협상에 있어서 할아버지만큼 되려면 배워야 할 것이 아직 많았다.

"그 바이러스로 모든 인간을 죽일 수 있다고요!"

할아버지가 어깨를 으쓱했다.

"뱀파이어들에게는 타격이겠지만 솔직히 우리를 위협하는 일도 아닌데 내가 상관할 바 아니지."

타일러는 입을 멍하니 벌리지 않으려고 애를 썼다. 예상을 빗나가는 대답이었다.

"내 문제일 뿐만 아니라 모든 공동체의 문제이기도 해요. 지난 몇 달 동안 뱀파이어들이 수사 중인 의문의 실종 사건이 내 아버지 때문에 일어났으니까요. 아버지는 여러 종족의 초자연적 존재를 하나씩 납치해놨어요. 셀키◆, 땅신령, 꼬마도깨비, 요정, 마법사, 뱀파이어 기타 등등."

타일러가 몸을 앞으로 숙이고 음울한 목소리로 속삭였다.

"아버지는 테스트를 해본 거예요. 초자연적 종족뿐만 아니라 우리의 라이벌 무리도 제거하기 위해서죠. 아버지는 미쳤고, 혼자 온 세상을 지배하고 싶었으니까요. 아버지는 우리 무리 모두에게 백신 주사를 맞게 했어요. 내가 아버지를 죽일 수밖에 없었던 건 무슨 이유인지 백신이 재생 과정을 방해했기 때문이에요. 아버지는 미친 야심 탓에 스스로 죽은 거나 다름없어요."

이것으로 브랜던 경의 황당무계한 말이 모두 설명되었다. 브랜던 경이 '누군가'라고 지칭한 자는 바로 루이스 브랜드켈이었다. 뱀파이어들은 이런 미친 짓과 아무 상관 없다는 걸 알아챘어야 했는데.

분위기가 썰렁해지면서 적막이 흘렀다. 우리 모두 바보처럼 브랜던 경에게 뒤통수를 맞은 것이다. 루이스 브랜드켈의 죽음, 카테리나의 최면 그리고 지금.

"확실히 너희 무리는 너무 많은 문제를 일으키고 있어, 타일러 브랜드켈." 애

◆ 잉글랜드의 요정으로 인간과 물개의 모습을 하고 있다.

너벨이 차갑게 말했다.

"그래서 당신의 도움이 필요해요, 헌터." 타일러도 차갑게 응수했다. "그 연구소는 몬태나의 깊은 산속에 숨어 있는 요새나 다름없어서 우리 힘만으로는 공격할 수 없으니까요."

타일러가 건물의 위치를 알려주기 위해 지도를 가리켰다.

"아버지는 건물에 방어 장치를 많이 해놨어요. 다른 종족의 공격에 대비해 은을 가득 채워놨죠. 나는 건물 안으로 들어가 바이러스들을 박멸하고 싶어요. 하지만 그러려면 희생이 따를 테고, 아마 목숨을 잃을 수도 있겠죠. 이 세상 모든 존재를 위협하는 일인데 우리 무리만 대가를 치를 수는 없잖아요. 루가루 과학자가 바이러스를 풀어놓으면 전부 다 감염되는데. 나는 인간이 없는 세상을 지배할 생각이 없어요. 그건 내 아버지의 꿈이지 내 꿈은 아니에요."

타일러가 아버지보다는 덜 미쳐서 천만다행이었다.

"좋아." 애너벨이 무뚝뚝하게 대답했다. "우리가 도와주지. 그리고 다른 종족들도 도울 거다. 연구소를 책임지고 있는 과학자를 설득할 방법이 전혀 없는 건 확실해?"

"과학자가 전화를 받긴 하는데 말을 안 해요. 비웃음을 흘리면서 가만히 듣고 있다 그냥 끊어버리죠."

"흠, 과학자가 몇 명이나 데리고 있지?"

"실험 대상인 인간까지 포함하면 백 명쯤 될 거예요. 병사가 스무 명, 바이러스에 감염된 포로가 팔십 명쯤."

타일러가 말을 중단했다.

"하지만 그들을 풀어줄 수는 없어요. 건물에 들어가되 실험실 안으로 들어가면 안 돼요. 아버지는 해독제가 없는 바이러스를 만들었기 때문에 그들의 목숨은 구해줄 수 없어요."

나는 이를 악물었다. 그래, 인정사정없이, 가차 없이 해치워버리는 것, 그 것이 루이스 브랜드켈의 방식이었다.

타일러는 루가루들에게 아버지의 시신을 치우라고 손짓하고 혼자 남았 다. 세라피나를 포함한 루가루들이 순순히 복종했다. 이제 여러 수장들과 뱀 파이어들만이 남아 회의가 계속되었고, 타일러가 제공한 지도를 보면서 작 전을 세우기 시작했다. 타일러는 아직 할아버지의 최고권을 인정하지 않지 만 할아버지의 제안을 주의 깊게 새겨들었다. 자기 아버지만큼 미친놈일지 는 몰라도 멍청하지는 않았다.

무리의 수장들이 하나둘 접속을 끊기 시작했고, 원로 뱀파이어들도 애너 벨에게 지시를 내린 다음 화상회의에서 퇴장했다. 습격을 위해서는 아직 할 일이 많았다. 행동은 내일 오전 11시에 시작할 예정이었다. 연구소는 우리 집에서 비행기로 두 시간 거리에 있었다.

마침내 타일러가 나를 향해 돌아섰고, 화면에 할아버지와 타일러만 남았다.

"너는 어떡할래, 인디아나?"

나는 무슨 말인지 못 알아들은 척했다.

"나? 카테리나를 지켜야지." 나는 가능한 한 차분하게 대답했다. "애너벨 도 브랜던 경 못지않게 강하니까 카테리나를 치료할 방법을 찾을 거야."

타일러가 이맛살을 찌푸렸다.

"잘 안 되면? 나한테 가게 하느니 차라리 그녀를 죽게 내버려둘 거야?"

이번에는 내가 인상을 썼다.

"카테리나가 그렇게 너한테 오는 것은 비통한 일이라고 말하더니 아닌가 보지? 강박증 때문에 움직이는 꼭두각시라도 좋아?"

내 비난에 충격을 받은 타일러가 나를 노려보다 음흉한 미소를 지었다.

"그녀가 너랑 있든 나랑 있든 고민하지 않아, 인디아나. 어차피 카테리나는 내 여자니까!"

그렇게 말하고 나서 타일러는 통신을 끊었다.

할아버지가 유감스럽다는 얼굴로 나를 쳐다봤다.

"뱀파이어의 주문을 풀 방법이 있는지 연구해보마. 연구소 문제를 해결하는 대로 당장. 이해하지, 인디아나? 우리의 생존 문제가 우선이니까."

그렇겠지. 루가루 무리와 인류의 생존 문제와 뱀파이어의 주문에 걸린 여성 인간의 문제는 당연히 우선순위가 다르니까.

나는 심호흡을 했다. 소리를 지르면서 다 때려 부수고 싶었지만 자제했다.

"네, 할아버지. 이해해요."

"할머니에게 카테리나를 데리고 집으로 돌아오라고 전해. 타일러에게서 가능한 한 멀리 떼어놓아야 하는데 목장이 가장 안전할 거다. 너는 미줄라에 남아 있어. 데이브와 함께 작전을 수행하려면 네가 꼭 필요할 테니까. 네가 유일한 인간이잖아. 루이스 브랜드켈이 너에 대한 방어 장치까지 고려했다고는 생각하지 않아. 은이나 바꽃은 너에게 해롭지 않으니까 네가 구별해낼 수 있을 거야. 인디아나, 할아버지는 너를 믿는다."

내가 갑자기 조커가 된 건가? 조커든 체스 판의 비숍이든 나는 어디선가 불쑥 나타나 방해하는 어릿광대 역할을 하면 된다. 카테리나를 멀리 떼어놓는다는 생각은 마음에 들지 않았지만 할아버지에게 나를 믿어도 된다고 단언했다.

화상회의가 끝나자 루가루들은 무거운 얼굴로 흩어졌다. 데이브는 장비를 확인했다. 헬리콥터는 내일 아침 9시에 우리를 태우러 올 예정이었다. 이 모든 것이 타일러의 속임수일 경우를 대비해 병사 둘이 남아서 내니와 셰이머스를 지키기로 했다.

이렇게 해서 셰이머스를 루가루로 형질전환시킨 문제로 우리를 찾아온 애너벨의 미션은 뒷전으로 밀려났다. 뚫어져라 쳐다보는 악셀과 마주한 애너벨은 매력적인 세미와 진지한 대화를 나누는 것 이외의 일은 까맣게 잊은 듯 보였다. 나는 애너벨과 악셀이 같이 밤을 보내길 바랐다. 둘은 내일 아침 습격에 나설 텐데 목숨을 걸어야 할 정도로 위험한 일이 닥치리라는 사실은 불 보듯 뻔했다. 둘이 행복한 순간을 보내는 동안 나는 지옥에 빠져 있었다. 나는 카테리나를 만나야 했다. 하지만 '상황실'과 같은 층에 있는 그녀의 방으로 가려는 순간 어느새 날아온 애너벨이 내 앞을 막아섰다. 아, 애너벨이 악셀에게만 집중하고 있는 게 아니었군.

"안 돼."

나는 뱀파이어를 빤히 쳐다봤다. 그녀의 눈빛은 진지했다.

"안 되다니요?"

"카테리나를 만나면 안 돼, 인디아나. 가슴 깊은 곳으로는 네가 진정한 사랑이라는 걸 알아서 그녀가 받는 충격이 너무 커. 그러면 강박증이 더 심해져 고통스러워지지. 지금은 그냥 네 할머니와 내니에게 맡겨두는 편이 훨씬 현명해."

"하지만……."

"인디아나, 나를 믿어."

"내일 내가 죽을 수도 있어요."

애너벨이 어이없다는 얼굴로 천장을 올려다봤고, 나는 철부지처럼 떼를 쓰는 기분이었다. 애너벨이 주위를 힐끔 쳐다보고 나서 뜨거운 숨결이 내 귓가를 간질일 정도로 몸을 숙였다. 나는 소름이 돋았다.

"내일 죽는 사람은 없어." 애너벨은 다른 루가루들이 듣지 못하도록 부드럽게 속삭였다. "우리 습격 팀이 이미 작업에 착수했어. 네 할아버지와 네가 나누는 대화를 들었거든. 하지만 뱀파이어는 루가루보다 훨씬 강력하고, 브랜드켈의 심복 루가루는 우리 원로 뱀파이어들을 상대로 절대 연구소를 지켜내지 못해. 애송이 루가루들이 10분이나 버틸까. 결국은 우리가 원하는 대로 될 거야. 너희 루가루 무리를 제거하기 위한 함정일 경우를 대비해 타일러에게 그 사실을 말하지 않았지. 루가루들을 진정시키려면 너희들이 필요해. 타일러 같은 애송이가 우리 계획을 엉망으로 만들게 내버려둘 수는 없어. 그리고 우리도 아크로노트를 찾아오길 바란다. 우리가 도와주면 너희는 우리에게 정보를 나눠주겠지만 어린 미치광이 타일러는 자기 아버지처럼 도발하리라는 걸 잘 알지. 아무튼 내일 새벽 6시 반에 연구소를 습격할 예정이야."

그렇다면 승산이 있었다. 나는 곳곳에 흩어져 사는 원로 뱀파이어들이 어떻게 우리보다 두 시간 일찍 현장에 있게 되는지 상상하고 싶지 않았지만 어쨌든 대단한 전략이었다. 엉뚱하게도 뱀파이어의 비행이 미국 차세대 전투기 F–22 랩터보다 훨씬 빠르리란 생각이 얼핏 들었다. 카테리나 걱정만 없었다면 미소를 지었을 텐데.

카테리나를 보지 못하다니 난감한 일이었다. 나는 미치도록 그녀를 보고 싶고 만지고 싶고 안심시켜주고 싶었다. 하지만 애너벨은 내가 카테리나를 만나는 것이 그녀를 고통스럽게 한다고 했다……. 나는 감정을 억눌러야 했다.

나는 울고 싶었다. 하지만 이제는 어린애도 아닌데 눈물을 흘릴 수는 없다. 할아버지는 날마다 이런 긴장감 속에 살아가고 있겠지. 나는 수장 자리에 빨리 앉고 싶은 마음이 추호도 들지 않았다.

"알았어요." 나는 목소리가 떨릴까 봐 조심하면서 대답했다. "내 방으로 갈게요. 애너벨도 습격에 참여하죠?"

애너벨이 유감스러운 표정으로 고개를 흔들었다.

"아니. 원로들이 나는 여기 남아 있길 바라고 있어. 네 할머니와 내니 대신 내가 카테리나 곁에 있을 거야."

애너벨이 내 앞을 지나갔다. 나는 카테리나의 방으로 가지 않으려고 이를 악물면서 무거운 발걸음을 옮겨 내 방으로 들어갔다. 나는 혼자 그리 오래 있지 않았다. 몇 분 후, 배가 고파 저녁을 먹으러 내려가려는 순간 노크 소리가 들렸다.

내니와 할머니였는데 고맙게도 먹을 것까지 들고 왔다. 할렐루야!

할머니와 내니가 방으로 들어와 창가의 작은 테이블에 쟁반을 내려놓았다. 나는 고맙다고 말하고 쇠고기/마요네즈/오이피클/토마토 샌드위치를 먹었다. 그사이 할머니가 배경 잡음 장치를 켰다. 나는 경계 자세를 취했다.

"할 말이 있어, 인디아나." 할머니가 배경 잡음 장치에서 아무도 듣지 못한다고 확인해주는 신호음이 울리자 말했다. "루이스 브랜드켈의 죽음과 함께 뭔가 이상한 일이 일어나고 있어. 네 아버지가 사망했을 때의 일에 대해 네 엄마가 말해주었다고 했지?"

나는 신중해야 했다.

"네."

"네 아버지가 세미처럼 절반만 변신했다고 했니? 루이스 브랜드켈처럼?"

"아니요."

엄마가 말해준 게 아니라 내 눈으로 본 것이니 거짓말은 아니었다. 따라서 두 여자는 거짓말을 간파할 수 없었다.

내니가 한숨을 내쉬었다.

"할머니와 나는 네 아버지가 독살되었다고 생각해, 인디아나."

루이스가 죽는 영상을 보면서 나도 같은 결론을 내렸지만 나는 놀라는 척했다.

"아버지도 같은 방식으로 변신했기 때문에요?"

"아니, 네 아버지는 넘어지면서 나무 탁자에 머리를 부딪쳤어. 뇌가 받은 충격이 회복되지 않은 데다 은제 칼에 심장이 찔린 상처도 낫지 않았지. 물론 은을 함유한 칼이었으니 심각한 상황은 맞아. 하지만 그렇더라도 훨씬 더 오래 버텨야 했어. 그런데 죽는 과정이 루이스와 아주 흡사했단 말이야. 무슨 독인지 몰라도 루가루의 세포 재생을 막는 독이 사용된 것이 틀림없어. 그래서 변신 시간이 좀 더 오래 걸리면서 그 과정을 육안으로 볼 수 있었던 거야. 평소대로라면 너무 순식간이라 두 발 인간에서 네발 늑대로 변하는 과정을 거의 볼 수 없거든. 네 아버지나 루이스는 세미로 변신한 게 아니야. 변신 속도가 느렸던 것뿐이지."

나는 애써 납득이 된다는 표정을 지었다.

"그렇다면 타일러가 그 '독'을 손에 넣고 아버지에게 먹여 죽게 했을 가능성이 커요. 아주 영악한 놈이죠."

"그래, 나이에 비해 너무 영악하구나." 할머니가 맞장구쳤다.

"루이스 브랜드켈의 교육을 받아서 일찍 조숙해졌어요." 내가 씁쓸하게 말했다. "육체적으로는 열여덟 살인데 여든 살 노인에 가까워졌으니까. 괴물 아버지가 아들도 괴물로 만들었네요. 나는 타일러가 구제받을 수 있을지 모른다고 생각했었는데 이제는 가망이 없어 보여 슬퍼요."

더군다나 타일러가 구차한 복수심 때문에 엄마를 돌려줄 생각이 없다고 하니 더더욱 슬펐다.

"우리가 폭로할 수도 있어." 할머니가 느리게 말했다. "타일러가 무리를 통제하기 위해 속임수를 썼으니까!"

"증거를 대야 하는데 벤자민의 죽음에 대해서는 말할 수 없잖아요." 내니가 반박했다. "종족 간의 전쟁이 벌어지던 16년 전과는 시대가 달라요. 서로

잘 지낼 필요가 있어요. 그리고 타일러는 이제 브랜드켈 무리의 새 수장이
에요."

내니가 차가운 미소를 지으면서 덧붙였다.

"머지않아 그 자리를 노리는 야심가의 도전을 받게 될 게 뻔하니 타일러가
얼마나 버티는지 보자고요. 루이스라면 몰라도⋯⋯."

할머니가 고개를 끄덕였다. 내니의 말에 일리가 있었다. 타일러가 알파는
맞지만, 늙은 루가루들의 노련미를 당해낼 수는 없다. 수장 자리를 지키려면
힘든 싸움을 해야 할 터였다. 나는 타일러가 부럽지 않았다. 그리고 아무리
괴물이라도 아버지를 죽이면서까지 그 자리를 차지하고 싶은 마음은 추호
도 없었다.

나는 식사를 마쳤다. 애너벨의 말은 언급하지 않았다. 할머니와 내니까지
열을 내게 만들 필요는 없었다. 어쨌든 뱀파이어들이 곧 작전에 들어갈 것이
고, 우리 루가루들이 지금 바로 현장으로 출발한다 해도 이미 늦었다.

마침내 할머니와 내니가 나가자 나는 우울해졌다. 더 이상 주인공 역할을
할 필요가 없기 때문에 카테리나에게만 집중하면 되었다.

나는 불타는 혜성이 우리 집을 덮치는 일이 발생하지 않는 한 상황이 더
나빠질 수는 없다고 생각하면서 잠이 들었다.

그건 잘못된 생각이었음이 밝혀졌다.

공포에 질린 처키가 나를 깨우면서 두서없는 말을 외쳤기 때문이다.

카테리나가 사라졌고, 악셀도 사라졌다.

애너벨의 지시로⋯⋯.

18
원로 뱀파이어들을 노리는 함정

내가 거칠게 처키의 멱살을 움켜잡는 바람에 뚱보는 넘어질 뻔했다.

"뭐라고? 그게 무슨 말이야?"

"애너벨이 그랬다니까." 내가 너무 세게 움켜잡아서 얼굴이 빨개진 처키가 대답했다. "나는 아무것도 모르니까 애너벨에게 물어봐, 인디아나. 다들 미친 것 같아!"

아직 어두웠다. 새벽 5시도 안 된 모양이었다. 나는 처키를 놓아주고 후다닥 바지와 스웨터를 입고 맨발로 뛰어나갔다. 애너벨의 방은 따로 없었기 때문에(상볼들이 잠을 자기는 하나?) 나는 그녀가 아래층에 있을 거라고 짐작했다.

내 생각이 맞았다. 애너벨이 딱 버티고 서서 나를 기다리고 있었고, 내니와 할머니가 양옆에 있었다. 할머니와 내니 때문에 내가 죽이지 못하리라고 생각했다면 애너벨의 실수였다.

내가 달려들자 격한 분노에 흠칫 놀란 뱀파이어가 뒷걸음쳤다. 하지만 나는 개의치 않았다.

나는 성난 알파의 힘을 뿜어내면서 큰 키로 애너벨을 내려다봤다.

"또 무슨 짓을 한 거죠, 상볼?"

애너벨이 나를 빤히 쳐다봤다.

"네 여친의 목숨을 구해줬는데 뭐가 잘못됐어?"

이렇게 뒤통수를 치다니. 분노가 더 치밀어 올랐다.

"카테리나를 악셀과 함께 집에서 내보낸 이유가 뭐냐니까?"

"타일러에게 보내주려고. 네 여친은 이미 두 시간 전에 출발했어. 악셀이 타일러의 집 근처까지 데려다줄 거야. 브랜드켈의 루가루들이 경비를 서고 있거든. 악셀이 그녀가 무사히 집으로 들어갔는지 확인하고 나서 연락해주기로 했다."

나는 숨이 막혀서 말도 제대로 나오지 않았다.

"뭐라고요?" 나는 거칠게 받아쳤다. "기껏 한다는 짓이 그녀를 타일러의 손아귀에 넣어주고 무사한지 확인한다고요? 그게 말이 돼요? 미쳤어요?"

"그렇지 않으면 카테리나는 강박증으로 죽는데…… 선택의 여지가 없었어. 이번 주문은 워낙 강력해서 금방 미쳐버리고 만다고! 그나마 정신이 이상해지지 않게 하려면 타일러의 집으로 보내 활동하게 하는 것이 유일한 해결책이야."

거짓말이었다. 그걸 어떻게 알았는지는 설명할 수 없지만 거짓말이 틀림없었다. 이제 애너벨이 왜 거짓말을 하는지, 그리고 뭘 감추려 하는지 알아내는 것이 중요했다. 이상하게도 할머니와 내니는 조용히 듣고만 있었다. 마치 애너벨의 결정이 당연하고 합리적이라는 듯이.

하지만 뭔가 크게 잘못되고 있었다.

그들은 내가 흥분해서 소리를 지르리라고 예상했다. 하지만 나는 내 손이 닿지 않는 곳에 있는 카테리나에게 정말 아무 일도 없는지 직접 확인하길 원했다.

나는 휙 돌아서서 방으로 달려갔다. 그리고 아무도 나를 건드리지 말고 가만 내버려두라는 뜻을 알리기 위해 샤워기 물을 틀어놨다. 그리고 방문과 욕실 문을 걸어 잠갔다. 옷을 벗고 아크로노트 능력을 작동시키기 위해 정신을 집중했다. 가능성은 희박했다. 한 달 전쯤 엄마가 납치된 날로 돌아가보려고 했지만 작동하지 않았었다. 그러다 지난번에는 16년 전으로 돌아가 아버지의 죽음을 목격했다. 거의 우연처럼 일어나는 불확실한 능력이었다.

그런데 정말 놀랍게도 이번에는 쉽게 발동했다. 엄마의 정신을 이상하게 만든 이 능력. 걱정은 나중에 하기로 마음먹으면서도 이 능력이 쉽게 발동하는 것이 정신병의 전조가 아니길 바랐다.

잠시 후 나는 두 시간 전의 우리 집 상공을 날고 있었다.

이럴 때는 시간을 거슬러 갈 수 있다는 사실이 굉장히 편리했다.

카테리나를 데리고 나가는 악셀이 보였다. 따뜻한 코트를 입고 있지만 이상하게도 맨발이었다.

이상한 점이 또 있었다. 타일러의 집이 멀지도 않은데 차를 타고 가더니 입구에서 500미터쯤 떨어진 곳에서 차를 세우고 내렸다.

카테리나는 코트를 벗고 잠옷 차림이 되었다. 그러고는 덜덜 떨면서 숲 속으로 걸어갔고, 맨발인데도 돌을 피하려고도, 긴 머리카락에 걸리는 나뭇가지를 피하려고도 하지 않았다. 오, 내 조상들의 피여, 대체 카테리나가 왜 저러지?

카테리나는 세미로 변신해 배낭을 짊어진 악셀을 따라가고 있었다. 대체 왜 도로를 두고 숲 속으로 가지? 나는 도무지 이해가 되지 않았다. 카테리나는 작은 호수로 다가가더니 주저 없이 뛰어들었다가 재빨리 씻고 나왔다. 그러고는 다시 숲 속을 걷기 시작했는데 몸이 얼어붙거나 말거나, 돌부리에 차여 피가 나거나 말거나 걸음이 점점 대담하고 거침이 없었다. 이번에는 악셀이 그녀의 뒤를 따라갔는데 몸을 따뜻하게 감싸주지도 건드리지도 않았다.

불현듯 나는 심장이 오그라드는 것 같았다.

카테리니가 왜 그런 행동을 했는지 깨달았다. 그리고 악셀이 그녀를 건드리지 않는 이유도.

카테리나는 악셀과 함께 있었다는 사실을 아무도 알아채지 못하도록 세미의 냄새를 씻어낸 것이었다. 몇 년 전 비밀리에 악셀과 훈련할 때 내가 그랬듯이.

카테리나는 주문에 걸린 게 아니었다. 이 모든 것이 타일러를 속이기 위한 연극이었다. 영리한 카테리나가 자신을 희생하고 있었다.

위험한 줄 뻔히 알면서 모험을 하는 중이었다. 나를 위해, 내 엄마를 찾기 위해.

"안 되애애애애애애!" 극도의 불안감에 내가 외쳤다. "카테리나, 안 되애애애애애애애애!"

물론 내가 내지르는 소리는 아무도 들을 수 없었다. 이미 두 시간 전에 일어난 일이기 때문에 끼어들거나 못 가게 막을 방법이 전혀 없었다.

닫힌 대문 앞에 이르러 악셀이 어둠 속으로 사라지자 카테리나가 초인종을 눌렀다.

하지만 아무도 나오지 않았다. 집에는 불빛이 없고 조용했다. 시간 속으로 들어온 뒤 처음으로 나는 미소를 지었다. 아! 브랜드켈의 루가루들이 집에 없는 모양이었다. 애너벨과 카테리나, 악셀이 잘못 짚었다. 카테리나는 붙잡히지 않을 것이다. 브랜드켈의 다른 집, 몬태나의 반대쪽에 있는 다른 집으로 가려면 몇 시간이 걸릴 터였다. 헬리콥터를 타고 가면 이들을 따라잡을 수 있다. 오, 예스!

하지만 카테리나는 여기서 포기할 생각이 없었다. 그녀는 CCTV와 경보 장치에 주의하면서 담이 높은 집을 한 바퀴 돌았다. 그러다 담을 따라 나뭇가지들을 늘어뜨린 나무를 발견했다.

"악셀, 이쪽으로!" 카테리나가 나직한 소리로 불렀다.

세미가 소리 없이 나타났다.

"아무도 없어." 악셀이 긴 송곳니 사이로 말이 새는 소리로 말했다. "카테리나, 차를 타고 다른 집으로 가야겠어."

"아니!" 카테리나가 꿈쩍도 않고 시퍼레진 얼굴로 당차게 말했다. "이 나무에 나를 올려줘."

"너한테서 내 냄새를 맡을 텐데 안 돼." 거대한 덩치의 세미가 반대했다.

"할 수 없잖아. 도와주지 않으면 담을 넘을 수가 없는데. 나뭇가지가 너무 높아서 잡을 수가 없어. 그리고 저기 안에 금붕어 연못이 있으니까 냄새는 해결할 수 있어."

"아무도 없는 집에는 왜 들어가려고 하는데?" 세미가 털북숭이 이마를 찡그리면서 물었다.

"사방에 경보 장치가 있는 걸 보면 분명히 감시 중이야. 루가루들은 점유 지역을 방어하려는 텃세권이 강하다고 했지?"

"응."

"장담하는데 누군가 소유지에 침입하면 곧장 대거 몰려올 거야."

악셀이 으르렁거렸다.

"그래, 일리 있네. 내 등을 타고 올라가."

악셀이 허리를 숙이고 있다 카테리나가 매달리는 순간 일어섰고, 그녀는 가장 낮은 나뭇가지에 닿을 수 있었다. 카테리나는 작은 소리를 내면서 뛰어올라 고양이처럼 날렵하게 중심을 잡았다. 솔직한 심정으로 이럴 때는 카테리나가 약했으면 좋겠다. 하지만 그녀는 나뭇가지를 잡고 아주 가볍게 담장 위에 올랐다. 다행히 유리나 뾰족한 쇠붙이 같은 건 없었다. 카테리나가 충격을 흡수하기 위해 담장 안쪽으로 굴러떨어지듯 뛰어내렸다.

머리끝까지 화가 나 있지만 않았다면 카테리나를 무지 대견하게 생각했을 텐데. 과감하게 스스로 해결하려는 의지력은 정말이지 칭찬할 만했다.

곧바로 사이렌이 울리기 시작했다. 집을 향해 달리던 카테리나가 금붕어 연못으로 뛰어들었다. 난데없이 뛰어든 여자 때문에 금붕어들이 심장마비를 일으켰을 것 같았다. 그녀는 물을 뚝뚝 흘리면서 다시 집을 향해 뛰다가 커다란 돌을 집어 들고 발코니로 통하는 유리문을 깨뜨렸다.

두 번째 사이렌이 울리면서 탐조등에 불이 들어왔다. 집 안으로 뛰어 들어간 카테리나는 CCTV와 경보 장치가 연결되어 있을 거라 짐작하고 외쳤다.

"타이이이일러! 타이이이일러! 내 사아아아아아랑!"

카테리나가 연극을 하고 있다는 걸 아는데도 괴로웠다.

카테리나는 정말 영리했다. 20분도 안 돼서 브랜드켈의 루가루들이 탑승한 차 두 대가 불쑥 나타났다. 나는 몇 분간 곡예를 하면서 그녀와 함께 있는 데 성공했다. 나의 아크로노트 능력이 발전했거나 카테리나를 향한 사랑이 그만큼 강하거나. 아무튼 루가루들이 그녀를 체포하는 모습이 보였다. 루가루들은 상처가 난 발, 얼룩진 얼굴, 젖은 옷 등 그녀의 처량한 외양에 주목했다.

루가루 중 한 명이 변신하더니 연못에 이어 담장까지 뛰어갔다 돌아와서 다시 인간 모습으로 변했다.

"연못에 빠졌나 봐. 뱀파이어들의 속임수일 수도 있고. 여자 상태 봤지?"

"도망쳐 나온 거야." 다른 루가루가 말했다. "강박증이 너무 심했던 모양이야. 우리 수장의 예상이 맞았어. 잘 대비하고 있으라고 했잖아. 이제 가자."

애너벨과 악셀, 카테리나의 비상식적인 작전이 통했다. 하지만 루가루들은 카테리나를 차에 태워서 데려가지 않았다.

그들은 헬리콥터를 이용했다. 애너벨과 달리 악셀은 날지 못하므로 미행을 차단하려는 것이었다.

그런데 내 친구들의 작전은 생각보다 치밀했다. 어둠 속에서 뱀파이어 의사 에릭이 불쑥 나타나더니 눈에 띄지 않게 거리를 유지하면서 헬리콥터를 뒤따라 날아갔다. 나도 뒤따라 날아갔다. 헬리콥터는 사설 비행장에 착륙했다.

내가 모르는 브랜드켈의 소유지였다. 막연한 희망에 가슴이 뛰었다. 혹시 이곳에 엄마를 감금해놨을까?

하지만 그곳은 임시 거처일 뿐이었다. 집에서 나오는 타일러를 보는 순간 나는 아크로노트 능력이 흔들리는 걸 느꼈다. 분노가 치밀면서 감정을 억제하기 힘들었다.

카테리나가 환호성을 지르며 기뻐하는 얼굴로 타일러의 품에 안겼다. 잠깐이나마 카테리나가 진짜 강박증에 걸렸다고 믿어질 정도였다. 하지만 행복한 얼굴로 그녀를 안고 있는 타일러나 다른 이들은 보지 못한, 카테리나가 느끼는 분노와 혐오감을 나는 알아봤다. 숨이 멎을 뻔했다. 주저하는 기색을 조금이라도 보이면 안 되는데……. 루가루는 인간의 기분에 무척 민감해서 거짓 감정은 대번에 알아챌 테니까.

하지만 카테리나를 되찾아 너무 기쁜 타일러는 다른 데에 신경 쓸 겨를이 없었다. 이윽고 타일러가 포옹을 풀고 카테리나의 얼굴을 빤히 쳐다봤다.

저 더러운 자식!

타일러가 눈살을 찌푸렸다.

"이 꼴이 뭐야? 들어가자, 가서 씻고 옷 갈아입어야지. 그리고 어떻게 도망쳐 나왔는지 말해줘, 알았지?"

"응, 타일러." 카테리나가 고분고분하게 대답했다. "내 사랑, 타일러. 나는 타일러를 사랑해. 타일러만 사랑해."

타일러가 이맛살을 찌푸렸는데 주문에 걸린 여자를 품에 안는 것이 어떤 기분인지 실감하는 듯했다. 카테리나가 연기를 잘한다면 타일러는 이내 진저리가 날 것이다. 이미 타일러는 이런 카테리나에게 정나미가 떨어지는 듯 보였다.

루가루들은 카테리나에게 너무 큰 점퍼와 바지를 임시로 입혀놓았다. 하지만 타일러가 있는 집에는 여성 루가루가 살고 있는지 이내 카테리나에게 필요한 옷가지를 찾아왔다. 그녀는 손가락 하나 까딱하지 않고 인형처럼 옷을 입혀주는 대로 가만히 있었다. 타일러가 잠시 망설이더니 바쁜지 손목시계를 봤다.

"안됐지만 몇 분 후면 뱀파이어들이 모두 죽어." 타일러가 속삭였다. "하지만 실패할 경우 뱀파이어들이 쳐들어올 테니 조심해야 해."

타일러가 뜨거운 눈빛으로 카테리나의 반쯤 벗은 몸을 쳐다봤다.

"너와 여기 있고 싶지만 카트, 우리는 시간이 없어. 지금은 안 돼."

"나는 타일러를 사랑해. 타일러는 내 사랑." 카테리나가 마치 이 말밖에 할 수 없는 것처럼 흥얼거렸다.

타일러는 입술을 실룩거렸지만 더는 아무 말도 하지 않았다. 그는 옷을 다 입혀주고 나서 카테리나의 팔을 잡았다. 그들은 집을 나와 사륜구동차에 올랐고, 차창을 완전히 시커멓게 선팅한 똑같은 자동차 네 대가 뒤를 따랐다. 에릭이 나와 마찬가지로 그림자처럼 조용히 관찰하고 있었다. 우리는 자동차 위에 떠 있었다. 갑자기 차들이 긴 터널로 진입했다. 에릭에게는 문제가 되었지만 터널 안이 투명한 벽처럼 다 보이는 내게는 아무 문제가 없었다.

차들이 멈추고 타일러와 카테리나가 내렸다. 다른 차들은 다시 출발했다.

루가루들에게 에릭이 한 방 먹었다. 나는 분노의 고함을 질렀다. 아무것도 모르는 에릭은 차들을 따라갔다. 잠시 후, 반대 방향에서 오던 트럭 한 대가 멈췄고 타일러와 카테리나를 태웠다. 누가 루이스의 아들 아니랄까 봐 아버지 못지않게 편집증이 심했다. 주도면밀한 것도 똑같았다. 보통 사람들에게는 통하겠지만 나는 달랐다. 제아무리 영악해도 나 같은 특급 스파이에게는 안 통하지.

하지만 특급 스파이가 빌어먹을 아크로노트 능력을 제대로 조종하지 못하는 것이 문제였다.

아크로노트 능력이 하필이면 이 중요한 순간에 나를 놓아버렸다.

나는 욕실에서 유형화되었다. 너무 화가 나 필사적으로 트럭 위로 돌아가려고 했지만 소용없었다. 내 능력이 거부했다.

집에 있는 이들이 내가 내지르는 소리를 듣지 못하도록 물을 세게 틀어놓고 샤워를 하면서 마음을 가라앉힌 다음 다시 시도해봤다.

하지만 발동하지 않았다.

욕실에서 나왔지만 여전히 카테리나에 대해, 애너벨에 대해, 악셀에 대해, 무엇보다 나 자신에 대해 화가 났다.

카테리나를 찾아야 했다.

나는 머리를 말리지도 않고 옷을 갈아입고 거실로 내려갔다. 할머니와 다른 이들은 내 고함 소리를 들었지만 무슨 이유로 누구에게 화가 나 있는지 알지 못했다. 그사이 내니가 아침 식사를 준비해놓았다. 나는 아무것도 먹을 수 없을 것 같아서 사양하고 뜨겁고 달콤한 차 한 잔만 마셨다.

이윽고 나는 할머니와 내니에게 말했다.

"회의실로 모여요. 지금 당장. 긴급 상황이에요."

할머니와 내니는 반박하려고 했지만 내가 사용한 알파의 에너지가 어찌나 강력한지 두 여자는 하마터면 변신할 뻔했다. 내니가 셰이머스 곁을 지키지 않는 것으로 보아 카테리나의 아버지 역시 어딘가로 보낸 모양이었다. 하지만 처키와 데이브가 있었다. 데이브가 이 작전을 모른다면 악셀이 세미든 세미가 아니든 카테리나를 데리고 나가도록 내버려두지 않았을 것이다.

내 알파 에너지에 영향을 받지 않는 애너벨까지 모두 회의실에 모였다. 방음 처리가 된 방이지만 더 확실한 보안을 위해 배경 잡음 장치를 켰다. 내가 하는 말이 카테리나를 더 큰 위험에 빠뜨릴 수도 있기 때문이었다.

"다 모였군요." 나는 그들을 마주 보는 자리에 앉아 차가운 목소리로 물었다. "여러분 중 누가 이런 연극을 생각했죠?"

할머니와 내니가 시선을 주고받았다.

"무슨 말이니?" 할머니가 조심스럽게 물었다.

"바보 취급은 이제 그만두시죠. 카테리나는 영사실로 들어오기 전 애너벨과 얘기를 나눴어요. 나는 카테리나가 애너벨에게 악셀을 만나라고 설득한다고 생각했는데 사실은 자신의 계획을 애너벨에게 설명하고 있었어요. 카테리나는 주문에 걸린 척하면서 미친 여자 연기를 하겠다고 했어요. 타일러를 보는 대로 오로지 그에게 달려갈 생각만 하고 있음을 보여주기 위한 연극을 벌일 궁리를 하고 있었죠. 그리고 타일러가 어떻게 나오는지 지켜보았고요. 아버지 루이스가 죽은 뒤로 타일러가 무슨 생각을 하는지 모르니까요. 카테리나는 타일러가 내 엄마를 돌려보내 주면 다 잘되는 거니 굳이 나를 위해 자신을 희생할 필요가 없고, 반면에 타일러가 비열하게 행동하면 그 어이없는 계획을 실행하기로 작정했어요. 그런데 타일러의 목적이 드러났죠. 카테리나가 진짜 주문에 걸렸는지 확인할 수 있는 사람이 애너벨밖에 없다는 것도 문제였어요. 뱀파이어들이 엄마를 손에 넣고 싶어 하는 것도 사실이고요. 안 그래요, 헌터 5?"

애너벨이 실룩거리다 고개를 숙였다.

나는 데이브를 가리키면서 말을 이었다.

"악셀이 카테리나를 데리고 나가는데도 데이브가 막지 않았다, 이것이 바로 이 일에 할머니가 연루되었다는 반증이에요. 데이브와 병사들은 절대 뱀파이어에게 복종하지 않으니까요. 뱀파이어가 그들에게 주문을 걸지 않는 한."

"우리가 카테리나를 내보낸 일에 대해서는 비난받아도 할 말이 없어." 애너벨이 반박했다. "하지만 강박증으로부터 카테리나를 구하기 위해 우리가 생각해낸 방법이 최선인지 아닌지는 두고 봐야 해."

"애너벨보다 강력하지 않은 에릭도 카테리나를 재우는 데 성공했어요. 그리고 묶어두는 것은 그리 힘든 일도 아닌데 그사이 강박증 주문을 풀어줄 방법을 찾으려고 노력이라도 했어야죠. 정말 카테리나를 가게 내버려두는 것 말고 다른 방법이 없었나요? 다시 말하지만 더 이상 나를 바보 취급하지 마요."

나는 애너벨 앞에 버티고 서서 차갑게 덧붙였다.

"당신이 무슨 짓을 했는지 알기나 해요? 카테리나가 속였다는 사실을 알면 타일러는 가차 없이 그녀를 죽일 거라고요. 자기 아버지도 죽였는데 카테리나를 못 죽일 것 같아요?"

애너벨은 에릭을 매복시켜놓았으니 작전이 완벽하다고 생각했다. 하지만 나는 일이 잘못되었음을 알고 있었다. 내가 몰아붙이자 더는 못 견디겠는지 결국 애너벨이 토설했다.

"워워." 애너벨이 거만하게 말했다. "진정해, 새끼 늑대. 우리는 이중으로 조치를 취했어. 악셀은 지상에서, 에릭은 공중에서 뒤쫓고 있으니까 절대 카테리나를 놓칠 수 없다고. 네 어머니를 숨겨놓은 장소를 찾는 즉시 우리 습격대가 개입할 거고."

"아, 그래요?" 내가 냉소적으로 말했다. "아마도 지금쯤 바이러스는커녕 이게 다 뱀파이어들을 노리는 엄청난 함정이라는 사실도 모르고 건물 주위에서 먹잇감이 되고 있을 습격대 말인가요?"

애너벨이 얼빠진 얼굴로 나를 쳐다봤다.

"뭐라고?"

나는 눈을 감고 이런 추측의 근거를 뭐라고 둘러댈지 궁리했다. 실은 '몇 분 후면 뱀파이어들이 모두 죽는다'는 타일러의 말을 듣고 직감한 것이었다.

그때 애너벨의 핸드폰이 울려서 나는 대답을 하지 않아도 되었다. 그녀는 나를 노려보면서 전화를 받았다.

"헌터 5."

잠시 후 애너벨이 굳은 얼굴로 소리쳤다.

"뭐라고요? 에릭, 농담이죠?"

전화선 너머의 목소리가 아니라고 대답했다. 화가 난 애너벨이 전화를 거칠게 끊었다.

나는 팔짱을 끼고 뱀파이어 못지않게 성난 시선으로 쳐다봤다.

"놓쳤대요?"

애너벨이 어쩔 수 없이 고개를 끄덕였다.

"터널로 들어가는 바람에 에릭이 몇 초 동안 그들을 시야에서 놓쳤어. 차들이 멈춰 섰을 때 비로소 타일러와 카테리나가 없어졌다는 걸 알아차렸고, 되돌아와 터널 안에서 냄새를 맡았는데 반대 방향으로 떠났대. 카테리나를 놓쳐서 미안해. 이제는 네 여친의 능력에 기대는 수밖에 없어. 정신력이 강하니까 어떻게든 연락해주길 바라야지. 지금은 카테리나밖에 믿을 사람이 없구나."

나는 뱀파이어의 목을 조르고 싶었다. 하지만 그건 아무 도움도 되지 않았다.

"다음부터는 내 측근을 위험한 데로 보내기 전에 먼저 나나 할아버지의 의견을 묻는 게 좋을 거예요." 내가 이를 악물고 내뱉었다.

"너는 너무 예민한 상태였어." 애너벨이 응수했다. "그래서 우리가 나선 거야. 네 핸드폰 배터리나 잘 충전시켜놔. 카테리나는 틀림없이 제일 먼저 너한테 연락해 위치를 알릴 테니까."

카테리나가 전화기에 접근해도 연락하리란 확신은 없었다. 나는 이를 너무 악물어서 이가 부러질 뻔했다.

"아까 함정이라고 했는데 그건 무슨 말이야?" 애너벨이 물었다.

나는 피곤했다. 너무 긴장한 탓에 근육과 힘줄이 당겨서 뼈마디가 욱신거렸다. 나는 긴장을 풀기 위해 기지개를 켜고 나서 대답했다.

"루이스 브랜드켈이 바이러스를 배양 중이었다는 것과 자기 루가루들에게 백신 접종을 한 것은 사실 같아요. 하지만 연구소의 과학자가 타일러에게 복종하지 않는다는 말은 믿지 않아요. 타일러는 합법적으로 아버지를 이기고 수장이 됐으니까요. 그리고 그 연구소 건물은 루이스 브랜드켈이 원로 뱀파이어들에게 놓은 함정이 분명해요. 좀 더 일찍 알아챘다면 좋았겠지만 뱀파이어들의 작전을 몰랐고, 카테리나를 걱정하느라 깊이 생각하지 못했어요. 하지만 타일러와 루이스는 뱀파이어들의 술책을 예상했어요. 원로 뱀파이어들이 용납할 수 없는 위협이라고 생각되면 직접 개입한다는 것을요. 그래서 그들이 함정을 놓았다고 봐요. 아마 루이스가 설치했고 타일러가 실행에 옮기겠죠."

애너벨이 천천히 핸드폰을 들었다.

"몇 분 후면 습격인데……. 내가 습격을 중단시켰는데 아무 일도 일어나지 않으면 원로들이 너를 배신자로 몰아버리리라는 걸 설마 모르고 하는 말은 아니겠지?"

아주 잘 알고 있었다. 차마 두렵다는 말은 입 밖에 내지 않았지만 할머니와 내니가 파랗게 질린 걸 보면 파급력이 있었다. 배신자에 대한 처벌은 대체로 즉결심판으로 이뤄졌다.

"확신해요." 나는 단호하게 대답했다. "내 말을 믿지 못하겠으면 다른 뱀파이어들을 보내보든가요. 루가루들이 뱀파이어를 좋아하지 않는다는 건 다 아는 사실이잖아요. 하지만 루이스는 절대 권력을 방해하는 것은 무조건 증오하죠. 따라서 가장 위험한 적들을 제거하기 위해 세심하게 준비했으리란 추측이 가능해요. 원로 뱀파이어들과 당신 같은 상불은 루가루에게 최면을 걸 수 있으니까요. 당신이 좀 전에 내 할머니와 내니에게 그랬던 것처럼."

"뭐라?" 할머니가 애너벨을 향해 고개를 돌리고 외쳤다. 성난 눈빛이 이글거렸다. "나한테 뭘 했다고? 브랜던 경만 할 수 있다고 생각했는데……."

내가 할머니의 말을 자르고 짤막하게 대답했다.

"애너벨, 브랜던 경, 원로 뱀파이어들, 이들은 농락의 대가들이에요."

애너벨이 진정하라는 뜻으로 두 손을 들었다.

"카테리나 문제로 논쟁할 시간이 없어서 그랬어요. 좋은 계획이라고 설득하기 위해 두 분에게 내 능력을 약간 사용했는데 죄송하게 생각해요. 미안하지만 빨리 원로들에게 연락해야겠어요."

알아채지도 못하게 주문을 걸었다는 사실에 격분한 할머니가 목을 따기 전에 애너벨은 재빨리 핸드폰을 들고 버튼 하나를 눌렀다. 곧바로 먼지처럼 메마른 목소리가 들렸다.

"공격하려는 순간이다, 헌터 5. 왜 비상벨을 울렸지?"

비상벨을 유독 강조하는 목소리였다.

"습격에 참여하는 원로들을 제거하려는 함정이라는 제보가 들어왔습니다, 스켐 경."

침묵이 흘렀다.

"제보자가 누구인가?"

애너벨이 한숨을 쉬고 나서 말했다.

"인디아나 텔러입니다."

또 침묵.

"신빙성은?"

"브랜드켈 부자에 대해 잘 알고 있고 상당히 논리적입니다, 스켐 경."

또다시 침묵. 한마디 할 때마다 스켐 경이 신경세포를 작동하는 데 두 시간이 걸린다면, 원로 뱀파이어들은 죽는 시간도 10배는 더 걸릴 것 같았다.

"알아보지." 스켐 경이 내뱉고 전화를 끊었다.

애너벨이 핸드폰을 집어넣고 나를 올려다봤다.

"너를 위해서라도 사실이길 바란다, 인디아나 텔러. 거짓일 경우 너는 물론이고 너희 루가루 무리도 큰 위험에 처할 테니까."

"내 말을 믿는 게 좋아요. 그리고 큰 위험에 처하는 건 내 일상이라서 새삼 더 위험해질 것도 없어요."

"이제 왜 주문을 걸었는지 설명을 들어야겠다." 할머니가 부드럽지만 아직 화를 삭이지 못한 목소리로 말했다.

내니와 할머니가 일어나 맞은편 자리에 와서 앉자 애너벨이 미소를 지었다.

"두 분을 설득하는 것이 많이 힘들지는 않았어요." 애너벨이 느긋하게 말했다(손가락들이 경련을 일으키는 것으로 보아 할머니와 내니가 공격해오면 당장 죽일 기세였다). "여러분은 인간을 몹시 싫어하지만 무리를 보호하고 싶어 하니까요. 그리고 우리만큼 아크로노트를 되찾아오고 싶어 한다는 것도 알고요. 그러니 위선 떨지 마시죠."

"뱀파이어, 지금 무슨 말을 하는 건가? 우리가 무슨 생각을 하든 그것이 본질은 아니지." 할머니가 으름장을 놨다. "하고 싶은 것과 실제로 행하는 것은 큰 차이가 있어. 판타지와 현실의 차이만큼이나. 이번 일을 우리가 묵인할 거란 생각은 하지 말게. 우리는 인간을 좋아하지 않지만 카테리나는 우리 인디아나에게 무척 중요한 아이야. 그리고 내 손자에게 중요한 인간은 우리에게도 중요해."

애너벨이 놀란 듯 눈을 깜박거렸다. 우리 루가루가 이 정도로 결속되어 있다고는 생각하지 않은 모양이었다. 나는 뱀파이어들이 불쌍하다는 생각이 들면서 애너벨이 악셀의 열렬한 구애를 두려워한 이유가 이해되었다. 악셀과 가치관이 달랐다.

그때 애너벨의 핸드폰이 다시 울렸다. 뱀파이어가 성난 할머니와 내니에게 사과하는 눈짓을 보내고 전화를 받았다. 이번에도 메마른 목소리가 들렸다.

"우리 원로 스무 명 중 여섯 명, 평의회 임원 한 명이 사망했다." 스켐 경이 알렸다. "하지만 자네가 알려주지 않았다면 우리 모두 죽었겠지. 1차 공격은 중단시킬 겨를이 없었어. 자네 말이 맞았다. 함정이었어. 우리는 지금 바이러스 감염으로 목숨이 위태로운 상태다. 치료를 위해 지금부터 동면에 들어간다. 최소 10년. 상볼, 뱀파이어 관리를 자네에게 맡기겠다. 10년 후에 다시 얘기하지."

스켐 경은 잠시 말을 중단했다가 덧붙였다.

"인공적 루가루 창조 문제를 빨리 해결하라. 루가루가 너무 많아지는 것은 용납할 수 없다. 그렇지 않아도 인간들 모르게 살아가기 힘든데……."

스켐 경이 전화를 끊었다.

애너벨은 마치 핸드폰에 깨물린 것처럼 질겁한 얼굴이었다. 진이 빠진 애너벨은 의자에 앉아야 했는데 이런 경우는 아마 난생처음일 것 같았다.

"스켐 경이…… '10년 후'라고 했나?" 애너벨이 마침내 힘겹게 중얼거렸다.

"뱀파이어들이 말하는 10년은 '내일'에 해당하나 보죠?"

"원로들에게는 그렇지." 애너벨이 인정했다. "하지만 나에게 10년은……
훨씬 길어."

애너벨이 침을 삼켰다.

"원로들이 이렇게 물러간다는 건 심각하게 감염되었다는 뜻이야. 그럼 이제 타일러의 루가루 무리는 어떡하지?"

나는 애너벨의 질문이 무슨 뜻인지 이해했다. 그 루가루들이 뱀파이어들 못지않게 권모술수가 뛰어나고 위험한 존재가 될 수 있다고는 상상도 하기 싫었다.

"'악마의 무리'라고 하면 딱 맞겠네요." 내가 씁쓸하게 말했다. "이건 농담이고, 한 가지 걱정은 타일러가 아주 영악하다는 거예요. 타일러는 심각한 문제가 있다면서 다른 무리뿐만 아니라 뱀파이어들에게도 동참을 요구했고 수많은 목숨이 희생될 위험이 있다고 분명히 밝혔어요. 따라서 우리는 다른 초자연적 존재 앞에서 타일러를 비난할 수 없죠. 타일러의 승리는 불 보듯 뻔해요."

애너벨은 구시렁거렸지만 내 말이 맞음을 알고 있었다. 시간 속으로 들어가 있을 때 타일러가 하는 말을 듣지 못했다면 나는 그저 단순한 직감에 불과한 사실을 이렇게 자신 있게 주장하지 못했을 것이다.

애너벨이 나를 쳐다보면서 말했다.

"너는 우리의 목숨을 구해준 은인이야, 인디아나 텔러. 뱀파이어들은 너에게 큰 빚을 졌어. 우리 원로들을 지켜줘서 고마워. 이해하기 쉽지 않겠지만 원로들의 유일한 관심사는 우리 종족의 생존이야. 그리고 원로들은 우리와 인간 사이에 놓인 방패를 상징하지."

"빚은 한 개가 아니라 두 개다!" 그렇게 쉽게 먹잇감을 놓아주지 않는 할머니가 일격을 가했다. "우리를 그런 식으로 이용한 것은 위반 행위야!"

애너벨이 한숨을 쉬었다.

"아시겠지만 나는 여러분의 기억을 완전히 지워버릴 수 있습니다."

"하지만 나는 아니죠." 내가 재빨리 개입했다. "당신은 나에게 최면을 걸 수 없어요, 애너벨. 그리고 할아버지의 기억도 지울 수 없고요."

나는 통화 중 상태에 있는 핸드폰을 보여주었다.

"할아버지가 이 방에서 나누는 대화에 간접적으로 참여하고 있거든요."

"고맙구나, 인디아나." 할아버지가 우렁찬 목소리로 말했다. "무척 교훈적이었어. 헌터 5, 내 아내의 기억에 장난칠 생각은 하지 않는 편이 좋다. 그랬다간 선전포고로 간주할 테니!"

19
마법사와 뱀파이어

할아버지가 거침없이 말했다. 평소 위협하는 쪽은 뱀파이어들이었는데 지금은 반대였다. 애너벨은 또다시 나를 노려보다 내키지 않지만 마지못해 항복했다. 나는 원로 뱀파이어들의 퇴진이 그녀에게 정신적 충격을 주었기 때문에 굴복했을 뿐, 그렇지 않았다면 상황이 훨씬 복잡하게 꼬였으리라고 생각했다. 이런 생각을 하는 것은 마치 내 머릿속처럼 그녀의 머릿속을 읽었기 때문이다. 애너벨이 기억을 지우려고 시도했어도 물론 실패했겠지만.

할머니가 인사도 없이 애너벨 앞을 지나갔고, 내니도 따라 나갔다. 이런다고 카테리나가 돌아오는 것은 아니지만, 그래도 내가 사랑하는 할머니와 내니가 카테리나를 이용하자는 유혹에 넘어가 애너벨과 공모한 게 아니었다는 사실을 안 것만으로도 기뻤다.

애너벨과 처키, 데이브는 남아 있었다. 두 루가루의 시선이 느껴졌다. 둘은 나를 잘 알고 있다고 생각했기 때문에 그만큼 더 나의 통찰력에 깜짝 놀랐다. 게다가 회의에 할아버지를 참여시키는 생각까지 했다는 데 혀를 내둘렀다. 어쩌겠어, 나는 순진한 이들의 세계가 아니라 괴물들의 세계에 살고 있는데.

"우리가 뭘 어떻게 돕지?" 마침내 데이브가 물었다.

"아까처럼 일장 연설을 해주면 더 고맙고." 처키는 한술 더 떴다. "이런 빌어먹을! 타일러 자식은 네 어머니와 여친을 데리고 있는데 우린 어디 있는지 전혀 모르니, 진짜 돌아버리겠다!"

아, 누가 처키 아니랄까 봐! 뻔히 다 아는 사실을 굳이 강조하는 데는 처키를 따라갈 자가 없었다.

데이브가 내게 종이 한 장을 내밀었다.

"어제 줘야 했는데 정신이 없어서 깜빡했어. 할아버지가 이 분석 결과를 보내셨는데 솔직히 나는 뭔지 모르겠어."

나는 눈살을 찌푸리면서 종이를 받아서 숫자를 훑어봤다.

아주 이상했다. 피투성이로 쓰러진 셰이머스 부근에서 발견된 털은 세미의 털이 아니었다. 늑대의 털도 아니었다.

개의 털이었다.

데이브의 말대로 이건 이해가 안 되는데…….

갑자기 머릿속이 번쩍했다. 나는 고개를 들었다. 개. 뚱뚱한 개. 화상회의를 할 때 타일러 옆에 뚱뚱한 개 두 마리가 있었는데…….

그거였다! 타일러는 세미가 아니라 개를 이용해 셰이머스를 공격했다. 다루기가 훨씬 낫다고 생각했지만 피 냄새에 흥분한 개는 타일러가 개입할 겨를도 없이 미쳐 날뛴 것이다. 그래, 그거야! 모든 게 설명이 되었다. 갑자기 두 번째 플래시가 터지듯 머릿속이 번쩍했다.

나를 공격했던 세미가 말했다. '네 어머니가 방금 사육장에서 유형화되었다'고. 그때 나는 루가루나 세미를 빗대어 '개'라고 부르는 것과 같은 의미에서 사육장이라는 표현을 썼다고 생각했었다. 하지만 개 키우는 곳을 '사육장', 늑대가 무리 지어 있는 곳을 '소굴'이라고 표현하는 것이 일반적이다. 따라서 '사육장'이 아니라 '소굴'이라고 해야 적확하다.

더구나 루가루나 세미는 개를 무지 싫어하는데 투견을 키울 정도로 오만한 루가루가 있다면 누굴까? 몇 시간 전 타일러가 데리고 있던 개를 생각하면 틀림없이 미친 루이스 브랜드켈이었다.

나는 눈을 반짝이면서 데이브를 쳐다봤다.

"데이브, 루이스 브랜드켈의 재산 목록 있어요? 혹시 루이스가 어딘가에 개 사육장을 갖고 있다는 얘기 들어본 적 있어요?"

데이브가 눈살을 치켜떴다.

"개 사육장? 아니, 모르겠는데."

데이브가 컴퓨터 앞으로 가는 사이 나는 희망에 부풀었다.

"확인해볼게. 그 작자의 사업을 속속들이 아는 건 아니니까."

나는 두근거리는 가슴으로 데이브 뒤에 서서 어깨 너머로 지켜봤다. 브랜드켈은 우리 집안과 마찬가지로 많은 회사와 주식, 공장 등 사업이 다양했다.

하지만 개 사육장은 없었다.

나는 의자에 털썩 주저앉았다. 내가 말도 안 되는 생각을 한 건가?

데이브가 구시렁거리면서 빠른 속도로 검색하더니 갑자기 승리의 비웃음을 흘렸다.

"아하, 어디선가 본 것 같더라니. 여기 있네." 데이브가 스윗그래스◆ 부근의 한 곳을 손가락으로 가리켰다. "루이스가 투견 사육에 투자를 했어. '개 사육장'이라고 기록되어 있지 않아서 금방 눈에 안 들어왔나 봐. 개 사육장

◆ 몬태나 주 툴카운티에 있는 자치구.

이 하나 있어."

나는 데이브의 뺨에 입을 맞출 뻔했지만 품위를 지키기 위해 주먹으로 어깨를 툭 쳤다.

"됐어! 바로 이거야! 엄마와 카테리나가 있는 곳이 거기에요!"

데이브와 처키가 어리둥절해져 나를 쳐다봤다.

"그걸 어떻게 알아?" 처키가 조심스럽게 물었다.

"타일러가 거짓말을 했으니까! 내가 엄마를 찾았느냐고 물었을 때 타일러는 아니라고 대답했어. 그렇지만 타일러는 투견을 이용해서 셰이머스를 공격했단 말이야. 그리고 날 공격한 세미는 엄마가 '사육장'에서 유형화되었다고 했거든. 아까 화상회의를 할 때 타일러는 자신이 위험하고 강한 존재임을 과시하기 위해 뚱뚱한 개 두 마리를 데리고 있었어. 따라서……."

"따라서." 데이브가 재빨리 말을 받았다. "타일러가 그 사육장에서 개를 데려왔다면 네 어머니는 거기 있어! 대단하다, 인디아나! 당장 특공대를 소집할까?"

그 순간 세라피나와 네드가 떠올랐다. 이미 한 번 배신을 당했는데 또 그런 일이 일어나지 않는다고 장담할 수 있을까? 우리 루가루 무리에 브랜드켈의 스파이가 있을지도 모르는데……. 나는 어쩔 수 없이 고개를 저었다.

"특공대는 데려갈 수 없어요. 너무 위험해요. 데이브, 처키, 곧 돌아올 악셀, 할머니, 내니 그리고 애너벨이 있으면 돼요. 물론 우리를 돕는 것으로 빚을 갚겠다고 상볼이 나서준다면. 가서 은밀히 준비해요. 나는 헬리콥터를 몰고 목장으로 돌아가는 척 꾸밀게요. 작전은 헬리콥터를 타고 가면서 세우기로 하고. 미줄라에서 스윗그래스까지는 420킬로미터에 불과하니까 두 시간이면 도착할 거예요."

데이브와 처키가 황급히 방을 나갔다. 나는 속이 부글부글 끓어올라서 방으로 뛰어 들어가야 했다. 아크로노트 능력이 발동할 것 같은 느낌이 왔기 때문이다. 아니나 다를까, 문을 걸어 잠금과 동시에 나는 상공을 날고 있었다.

내 능력이 왜 이렇게 조급하게 서두르는지 이유를 알고 있었다. 내가 엄마와 카테리나가 억류된 곳을 알아냈음을 느낀 아크로노트 능력이 야생마처럼 질주하는 탓이었다.

나는 눈 깜짝할 사이에 한 건물 상공에 있었다. 건물을 중심으로 마사들이 보이고, 우리 안에서 개들이 짖어대거나 뛰놀고 있었다. 나는 카테리나 머리 위로 하강했다.

예상대로 엄마가 보였다.

엄마와 카테리나가 있는 방은 널찍하지만 창문이란 창문은 모두 튼튼한 창살이 쳐 있었다. 색깔로 보아 강철과 은이 섞인 금속이었다. 크림색과 적자색 방은 꽤 고상하고, 가구들은 편안해 보였다. 두 여자는 크림색 쿠션이 놓인 소파 침대에 앉아 평온하게 얘기를 나누고 있었다.

적들의 귀가 도청 중임을 알아서인지 대화에는 연출 느낌이 강했다.

"나는 타일러를 사랑해요." 카테리나가 말했다. "타일러가 나를 잘 지켜줄 텐데 함께 있지 못해 너무 힘들어요."

"나는 끊임없이 여행을 해." 엄마가 공상에 잠긴 목소리로 말했다. "나를 돌아버리게 만드는 질문에는 대답하지 않지만 정보를 주지. 타일러는 개를 정말 사랑해."

카테리나가 전적으로 동의했다.

"네, 맞아요, 타일러는 개를 무척 좋아해요."

"내 아들 인디아나는 개를 좋아해." 엄마가 카테리나의 말에 아무런 관심을 보이지 않고 말했다. "인디아나란 이름은 인디아나 존스의 이름을 따서 지었어. 내가 그 시리즈를 정말 좋아하거든. 그 영웅처럼 인디아나는 늘 뭔가를 찾아다니지. 늘."

카테리나는 아무 말도 하지 않았지만 눈빛으로 보아 무슨 뜻인지 알아차린 것 같았다. 엄마는 나름대로 카테리나에게 내가 그들을 찾고 있으며, 개들과의 연관성을 알아냈을 거라는 정보를 주고 있었다. 두 여자 다 놀라울 만큼 영리했다.

그때 노크 소리가 났다. 나는 무미건조한 위선적인 미소를 짓고 있는 세라피나를 보고 긴장했다.

카테리나의 표정이 굳어졌다. 엄마가 태평하게 하품을 하더니 찰칵 소리를 내면서 사라졌고 어느새 옷가지만 둥둥 떠 있었다. 세라피나가 불쾌한 미소를 지었다.

"아크로노트는 내가 되게 싫은가 봐. 내가 올 때마다 사라져버리네. 진짜 웃겨."

카테리나가 몸을 움츠렸다. 마치 세라피나를 무서워하는 듯 보이는 행동이었지만 카테리나의 분노가 느껴졌다. 나는 세라피나가 너무 오만해서 카테리나의 속내를 알아채지 못하길 바랐다. 까딱 잘못했다간 카테리나의 연극을 대번에 눈치챌 테니까.

"너를 어떻게 해야 할지 정말 모르겠다." 세라피나가 으르렁거리듯 말했는데 변신하기 직전 늑대의 노란 눈빛으로 변해 있었다. "네 목을 따면 타일러가 나를 원망하겠지?"

카테리나가 주문을 외우듯 중얼거렸다.

"타일러는 내 사랑. 나는 타일러를 사랑하고, 타일러는 나를 사랑해."

"흥!" 세라피나가 신경질적으로 내뱉었다. "안 되지, 이빨 자국이 나면 너무 표가 난단 말이야."

사과 껍질 옆에 놓인 칼을 발견한 세라피나의 눈이 반짝했다. 그녀가 칼을 움켜잡고 카테리나에게 다가갔다.

"하지만 네가 이 칼로 나를 공격했다고 말하면 어떻게 될까? 네가 배 속의 아기를 해치려고 했다고 하면 타일러는 내 말을 믿겠지."

세라피나는 카테리나의 손목을 움켜잡고 억지로 칼을 손에 쥐여주려고 했다. 하지만 카테리나는 며칠 전 나한테 했던 것처럼 데이브에게서 받은 훈련으로 오히려 세라피나의 손목을 비틀었다. 깜짝 놀란 세라피나가 비명을 질렀다. 카테리나는 성난 루가루를 피해 소파 침대 뒤로 펄쩍 뛰면서 고함을 지르기 시작했다.

"타이이이이이이이이일러! 타이이이이이이일러! 타이이이이이일러! 타이이이이이일러!"

잠시 후, 질겁한 타일러가 뛰어 들어오자 세라피나는 다시 칼을 잡고 위협적으로 카테리나에게 다가갔다.

"무슨 일이야?" 타일러가 눈으로 상황을 살피면서 소리쳤다.

무슨 상황인지 몰라서? 정말 바보 같은 질문이었다. 남편을 잃은 여성 알파가 새 수장의 새 알파 늑대가 되어 있었다. 그런데 수장이 다른 여성을 사랑하고 있으니 세라피나는 경쟁자를 제거하려 했다.

하지만 세라피나가 거짓말을 꾸며대기 전에 카테리나가 울음을 터뜨리며 타일러 품에 안겼다.

"나쁜 년, 나쁜 년, 나쁜 년! 타일러! 내 사랑 타일러!"

타일러는 측은해하면서 카테리나를 품에 안고 세라피나를 노려봤다.

"너 무슨 짓 하려고 했어?"

현장을 들킨 세라피나는 변명하지 않았다.

"네 생각은 뭔데? 너의 여성 알파는 그 여자가 아니라 나야. 그 여자와 나, 둘 중 하나를 선택해."

타일러가 부들부들 떠는 카테리나를 품에서 놓아주며 다정하게 안락의자에 앉히고 세라피나를 향해 돌아서서 다가갔다.

그러고는 힘껏 따귀를 날렸다.

나를 비롯한 그 누구도 타일러가 그렇게 과격하게 세라피나를 때리리라고는 상상도 하지 못했다. 세라피나는 광대뼈가 으스러지면서 휘청했는데 다행히 소파 침대로 쓰러졌다.

"난 너를 사랑하지 않아, 세라피나." 타일러가 손을 주무르면서 냉정하게 말했다. "나는 네 수작이 아주 징그럽게 싫어. 한 번만 더 카테리나에게 손을 댔다가는 당장 네 목을 따버릴 테니까 명심해. 알았어?"

타일러의 행동에 큰 충격을 받은 세라피나가 오열하면서 일어났다. 그녀는 손으로 얼굴을 가리고 뛰쳐나갔다. 하지만 나는 세라피나가 커플에게 보내는 증오심 가득한 눈빛을 보았다. 내가 타일러라면 이날부터 내 커피에 독이 들진 않았는지 무지 조심할 텐데…….

"타일러는 내 사랑." 카테리나가 기계적으로 반복했다. "나는 타일러를 사랑해. 타일러를 위해서만 살아."

타일러가 키스를 하려고 몸을 숙이자 카테리나가 마치 얻어맞은 것처럼 피했다. 타일러가 지친 표정으로 눈을 비볐다

"나는 아버지와 달라." 타일러가 중얼거렸다. "여자들을 강제로 겁탈하지 않아. 반드시 너를 치료할 방법을 찾을 거야. 네가 이렇게 살기를 원치 않으니까."

그렇게 말하고 나서 타일러는 무거운 걸음으로 방을 나갔다. 아, 그러니까 나의 옛 친구가 완전히 타락한 건 아니었다. 그래서 나는 가능하면 타일러를 너그럽게 용서해주기로 마음먹었다.

카테리나와 같이 있고 싶지만 나는 이곳의 방어 시스템이 어느 정도인지

살펴봐야 했다. 소유지를 한 바퀴 둘러봤다.

마법사 둘이 엄마와 카테리나가 있다는 사실을 아무도 간파하지 못하도록 집에 주문을 걸어놓았다. 뿐만 아니라 마법 공격을 받아도 방어할 수 있도록 여러 가지 주문이 겹쳐 있었다. 아, 그렇다면 우리는 소금을 가져와야 한다. 맑은 물에 녹여 사용하면 마법 주문을 파괴할 수 있었다. 루이스 브랜드켈이 고용한 뱀파이어 용병들도 사육장 안팎에서 정찰을 돌고 있었다. 이건 애너벨에게 맡기면 된다.

그런데 이상하게도 루가루는 거의 없었다. 루이스 브랜드켈이 소문이 날까 두려워한 모양이었다. 루가루는 다섯뿐이었다. 둘은 병사이고, 셋은 안전보다는 개들을 지키는 데 더 신경을 쓰는 듯 보였다. 하지만 이 루가루들이 가공할 만한 힘을 가진 병사일 가능성을 배제할 수 없었다. 따라서 루가루 둘, 여성 루가루 둘, 세미 하나, 초강력 뱀파이어 상볼 하나, 인간 하나가 마법사 둘과 뱀파이어 넷, 타일러를 포함한 루가루 여섯을 상대해야 한다. 악셀과 애너벨이 작은 군대와 맞먹는 병력이라고 해도 현재 우리 쪽 인원으로는 충분하지 않았다. 애너벨을 설득해 에릭과 샘, 아르망, 메이링의 도움을 받아야 했다.

나는 준비해야 할 것을 곰곰이 생각하다 내 몸속으로 돌아왔다. 그리고 내가 전투복이라고 부르는 옷으로 갈아입었다. 악셀과 훈련할 때 입던 옷이었다. 늑대나 뱀파이어의 송곳니와 갈퀴 발톱에 쉽게 찢어지지 않게 탄소섬유로 강화한 검은색의 편안한 복장이었다. 목을 보호해주는 목가리개가 있어서 여러 번 공격을 받아도 쉽게 목을 딸 수 없었다. 조끼에는 바꽃가루를 발라놓았고, 단검과 별 모양 표창 슈리켄은 은으로 만든 것이었다. 나는 부츠 안에 단도 하나를 넣고, 나무 총알과 은 총알을 장전한 권총과 단도 두 개를 허벅지에 찼다. 그리고 소금과 물 한 병을 준비했다. 말뚝으로 사용할 막

대기 세 개를 허리춤에 차고, 두 개는 등 뒤에 숨겼다. 하지만 접전이 벌어질 경우 우리 쪽 뱀파이어들을 해치지 않으려면 가급적 거리를 둬야 했다.

까딱 잘못하면 죽을 수도 있었다. 내게 뱀파이어의 송곳니와 갈퀴 손톱을 버텨낼 능력이 있다는 헛된 생각은 하지 않았다.

바주카를 가졌다면 모를까, 내가 누구를 얼마나 공격할 수 있을지는 미지수였다.

나는 조용히 내려갔다. 많은 걸 몸에 지니고 있어서 될 수 있으면 시선을 끌지 않는 편이 나았다. 몇 분 후에 헬리콥터를 이륙시키겠다고 비행장에 연락해놓는 것도 잊지 않았다.

데이브는 나보다 더 과감했다.

데이브는 아예 바주카 한 대와 항공모함에 실어야 할 정도로 많은 탄약을 준비해놓았다. 그사이 돌아온 악셀에게 처키가 상황을 설명해주었는지 친구는 바로 돕겠다고 나섰고, 애너벨에게 도움을 청했다. 애너벨은 우리에게 빚이 있는 데다 내 엄마를 찾아오고 싶었기 때문에 흔쾌히 수락했다. 애너벨의 팀은 비행장에서 우리와 합류할 예정이었다. 세 시간 후에는 뱀파이어 셋이 해를 피해 숨어야 하므로 서둘러야 했다. 데이브의 연락을 받은 할머니와 내니도 와 있었다.

늑대 모습의 할머니와 내니는 굳이 전투복을 입을 필요가 없었다. 송곳니와 갈퀴 발톱으로 충분했다.

떠나는 이유에 대해 설명할 준비를 단단히 했는데 그럴 필요가 없었다. 모두 싸우고 싶어 안달인 눈치였다.

내가 호전적인 이들에게 둘러싸여 있다고 언급했던가? 나는 가족을 사랑하지만 누군가를 죽이러 가는 일에 열광하는 모습은 좀 그랬다.

우리가 목장으로 간다는 소문을 흘린 터라 다른 루가루들은 그렇게 생각하고 있었다. 그래도 예민한 루가루들의 눈빛에는 의심하는 기색이 느껴졌다. 하지만 데이브가 부하들을 휘어잡고 있었다. 설사 우리가 준비하는 일에 대해 의심이 들었더라도 감히 따라가겠다고 말할 루가루는 없었다.

비행장까지 가는 동안 침묵이 흘렀다. 우리 모두 같은 목적을 생각하면서 긴장한 상태였다.

나는 가장 결정하기 힘든 딜레마에 빠졌다.

내 능력에 대해 말하지 않으면 안 되는 상황이 온 것이다. 내가 아크로노트라는 사실을 숨겨야 한다는 핑계로 이들의 목숨을 위태롭게 할 수는 없었다.

엄청난 거짓말을 간파하지 못하도록 나는 목소리와 호흡 조절을 하면서 그럴듯한 얘기를 꾸몄다.

"몇 주 전에 엄마를 만났어요. 그때 내 과거와 엄마의 과거에 대해 몇 가지 얘기를 해주었지만 대부분 헛소리였어요. 그중 아직도 머릿속을 떠나지 않는 말이 있어요. 내가 힘든 상황을 맞게 될 텐데 판단을 잘못하면 죽는다는 얘기였어요."

무거운 침묵. 루가루들이 귀를 세우고 듣고 있었다. 사실 예언과는 아무 상관이 없는데도 루가루들은 내 어머니의 확실한 능력을 진짜 예언이라도 되는 양 존중하고 있었다.

"사실 오늘까지는 그 말을 심각하게 받아들이지 않았어요. 이해가 안 되는 얘기였으니까요. 하지만 이렇게 우리가 사육장으로 가게 되고 보니 엄마가 해준 말이 무슨 뜻이었는지 이젠 알겠어요."

나는 엄마가 해준 말을 반복하는 것처럼 말했다.

"거기서 개 조련사들, 마법사 둘, 뱀파이어 넷, 루가루 여섯, 금빛 여성 루가루 하나가 너를 공격할 거야. 마법 주문들을 풀어야 하고, 다른 함정들도 있어. 소금, 철, 은을 가져가. 그래야 방어벽을 부술 수 있어."

다시 침묵이 흘렀다.

"네 어머니가 둘 플러스 넷 플러스 여섯이라고 했다고? 확실해, 인디아나?" 데이브가 우리 팀을 쭉 둘러보면서 물었다.

"네, 엄마가 세 번이나 주장했어요. 그래서 내 머릿속에 입력이 돼버렸어요. 금빛 여성 루가루가 누군지 몰랐는데 현재 세라피나가 타일러와 함께 있을 테니 세라피나를 말한 건가 봐요."

모두 내 말에 충격을 받아 서로를 쳐다봤다.

"네 어머니는 정말 천재야." 데이브가 만족한 얼굴로 말했다. "어머니가 브랜드켈 쪽 병력에 대한 정보를 주셨어. 우리도 그 정도로 예상했거든. 정보를 수집하던 중 브랜드켈이 마법사 그리고 용병 뱀파이어 여러 명과 계약했다는 사실을 알았어. 하지만 총 병력이 몇 명이나 되는지는 알 수 없었는데. 병사들이 몇 명인지도. 애너벨의 뱀파이어들이 합류하면 우리가 수적으로 우세해. 굳이 말할 필요도 없이 애너벨의 뱀파이어들은 루가루들…… 그러니까 브랜드켈의 루가루들보다 훨씬 강력하니까."

나는 간신히 웃음을 참았지만, 틀린 말은 아니었다. 이제 잠시 후면 도착할 예정이었다. 나는 우리가 도착했을 때 타일러가 사육장에 있기를, 그리고 무엇보다 카테리나와 엄마를 해치지 않았기를 바랐다. 엄마는 여전히 시간 속으로 사라졌을 가능성이 있지만 카테리나의 경우는 그렇지 않았다.

일단은 데이브가 자기도 모르는 사이에 내 거짓말을 믿게끔 도와주고 있어 다행이었다. 나는 안도감을 내색하지 않았다. 그렇지만 늑대로 변신한 내니의 시선과 마주쳤을 때는 약간 떨렸다. 나를 키워준 유모를 속이는 일은 쉽지 않았다. 나는 내니가 내 말을 믿어주길 진심으로 바랐다.

비행장에 도착했을 때 나는 헬리콥터 조종사에게 비행 노선을 변경하라고 지시했다. 우리 쪽 루가루 조종사는 군소리 없이 이행했다. 데이브가 구글을 조회해 얻은 사진들과 건물의 지도를 펼쳤다. 요새 공략을 준비할 때 이 애플리케이션이 매우 유용했다.

우리는 자료를 꼼꼼히 분석하면서 작전을 수정했다. 뱀파이어들은 방어 주문을 무력화하기 위해 공중에서 소금을 뿌리며 공격해 상대 뱀파이어들과 마법사들을 제거하기로 했다.

도착하기 얼마 전, 뱀파이어들은 검을 소금물에 담갔다. 마법은 소금에 약해서 그것이 마법사를 제압하는 유일한 방법이었다. 우리도 무기를 소금물에 담갔다. 우리는 마법사들과 상대하지 않겠지만 예방 차원이었다.

헬리콥터는 스윗그래스 비행장에 착륙하지 않았다. 적의 눈이 너무 많은 곳은 위험했다. 직원을 매수해놓았다면 수상한 움직임을 포착하는 즉시 연락할 텐데 우리가 눈에 띌 것은 두말할 필요도 없었다.

그래서 우리는 사육장에서 3킬로미터 떨어진 곳에 착륙했다. 뛰어가면 시간이 많이 걸리지 않을 터였다. 그때 뱀파이어들이 마치 우리를 인형처럼 가볍게 안고 날았다. 시간이 더 적게 걸렸다. 뚱보 처키는 메이링이 맡았다.

몇 분 후, 우리는 루가루들과 개들이 냄새를 맡지 못하게 맞바람을 맞으며 접근했다. 처키와 데이브가 적외선 안경을 꺼냈다. 실제로 마법사들과 뱀파이어들이 루가루들과 교대로 정찰을 돌고 있었다. 하지만 아무도 소굴을 발견하지 못하리라고 자신하는지 경비가 허술했다.

큰 실수. 하지만 그들은 프로였다. 그래서 왠지 꺼림칙했다. 정말 방심일까, 아니면 다른 무언가로 방어 장치를 해둔 걸까?

데이브가 으르렁거렸다. 나와 같은 생각인 모양이었다.

하지만 이제 우리는 선택의 여지가 없었다. 40분 후 해가 뜨면 에릭과 샘, 아르망은 햇빛이 없는 곳에 숨어야 했다. 그전에 선제공격을 해야 했다.

나는 공격 신호를 보냈다.

20
송곳니 대 단도

아니, 정확하게 말하면 데이브와 내가 공격 신호를 보냈다. 데이브는 반대쪽에서 나와 동시에 신호를 보내기로 했었다.

애너벨과 뱀파이어들이 로켓처럼 날아올라 건물 전체에 소금과 물을 뿌렸다.

사이렌이 울림과 동시에 마법사들의 고통스러운 비명이 울려 퍼지는 사이 주홍색 빛이 번쩍하면서 마법 주문이 깨졌다. 하지만 완전히 깨졌다고 생각했다가는 큰코다칠 수 있었다. 마력이 역류해 죽을 수도 있기 때문이다. 나는 적어도 우리가 공격하는 동안은 그런 일이 일어나지 않기를 바랐다.

애너벨의 뱀파이어들이 적수를 향해 날아갔다. 데이브와 나는 2차 공격 신호를 보냈다. 할머니와 내니, 처키, 악셀, 데이브가 담을 훌쩍 뛰어넘었다. 개들은 높은 울타리를 뛰어넘을 수 없겠지만, 처키처럼 늑대 모습일 때 앞다리와 연결된 등뼈 부분까지 잰 키가 160센티미터에 이르는 루가루에게는 문제가 되지 않았다. 브랜드켈의 루가루들은 검은빛과 금빛의 무리가 몰려오는 모습을 보고 얼이 빠졌다.

그럼 나는? 시간이 좀 걸렸다. 훌쩍 뛰어넘지는 못해도 밧줄, 갈고리, 점프를 이용해 발목을 접질리지 않고 착지했다. 좋았어.

그야말로 아수라장이었다. 늑대들이 서로 물고 뜯으며 싸웠고, 브랜드켈의 늑대 둘은 어느새 금빛 끈에 감겨 몸부림치면서 분노의 울음소리를 내고 있었다. 용병 뱀파이어들이 애너벨의 홍위대 뱀파이어들과 싸우고 있었지만 헌터들을 상대로 이길 가능성은 거의 희박했다. 특히 애너벨은 보통 뱀파이어들보다 훨씬 빨랐고, 아군이 위험에 처하는 즉시 개입해 상대의 턱과 팔다리를 부러뜨렸다.

나는 연약해 보이는 메이링에게 목이 뜯긴 뱀파이어가 순식간에 가루가 되어 사라지는 장면을 목격했다.

재가 우리 쪽으로 날릴 때 나는 인상을 쓰지 않으려고 꾹 참았다.

타일러가 어디에도 보이지 않았다. 세라피나와 함께 집 안에 있는 모양이었다. 우리는 역할 분담을 확실하게 했다. 타일러와 세라피나는 내 몫이고, 나머지 적들은 다른 이들이 맡았다.

나보다 훨씬 센 루가루 둘을 상대로 싸울 수 있다는 생각 자체가 자만이라는 사실을 모르지 않지만, 은 단검과 바꽃가루를 사용하면 거의 대등할 수 있었다.

뭐 내 희망 사항이긴 하지만.

중상을 입은 아르망이 불현듯 내 앞으로 쓰러졌다. 상대가 사용한 나무 말뚝이 심장 주위에 꽂혀 있었다. 다행히 조준을 실패해 심장을 관통하지 않았지만 상태가 심각했다. 나는 몇 년 동안의 훈련을 통해 악셀이 머릿속에 주입시켜놓은 방법대로 긴장을 풀고 유연하게 권총을 뽑아 들었다. 상대가 아르망을 끝장내려는 순간 나무 총알과 은 총알 들이 용병 뱀파이어의 몸을 뚫고 들어갔다. 괴성을 지르면서 용병이 쓰러졌다. 하지만 몸이 사라지지 않았다. 아, 나도 심장을 명중시키지 못한 것이다.

아르망이 나에게 고맙다는 눈짓을 보냈다. 내가 눈짓으로 혼자 있어도 괜찮은지 묻자 고개를 끄덕였다. 나는 집을 향해 달려갔다.

갑자기 등 뒤에서 엄청난 폭발음이 났다. 깜짝 놀라서 돌아보니 마법 주문이 폭발했을 때 용케 살아남은 마법사 한 명이 뱀파이어들을 공격하고 있었다. 그걸 가만히 두고 볼 데이브가 아니었다. 데이브가 다시 인간으로 변신하더니 바주카를 꺼내 들고 마법사에게 발사했다.

마법사의 방패에 부딪쳐 미사일이 폭발하는 소리가 울려 퍼졌다. 마법사는 기절한 듯 뻗어버렸다. 장난감 하나를 사용할 수 있었다는 데 만족한 데이브는 입술을 실룩거리면서 마법사의 입에 재갈을 물린 다음 금빛 끈으로 꽁꽁 묶었다. 그러고는 더 확실히 하려고 마법사의 머리를 가격했다. 이런 걸 확인 사살이라고 하나? 아무튼 마법사는 일찍 깨어나지 못할 것이다.

나는 더 이상 지체하지 않았다. 타일러가 카테리나를 해치지는 않았으리라 생각했지만 엄마는 제발 전투가 시작되자마자 시간 속으로 사라졌기를 바랐다.

집은 잠겨 있지 않았다. 우리의 기습에 타일러 일당은 방어할 겨를이 없었다. 나는 카테리나와 엄마를 봤던 방으로 미친 듯이 뛰어 올라갔다. 문이 잠겨 있어서 발길질로 부숴버렸다.

카테리나와 엄마가 없었다. 하지만 방에 아무도 없는 건 아니었다. 지난번에 보지 못한 인간 두 명이 있었다.

뱀파이어의 송곳니에 목이 찢긴 인간과 허리를 숙이고 있는 또 한 명. 나는 두근거리는 가슴으로 다가갔다.

예상하지 못한 일이었다. 방으로 들어가는 순간 큰 실수를 했음을 깨달았다. 한 명은 피를 많은 흘린 몸을 향해 허리를 숙이고 있었다. 내가 쏜 나무 총알을 맞고 쓰러졌던 뱀파이어였다. 어떻게든 살겠다고 타일러의 하인들을 공격한 모양이었다.

뱀파이어가 발소리를 들었는지 머리를 쳐들고 희열에 찬 눈으로 나를 응시했다. 피 묻은 입에 미소가 감돌았다. 너무 긴 데다 시뻘게진 이빨. 뱀파이어가 일어나는 순간 나는 심장이 멎는 것 같았다.

내 공포를 느꼈는지 뱀파이어의 미소가 커졌다. 눈빛에서도 미소가 느껴졌다. 다음 식사는 나였다.

뱀파이어가 달려들었다.

이번에는 불발이 아니었다. 내가 쏜 총알에 가슴에 구멍이 뚫린 뱀파이어가 먼지처럼 사라졌다.

분당 200회는 뛰는 것처럼 심장이 쿵쾅거렸다. 심심한 유감을 표하면서 뱀파이어에게 작별 인사 정도는 해줄 수 있었는데……. 나는 집중하면서 냄새를 맡았다. 카테리나를 찾기 위해 알파의 힘을 사용해야 했고, 드디어 그녀의 냄새를 맡았다.

1층에 있는 타일러의 방. 타일러와 세라피나, 카테리나 그리고 엄마까지 모두 있었다.

엄마를 보고 나는 얼어붙었다. 타일러가 인질로 삼지 못하게 시간 속으로 사라졌으리라고 생각했는데 같이 있다니, 정말 예상 못한 일이었다. 타일러가 엄마를 위협하고 있지는 않았다. 많이 긴장한 얼굴로 책상 앞에 앉아 작은 유리병 하나를 손에 쥐고 있었다. 양옆에 밀랍 인형처럼 얌전히 앉은 세라피나와 카테리나는 타일러에게서 눈을 떼지 않고 있었다. 세라피나는 두려워서(나는 느낄 수 있었다), 카테리나는 연기에 몰두하기 위해 나에게 눈길조차 주지 않으려고 애쓰고 있었다. 나 때문에 탄로 날까 봐 나도 카테리나를 쳐다보지 않았다.

"인디아나." 타일러가 다정한 목소리로 말했다. "친절하게 우리를 만나러 여기까지 오다니 고맙다. 네 친구들에게 이제 그만 돌아가라고 말해줄래? 내 루가루들과 용병 뱀파이어들이 다쳐서 우리를 지키지 못하게 되면 재미 없단 말이지. 용병들에게 문제가 생기면 계약을 파기하겠다고 난리를 칠 텐 데 내 골치가 아프거든. 그리고 방금 총성이 들렸는데 설마 네가 우리 용병 뱀파이어를 쏜 건 아니겠지?"

아, 이 녀석이 지금 나랑 말장난을 하고 싶은가? 나는 미소를 지었다.

"저런, 미안해서 어쩌지? 벌써 박살 내버렸는데."

타일러가 인상을 썼다. 자기편을 박살 냈다는데 어느 누가 좋아하겠는가. 그래, 그 마음은 내가 이해해주지. 나는 굴하지 않고 말을 이었다.

"사실은 나도 같은 제안을 하려던 참이었어. 네 무리에게 완패했다고 알려. 그게 시간을 버는 길이니까."

타일러가 놀란 얼굴로 눈살을 추켜올렸다.

"내가 왜 그래야 하는데?"

"네가 졌으니까." 내가 비아냥거리는 어조로 받아쳤다.

"너 완전 잘못 생각하고 있구나. 진 건 너야. 이 방으로 들어오기 전에 너를 없애버릴 수도 있었지만 옛정을 생각해서 설명이라도 해주려고 살려뒀거든."

타일러가 '썩소'를 지으면서 유리병을 가리켰다.

"내가 이 병을 열고……."

나는 유리병을 보자마자 그게 무엇인지 알아차렸다. 이런 종류의 영화를 많이 봤다. 하지만 상황을 수습할 수 있다고 생각하는 녀석에게 휘둘리고 싶지 않았다. 솔직히 말하면 타일러가 어떻게 나올지 전혀 알 수 없었다.

내가 두 손을 벌리면서 응수했다.

"치명적인 바이러스로 나를 감염시킬 생각이냐고 물으면 모욕을 주는 건가?"

"이건 혼합 바이러스야. 뱀파이어, 인간, 엘프, 요정, 누구에게나 다 통한단 말이지. 루가루만 빼놓고. 백신 효과는 일관성이 없는 것 같고……."

나는 무심결에 카테리나를 힐끔 쳐다보았다가 재빨리 시선을 돌렸다. 우리가 서로 쳐다보는 것이 발각되면 카테리나의 목숨이 위태로워질 수 있었다. 타일러가 눈치를 채고 말했다.

"아, 물론 나의 아름다운 카테리나에게는 백신 접종을 했어. 그리고 큰 도움을 주지 않는 네 엄마에게도 해줬고. 근데 흥미로운 점을 발견했지. 접종 이후 네 엄마의 사라지는 능력이 멈춘 것 같단 말이야."

"네 아버지도 그래서 치료하지 못했나?" 나는 머릿속으로 살아서 나갈 수 있는 모든 가능성을 타진하면서 물었다.

타일러가 웃음을 터뜨렸다.

"아버지와는 아무 상관 없어. 아버지가 16년 전 네 아버지에게 사용했던 걸 그대로 사용했거든. 아주 특별한 혼합물이라서 화가 나 있을 때 사용하면 감정 조절이 안 될 만큼 분노가 커지고 변신과 치유 능력이 현저하게 떨어져 거의 즉사하지."

나는 소름이 끼쳤다. 그날 밤 아버지의 이상한 상태에 루이스 브랜드켈이 연루되었으리라고 막연히 짐작은 했지만 타일러의 입으로 직접 듣고 있자니 너무 괴로웠다.

타일러의 아버지가 내 아버지를 죽였다. 나는 한마디밖에 하지 못했다.

"왜?"

타일러가 어깨를 으쓱했다.

"나도 나중에 알았는데 아버지는 네 할아버지에게 후계자가 있는 걸 원치 않았어. 수장을 열망하고 있었으니까. 너는 늑대가 아니기 때문에 위험하지 않았지. 그러니 네 할아버지만 사라지면 아버지는 그토록 원하던 권력을 잡을 수 있었어."

타일러가 고개를 끄덕이면서 유리병을 만지작거렸다. 오른쪽에는 카테리나, 왼쪽에는 세라피나, 엄마는 금빛 안락의자에 웅크린 채 멍한 눈빛으로 흥얼거리고 있었다. 이렇게 긴장된 상황이 아니라면 보통 가정에서 볼 수 있는 평온한 모습이건만.

"자기가 만든 덫에 자기가 걸려들었으니 정말 비극적이지. 아버지는 자기 발등을 찍었어. 내가 목을 따기 직전 아버지가 내 눈을 쳐다봤어. 아버지는 알고 있었어. 내가 무슨 짓을 했는지. 그래서 분노와 두려움으로 숨을 쉬지 못했지."

타일러가 충혈된 눈으로 나를 쳐다보면서 말했다.

"몇 년 동안 내가 그랬던 것처럼."

타일러의 뱀파이어가 몸에 불이 붙은 채로 비명을 지르면서 지나갔다. 못 말리는 데이브가 바주카로 뜨거운 맛을 보여준 모양이었다. 말은 그렇게 했지만 표정이 어두워진 타일러가 정색을 하고 말했다.

"네 친구들에게 돌아가라고 해, 인디아나. 진지하게 말하는 거야."

하지만 나는 무시했다. 그리고 세라피나를 쳐다봤다. 세라피나가 내 시선을 피했다. 세라피나는 자기가 만든 이 지옥 같은 곳을 빠져나갈 궁리만 하고 있었다.

"세라피나, 너는 여기 있으면 위험해." 내가 부드럽게 말했다. "타일러의 아버지 자식을 임신했잖아. 타일러가 너를 얼마나 살려둘까? 우리에게 돌아와야 해, 세라피나. 할아버지는 용서하실 거야. 우리 무리도. 너는 실수를 저지를 수 있는 나이야. 우리는 너를 사랑해. 절대 잊지 마, 세라피나."

세라피나가 아름다운 금빛 눈으로 나를 쳐다보며 미소를 지어 보였다. 잠깐이지만 나는 그녀가 우리를 도와줄지 모른다고 생각했다. 주인공에 대한 사랑 때문에 타일러의 손에서 유리병을 빼앗고 달아난다거나.

휴, 내가 영화를 너무 많이 봤나?

세라피나가 웃음을 터뜨렸다. 고약한 비웃음이라고 할까, 아무튼 괴상야릇한 웃음이었다.

그 웃음에 엄마는 콧노래를 멈췄고, 카테리나는 마치 세라피나의 존재를 방금 알아차린 것처럼 뚫어져라 그녀를 응시했다.

세라피나가 카테리나를 향해 매서운 시선을 보냈다.

"타일러의 왕비는 나야. 타일러는 나 때문에 숨 쉬며 사는 거니까 정신 차리고 꿈 깨! 내가 너보다 먼저였어, 이 가련한 인간아!"

카테리나는 세라피나가 하는 말을 못 들은 것처럼 아무 반응을 보이지 않았다. 그녀의 태도에 신경질이 난 세라피나가 나를 돌아봤다.

"인디아나, 내 배 속의 아기가 누구 자식인지 타일러에게 물어봐."

아니, 그럴 리가…….

"맞아, 나랑 잤어." 타일러가 싱겁게 말했다. "내 자식도 맞고. 그래서 아버지를 죽여야 했어. 내가 임신 테스트 결과를 가짜로 만들었는데도 아버지가 세라피나와 나 사이에 무슨 일이 있었다고 의심했거든."

타일러가 이번에는 세라피나를 노려보면서 말했다.

"아버지는 그동안 여러 여성들과 자고, 겁탈도 했지만 임신시킨 여성은 없었어. 그런데 세라피나가 덜컥 임신했으니 당연히 의심할 수밖에. 나는 선택의 여지가 없었어. 우리 무리가 그 사실을 알았다면 우리 둘 다 죽였을 텐데."

갑자기 뒤통수를 얻어맞은 기분이었다. 나는 타일러가 어떻게 도망쳤는지, 어떻게 우리 병사들을 따돌릴 수 있었는지 알아차렸다.

"토머스! 세라피나의 아버지! 토머스가 너를 보살펴주고 도주시켰어!"

타일러가 고개를 끄덕였다.

"맞아. 네 할아버지에게 돌아가야 한다고 사정한 건 거짓말이 아니었어. 세라피나의 아버지에게 딸의 임신에 대해 사실을 말했지. 내 자식이라는 걸 알면 아버지가 세라피나를 죽일 거라고. 그래서 딸을 지켜주러 가야 한다고. 세라피나의 아버지는 내 말을 믿었어. 그래서 나를 쫓는 수색조를 엉뚱한 쪽으로 이끌었지. 딸을 위해, 세상에 나올 손자를 위해."

나는 한숨을 쉬었다. 사랑. 우리는 딸에 대한 아버지의 사랑에 속았다. 나는 이해할 수 있었다. 하지만 내 문제는 사랑으로 해결되지 않았다. 괴롭지만 이번에는 사랑에 기대를 거는 수밖에 없었다. 카테리나가 조금씩 타일러에게 다가가고 있었다.

"하지만 너의 여성 알파 늑대가 네 자식을 가졌는데 무리에게는 카테리나를 뭐라고 소개할 거야?" 내가 카테리나를 가리키면서 물었다. "너의 인간 베타라고? 하렘의 암컷이라고?"

타일러의 눈에 분노의 빛이 이글거렸다.

"나의 하렘? 나는 아버지와 달라! 나는 카테리나와 결혼할 거야. 세라피나가 나의 여성 알파가 되는 일은 절대 없어. 내 자식을 가졌다고 해도."

나는 타일러가 토설하게 만드는 데 성공했다. 이게 바로 내가 원하는 말이었다. 이제부터 무슨 일이 일어날지는 뻔했다.

세라피나는 으르렁거리면서 내 예상대로 반응했다. 세라피나는 타일러가 아니라 유리병을 움켜잡으려고 하는 카테리나에게 달려들었다. 별안간 달려든 세라피나에게 유리병을 빼앗긴 카테리나가 뒷걸음치는 사이 세라피나는 변신했다. 격분한 타일러가 세라피나의 허리를 잡아 벽으로 내동댕이쳤고,

그 충격으로 쓰러진 세라피나는 움직이지 않았다.

빌어먹을, 유리병이 어디로 갔지? 나는 타일러가 돌아서기 전에 덤벼들었다. 나의 단도 칼날에 바꽃가루가 묻어 있었다. 타일러는 뒤로 펄쩍펄쩍 점프해 소파 침대 뒤까지 갔다.

깜짝 놀란 엄마가 딸꾹질을 하며 사라졌다. 나는 안도의 한숨을 내쉬었다. 좋았어, 내가 신경 써야 할 사람이 한 명 줄었다. 타일러가 변신하는 사이 나는 소파 침대로 달려갔다. 인질로 삼으려던 엄마가 사라졌음을 알아차린 타일러는 격분해서 으르렁거렸다. 나는 단도를 움켜쥐었다. 타일러는 세미보다 덜 빨랐다. 지난번 우리가 맞붙었을 때 나는 의도적으로 느리게 움직였었다. 타일러가 달려들 때 나는 한 가지만 생각했다. 유리병이 아직 타일러의 호주머니 안에 있을 테니 소파 침대에서 멀리 떨어져 있을 것.

아니면 내가 타일러를 죽일지도 몰랐다.

누군가를 죽이는 것이 말처럼 쉬운 일은 아니지만.

타일러와 나 사이에 치고 빠지는 공방전이 시작되었다. 긴 송곳니와 갈퀴 발톱 대 전투 경험과 바꽃가루 묻힌 칼날.

나는 타일러를 두 번 찔렀다. 세상에서 가장 뛰어난 전사라고 해도 과언이 아닌 악셀에게 받은 훈련 덕분에 나는 단련이 되어 있었다. 바꽃가루를 묻힌 은 칼날에 찔렸을 때 타일러는 비명을 질렀다. 타일러를 죽일 만큼 깊이 찌른 건 아니지만 고통을 주기에는 충분했다.

뜻밖에도 내가 자신보다 빠르고 예사롭지 않은 실력임을 깨달은 타일러는 신중하게 내 주위를 빙빙 돌았다. 그러다 타일러가 다시 인간 모습으로 변신했다.

덤벼드는 늑대를 칼로 찌르는 것과 털북숭이 인간을 칼로 찌르는 것은 완전히 다르다. 내가 미처 반응할 겨를도 없이 타일러는 루가루의 강력한 주먹을 날렸다. 나는 눈에서 피를 흘리며 반쯤 그로기 상태로 뒷걸음쳤다. 타일러가 발길질로 내가 양손에 쥐고 있는 단도를 날려버렸다. 단도 두 개가 불안한 얼굴로 상황을 지켜보는 세라피나와 카테리나 쪽으로 날아갔다.

아, 이렇게 나오겠다? 좋아, 나는 완전한 알파의 힘도, 늑대의 힘도 없지만, 악셀이 가르쳐준 몇 가지 기술이 있었다.

슬개골이라 불리는 무릎뼈가 부러지면 얼마나 고통스러운지 당하기 전에는 모른다. 내가 발꿈치로 무릎뼈를 가격하자 타일러가 주저앉았다. 나는 쉴 틈을 주지 않고 얼굴과 몸통을 연달아 가격했다.

카테리나가 책상을 한 바퀴 돌아 소파 침대 뒤쪽으로 가고 있어서 나는 타일러의 시선을 다른 쪽으로 돌려야 했다. 하지만 그 바람에 타일러와 신체 접촉을 해야 하는 상황이 벌어졌다. 몸속으로 들어간 바꽃가루 때문에 평소만큼 빨리 상처가 낫지 않는데도 타일러는 버티고 있었다. 타일러가 몸을 일으키고 머리로 내 배를 들이받았다. 이번에는 내가 배를 움켜잡고 주저앉았다. 타일러가 나를 들어서 내동댕이쳤다. 나는 벽과 절친한 사이인 양 찰싹 붙어 있었다.

카테리나가 유리병을 찾아서 옷 속으로 숨겼다. 그러고는 단도 두 개를 집어 들고 우리 쪽으로 왔다. 타일러가 카테리나를 보고 소리쳤다.

"카테리나, 그 단도들을 나한테 줘. 빨리!"

"카테리나! 안 돼, 빨리 도망쳐!"

그녀는 안전한 곳으로 피신해야 했다. 비록 다치기는 했지만 나는 도움이 필요 없었다.

"카테리나!" 타일러가 다시 소리쳤다. 내가 다른 단도 두 개를 꺼내는 걸 본 것이다.

카테리나는 단도 두 개를 내미는 척하다 타일러의 배를 찔렀다.

우리 셋은 아연실색해서 서로를 쳐다봤다. 세라피나가 입을 멍하니 벌리고 있었다. 나를 찌른 게 아니어서 다행이었다.

카테리나는 바보가 아니었다. 그녀는 타일러가 얼마나 위험한지 알고 있었다. 더군다나 칼에 찔린 타일러가 어떻게 나올지 알기 때문에 재빨리 뒷걸음쳤다.

타일러가 알파의 힘을 이용해 변신하자 배에서 피 묻은 단도 두 개가 빠졌다. 어찌나 빠른지 나는 반응할 겨를이 없었다. 바꽃 때문에 타일러가 변신하지 못하리라고 생각했기 때문에 더욱 그랬다. 도망치기 직전, 박살 난 유리문을 넘어가기 전, 잠시 멈칫하던 타일러가 아주 끔찍한, 루가루가 인간에게 할 수 있는 가장 극악무도한 짓을 카테리나에게 저질렀다.

타일러는 카테리나에게 달려들었다.

그리고 그녀를 깨물었다.

21

치명적 형질전환

괴물이 된 타일러는 비겁자처럼 도망쳤다. 뒤이어 세라피나도 늑대로 변신해 줄행랑쳤다. 나는 그냥 내버려두었다. 둘은 아주 잘 어울렸다.

나는 카테리나를 안았다. 다리를 깊이 깨물려 피가 흐르는데 루가루의 독이 반짝거렸다. 나는 상처를 압박하면서 피가 흘러 독이 빠져나가도록 내버려두었지만 이미 변형 과정의 열 때문에 카테리나의 몸이 뜨거워지고 있었다. 심장이 고동칠 때마다 독이 몸속으로 들어가고 있었다.

독이 완전히 흡수되고 나면 카테리나는 세미로 변할 것이다.

그리고 우리 모두를 잡아먹으려고 하겠지.

내가 늑대였다면 별들이 아스라이 멀어질 때까지 두려움과 고통의 울음소리를 냈을 텐데.

하지만 나는 인간이기 때문에 마지못해 그녀의 몸에서 피가 다 빠져나가지 못하게 상처를 압박하면서 눈물만 흘렸다. 이미 너무 늦어서 더는 피를 흘리게 놔둬봤자 아무 도움이 되지 않았다.

하염없이 눈물이 흘렀다. 지옥 같은 고통을 맞게 될 카테리나에 대한 슬픔

그리고 나에 대한 슬픔의 눈물이었다. 일어날 수 있는 일과 어쩌면 결코 일어나지 않을 모든 일에 대한 슬픔의 눈물이었다.

애너벨이 깨진 창문으로 상체를 들이밀었다.

"우리가 이겼……."

애너벨이 내 얼굴을 보고 말을 중단했다.

"인디아나? 어떻게 된 거야? 카테리나가……."

"아니, 타일러에게 물렸어요. 에릭을 불러줘요, 빨리!"

애너벨은 금방 상황을 파악했다. 애너벨의 휘파람 소리에 번개같이 날아온 에릭이 카테리나를 보면서 한마디 내뱉었다.

"비열한 자식!"

에릭이 카테리나의 바지를 찢고 붕대와 소독약, 지혈제(지난번에 목에 난 상처에 뿌려 피를 멈추게 했던)를 꺼내 다리에 듬뿍 뿌렸다. 내가 간절한 눈빛으로 쳐다보자 에릭이 고개를 설레설레 저었다.

"내가 치료할 수 있는 문제가 아냐." 에릭이 상처에 연고를 바르고 붕대를 감으면서 말했다. "이미 진행 중이라 형질전환을 중단시킬 수 없어. 독이 다 퍼졌어. 미안하구나. 나는 그저 다리에 난 상처로 인한 통증을 완화시켜줄 수 있을 뿐이야. 나머지는……."

나는 눈을 감았다. 거의 희망이 없다는 말이었다. 나는 정신을 차리고 눈을 떴다.

"카테리나를 은과 강철로 만든 우리 안에 최대한 빨리 가둬야 해요. 몇 시간 후에는 통제할 수 없게 돼요. (나는 다음 말을 잇기 힘들었다.) 살아남으면……."

통계적으로 여성의 인체는 독을 견디는 힘이 약해 심장이 멎을 수 있었다.

애너벨이 고개를 끄덕였다.

"우리가 데려갈게. 우리가 데리고 날아가는 것이 헬리콥터보다 더 빠르니까. 리코스 목장에 가면 필요한 건 있지?"

"네. 고마워요, 애너벨."

"타일러는?" 카테리나가 중얼거리면서 죽음을 무릅쓰고 손에 넣은 유리병을 내게 내밀었다. "우리가 성공한 거지?"

"응, 내 사랑." 나는 카테리나의 얼굴에 들러붙은 머리칼을 쓸어 넘겨주면서 유리병을 내 호주머니에 넣었다. "우리가 성공했어. 브라보!"

"네가 우리를 찾아냈어? 어떻게? 전화하려고 했지만 타일러가 어찌나 의심이 많은지 기회가 없었어. 절대로 나를 혼자 두지 않아서."

"개 때문에 들통났어. 타일러는 개를 이용해 네 아버지를 공격했어. 아버지가 개는 경계하지 않을 테니까. 우리 연구소에서 현장에 있던 털이 개의 털이라는 분석이 나왔을 때 타일러가 개 두 마리를 데리고 있었던 게 기억났어. 그래서 사육장을 떠올렸지. 타일러의 거짓말을 그리 어렵지 않게 추론할 수 있었어. 타일러는 엄마가 어디 있는지 오래전부터 알고 있었던 거야."

"인디아나, 너는 타일러보다 훨씬 영리해. 애너벨과 악셀은 어떻게 됐어?"

카테리나는 피에 굶주린 괴물로 변하는 중인데도 친구들의 사랑을 걱정하고 있었다. 정말 나의 카테리나다웠다.

"함께 싸우면서 사이가 더 끈끈해진 것 같아. 내 느낌에 애너벨은 악셀을 많이 사랑하고 있어."

"잘됐다."

그때 아르망이 불쑥 들어왔다.

"당장 떠나야 해. 늑대 둘이 달아나는 걸 봤는데 너무 빨라서 붙잡지 못했어. 숲 속에서는 그들을 쫓아 날아가기가 힘들거든. 그러다 늑대, 뱀파이어, 마법사 들이 타고 있는 자동차 다섯 대를 발견했어. 몇 분 후면 해가 뜰 거야. 샘과 에릭, 나는 숨어야 해."

나는 머리를 쳐들고 허공에 대고 외쳤다.

"엄마! 엄마! 이제 돌아와도 돼요! 엄마!"

카테리나가 내 손을 잡았다.

"인디아나, 이걸 너한테 주라고 하셨어." 카테리나가 쪽지를 내 손에 쥐여주었다.

나는 떨리는 가슴으로 쪽지를 폈다. 딱 한 줄이었다.

'지금은 때가 아냐.'

엄마는 내가 구해주는 걸 원치 않았다. 카테리나와 마찬가지로 나를 지켜주려고 했다.

엄마가 희생하겠다는 뜻이었다. 나는 이런 비극적 결말을 초래한 카테리나와 엄마를 향해 둘 다 왜 이러는 거냐고 소리치고 싶었다. 더 이상 다른 이들이 나를 위한 결정을 내리기를 원치 않았다. 더는 나를 위해 희생하는 이들 때문에 두려움 속에 살고 싶지 않았다.

하지만 나는 선택의 여지가 없었다. 내가 여기 있는 한 엄마는 나타나지 않을 터였다. 나는 낙담한 얼굴로 출발 신호를 했다. 애너벨이 카테리나를 안고 날아오르는 동안 아르망이 나를 안았다.

밖으로 나가보니 아수라장이었다. 할머니와 내니, 다른 루가루 병사들은 이미 떠나고 없었다. 여기저기 루가루들이 쓰러져 있었다. 하지만 우리 루가루는 없어서 안도의 한숨을 내쉬었다. 비록 우리 모두 다치긴 했지만 막강한 공격력으로 기습한 것이 결정적이었다. 아르망이 빛의 속도로 날아가는 터라 바람의 압력으로 머리가 핑핑 돌았다. 엄마의 어이없는 결정에 상심해 있을 때 갑자기 예고도 없이 아르망이 나를 메이링의 품에 안기고 숲 속으로 사라졌다. 헬리콥터도 이륙해 우리 뒤를 따라오고 있었다. 나는 사전에 계획한 대로 작전이 진행되고 있다는 데 안심했다.

내 앞에서 애너벨은 카테리나가 숨이 막히지 않도록 그녀를 조심스럽게 안고 굉장히 빠르게 날고 있었다. 메이링도 나를 위해 애너벨과 똑같은 자세를 취했다.

우리는 목장을 향해 날아가고 있었다.

이제 남은 일은 제때 도착하게 해달라고 기도하는 것뿐이었다.

용어해설

루가루: 이집트의 자칼 신 아누비스의 직계 후손으로, 침략자로부터 이집트를 지키기 위해 창조되었다. 루가루(티그르-가루나 우르스-가루도 존재한다)의 본성은 동물 쪽에 많이 가까우며, 전설과는 달리 달의 주기에 상관없이 마음대로 변신할 수 있다. 루가루의 몸무게는 대체로 200킬로그램 이상 나가는데 인간 모습이든 늑대 모습이든 체격은 변하지 않는다. 자유자재로 사용하는 송곳니와 갈퀴 발톱 말고도 루가루의 침에는 독성이 있어 인간을 물면 괴물로 변한다. 루가루는 놀라운 재생 능력을 지니고 있으며, 목을 베거나 심한 알레르기 반응을 일으키는 은과 바꽃을 사용해야만 물리칠 수 있다.

마법사: 격분하면 살생을 즐기는 세크메트 신(고대 이집트 신화에 나오는 파괴와 재생의 여신)으로 변하는 변덕스러운 바스테트 여신의 후손으로, 예측이 불가능한 존재이다. 남녀 마법사들은 때로 인간으로, 때로 고양이과 동물(루가루들과 달리 체격에 구애를 받지 않는다)로 변신할 수 있으며

음탕하고 대체로 게으르다. 그렇지만 마법사들은 뜻밖의 놀라운 능력을 발휘한다. 비범한 마법사는 마법과 과학을 결합하여 생명을 구하는 뛰어난 치료사가 되거나 강력한 은폐 주문을 사용하여 다른 사람의 눈에 보이지 않게 숨을 수 있고, 무시무시한 주문을 읊는 것이 진정한 무기가 될 수도 있다. 소금이 약점이다. 소금에 마법을 용해하는 성분이 있기 때문이다.

뱀파이어: 역사적으로 가장 나중에 나타난 종족이다. 아서 왕과 이복 누이 모르건의 근친상간으로 잉태되었다가 사산된 모드레드는 정신이 이상한 마법사 어머니에 의해 소생되었다. 하지만 생식력을 위한 강력한 의식과 연관된 소생 마법이 모드레드를 산송장으로 만들어버렸다. 이미 피를 많이 흘린 희생자에게 자신의 저주받은 피를 수혈했기 때문에 얼음장같이 차가운 존재인 뱀파이어로 소생한 것이다. 뱀파이어들은 여간해서 죽지 않기 때문에 초자연적 존재들 중 가장 무시무시하다. 비범한 힘과 재주에 날아다니는 능력까지 있는 데다 마치 그것만으로는 부족하다는 듯 인간들을 자기 뜻대로 움직이는 초능력을 지니고 있다. 뱀파이어는 방해가 되는 증인들의 기억을 지워버리고 문제가 되는 초자연적 종족을 무력화하는 해결사라고 할 수 있다. 뱀파이어를 죽이려면 심장을 찔러야 한다. 루가루와 마찬가지로 은에 알레르기 반응을 일으키지만 물푸레나무나 떡갈나무 말뚝을 뱀파이어의 심장에 박는 것이 가장 효과적이다. 단, 전나무는 효과가 없다.

세미: 루가루에게 물린 인간을 말한다. 루가루가 저지르는 최악의 짓이다. 순수 혈통 루가루의 침에 든 독이 핏속으로 직접 들어가면 세미로 형질이 전환된다. 세미는 늑대보다 더 강력하고 민첩하며 광적이

다. 형질전환이 일어날 때의 고통으로 정신착란을 일으키기 때문이다. 세미는 좋아하는 인간을 공격하여 주식으로 삼는다. 루가루와 마찬가지로 세미도 은과 바꽃에 약하고, 어떤 부상을 당해도 탁월한 재생 능력 때문에 죽는 일이 거의 없다. 뇌를 파괴해야만 죽일 수 있다. 완벽한 살상 기계나 다름없는 세미가 피에 대한 욕망과 고통스러운 살인 충동을 억제할 경우에는 루가루의 노동자나 용병 노릇을 할 수 있다. 루가루와는 달리 동물일 때의 모습은 완전하지 않다. 인간과 늑대의 중간 모습이며, 매달 보름달이 뜨는 사흘 밤만 변신할 수 있다. 모든 세미의 힘을 끌어낼 수 있는 강력한 수장인 알파만이 순종 루가루와 마찬가지로 마음대로 변신할 수 있다.

상볼: 상볼레(피 도둑이라는 뜻) 또는 상볼스라고 하며, 아크로노트와 함께 초자연적 존재 중 가장 희귀하다. 뱀파이어와 인간 사이에서 태어난 자식이며, 임신 기간이 50년으로 동물의 세계에서 가장 길다. 매우 특별한 조상과 긴 임신 기간 때문에 초능력이 축적되어 상볼은 대부분이 초자연적 존재보다 힘이 세고 민첩하며 강력하다. 평균 300년이 지나야 태어나며 순수 혈통의 뱀파이어들이 상볼을 무기로 활용한다.

아크로노트: 가장 신비롭고 희귀하며 특별한 존재이다. 시간을 거슬러 가는 신비한 능력을 지녔는데 두 가지 불변의 규칙이 따른다. 첫째, 자신이 태어난 날까지의 과거 시간 속으로만 여행할 수 있다. 둘째, 시간 속으로 사라졌다가 돌아올 경우 자신이 출발한 바로 그 자리에서 유형화된다. 장소를 옮겨 다른 곳으로 돌아올 수 없기 때문에 그만큼 아크로노트를 가둬놓는 것이 수월하다. 인디아나의 어머니 제시카 텔러는 아주 특출한 아크로노트로 알려져 있으며, 유일하게 미래를 여행하는 데 성공했다. 시간

을 거슬러 가는 능력은 이성과 맞바꾸어야 하는 고뇌가 따른다. 아들 인디아나는 아직 알려지지 않은 아크로노트이다.

엘프: 영국에서 유래한 엘프는 아름다움에 홀려 있는 존재이다. 이것으로 영화 스튜디오나 모델 회사 주변에서 자주 보이는 이유가 설명된다. 아름다움을 '복제하는' 능력이 있어 진정한 카멜레온이라 불리며, 어떤 면에서는 아름다움으로 먹고산다고 할 수 있다. 엘프가 뱀파이어와 함께 수많은 판타지 영화에 단골손님으로 등장하는 것은 초자연적 종족의 커밍아웃이 임박했음을 인간들이 조금씩 받아들이게 하려는 이유이기도 하다.

요정: 나비 날개, 풍뎅이 날개, 벌새 날개 같은 온갖 종류의 날개를 가진 요정은 금빛 피부이며 스코틀랜드나 아일랜드에서 유래한다. 하지만 이 요정은 우리가 상상하는 것만큼 매혹적이지 않다. 마치 독침으로는 부족하다는 듯 양손 손가락에 가시가 튀어나와 있다. 그리고 마법 능력으로 희생물을 행복하게 해주거나 죽인다. 공격하는 요정을 쫓아내는 유일한 방법은 알레르기 반응을 일으키는 마늘이나 고춧가루를 뿌리는 것이다. '천사의 가루' 또는 '달의 가루'라고도 불리는 환각제도 중독을 일으키기 때문에 효과적이라고 알려져 있다.

초자연적 존재: 엘프, 루가루, 요정 같은 특이한 피조물을 가리킨다. 이 종족은 70억 인간으로부터 보호하기 위해 대체로 공동체를 이루고 있다. 인간이 공개적으로 화형에 처하려고 횃불이나 쇠스랑을 들고 추적할 경우 이들은 초자연적 능력이 있든 없든 심각한 문제를 만들 수 있

다. 대부분 인간과 유사하며(트롤과 스칸디나비아 거인처럼 괴물 모습을 한 존재는 점점 희귀해지고 있다) 다행히 큰 어려움 없이 인간들 속에 섞여 살고 있다. 그렇지만 통신 도구의 대중화와 여러 가지 문제에 봉착하면서 뱀파이어는 인간의 뇌리에 박힌 특이한 종족의 흔적을 지우기 위해 매혹적인 엘프와 손잡고 음지에서 대대적인 커밍아웃을 준비하고 있다.